Über die Autorin

Maria Aigner wurde 1990 geboren und lebt im schönen Süden Bayerns. Sie arbeitet als Mathematikerin und ist eine bekennende Hundenärrin. Geschichten bringt sie zu Papier, seit sie in der Grundschule schreiben gelernt hat. Die Idee für den Momentzeitlose-Zyklus hatte sie vor dem Abitur, worauf sich die Geschichte über die folgenden Jahre hinweg zu ihrem ersten Roman entwickelt hat. Sie selbst liest am liebsten Krimis von Agatha Christie, skurrile Romane und Geschichten von Michael Ende.

Maria Aigner

Momentzeitlose

Die Reise ins Verborgene Land

Momentzeitlose: Die Reise ins Verborgene Land
1. Auflage April 2020
© Maria Aigner, Rosenheim 2020
Covergestaltung: Gisa Kogler, Grafik D-Sein, gisa.kogler@web.de
Illustrationen: Gisa Kogler, Grafik D-Sein, gisa.kogler@web.de
Korrektorat: Christine Schmid
Lektorat: Christine Schmid
ISBN 9781654945749

Momentzeitlose GbR
c/o speedsignal GmbH
Carl-von-Ossietzky-Straße 3
83043 Bad Aibling

Kontakt: autorin@momentzeitlose.de

Für Oma und Opa, meine größten Fans.

*Leider könnt ihr dieses Buch nun nicht mehr lesen,
aber ich weiß, dass ihr euch sehr gefreut hättet.*

Prolog

Tiefe Dunkelheit vermittelt ein seltsam klammes Gefühl von Zeitlosigkeit.

Viele Menschen können dieses Gefühl nicht ertragen und flüchten deshalb vor der Dunkelheit. Wenn sie zur Ruhe kommen, sehen diese Menschen die Zeitlosigkeit auch in vielen anderen Dingen und sie fürchten sich dann vor der Zeit selbst, die ihr Leben verstreichen lässt. Sie wollen es nicht wahrhaben und versuchen, ihr Leben mit Hektik und Geschäftigkeit auszufüllen und sich der Dunkelheit mit hell erleuchteten Häusern und Straßen zu entziehen. Diese Leute können weder in Ruhe und Zufriedenheit durch einen Wald gehen, noch einen alten Baum andächtig betrachten, denn eine neidische kleine Stimme flüstert ihnen beständig ins Ohr, dass sie selbst niemals so alt werden.

Aber manche Menschen nehmen dieses Gefühl an und fühlen sich in der Dunkelheit geborgen. Sie lieben ebenso das Licht, aber sie fürchten sich nicht vor der Nacht oder vor einem nebligen, trüben, dunklen Tag. Sie lieben den Winter genauso wie den sonnenreichen Sommer und sie lieben alte Bäume genauso wie deren Blätter, die jeden Herbst sterben müssen. Diese Menschen können ein ruhiges Leben führen, denn sie haben keine Angst davor, allzu viel nachdenken zu müssen. Diese Menschen haben mehr für ihre Mitmenschen übrig als die meisten. Sie können anderen zuhören, egal, was jene auch für Probleme haben.

Denn diese Menschen tragen Gewissheit, Vertrauen und Hoffnung im Herzen.

1. Kapitel
Ein Einbruch von vielen

Es war Neumond, also stockdunkel. Ein leichter Wind war aufgekommen und bewegte die Blätter so sachte, als hätte er Angst, sie frühzeitig abzubrechen und zu zerstören. Erst im Herbst würde er die toten Blätter herunterschütteln. Also zupfte er nur vorsichtig an den Zweigen der Bäume und Sträucher und ließ ein leises Rauschen entstehen.

Ein Käuzchen saß einsam auf einer alten Tanne, die am Rand eines Waldes stand. Es rief laut und fortwährend in die Nacht hinein, bis es ein plötzliches Knacken und der Lichtschein einer Taschenlampe verstummen ließ.

Das verräterische Geräusch war von einem Jungen verursacht worden, der auf einen am Boden liegenden Zweig getreten war. Der Lichtkegel seiner Taschenlampe tanzte über den Boden und huschte über Baumstämme, als der Junge durch den Wald lief. Es war wirklich seltsam, wie er es so lange geschafft hatte, von dem Käuzchen unbemerkt zu bleiben. Immerhin konnten Eulen bei der Jagd Mäuse schon aus großer Entfernung hören, selbst wenn die nichts ahnende Beute auf leisen Pfoten über weiches Moos huschte.

Der Junge hatte einen eigentümlichen Gang an sich: schleichend, vorsichtig, misstrauisch. Wahrscheinlich war dieses Verhalten nur Gewohnheit, denn hier am Waldrand war keine Begegnung mit einem Menschen zu befürchten. Schon gar nicht in der Nacht und bei Neumond, wenn abgesehen von seiner Taschenlampe nur das Licht der Sterne die Landschaft schwach erhellte. Unter das dichte Blätter- und Nadeldach des Waldes drang jedoch auch ihr Schein kaum.

Der Junge stahl sich leise an der alten Tanne vorbei und stand anschließend auf der Wiese, die den Wald umgab. Er beschleunigte seine Schritte und verschwand schnell aus dem Blickfeld des Käuzchens, das ihm vorsichtig nachblickte und nach kurzer Zeit fortfuhr, in die Dunkelheit hineinzurufen.

Ungefähr eine halbe Stunde war der Junge unterwegs, nachdem er den Wald verlassen hatte. Noch konnte er die Lichter der Stadt trotz der klaren Nacht nicht sehen, denn sie lag hinter einer sanften Erhöhung. Als die ersten erleuchteten Fenster und Straßenlaternen schließlich herüberblinkten, blieb er stehen.

Wie oft schon hatte er diesen Anblick betrachtet.

Wie oft war er diesem Weg gefolgt, hatte genau an dieser Stelle reglos verharrt, war zu den Häusern weitergeschlichen, hatte sich das Anwesen eines reichen Besitzers ausgewählt, ein gekipptes oder gar offenes Fenster gesucht oder auch ein Schloss geknackt und …

Heute flackerte eines der Lichter. Eine Straßenlaterne war kaputt.

In Gedanken versunken stand der Junge, der Robert hieß und ein Dieb war, einige Minuten da, dann setzte er seinen Weg über die Wiese fort, bis er eine Straße erreichte. Während er ihrem Verlauf folgte, zog er den Kragen seiner alten Jacke hoch, die ihm schwer auf den Schultern und auf dem Gewissen lag. Wie das meiste, das er besaß, war sie gestohlen. Auch wenn er nicht ihr rechtmäßiger Besitzer war, wärmte und schützte sie ihn einigermaßen vor der nächtlichen Kälte. Es war zwar Frühsommer, aber die letzten Tage hatte es geregnet und es war ungewöhnlich kühl geworden.

Fröstelnd zog Robert den Kopf tiefer in den Kragen zurück. Es kam ihm wie eine Ewigkeit vor, bis er die Häuser endlich erreichte. Er schlich durch die halbe Stadt, durch schlecht beleuchtete Straßen mit dunklen Hauseingängen, in denen Graffiti die Wände verunzierten und nur wenige Leute auf der Straße anzutreffen waren. Roberts Ziel war das Viertel der Reichen, die in riesigen Villen wohnten, mit Gärten, so groß wie Parkanlagen. Als er sich dieser Gegend näherte, wurde die Straßenbeleuchtung immer besser und die Versteckmöglichkeiten weniger.

Wie ein Schatten huschte Robert zwischen den Villen hindurch. Er hielt nach einer Möglichkeit Ausschau, in eines dieser prunkvollen Häuser einzudringen. Als ein Auto in die Straße einbog und Scheinwerfer die Gehwege in helles Licht tauchten, duckte Robert sich reflexartig hinter ein parkendes Auto. Erst als das Auto verschwunden und alles wieder ruhig war, schlich er weiter.

Vor einer hohen Mauer blieb er schließlich stehen.

Das Grundstück dahinter schien riesig zu sein, jedenfalls groß genug, dass möglicherweise installierte Bewegungsmelder nicht den gesamten Garten abdeckten. Robert blickte nach oben. Rost hatte die altmodischen Eisenzacken, die oben auf der Mauer Eindringlinge abwehren sollten, so zerfressen, dass Wind und Regen schließlich den Rest erledigt und die Zacken von der luftigen Höhe heruntergeholt hatten.

Robert betrachtete seine rechte Handfläche. Die Narben darauf erzählten, wie scharf und gefährlich selbst die unscheinbaren Eisenreste sein konnten. Sie erinnerten ihn an seine Anfangszeit als Dieb. Inzwischen war er geschickter und vorsichtiger geworden.

Robert zog ein grobes Tuch aus der Jackentasche und wickelte es dick um seine rechte Hand. Dann warf er ein Seil über die Mauer, an dessen Ende sich ein starker Haken befand. Er wartete eine Weile, aber kein Alarm verriet ihn. Nachdem er geprüft hatte, ob das Seil ihn trug, zog er sich schließlich daran empor. Als er weit genug oben war, fasste er mit der geschützten Hand auf die Mauer und hielt sich fest. Im Handumdrehen stand er oben und blickte in den Garten. Unter ihm erstreckte sich eine riesige Rasenfläche bis zu dem Haus, in dem alle von hier aus sichtbaren Fenster dunkel waren. Robert zog das Seil hoch, ließ es auf der Innenseite der Mauer wieder hinab und sprang hinterher. Wieder wartete er angespannt auf Scheinwerfer oder einen Alarm, aber auch diesmal blieb alles still. Er wickelte seine Hand aus, dann schlich er geduckt auf das Haus zu. Erst als er dort angekommen war, hielt er erneut inne und lauschte.

Nichts rührte sich.

Er schlich weiter, von Ecke zu Ecke, und siehe da: Eines der vielen Fenster stand offen. Robert wagte einen vorsichtigen Blick ins Haus. Es war das Fenster zur Küche. *Na, ein Glück*, dachte Robert, *dann bleibt mir wenigstens der Kampf mit dem Türschloss erspart.* Er blickte sich noch einmal um, dann stieg er durch das Fenster.

Viele neue Geräusche, unbekannte Gerüche, ein schauderndes Gefühl.

Der erste Eindruck eines fremden Hauses.

Das leise Ticken einer Uhr.

Es roch nach Köstlichkeiten, die die Bewohner wohl zu Abend gegessen hatten. Es duftete zwar nur ganz leicht, aber Robert nahm es so deutlich wahr, als stünden die Speisen noch auf dem Tisch.

Er griff wieder in seine Jackentasche, zog eine Taschenlampe hervor und schaltete sie ein. Er dämpfte ihr Licht, indem er seine Hand davorhielt. Nun sah er sich aufmerksam um. Eine Uhr hing an der Wand. Zwei Gewichte hingen daran, die das Uhrwerk am Laufen hielten.

Er sah einen Tisch, einen Herd, einen Vorratsschrank und all die anderen Dinge, die in eine Küche gehörten. Er durchsuchte die Schubladen, aber er fand weder Haushaltsgeld noch sonst etwas Wertvolles.

Langsam und leise öffnete Robert die Tür einen Spalt breit und lugte in den dahinterliegenden Gang. Er lauschte angestrengt, aber er bemerkte nichts, das darauf hingewiesen hätte, dass noch Bewohner wach waren. Leise schlüpfte er durch die Tür und schlich zur nächsten. Er drückte sein Ohr ans Schlüsselloch, um sicherzugehen, dass dahinter kein nachtaktiver Bewohner herumgeisterte. Vorsichtig öffnete er auch diese und fand sich auf einer schmalen Treppe wieder, die zu einer Galerie führte. An den Wänden hingen Portraits von finster dreinblickenden Personen, wahrscheinlich Vorfahren oder Verwandte der Bewohner. Einen Moment lang kam es Robert so vor, als starrten sie ihn empört an.

Viele Türen führten von dieser Galerie ab, die Robert jetzt eine nach der anderen vorsichtig untersuchte. Zwei Türen waren verschlossen und aus einer drang ein leises Schnarchen.

Vorsichtig schlüpfte Robert am anderen Ende der Galerie in ein Zimmer und sah sich um. Er stand zwischen Regalen und Kommoden, auf denen allerlei Krimskrams stand und lag. Alles war sorgfältig abgestaubt worden, aber es sah nicht so aus, als ob dieser Raum allzu oft benutzt wurde. Er war unpersönlich eingerichtet. Alles war auffällig präzise angeordnet und aufeinander abgestimmt. Nicht einmal in den Fransen des Teppichs, der genau in der Mitte des Zimmers lag, herrschte die geringste Unordnung. Robert ging zur nächstbesten Kommode und zog die Schubladen auf. Nichts Interessantes. Er inspizierte auch alle anderen Fächer. Nichts. Also huschte er wieder zur Tür. Noch einmal betrachtete er den Raum. Hatte er irgendetwas durcheinandergebracht? Nein. Sogar die Fransen des Teppichs waren noch wie zuvor geordnet.

Robert schlüpfte zurück in die Galerie. Wohin jetzt? Vermutlich würde er am ehesten in der Nähe der Schlafzimmer etwas finden, wenn nicht sogar direkt darin. Also lief er zu dem Zimmer, aus dem er das Schnarchen gehört hatte. Vorsichtshalber lauschte er nochmals, konnte aber keine Veränderung feststellen. Robert tappte zur Tür, die gleich rechts davon lag. Er drückte langsam die Klinke hinunter und betrat leise das Zimmer.

Es war riesengroß. Viel größer, als Robert es erwartet hatte. Ein Saal, um genau zu sein. Staunend schaltete er die Taschenlampe wieder an und leuchtete den Raum aus. Roberts Augen wurden groß vor Staunen.

Uhren, wohin er auch blickte.

Sie standen und hingen an der Wand, lagen zu Hunderten in Vitrinen und glitzerten und blitzten im schmalen Lichtkegel der Taschenlampe auf. Soweit er sah, waren sie aus Gold und Silber, mit Edelsteinen, Perlen, Elfenbein und Perlmutt verziert, sodass jedes einzelne Stück unglaublich wertvoll sein musste. Robert rieb sich die Augen, aber das Bild blieb. Er schien also nicht zu träumen.

Staunend wanderte er durch den Saal und stellte bald fest, dass der Wert der Uhren abnahm, umso weiter er sich der gegenüberliegenden Wand näherte. Die kostbaren Verzierungen verschwanden zusehends und in den letzten Glaskästen befanden sich nur noch große plumpe Taschenuhren mit schmucklosem Ziffernblatt und angerosteten Kettchen.

Alles war seltsam an dem Saal. Robert fühlte die Stille, die hier herrschte, geradezu körperlich. Wie einen Druck auf den Ohren.

Keine einzige Uhr tickte.

Keine einzige Uhr ließ die Zeit verstreichen.

Unwillkürlich schaute Robert auf seine eigene, schäbige Armbanduhr, die er einst gestohlen hatte.

Sie stand still. Robert fuhr zusammen, als hätte ihm jemand ins Gesicht geschlagen. Ein kalter Schauer überlief ihn und ihm wurde mulmig zumute.

Er durchquerte den Raum ein zweites Mal, um wieder zur Tür zu gelangen. Dabei fielen ihm Dinge auf, die ihm bis jetzt entgangen waren: Der Saal hatte keine Fenster und an vereinzelten Stellen waren in den Vitrinen leere Plätze, an denen Polster anscheinend auf Uhren warteten. Diese leeren Stellen gab es fast ausschließlich bei den wertlosen, einfachen Exemplaren, wie Robert verwundert feststellte. Diese hätten doch viel leichter zu bekommen sein müssen, waren sie doch bei Weitem nicht so teuer wie die Uhren in der Nähe des Eingangs.

Als er wieder an der Tür angelangt war, überblickte Robert noch einmal das glitzernde Meer aus eingefrorenen Zifferblättern, Zeigern und Pendeln. Er fröstelte, aber nicht, weil ihm kalt war. Die Atmosphäre im Saal war ihm nicht geheuer, obwohl er sich deshalb ziemlich dumm vorkam.

Robert schloss die Tür hinter sich. In dem Moment, in dem er das Klicken des Schlosses vernahm, war es, als würde er plötzlich aus einem Traum erwachen, doch er hätte nicht sagen können, ob es ein guter oder ein schlechter Traum gewesen war.

Nun verstand er gar nichts mehr.

Warum hatte er keine einzige Uhr eingesteckt? Er war doch zum Stehlen hier eingebrochen! Dabei waren ja – erst jetzt drang ihm das ins Bewusstsein – keinerlei Sicherheitsvorkehrungen vorhanden gewesen. Er hatte kein einziges Schloss gesehen. Bei diesem Gedanken warf Robert automatisch einen Blick auf das Schlüsselloch der Tür, denn sie war auch nicht abgeschlossen gewesen.

Robert stutzte.

Da war kein Schlüsselloch.

Zumindest nicht im herkömmlichen Sinne. An seiner Stelle war eine Uhr ins Holz eingearbeitet, in etwa so groß wie Roberts Handfläche.

Er beugte sich hinunter und betrachtete die Uhr genauer. Das Gehäuse bestand aus Kupfer. Das Ziffernblatt schimmerte weißlich im Licht der Taschenlampe und die Ziffern waren mit tiefschwarzer Farbe darauf geschrieben. Die Zeiger waren auffällig verziert und geformt.

Der lange Minutenzeiger war mit solch winzigen Bildern bemalt, dass Robert die Augen zusammenkneifen musste, um sie zu erkennen. Er sah einen sehr alten Mann, einen Menschen, der im Gefängnis saß, einen, der ungeduldig auf und ab ging, und ein Bild mit seltsamen Kreaturen, wie es sie vor langer Zeit gegeben haben mochte. Die Spitze des Zeigers aber wurde von einem unglaublich kleinen Zifferblatt gekrönt, das genauso aussah wie das der Uhr selbst.

Der kurze Stundenzeiger zeigte einen Säugling, ein eng aneinandergeschmiegtes Liebespärchen, ein vergnügtes Kind und ein Bild, auf dem seltsame Gestalten zu sehen waren, die Robert nicht zuordnen konnte. Die Spitze dieses

Zeigers zierte ebenfalls ein Ziffernblatt, das fast so aussah wie das große, nur spiegelverkehrt. Zu all diesen wirren Bildern passte die seltsame Form der Zeiger: Sie waren gebogen und bildeten Kurven.

Fasziniert starrte Robert die Uhr an. Da fiel ihm plötzlich auf, dass auch diese Uhr stillstand. Warum bemerkte er es wieder erst so spät?

Frustriert schüttelte er den Kopf.

„Wenn du weiter so unaufmerksam bist, wirst du noch ertappt!", ermahnte er sich selbst, als er sich von dieser Tür abwandte und zur nächsten huschte. Der Saal war ihm nicht geheuer, also würde er es im nächsten Zimmer versuchen. Robert sah auf sein Handgelenk und hielt verdutzt inne. Seine Armbanduhr tickte wieder und ihre Zeiger liefen munter und unermüdlich im Kreis.

Das musste ein merkwürdiger Zufall sein. Oder hatte er sich das alles nur eingebildet? Robert verdrängte diesen Gedanken schnell wieder, denn er stand vor einer weiteren Tür und musste sich konzentrieren. Er rechnete schon mit irgendeiner neuen Überraschung, aber als er eintrat, stand er in einem ganz normalen Arbeitszimmer mit Schreibtisch, Regalen, Schränken und einem Teppich mit unordentlichen Fransen.

Robert leuchtete die Einrichtung ab. An einem kleinen Regal ließ er den Lichtkegel verweilen, denn er hatte dort mehrere Schatullen mit geöffneten Deckeln entdeckt.

Erwartungsvoll lief er hin, aber als Robert sah, dass es Medaillen waren, machte sich Enttäuschung in ihm breit. Auch sonst konnte er nichts entdecken, was für ihn brauchbar war, und so schlich er wieder auf die Galerie zurück. Leise seufzend ging er zur nächsten Tür und öffnete sie einen Spalt.

Erschrocken hielt er die Luft an.

Es war ein Schlafzimmer und natürlich lag um diese Zeit auch jemand im Bett: ein kleines Mädchen. Langsam schob Robert die Tür weiter auf und trat auf Zehenspitzen ein. Er sah sich um und vermied dabei gewissenhaft, mit dem Schein der Taschenlampe, den er mit der flachen Hand dämpfte, zu nah an die Schlafende zu kommen. Es war ein typisches Mädchenzimmer mit vielen Figürchen, Spielzeug und Kuscheltieren, wo immer dafür Platz zu finden war. Es gab auch ein Bücherregal und ein Spiegel mit einem Tischchen stand an der Wand, von dem aus Robert Schmuckstücke entgegenfunkelten. Er ging hin und betrachtete sie: eine silberne Kette mit Herzchenanhänger und eine mit eingefassten roten Steinen, passende Armbänder, Ringe und Ohrringe.

Robert öffnete eine kleine Schublade, die es in dem Tisch gab. Auch darin fand er Schmuck. Was für ein Unsinn, einem Kind so viel wertvollen Schmuck zu schenken, dachte er, überlegte kurz und steckte dann zwei Ringe, die für die Finger des Mädchens viel zu groß sein mussten, ein Armband und eine Kette in die Innentasche seiner Jacke, wobei er darauf achtete, keine zusammengehörigen Stücke zu entwenden. Die Schublade schob er anschließend gewissenhaft wieder zu. Diese vier Gegenstände sollten eine Weile für ihn und die anderen reichen. Wenn die Besitzerin wieder etwas Bestimmtes daraus hervorholen wollte, sollte es so aussehen, als hätte sie eben gerade dieses Stück verloren. Wenn niemand einen Einbruch vermutete, war das der beste Schutz.

Noch einmal warf Robert einen Blick auf das schlafende Mädchen und schlich dann aus dem Zimmer, zurück durch die Galerie mit den bedrohlichen Ahnenportraits, durch den schmalen Gang und durch die Küche. Zuletzt stieg er durch das geöffnete Fenster zurück in den Garten. Vorsichtig schob er die Fensterflügel in die Stellung, in der er sie vorgefunden hatte, und hetzte zur Mauer, wo noch immer das Seil auf ihn wartete. Es überkam ihn nach Einbrüchen immer eine Angst, die ihn zur Eile antrieb und seine Hände zittern ließ. Er hasste das Stehlen und spürte diese Angst jedes Mal, unvermindert, wieder und wieder.

Er kletterte am Seil hoch und achtete gut auf die scharfen, rostigen Eisenspitzen. Oben löste er den Haken von der Mauer, rollte das Seil zusammen, hängte es sich über die Schultern und sah sich um. Niemand war zu sehen. Robert sprang von der Mauer hinunter und rannte los, als könnte er so seine Angst zurücklassen, aber sie wich erst von ihm, als die Stadt schon weit hinter ihm lag. Erst dann blieb der Dieb stehen und holte tief Luft, um wieder zu Atem zu kommen. Im Osten verblassten die Sterne bereits, bald würde es hell werden. Robert wandte den Blick noch einmal zur Stadt hin, dann ging er weiter Richtung Wald, woher er gekommen war.

Kein einziges Mal tastete er dabei nach den Schmuckstücken in seiner Jackentasche.

2. Kapitel
Die Hütte

Kurz bevor die Morgensonne ihre ersten Strahlen aussandte, stolperte Robert in das Versteck, eine alte Hütte im Wald. Er war im wahrsten Sinne des Wortes zum Umfallen müde und schaffte es nicht einmal mehr, seine Jacke auszuziehen und die nassen Schuhe von den Füßen zu streifen. Wie er war, setzte er sich auf die harte Bank vor dem roh gezimmerten, großen Tisch in der Mitte der Hütte. Ihm fielen sofort die Augen zu und er kippte zur Seite. Unbequem auf der Holzbank liegend schlief er, bis die noch schwachen Sonnenstrahlen durch die schmalen Fenster in die Waldhütte drangen. Das Erste, was er mitbekam, war, dass ihn jemand an der Schulter packte und kräftig daran rüttelte.

„He, Rob! Wach auf! Wir wollen wissen, wie's gelaufen ist! He, du Langschläfer, wach endlich auf!"

Kevin. Natürlich. Niemand sonst würde gleich so grob werden. Manchmal fragte sich Robert, ob diese Nervensäge überhaupt schon einmal daran gedacht hatte, dass nicht alle immer derselben Ansicht waren wie er.

Robert hielt die Augen geschlossen und ließ ihn weiterrütteln. Ob der Knirps eigentlich wusste, wie sich eine gesalzene Ohrfeige anfühlte? Kevin war acht Jahre alt und seine dunkelblonden Haare standen ihm ebenso frech vom Kopf ab, wie er selbst frech war. Der Quälgeist erwies sich als erstaunlich ausdauernd im Rütteln, obwohl er sonst schnell die Geduld verlor.

Roberts Schultern begannen zu schmerzen und widerwillig schlug er die Augen auf. Er schaute Kevin finster an und blickte sich um. Der Rest seiner Freunde schlief noch friedlich und die frühmorgendlichen Sonnenstrahlen schafften es noch nicht einmal durch die dichten Blätterkronen der Bäume und durch die alten Fensterscheiben der Hütte zu dringen, von denen eine gesprungen war.

„Kannst du nicht einmal warten, bis die anderen wach sind?", fuhr Robert Kevin an. „Kannst du einen nicht einmal schlafen lassen, bis es Tag wird, du Nervensäge?"

„Danke, dass du es mit deinem Geschrei für mich übernommen hast, die Schlafpelze da hinten zu wecken", erwiderte Kevin ungerührt und grinste ihm frech ins Gesicht. Die drei eingerollten Knäuel auf den herumliegenden Matratzen begannen sich zu bewegen.

„Was hast du mitgebracht, Rob?", tönte es ihm verschlafen entgegen.

„Nichts", sagte er, um sie als Rache für den geraubten Schlaf zu ärgern.

„Was?!", ertönte es empört aus allen Richtungen.

Robert gähnte ausgiebig und sah von einem zum anderen.

Kevin glotzte ihn aus seinem roten Schlafanzug mit offenem Mund an. Dessen großer Bruder Tom beäugte Robert mit hochgezogenen Augenbrauen. Er war genau wie Robert sechzehn Jahre alt und sah aus wie eine ältere Ausgabe seines Bruders. René aber blickte ihn mit einem wissenden Ausdruck in den braunen Augen an. Robert fragte sich, ob er ihn wirklich durchschaute oder ob das seine neueste Methode war, seinen Schrecken zu überspielen.

Die Letzte im Bunde war Cora. Sie fixierte Robert mit einem solch stechenden Blick, dass er am liebsten in eine andere Richtung geschaut hätte. Er vermutete, dass sie sich in den Kopf gesetzt hatte, er müsse heimlich in sie verliebt sein. Genauer gesagt war sie sogar der Meinung, dass sie für *alle* unwiderstehlich war. Tatsächlich kam es oft vor, dass sie jemandem den Kopf verdrehte, denn Cora war wirklich sehr hübsch mit ihrem langen schwarzen Haar und ihren funkelnden grünen Augen. Nur gerade die Augen waren es eben, die Robert auf merkwürdige Art abstießen, auch wenn sie sich in einem hübschen Gesicht befanden, denn aus ihnen konnte er viel zu oft Zorn und eine ihm unerklärliche Gier ablesen. Er hatte sich oft gefragt, woher sie rührte. Er konnte sie in den verschiedensten Situationen aufblitzen sehen, aber wenn Cora bemerkte, dass er sie beobachtete, blickte sie ihn plötzlich ganz lieb und reizend an.

„Natürlich habe ich etwas mitgebracht", brummte Robert schließlich und schlüpfte aus seinen nassen Schuhen.

„Ich habe schließlich noch immer etwas mitgebracht, oder?"

Er griff in seine Tasche, holte die Ringe, das Armband und die Kette heraus und legte sie auf den Tisch. Als Cora den Schmuck sah, griff sie sofort nach dem Armband, das mit blauen Steinen besetzt war, aber Robert legte seine Hand noch rechtzeitig auf das glitzernde Häufchen.

„Cora, lass das besser liegen", warnte er sie.

„Ja, sonst gefällt dir der Schmuck vielleicht wieder so gut, dass du ihn selbst behalten willst!", rief Kevin dazwischen.

Cora warf ihm einen giftigen Blick zu. Alle wussten, dass sie einmal ein Schmuckstück behalten hatte, obwohl das gegen die Regeln verstieß. Sie waren abwechselnd mit dem Stehlen an der Reihe, mit Ausnahme von Kevin, der ja erst acht Jahre alt war. Natürlich nutzten sie jede Gelegenheit, die ihnen ohne Einbruch ein bisschen Geld verschaffte, aber trotzdem war es immer wieder nötig, auf diese Weise die „Haushaltskasse" zu füllen, damit sie satt wurden und nicht froren. Sie durften sich vor allem in der näheren Umgebung nicht verdächtig machen, indem man sie mit erkennbarem Diebesgut erwischte, da sie darauf angewiesen waren, dass ihre kleine Bande nicht gesucht wurde. In diesem Fall wäre die alte Hütte kein sicheres Versteck gewesen, egal wie weit sie auch vom nächsten Dorf entfernt lag. Das wäre für Robert und seine Freunde eine Katastrophe gewesen. Sie waren alle Waisen, mit Ausnahme von René und – vielleicht – Cora. Renés Vater lebte noch, saß aber für mehrere Jahre ‚für eine Kneipenschlägerei mit fatalen Folgen' im Gefängnis, wie sich René selbst ausdrückte. Cora hatte bisher noch nie auf Fragen nach ihrer Vergangenheit geantwortet und auch sonst kein Wort darüber verloren. Sie alle wollten jedoch auf keinen Fall in ein Heim oder eine Pflegefamilie oder auch nur voneinander getrennt werden – vor allem nicht Tom und Kevin.

Die kleine Gruppe schlug sich also mit Stehlen durch und verkaufte das Diebesgut an allerlei zwielichtige Gestalten, die sich in den Städten herumtrieben. Wertgegenstände selbst zu behalten, war sehr riskant, deshalb hatte es großen Ärger gegeben, als Cora etwas von dem Schmuck zurückbehalten hatte, den sie vor einem halben Jahr erbeutet hatte. Es war klar, dass sie ihn nicht nur unter ihrer Matratze versteckt und dann und wann betrachtet hätte. Cora hatte ihren Fehler jedoch eingesehen, als die Jungen ihr auf die Schliche gekommen waren, also hatte man beschlossen, diese Angelegenheit zu vergessen. Nur Kevin erinnerte sie immer wieder schadenfroh daran.

Trotz ihrer Einsicht wollten sie Cora lieber nicht in Versuchung führen. Alle außer sie selbst ignorierten also Kevins unverschämte Bemerkung, sodass jenem das alberne Grinsen bald vergehen würde. Cora funkelte erst ihn und dann der Reihe nach alle anderen an, trotzdem zog sie die Hand vom Schmuck zurück. Sie drehte sich um und ging zur Tür.

„Ich gehe mich waschen und umziehen. Dass mir ja keiner nachschleicht!" Der Blick, den sie Robert dabei zuwarf, strafte ihre Worte Lügen. Als er nur ungerührt zurückblickte, konnte er schon wieder ein zorniges Flackern in ihren Augen sehen. Dann sandte sie den gleichen Blick an Tom.

„Vergiss es. Sie versucht nur, mit dir zu spielen", flüsterte Robert ihm leise zu, als Cora draußen war. Tom sah ihn an, als wäre er nicht sicher, ob er ihm glauben sollte. „Tom, sei vernünftig. Du hast dich ja schon ziemlich weit einwickeln lassen, wie es aussieht."

Sein Freund sah verlegen zur Tür, aber nickte. „Du hast recht. Aber warum spielt sie mit uns allen?"

„Uns allen?", wiederholte Robert mit einem spöttischen Lächeln um die Mundwinkel. „Heißt das, jetzt schleicht sie auch schon um René herum? Ich weiß noch, wie sie vor zwei Wochen lautstark verkündet hat, er wäre noch ein richtiges Kind. Tja, er ist ja auch ein ganzes Jahr jünger als wir."

„Rob", erwiderte Tom, „wie schaffst du es nur, ihr gegenüber so unbeeindruckt zu bleiben? Sie macht doch jeden ... nervös."

Robert starrte ihn an. „Bist du noch zu retten?! Höre ich da zwischen den Zeilen was raus, was verdächtig nach – tut mir leid – Hirnverbranntheit klingt? Du bist ihr echt ins Netz gegangen!"

Tom blickte betreten auf seine Schuhe. „Ich weiß ja", sagte er. „Aber wenn sie vor mir steht, ist das alles vergessen, verstehst du?" Er sah Robert ins Gesicht, scheinbar schockiert über sich selbst.

„Nein, verstehen kann ich es nicht, aber mir vielleicht vorstellen."

„Was redet ihr da?", rief Kevin und lief auf sie zu.

„Nichts, was dich etwas angehen würde", erwiderte Robert. „Dein Bruder dreht nur ein bisschen durch."

Kevin zog beleidigt einen Schmollmund. René warf ihnen einen skeptischen Blick zu, bevor er ächzend vom Tisch aufstand und anfing, seinen Schlafplatz in Ordnung zu bringen.

3. Kapitel
Ein seltsames Gespräch

Nach einem ungemütlichen Frühstück, bei dem eisige Blicke zwischen Robert und Cora sowie glühend heiße zwischen ihr und Tom gewechselt worden waren, machte sich Robert auf den Weg nach Mühlenstein, dem nächstgelegenen Städtchen, in dem heute Markt war. Er war an der Reihe einzukaufen und er hoffte, dort auch einen oder zwei „Unterhändler" zu finden, wie sie die feinen Herren spaßeshalber nannten, denen sie ihre Beute verkaufen konnten.

Robert zog seine immer noch feuchten Schuhe an, schlüpfte wieder in seine Jacke, denn im Schatten der Bäume war es kühl, und steckte zum Schluss den Schmuck in die Tasche seiner alten Jeans, die an den Knien schon fadenscheinig wurde. Robert hatte fast keine guten Klamotten mehr, wie ihm beim Anblick seiner Knie wieder einfiel, genauso wenig wie seine Freunde – mit Ausnahme von Cora natürlich. Sie klaute manchmal auch Kleidung, wenn sie an der Reihe war. Das waren schließlich keine wertvollen, unverkennbaren Dinge, mit denen man Gefahr lief, erwischt zu werden. So lautete ihr übliches Argument, wenn er wieder einmal versuchte, ihr diesen Leichtsinn auszureden.

„Rob?"

Renés Stimme riss ihn aus seinen Gedanken.

„Hier ist der Einkaufszettel mit den Sachen, die wir brauchen. Wenn dir noch was einfällt, kannst du es ja ergänzen." Er drückte Robert das Blatt in die Hand und hatte sich schon fast wieder umgedreht, als er sich ihm nochmals zuwandte und grinste. „Kevins Extrawünsche habe ich übrigens schon durchgestrichen."

Robert warf einen Blick auf den Zettel in seiner narbenverzierten rechten Hand. „Kaugummi mit Erdbeergeschmack und das neueste Micky-Maus-Heft?", las er vor und schaute René so ungläubig an, dass sich dessen Grinsen bis zu den Ohren ausbreitete. Robert mochte es, wenn sein Freund so grinste. Es sah unbeschwert aus. Er versuchte zurückzulächeln, was aber kläglich misslang, zuckte mit den Schultern und ließ sich von René zur Tür der alten Jagdhütte begleiten, während er den Einkaufszettel in seiner anderen Hosentasche verstaute. Er verabschiedete sich und marschierte los in Richtung Stadt.

Nachdem Robert ungefähr zehn Minuten lang dem von vielen Wurzeln gekreuzten Weg gefolgt war, konnte er den Waldrand erkennen und lief schneller. Das Laub unter seinen Schuhen raschelte, das beim letzten kräftigen Regen zu Boden gefallen war. Als er die Wiese erreicht hatte, sah er auf den Grashalmen Tautropfen wie kleine Diamanten funkeln. Beim Hindurchlaufen wurden Schuhe und Hosenbeine völlig durchnässt und als er einen Blick zurückwarf, sah er die Spur aus geknicktem Gras und fehlenden Tautropfen, die er hinterließ.

Bald erreichte Robert den Feldweg, der durch die Wiesen und Felder bis zu einer Landstraße führte, die wie ein wegweisender Finger auf das Städtchen Mühlenstein zeigte. Die ersten Dächer waren bereits zu erkennen. Wie gewohnt wandte sich Robert sofort nach rechts, ohne in die andere Richtung zu sehen, aber er war kaum ein paar Schritte gelaufen, als er eine Stimme weit hinter sich rufen hörte.

„He, Jungchen, heute bist du aber spät dran! Na wunderbar, dann kannst du mir heute endlich mal wieder Gesellschaft leisten! Mein alter Quasimodo ist auch nicht mehr der Jüngste. Ach ja, es ist schon ein Kreuz mit dem Alter. Beim Menschen genauso wie beim Tier. Das Wetter ist dazu auch nicht förderlich! Jetzt haben wir schon Sommer und nachts und morgens und abends ist es immer noch so kalt und außerdem wird alles immer teurer. Oh je, oh je, das heißt, ich muss noch mehr arbeiten – und mein armes Eselchen erst! Ach, ach, ach, ja, das Alter eben …"

Robert hatte sich längst umgedreht und blickte lächelnd in ein runzliges Gesicht mit tausend Falten, in denen sich Schalk, Gutmütigkeit und Freundlichkeit versteckten. Es gehörte einem drahtigen kleinen Mann mit klaren, lebhaften blauen Augen, einer Knollennase und einem Mund, der von einem Bart gesäumt war und beim Lächeln eine Reihe makellos weißer Zähne sehen ließ. Er sah im Grunde genau so aus, wie man sich einen guten alten Märchenonkel vorstellte, nur dass dieser hier viel quirliger war. Der Ankommende saß auf dem Bock eines Karrens. Ein Esel zog ihn, der vom Alter bereits graue Haare hatte, auch wenn das nicht auffiel, da das ohnehin die Farbe seines Felles war. An der Seite des Karrens prangte ein nagelneues, selbst gezimmertes und bemaltes Schild.

Kasimir Tesoro
Händler für von allem etwas

Kasimir war vor vielen Jahren hier in die Gegend gekommen und verdiente seinen Lebensunterhalt – seinem Temperament und seinen Begabungen für Feilschen und Unterhaltung entsprechend –, indem er mit seinem auffälligen Eselskarren durch die Gegend tingelte. Er verkaufte allerlei Krimskrams und Souvenirs an Touristen und stellte dabei ein theatralisches Spektakel zur Schau, das gewöhnlich in irgendeiner straßenkünstlerischen Darbietung gipfelte und ihm Münzen von den Schaulustigen einbrachte. Er konnte von dem Geld, das er so verdiente, genügsam leben und genoss es, nach Möglichkeit alles zu verweigern, was moderner war als ein Fahrrad.

Als Kasimir nun des Weges kam, freute sich Robert. Man konnte in Anwesenheit des schrulligen Alten nicht nur viel lachen, sondern auch immer wieder gute Ratschläge von ihm bekommen, zumindest sobald Kasimir sich seine Lieblingsthemen *Alter, Wetter* und den *Esel Quasimodo* in einem Redeschwall vom Herzen geredet hatte.

„He, Jungchen, was'n los?"

Robert schreckte zusammen. „Entschuldige, Kasimir. Ich war in Gedanken. Schön, dass ich dich treffe. Hallo, Quasimodo! Sag, schaffst du mein Gewicht auch noch? Ja?" Der Esel blickte ihn mit großen, dunklen Augen an. „Na dann, Kasimir, du hast es gehört. Rutsch mal ein Stück!"

Lächelnd folgte der Händler Roberts Aufforderung.

„Wie findest du mein neues Schild? Mein eigener Einfall! Genial, hm?"

„Mhm", brummte Robert mehrdeutig.

„Ja, gell? Warum bist du denn heute unterwegs, Jungchen? Einkaufen oder verkaufen?"

Kasimir Tesoro war der einzige Mensch, der so ziemlich alles von Robert und seinen Freunden wusste. So geschwätzig er auch war: Wenn man ihm etwas Vertrauliches verriet, dann würde er es niemals ausplaudern.

„Beides", antwortete Robert und zeigte seinem alten Freund den Schmuck.

Kasimir pfiff anerkennend durch die Zähne, als er das glitzernde Häufchen betrachtete. „Wo hast du das denn her?" Er schnappte ihm das Armband aus der Hand.

„Keine Ahnung, wem der Riesenpalast gehört. Du weißt doch, dass ich mir da absichtlich keine Gedanken darüber mache. Warum interessiert dich das heute auf einmal?"

„Nun, das Armbändchen mit den blauen Steinen, das kenne ich, glaube ich." Der Händler wedelte ihm damit vor der Nase herum.

„Woher denn?", fragte Robert nach, hielt Kasimirs wedelnde Hand fest und betrachtete das Armband genauer.

Es bestand aus vielen Gliedern, die abwechselnd aus Gold und Silber gearbeitet waren. In den goldenen Fassungen saßen tiefblaue Steine, in die Figuren eingearbeitet waren. Vogelköpfe, wenn Robert sich nicht täuschte, vielleicht von Raubvögeln. Auf den silbernen Plättchen befanden sich hellblaue Steine, auf denen sehr schmale Gesichter mit spitzen Ohren zu sehen waren.

„Sieht wertvoll aus, oder?", fragte er seinen Weggefährten und warf ihm einen neugierigen Blick zu. Kasimir, der sonst so gesprächige Händler, glotzte nur stumm das Schmuckstück an, das zwischen ihnen baumelte.

„Hallo, Kasimir, geht's dir gut?" Robert ließ seine Hand los.

Sofort begann der quirlige Händler wieder mit dem Armband in der Luft herumzufuchteln, als wollte er die Sonnenstrahlen kurz und klein hauen, die den beiden ins Gesicht schienen. Als er Robert dabei fast eine saftige Ohrfeige verpasste, schrak er aus seinen Gedanken hoch, drückte ihm das glitzernde Ding wieder in die Hand und brachte seinen Esel Quasimodo endlich mit einem Ruck an den Zügeln dazu, weiter so gemütlich Richtung Stadt zu trotten, als hätte er alle Zeit der Welt. Nicht umsonst wählte Kasimir, wo es nur irgendwie möglich war, am liebsten Feld- und Schotterwege, auf denen ihm kaum ein Auto begegnete.

„Was ist nun?", wiederholte Robert ungeduldig und steckte das Diebesgut zurück in die Tasche. „Was wolltest du mir gerade erzählen?"

„Na ja, ich meine ja nur … Gut, also … Sagt dir der Name Zurkott etwas, Jungchen?"

Robert überlegte kurz. „Ich denke, den Namen habe ich schon mal gehört. Ich weiß aber beim besten Willen nicht mehr, wo." Er sah Kasimir scharf an, damit er weitersprach.

„Das Ding da ist mir schon mal aufgefallen und zwar am Handgelenk der Tochter von eben diesem Zurkott. *Graf* Zurkott übrigens, wenn man glaubt, was dieser unangenehme Zeitgenosse so von sich gibt."

„Wieso? Was erzählt er denn?"

„Tja, Jungchen, er behauptet, er stamme von einer alten Adelsfamilie ab, und deswegen besteht er darauf, mit ‚Graf' angeredet zu werden. Aber ich glaube nicht, dass dieser Gockel adlig ist. Das wäre ja noch schöner! Also ich sag dir, der ..."

„Nicht abschweifen, Kasimir." Robert grinste.

„Schon gut, schon gut, Jungchen. Wo war ich stehen geblieben? Ach ja, stimmt. Wie er zu seinem Reichtum gekommen ist, weiß keiner. Er behauptet, er hätte es geerbt, aber ich glaube das nicht. Zu viel Einfluss hat er auch, wenn du mich fragst. Es wird so allerhand gemunkelt und wenn das alles stimmt, was ich ja nicht glaube ..." Kasimir schüttelte energisch den Kopf, als könnte er damit alle seine Ansichten wahr werden lassen. „Dann hat dieser machtgierige Mensch in fast jedem größeren zwielichtigen Geschäft seine Finger im Spiel."

„Und wieso sagt man ihm das nach?" Robert hatte noch nicht ganz verstanden, warum Kasimir jemanden so unsympathisch fand, nur weil er seine adlige Abstammung nicht beweisen konnte und ihm verschiedene Gerüchte angehängt wurden. Der Straßenkünstler war mit seiner Meinung über irgendeinen Menschen sonst nicht so schnell bei der Hand. Kasimir überlegte und das für ihn so ungewöhnliche Schweigen breitete sich in dieser kurzen Zeitspanne aus wie ein Tuch, das sanft auf sie herabsank. Der Feldweg war zu Ende und der Eselskarren bog auf die Landstraße ab, die nach Mühlenstein führte. Dann sprach Kasimir bedächtig, fast schon umsichtig weiter und rutschte dabei unruhig auf seiner Seite des Kutschbocks hin und her.

„Das ist schwer zu sagen. Es ist seine ganze Erscheinung und so … na ja …" Er verstummte wieder.

„Wieso bist du so nervös?", wollte Robert wissen.

„Ich? Ich bin nicht nervös."

„Logisch. Deshalb polierst du auch die Sitzfläche des Bocks mit deinem Hosenboden", gab Robert ungerührt zurück.

Kasimir saß sofort still und sah ihn an. „Ach das", meinte er schnell, „das ist nur, weil ich friere."

Klar, dachte Robert. *Ganz bestimmt.* „Ist ja jetzt eigentlich auch egal. Erzähl weiter! Du hast da aufgehört, dass dieser Graf Zurkott in so ziemlich allem seine Finger mit drin hat."

„Ach ja, genau." Der Händler sah regelrecht erleichtert aus, als sein junger Freund einlenkte, doch Robert wusste, dass er ihm etwas verheimlichte.

„Zurkott", sprach Kasimir weiter, „hat eine Tochter. Armes Mädchen. Sie heißt Sina und ist sieben Jahre alt. Ihre Mutter ist schon lange tot. Also … nun, ich habe so ein Armband mit blauen Steinen am Handgelenk von Sina gesehen und zwar, als ich vor einer knappen Woche auf dem

Markt von Zemern war. Ich hatte an dem Tag ein paar nette Schnitzereien dabei. Alle möglichen kleinen Tierchen aus feinstem Buchenholz. Ich sag dir, die waren wirklich allerliebst. Vor allem das Eichhörnchen. Du hättest es sehen sollen! Warte mal, ich glaube, ich habe irgendwo da hinten auf dem Karren noch ein Mäuschen …

Kasimir sah aus, als wollte er seinen Esel anhalten und vom Kutschbock klettern.

„Du kannst doch nicht hier auf der Straße anhalten", sagte Robert, als sie genau in dem Moment ein Auto überholte und dabei gefährlich wenig Abstand einhielt. Langsam machte es ihn misstrauisch, dass Kasimir keine Möglichkeit ausließ, um von seinen Erklärungen abzulenken. Dieser sah ihn aus den Augenwinkeln an, dann erzählte er weiter.

„Eben dieses Eichhörnchen wurde dort gekauft. Rate mal, von wem!"

„Kasimir, wenn du jetzt noch einmal versuchst, vom Thema abzulenken …"

„Will ich doch gar nicht!", empörte sich der Händler. „Jetzt rate!"

„Weiß ich doch nicht, Kasimir! Sag`s mir doch einfach!"

„Jungchen, so dumm kannst du doch nicht sein. Also schau doch: Wer könnte so ein Figürchen wohl kaufen? Ein Mädchen natürlich. Und von welchem Mädchen haben wir gesprochen, he?"

„*Sina* hat von dir etwas gekauft? Und da hast du das Armband gesehen, ja?"

„Na also, hast du doch was zwischen deinen Ohren!", witzelte er vergnügt. „Als sie mir das Geld gegeben hat, ist ihr Ärmel ein wenig zurückgerutscht und dann kam das Schmuckstück zum Vorschein. Ich hätte es gar nicht gemerkt, wenn nicht der olle *Graf*", betonte Kasimir und malte Anführungsstriche in die Luft, „seine Tochter zur Seite gerissen und sie angeschrien hätte, sie solle seinen *Anordnungen gefälligst Folge leisten*. Zuerst dachte ich, es ginge um den Preis, aber dann habe ich gehört, wie das Mädchen fragte, warum sie denn das Armband nicht tragen dürfe, wenn er es ihr schon zur Aufbewahrung gegeben hätte. Weißt du, was dann passiert ist? Der Irre hat geschrien, sie solle schweigen, und hat sie geohrfeigt! Das arme Ding hat zu weinen angefangen, Zurkott hat ihr das Armband abgenommen und sie an der Hand weggezogen. Und da baumelt das Armband nun vor meiner Nase. Ich fürchte, dass das arme Mädchen ganz schön Ärger bekommt, sobald sein Vater den Verlust bemerkt", schloss Kasimir mit einem tiefen Seufzer.

„Aber wieso …?" Robert spürte plötzlich, wie schwer seine Kleider waren, sogar die Luft über ihm schien kaum mehr tragbar zu sein. Warum musste er bei seinem letzten Einbruch ausgerechnet *dieses* Haus und *dieses* Zimmer erwischen? Es genügte doch schon, wenn er Gewissensbisse normalen Kalibers hatte. Robert sah Kasimir an. „Wieso …?", wiederholte er erneut, ohne den Satz zu Ende zu sprechen.

„Was, wieso? Ich kann nicht Gedanken lesen, Jungchen."

„Wieso ist dem Grafen Zurkott ein Armband so wichtig? Ich meine, es ist nur ein Schmuckstück! Auch wenn es wertvoll ist: Er hat doch genug Geld, oder nicht?"

„Ich habe gerade schon gesagt, dass ich kein Gedankenleser bin, oder täusche ich mich da?" Kasimir gestikulierte wild in der Luft herum und riss dabei an den Zügeln, worauf Quasimodo stehen blieb. Robert warf dem Esel einen Blick zu, aber dann richtete er sein Augenmerk sofort wieder auf den Händler. Dieser starrte so angestrengt zurück, dass er völlig vergaß, sein Zugtier weitertrotten zu lassen. Während der Karren nun mitten auf der Straße stand, verlor sich Robert wieder einmal in seinen Gedanken. Bald sah er gar nicht mehr das runzlige Gesicht vor sich, sondern Bilder, die ihm das Herz schwer werden ließen.

„He, Jungchen!", rief ihn die Stimme seines alten Freundes zurück. „Du machst dir Vorwürfe, was?"

Robert schaute auf Quasimodos graues, struppiges Fell und nickte.

„Aber –", begann Kasimir, doch Robert unterbrach ihn.

„Jetzt sag bloß nicht, dass das keine Absicht war oder so etwas. Wenn ich nicht eingebrochen wäre, könnte jetzt gar nichts passieren. Du weißt doch, dass ich auch so schon Gewissensbisse habe."

„Ja, ja, schon gut, beruhige dich wieder. Wir können sowieso nichts anderes tun, als das Beste zu hoffen. Oder willst du das Ding da etwa zurückbringen und fragen: ‚Haben Sie das verloren?'" Er zeigte auf die Stelle, an der Robert das Armband verstaut hatte. Danach streckte er seine Arme theatralisch in die Höhe, riss dabei an den Zügeln und Quasimodo zog den alten Karren weiter Richtung Stadt.

Robert betrachtete seine Hände. „Wahrscheinlich hast du recht. Entweder hat er das Fehlen des Armbands schon bemerkt oder er schenkt sowieso keiner Erklärung Glauben. Da habe ich vielleicht etwas angerichtet."

Kasimir seufzte. „Jungchen, weißt du was? Das Einzige, womit du dem armen Kind jetzt vielleicht noch helfen kannst, ist … Tja, das weiß ich eben nicht."

„Was?! Was soll denn das nun wieder heißen?" Robert sah dem alten Händler forschend ins Gesicht. „Das Zeug, das du heute plapperst, hört sich reichlich wirr an. Könntest du nicht eins nach dem anderen erzählen?"

„Ja, ja, halt mich nur nicht gleich für verrückt", erwiderte er leicht gekränkt. „Wir wissen nicht, was es mit dem Ding da auf sich hat. Außerdem haben wir keine Ahnung, wer uns das ruck, zuck erzählen könnte." Er fuchtelte mit den Händen herum und der Esel blieb wieder stehen. Hinter ihnen begann ein Auto wie wild zu hupen, was Kasimir aber nicht im Geringsten zu stören schien. „Oder hast du einen Geistesblitz, der uns diese Person offenbart?" Dabei stocherte er mit dem Zeigefinger so wild in Roberts Richtung, dass der Ruck an den Zügeln Quasimodo wieder loslaufen ließ.

Jetzt reichte es Robert.

„Lass mich lenken, Kasimir. Und was meinst du überhaupt mit *auf sich haben*? Was soll es mit dem Armband schon auf sich haben, außer dass es vielleicht besonders viel wert ist oder ein Erinnerungsstück ist oder was weiß ich." Als er den empörten Blick des Händlers sah, fügte er hastig hinzu: „Es ist schon ewig her, dass ich einmal Zügel in der Hand gehalten habe."

Die Miene des Alten wurde wieder etwas freundlicher und er gab Robert die Zügel. Endlich konnten sie einigermaßen flott zur Stadt fahren. Währenddessen sprach Kasimir munter weiter.

„Also, Jungchen, wo war ich stehengeblieben? Nein, warte, ich komme schon von selber drauf. Ich bin nämlich noch nicht vergesslich – oder gar wirr!" Er warf Robert einen so scharfen Blick zu, dass jener schon befürchtete, die Zügel gleich wieder abgeben zu müssen.

„Kasimir, was für einen Einfall hattest du denn vorher?", fragte er schnell.

„Wir wissen nicht, warum Graf Zurkott so versessen auf das blaue Armband ist. Also könnten wir seiner Tochter vielleicht helfen, indem wir herausfinden, wozu er das Ding braucht."

Robert sah ihn verstohlen an. „Warum?", fragte er und versuchte, nicht misstrauisch und irritiert zu klingen, obwohl er Kasimirs Argumentation nicht logisch fand.

„Weil … weil er vielleicht … Wenn du schnell genug bist und er noch nichts gemerkt hat und … Ich meine, äh …"

„Klingt sehr logisch und überzeugend, das muss ich schon sagen."

Der Händler begutachtete eingehend einen einsamen alten Baum, der am Straßenrand stand. „Ich habe ja nur laut gedacht", meinte er schließlich. „Ich habe da eben so ein Gefühl …" Er sah Robert dabei nicht an; der Baum schien ihn wirklich außerordentlich zu interessieren. Robert wusste ganz genau, dass sein quirliger alter Freund ihm etwas verheimlichte. Er nahm sich vor, dem auf den Grund zu gehen.

4. Kapitel

Ein noch seltsameres Gespräch

Es dauerte noch eine Zeit lang, bis Robert sich endlich auf die Suche nach einem Hehler machen konnte. Als das ungewöhnliche Trio schließlich Mühlenstein erreicht hatte – hinter sich eine Schlange ungeduldiger Autofahrer –, war es ein ziemliches Problem, Quasimodo durch die vollgeparkten Straßen zu bugsieren und für Kasimir noch einen Platz auf dem Markt zu finden. Der „Händler für von allem etwas" erkämpfte sich mit Roberts Hilfe schließlich einen Platz zwischen dem Gemüsestand eines korpulenten Bauern und einem Stand mit Schnittblumen, die schon die Köpfe hängen ließen. Als sie Quasimodo abgeschirrt hatten, büxte er aus, doch der alte Esel war glücklicherweise ziemlich träge. Er blieb ein paar Stände weiter stehen, um von den Datteln zu naschen, die es dort neben allerlei Obst zu kaufen gab. Der Standbesitzer lief aufgebracht und wild gestikulierend im Kreis und schrie so laut, dass alle Leute auf ihn aufmerksam wurden.

„Meine Datteln, mein Obst! Das Vieh ruiniert mir hier alles! Wem zum Donnerwetter gehört das Monstrum?!" Er fuchtelte so wild mit den Händen herum, dass er fast stolperte, doch da hatten Kasimir und Robert schon den Ort des Verbrechens erreicht und Robert griff nach der struppigen Mähne des Esels, um ihn wegzuzerren. Kasimir drückte dem Bestohlenen das schuldige Geld in die Hand und murrte auf dem Rückweg zu seinem Karren vor sich hin.

„Schauspieler hätte der Komödiant da werden sollen. So viele von diesen schrumpeligen, braunen Dingern hat Quasimodo in der kurzen Zeit doch unmöglich fressen können, wie der mir in Rechnung gestellt hat!"

Robert sah prüfend den kugelrunden Esel an. Das Tier bemerkte seinen Blick und erwiderte diesen aus unschuldigen, schwarzen Kulleraugen. Nachdem Robert ihn ordentlich angebunden hatte, verabschiedete er sich von Kasimir und tauchte in das Getümmel ein, das die Straßen von Mühlenstein regelrecht verstopfte. Er suchte einen Abnehmer für die Schmuckstücke, die seine Tasche mit dem ganzen Gewicht eines schlechten Gewissens füllten.

Nach einer guten Weile Fußmarsch entdeckte er einen Mann, bei dessen Anblick ihm ein Lächeln über das Gesicht huschte. Wenige Meter entfernt, neben einem plätschernden Brunnen, stand „Schmutzgesicht". Tom hatte diesen Unterhändler einmal so genannt und weil der Name passte, hatten sie ihn innerhalb ihrer Gruppe beibehalten. Schmutzgesicht sah immer aus, als hätte er eine Zeit lang als Kaminkehrer gearbeitet und sich seitdem nicht mehr gewaschen. Stets trug er Kapuzenpullis, die möglichst viel von seiner Haut verbargen. Die Leute machten auf der Straße gewöhnlich einen Bogen um ihn. Nur wer genauer hinsah, erkannte, dass seine Kleidung zwar alt und abgetragen war, aber niemals schmutzig. Wenn jemand seine Haut berührte, wusste derjenige, dass es kein Dreck war, der sie schwärzlich gefleckt aussehen ließ. Es war tatsächlich eine Färbung der Haut, wie ein unförmiges Tattoo.

Robert hatte das bemerkt und Schmutzgesicht danach gefragt. Der Unterhändler hatte ihn so ungläubig angesehen, als wäre er noch nie zuvor einem Menschen aus Fleisch und Blut begegnet. Sie hatten dagestanden, umgeben von Leuten, die nichts mit den zwei Gestalten zu tun haben wollten, die verschlissene Kleidung trugen und von denen eine abschreckend schmutzig aussah. Dann, als Robert schon das Gefühl gehabt hatte, sein Gegenüber wäre zu Stein erstarrt, hatte Schmutzgesicht sein Schweigen gebrochen.

„Ah, sieh einer an, es gibt sie tatsächlich noch, die guten Menschen."

Robert hatte mit dieser Aussage nichts anfangen können.

„Meine Haut ist normal", hatte er schließlich mit der tiefen und doch weichen Stimme weitergesprochen, die Robert an den Klang einer bronzenen Glocke erinnert und ihm ungewohnterweise sofort Vertrauen eingeflößt hatte. „Jedenfalls dort, wo ich herkomme."

„Wo kommen Sie denn her?"

„Junger Dieb, das kann ich dir nicht sagen."

Also hatte Robert nicht nachgebohrt, denn schon bei seiner ersten Frage war er sich plötzlich ziemlich dumm vorgekommen. Eigentlich wusste er nicht einmal, wie er den Mann anreden sollte. Das „Sie" war die richtige Anrede für einen Fremden, obwohl das seltsame Gesicht eher ein „Du" verlangt hätte, obwohl dessen Züge scharf umrissen waren. Schmutzgesicht – der Name war Robert immer unfairer erschienen für diesen Mann. Doch gerade als er fragen wollte, mit welchem Namen er den Unterhändler denn ansprechen sollte, nahm dieser ihm die Antwort vorweg.

„Bevor du mich fragst, wie ich heiße: Nenn mich doch so wie dein Freund, junger Dieb."

Als Robert den Mund geöffnet hatte, um zu protestieren, hatte ihm der Unterhändler das Wort abgeschnitten. „Lass nur, Junge. Der Name gefällt mir irgendwie. Schmutzgesicht. Ja, das Wort passt. Es beschreibt, wie die Menschen mich hier sehen." Das war nun schon das dritte Mal gewesen, dass Robert das Gefühl gehabt hatte, den Sinn seiner Worte nicht zu verstehen. Er wusste nichts über diesen seltsamen Mann mit den edlen Gesichtszügen und der schwärzlich gefleckten Haut. Umgekehrt jedoch wusste dieser anscheinend sehr viel darüber, was Robert und seine Freunde über ihn sagten. *Oder vielleicht auch noch mehr*, dachte Robert manchmal, wenn sein Blick den des Unterhändlers traf. Schmutzgesichts Augen sahen denen von Cora ähnlich, doch der Ausdruck darin war ganz anders. Keine Spur von Gier.

Das Schmutzgesicht beobachtete Robert. Wie lange stand er eigentlich schon da und dachte nach? Manchmal hatte Robert einfach kein Zeitgefühl und viel zu oft versank er in Gedanken und vergaß alles um sich herum. Er gab sich einen Ruck und ging zu dem Unterhändler hinüber.

„Ah, unser junger Freund ist wieder hier. Ich habe dich schon lange nicht mehr gesehen." Er schien Robert mit den Augen festnageln zu wollen.

„Bei den letzten Streifzügen war ich nicht an der Reihe."

„Ach ja, deine … Freunde." Schmutzgesicht zögerte bei diesem Wort und musterte ihn nun so gründlich, als wollte er ihn später zeichnen. „Sie haben woanders verkauft."

„Ja." Robert kam sich durchschaut vor, obwohl diese Tatsache ja keineswegs schwierig zu erraten gewesen war. Als Schmutzgesicht jedoch seine Verlegenheit bemerkte, lächelte er.

„Aber du kommst recht oft zu mir. Das ist wirklich interessant, wirklich. Was hast du heute für mich? Viel Bargeld habe ich allerdings nicht dabei."

Robert kramte in seiner Tasche nach dem gestohlenen Schmuck, den er ihm verkaufen wollte. Nacheinander zog er die zwei Ringe und die Kette heraus, doch das Armband ließ er, einer spontanen Eingebung folgend, in der Tasche.

Schmutzgesichts Augen klebten förmlich an seiner Tasche, doch Robert hielt ihm die Ringe und die Kette hin und jener wandte den Blick langsam wieder von der Tasche ab.

Der Unterhändler sah sich die Beutestücke mit der Lupe an.

„Wo hast du das her?", fragte er und Robert wusste nicht, wie er mit dieser Frage umgehen sollte. Normalerweise fragte kein Unterhändler danach, woher er seine Beute hatte. Schmutzgesicht schon gar nicht.

„Von einem Mädchen", antwortete er ausweichend. Das war sogar die Wahrheit, wie er nachträglich feststellte.

„Von einem Mädchen, mhm. Und dieses Mädchen trägt so große Ringe?" Er hielt ihm einen der Ringe unter die Nase. „Bist du auch sicher, dass dieses Mädchen nicht vielleicht doch eine Erwachsene war?"

„Ja, da bin ich sicher", erwiderte Robert unwirsch, weil er sich verunsichert fühlte. Der Hehler verheimlichte ihm anscheinend etwas Interessantes. Kurz starrten sie sich an. Die grünen Augen des Unterhändlers schienen ihn versengen zu wollen. Robert fasste den Entschluss, seinem Gegenüber zu zeigen, dass auch er stur und hartnäckig sein konnte, wenn er wollte. Normalerweise vermied er es, um keinen Streit heraufzubeschwören, aber bei so viel Geheimniskrämerei an einem Tag verlor er die Geduld. Also hielt Robert dem Blick der grünen Augen stand. Es fiel ihm nicht schwer, er hatte es ja bei Cora geradezu meisterhaft erlernt.

Sie starrten sich noch eine ganze Weile an und Robert versuchte, in Schmutzgesichts Miene zu lesen. Eiserne Entschlossenheit war da, natürlich, aber auch ein paar andere Regungen, die Robert verwunderten. Erstaunen, Zweifel – und Freude. Waren die schlechte Laune und das plötzliche Misstrauen vielleicht nur gespielt gewesen?

Ein kleiner Junge, der an der Hand einer elegant gekleideten Frau die Straße entlanghüpfte, zeigte mit dem Finger auf Schmutzgesicht.

„Mama, warum ist der Mann da so schmutzig?", fragte er laut.

Seine Mutter sah auf. „Das ist ein Landstreicher, der sich nirgends waschen kann. Komm, wir gehen besser dort hinüber. Trotzdem zeigt man nicht mit dem Finger auf Leute, merk dir das", sagte sie und zog den Jungen auf die andere Straßenseite.

Schmutzgesicht beobachtete die beiden aus den Augenwinkeln heraus und zog sich die Kapuze seines Pullis noch tiefer ins Gesicht.

Robert beschloss, dass er wohl am meisten erfahren würde, wenn er die kurze Ablenkung ausnutzte und Schmutzgesicht einfach überrumpelte.

„Worauf willst du hinaus?"

Sein Gegenüber blinzelte. „Ich will wissen, woher du den Schmuck hast."

„Warum?", bohrte Robert weiter.

„Du sollst sagen, wo du warst."

„Erst, wenn ich weiß, wozu das wichtig ist!"

Eine Sekunde schwiegen sie, dann knurrte Schmutzgesicht: „Das kann ich dir nicht verraten. Jetzt sag, wo!"

„Was, wo?"

Die sonst so angenehme Stimme, merkwürdig weich und rau zugleich, wurde hart, als er ihm zuzischte: „Wo hast du es her?"

„*Es?*", wiederholte Robert verdutzt.

Da ging ihm ein Licht auf.

Ein großes Licht.

Eine ganze Flutlichtanlage.

Er meinte das blaue Armband in seiner Jackentasche. Woher wusste Schmutzgesicht davon?

„Was hat es mit dem Armband auf sich?", fragte Robert weiter.

Der Unterhändler blickte ihn einen Moment finster an. „Du bist nicht dumm."

„Das hoffe ich doch", erwiderte Robert sarkastisch.

„Hör zu: Ich *kann* und *darf* dir das nicht erklären. Aber glaub mir, es ist wichtig, dass du mir sagst, woher du das Armband hast. Äußerst wichtig."

Robert dachte einen Augenblick nach. „Sag mir, so viel du kannst, und ich sage dir, was du wissen willst." Ganz wohl war ihm bei dem Angebot nicht, aber seine Neugier war einfach zu groß.

Schmutzgesicht musterte ihn von oben bis unten. Einen Moment lang herrschte Schweigen. Robert hörte die Menschen, die immer noch in einem großen Bogen um sie herumliefen, überdeutlich reden und trampeln, so gespannt spitzte er die Ohren. Er war ungeheuer neugierig darauf, was der Unterhändler vielleicht preisgeben würde.

Schmutzgesicht wandte seinen Blick nach oben, wo ein paar aufgescheuchte Tauben herumflatterten. „Das Armband", sagte er und deutete auf Roberts Jackentasche, „stammt von dort, wo auch ich herkomme. Es ist einer von wenigen Gegenständen, die etwas ungeheuer Wichtiges schützen. Täten diese Gegenstände das nicht, versänke die ganze Welt im Chaos. Jeder dieser Gegenstände hat einen Platz, an den er gehört, aber diese Orte sind weit von hier entfernt, also muss ich wissen, wie das blaue Armband in deine Tasche kommt." Die Worte waren immer schneller hervorgesprudelt. Jetzt starrte der Unterhändler ihn mit funkelnden Augen an.

Robert hatte das dumpfe Gefühl, ein Märchen gehört zu haben, denn dieses Gerede war einfach zu verrückt, um wahr zu sein. Andererseits hatte er im Allgemeinen ein ziemlich gutes Gespür dafür, ob jemand log. Tatsächlich spürte er in sich so etwas wie Vertrauen in sich aufsteigen. Er blickte sein Gegenüber prüfend an.

„Was könnte ein Armband schon beschützen? Und wie?"

Obwohl er ungläubig geklungen hatte, erwiderte Schmutzgesicht ernst: „In diesem Armband steckt eine Kraft, die seinem Träger durchaus gefährlich werden kann. Mehr kann ich dir nicht erzählen. Und nun sag mir *bitte*, woher es stammt."

Robert entschloss sich, dem Unterhändler seine verrückte Geschichte zu glauben, ohne zu wissen, warum, auch wenn das überhaupt nicht seiner Art entsprach. Tatsächlich fühlte er sich so, als träfe jemand anderes seine Entscheidung für ihn.

„Ich habe die Sachen wirklich aus dem Zimmer eines Mädchens. Ich habe mit einem Freund gesprochen und der meinte –"

„Du hast jemandem davon erzählt?", unterbrach ihn der Unterhändler erregt. „Wie heißt der Mensch? Hat er das Armband auch gesehen?"

Robert runzelte die Stirn. „Warum ist das wichtig?"

„Das kann ich dir nicht sagen. Ich kann dir überhaupt nichts mehr sagen! Wer weißt davon?" Er starrte ihn an, als wollte es die Antwort auf die Frage in seinen Gedanken lesen.

„Kasimir Tesoro, der Händler für …"

Er brach aus zwei Gründen ab. Zum einen kam es ihm nicht sehr klug vor, Kasimirs neues Wagenschild zu zitieren, zum anderen hatten sich Schmutzgesichts alarmierte Gesichtszüge bereits entspannt.

„Ach, und was hat der alte Mann so erzählt?", fragte er mit dem Anflug eines Lächelns.

„Er sagte, ich solle das Armband niemandem zeigen und stattdessen herausfinden, was es damit auf sich hat."

Der leicht amüsierte Ausdruck auf dem Gesicht des Unterhändlers verschwand bei diesen Worten und machte einer noch ernsteren Miene Platz.

„Außerdem haben meine Freunde das Armband gesehen. Die Beute dürfen alle anschauen."

„Deine Freunde?" Wieder sprach Schmutzgesicht das Wort „Freunde" fast verächtlich aus, auch wenn nun ein lauernder Unterton in seiner Stimme mitschwang.

„Aber die wissen nicht, dass es mit dem Armband etwas auf sich hat", beruhigte ihn Robert.

„Trotzdem, sag mir ihre Namen", verlangte er energisch.

„Nein." Das würde Robert auf keinen Fall tun. Er und seine Freunde verrieten ihre Namen nicht jedem, schon gar nicht einem der Hehler.

Schmutzgesicht blinzelte. Ob wegen der Sonne oder aus Ärger, konnte Robert nicht feststellen.

„Nein, wir sagen unsere Namen keinem", wiederholte er und verlagerte sein Gewicht auf den anderen Fuß. Der rechte fühlte sich schon ganz taub an.

„Gut, dann frage ich eben Tesoro."

Robert sah erschrocken drein. „Kasimir wird sie dir auch nicht sagen. Er hat versprochen, alles für sich zu behalten. Und was Kasimir versprochen hat, das hält er auch. An ihm beißt du dir die Zähne aus!"

„Sicher nicht. Kasimir weiß, wem er vertrauen kann – und muss."

Aus seinen Worten war unschwer zu erkennen, dass Kasimir in diese seltsame Angelegenheit eingeweiht war, von der Schmutzgesicht nichts verraten wollte. Kasimir hatte Robert auf seine Fragen über das Armband nur vage geantwortet, hatte dieses Geheimnis gehütet, soweit dies nötig war. Robert beschloss, seinem alten Freund zu vertrauen, und wieder war er sich nicht sicher, warum er das tat. Wie schon zuvor hatte er das Gefühl, jemand anderes träfe seine Entscheidungen für ihn.

„Gut", sagte er und versuchte dabei, lässig mit den Schultern zu zucken. „Frag Kasimir. Er wird unser Geheimnis genauso hüten wie deines. Was ist jetzt mit den Ringen und der Kette?" Er deutete mit dem Zeigefinger auf die Schmuckstücke, die der Unterhändler noch immer mit der Faust umschloss.

„Ach ja, natürlich." Schmutzgesicht wirkte, als verfolgte er gerade ein paar sehr interessante Gedanken. „Echt ist nur der winzige Smaragd auf dem Ring da." Er hielt ihn hoch.

Tja, dachte Robert, *immerhin etwas.* „Also, was ist nun?", fragte er. Langsam wurde er ungeduldig und verlagerte sein Gewicht wieder auf den anderen Fuß.

„Alles miteinander ist wohl dreihundert Euro wert. Ich kann dir also … zweihundertfünfzig zahlen."

„Gut." Robert sah zu, wie der Unterhändler die zwei Ringe und die Kette gemächlich in seine eigene Jackentasche verfrachtete, diese gewissenhaft zuknöpfte und dann in seiner Hosentasche herumkramte. Einige Sekunden später zog er eine kleine weiße Blechdose heraus, die einmal als Schnupftabakdose gedient hatte und schon ziemlich ramponiert war. Er öffnete sie vorsichtig und nahm das Geld heraus. Die Scheine, die sich darin befanden, waren fein säuberlich eingerollt und besaßen nur noch die Dicke eines Strohhalms.

„Nun", sagte Schmutzgesicht, während es die dünnen Röllchen in der Büchse herumschob. „Leider habe ich nicht mehr allzu viele kleine Scheine."

„Nicht so schlimm", erwiderte Robert und betrachtete die Leute um sie herum, die sie noch immer nicht beachteten. Er hatte sich schon sehr oft gefragt, wie Schmutzgesicht es bewerkstelligte, ganz unverfroren mit Diebesgut zu handeln, ohne dass die Leute es bemerkten.

„Hier." Der Unterhändler hielt ihm das Geld entgegen. Robert nahm es und steckte es in die braune Brieftasche, in der das Geld verwahrt wurde, das die kleine Diebesbande zum Leben brauchte.

„Bis zum nächsten Mal. Tu, was du nicht lassen kannst", sagte Robert.

Schmutzgesicht hatte seine Anspielung auf Kasimir ohne Weiteres verstanden und antwortete mit einem Nicken. Robert hatte sich schon umgedreht, als Schmutzgesicht zu seiner Geste noch ein paar Worte hinzufügte.

„Versteck das Armband gut. Bewahr es nicht in eurem Unterschlupf auf, wo auch immer sich dieser befinden mag. Erzähl niemandem davon und lass dich von diesem Armband nicht in deinem Handeln beeinflussen. Folge immer deinem Herzen."

Robert drehte sich um und sah ihn stirnrunzelnd an. Er hatte fest damit gerechnet, dass er am Schluss noch versuchen würde, ihm das Armband abzunehmen, stattdessen redete der Hehler wirres Zeug. Trotzdem nickte Robert, setzte dabei einen ernsten Blick auf und tastete mit der Hand sicherheitshalber noch einmal nach der Jackentasche, in der das Armband steckte. Dann wandte er sich um und ging. Als er vor der ersten Straßenkurve noch einmal nachdenklich einen Blick über die Schulter warf, war Schmutzgesicht verschwunden.

5. Kapitel

Beobachtungen

Wie gewöhnlich ging Robert im Anschluss einkaufen. Er entschied sich dafür, zu dem Markt zurückzulaufen, auf dem auch Kasimir seinen Karren postiert hatte. Je näher er dem Markt kam, umso geschäftiger wurde das Treiben um ihn herum und schließlich ließ er sich einfach von den Menschen weiterschieben, denn sobald man sich in den engen Straßen von Mühlenstein befand, gab es ein Gedränge, das wie ein Sog alles mitriss. Trotzdem mochte Robert dieses Städtchen, das aussah, als sei der Fortschritt hier seit hundert Jahren außerhalb der Altstadt stehen geblieben. Viele Touristen kamen deshalb hierher und sowohl die Stadt als auch die Orte um sie herum profitierten davon.

Das war für die Diebesbande äußerst praktisch. Touristen konnte man bestehlen, ohne dass diesen ein paar herumlungernde Jugendliche besonders auffielen. Außerdem – und das war noch viel wichtiger – machten sie es überhaupt erst möglich, als Dieb zu leben, ohne ständig einbrechen zu müssen. Schließlich waren Einbrüche nicht nur viel riskanter und nervenaufreibender als Taschendiebstähle, sondern auch viel schwerere Vergehen.

Robert wühlte sich durch das Menschengewirr, als er einen Obst- und Gemüsestand entdeckte. Er holte den Einkaufszettel hervor, den ihm René am Morgen gegeben hatte, und kaufte eine große Tüte mit Äpfeln, Karotten, Kartoffeln und Salat. Da er sich ziemlich sicher war, mit diesem Händler noch keine Bekanntschaft gemacht zu haben, wagte er es, mit einem Zweihunderter aus ihrem letzten ergiebigen Beutezug zu bezahlen. Und tatsächlich: dem Händler schien dabei nichts komisch vorzukommen, als ihn ein sechzehnjähriger Junge in abgerissenen Klamotten damit bezahlte.

Die restlichen notwendigen Besorgungen konnte er nun mit kleineren Scheinen erledigen. Bald schon hatte er vier weitere Tüten zu schleppen, vollgestopft mit Nudeln, Reis, Gemüse, Obst, Zucker, Salz, Eiern, Käse, Brot und etwas Schinken, den sie sich nicht oft zu leisten imstande waren. Schließlich konnte er heute viel tragen, da Kasimir den gleichen Rückweg hatte.

Unter seiner Last leicht torkelnd und ächzend erkämpfte sich Robert einen Weg zu dem Platz, an dem Kasimirs Eselkarren stand. Er wollte seinem alten Freund schon einen Gruß zurufen, als er sah, dass dieser sich mit jemandem unterhielt, der so hinter dem Karren stand, dass er von Roberts Platz aus nicht zu erkennen war. Trotzdem wusste Robert sofort, dass es Schmutzgesicht war, denn Kasimir redete mit seinem Gesprächspartner nicht wie mit einem Kunden. Er gestikulierte nicht wild mit den Händen herum – im Gegenteil: Er wirkte angespannt und äußerst konzentriert. Ob Kasimir ihm wohl gerade ihre Namen verriet? Nun, Robert war zuvor aus irgendeinem unerfindlichen Grund felsenfest davon überzeugt gewesen, dass Kasimir genau das Richtige tun würde; und er war es auch noch immer.

Von der Ecke aus, an der er stand, versuchte Robert, einen besseren Blick zu erhaschen, doch eine Touristengruppe kam vorbei und versperrte ihm für einige Sekunden die Sicht – lange genug, dass Schmutzgesicht plötzlich verschwunden war. Als ob er nie unterbrochen worden wäre, wuselte Kasimir vor seinem Karren herum und versuche unermüdlich, den vorbeikommenden Leuten seinen Trödel aufzuschwatzen und ein freigiebiges Publikum anzulocken. Langsam und schwer bepackt ging Robert auf ihn zu. Der Händler entdeckte ihn und gestikulierte wild in seine Richtung. Er rief ihm etwas zu, was natürlich durch den Lärm, den all die Leute auf dem Markt verursachten, nicht zu verstehen war.

Als er den Karren erreicht hatte, zwängte sich Robert zwischen diesem und dem Nachbarstand hindurch. Da die üblichen Marktstände mitsamt den geparkten Lieferwagen viel breiter waren als Kasimirs Karren, war hinter diesem bis zur dahinterliegenden Mauer genug Platz für Quasimodo. Meistens wurde dieser so angebunden, dass ihn die Leute gut sehen konnten, weil das mehr Kundschaft anlockte, aber wenn der alte Esel recht müde oder unruhig war, führte Kasimir ihn hinter den Karren, wo er sich ausruhen konnte. Robert musste noch fast eineinhalb Stunden warten, bis der Markt zu Ende war, doch das machte ihm nichts aus. Er mochte es, eine Zeit lang vor sich hin zu träumen oder nachzudenken, ohne dass ihn jemand dabei störte. Ächzend begann er, die schweren Tüten auf den Kutschbock zu heben. Dabei hörte er Kasimirs Stimme herüberschallen.

„Ja, selbstverständlich, meine Dame! Selbstverständlich ist diese Figur einmalig! Handgeschnitzt, Mahagoniholz, und sehen Sie nur, wie perfekt der Künstler die Proportionen der Katze getroffen hat! Die Farbe des Holzes passt übrigens wunderbar zu Ihrem Haar, meine Dame."

Nachdem er die Figur verkauft hatte, wandte Kasimir seine ganze Aufmerksamkeit der nächsten Kundin zu.

„Ihr interessiert Euch für diese wunderbaren Halstücher, edle Dame? Eine gute Wahl, Ihr zeigt erlesenen Geschmack! Solch luftig leichtes Stoffgewebe findet man nicht alle Tage!" Dazu jonglierte er mit ein paar von besagten Tüchern und schnitt dabei allerhand komische Grimassen.

Währenddessen hatte Robert alle Einkäufe verstaut, angelte sich einen Apfel und ein Stück Brot heraus, setzte sich damit auf den Boden und lehnte sich an die Hausmauer. In der Sonne war es warm und er zog seine Jacke aus. Quasimodo trottete gemächlich neben ihn und sah ihn mit seinen großen Augen erwartungsvoll an. Grinsend begann Robert den Apfel mit seinem Taschenmesser aufzuschneiden. Er verspeiste ein Stück selbst und hielt ein Stück dem Esel hin, der es gierig fraß. Während er genüsslich Apfel und Brot aß, schob er Quasimodo immer wieder etwas zu.

Als sie alles verputzt hatten, rieb der verfressene Esel seinen kantigen Kopf mit den langen Ohren an Roberts

Schulter und trottete wieder in aller Ruhe davon, direkt neben den Karren, wo es schattig war.

Robert sah ihm gedankenverloren zu und dachte darüber nach, was er zuvor gehört hatte. Schmutzgesicht hatte gesagt, das Armband komme vom gleichen Ort wie er selbst. Es sei einer von wenigen Gegenständen, die etwas schützten, sei aber nicht dort, wo es hingehöre. Er hatte gesagt, im Armband stecke eine Kraft, die dem Träger gefährlich werden könne, Robert solle es nicht in ihrem Unterschlupf verstecken und er dürfe niemandem davon erzählen. Und was bedeutete die Warnung, er solle sich nicht in seinen Entscheidungen von dem Armband beeinflussen lassen? Wie sollte denn ein glitzerndes kleines Schmuckstück einen Menschen beeinflussen? Wahrscheinlich war nur gemeint, dass er sich nicht die ganze Zeit darum Gedanken machen sollte. Außerdem kannte Schmutzgesicht Kasimir und hatte von ihm vielleicht ihre Namen, womöglich auch ihr Versteck erfahren. ... Aber nein, so weit würde Kasimir nicht gehen. Robert war sich völlig sicher, dass sein alter Freund auf jeden Fall das Richtige tat.

Warum wollte Schmutzgesicht überhaupt ihre Namen wissen?

Kasimir hatte vorgeschlagen, das Rätsel um das Armband zu lüften. Inzwischen konnte Robert wenigstens ein Rätsel erkennen.

Ob Kasimir den Ärger, den Graf Zurkotts Tochter bekommen würde, nur als Grund vorgeschoben hatte, weil er Schmutzgesicht zum Schutz seiner Geheimnisse nicht ins Spiel bringen wollte?

Der Graf war allerdings schon seltsam. Weshalb gab er seiner kleinen Tochter etwas zur Aufbewahrung, das ihm so wichtig war? Warum nahm er es nicht einfach selbst an sich? Auch die riesige Uhrensammlung, die ein gewaltiges Vermögen verschlungen haben musste, und die fehlenden Sicherheitsvorkehrungen waren ein Rätsel. Zwar leisteten sich viele reiche Leute teure Späße, wie Robert schon oft festgestellt hatte (Einmal war er auf eine Sammlung vergoldeter Gartenzwerge gestoßen, die sich leider nicht zum Stehlen geeignet hatte), aber eine Uhr anstatt eines Schlüssellochs und keine Alarmanlage für einen Raum voller Uhren waren einfach nur unglaublich unvernünftig. Das war wirklich ein Ausbund an Seltsamkeit.

Langsam wurde es Robert in der Sonne zu warm. Er stand auf und setzte sich neben den Esel in den Schatten. Kasimir gab noch immer lautstark sein Verkaufsspektakel, während Robert Quasimodo kraulte. Zufrieden prustend stand der Esel da und ließ es sich gut gehen, bis die große Turmuhr von Mühlenstein zwölf schlug und alle Händler ihre Marktstände abzubauen begannen.

Als die letzten Kunden außer Sichtweite waren, gab Robert dem Esel einen Klaps, drängte sich an ihm vorbei und half Kasimir, alles wieder ordentlich im Karren zu verstauen und den Esel anzuspannen. Schließlich kletterten sie wieder auf den Kutschbock und fuhren davon. Als sie das historische Stadttor passiert hatten, das sich am Ende einer für Autos gesperrten Straße befand, kratzte sich Kasimir am Ohr und ruckte dabei an Quasimodos Zügeln, der prompt stehen blieb. Der Händler trieb ihn wieder an, bevor die Autos hinter ihnen zu hupen begannen.

„Ich hab' gehört, du bist deinen Schmuck losgeworden", brummte Kasimir mit einem Seitenblick auf Robert.

Robert wusste genau, dass dies nicht der Beginn des üblichen Spiels war, in dem er herauszufinden versuchte, wie viel er für seine Beute bekommen hatte.

„Ja, alles bis auf das Armband." Er machte eine kurze Pause. „Hast du ihm eigentlich unsere Namen verraten?"

Kasimir sah ihn erschrocken an und riss dabei die Arme in die Höhe, worauf Quasimodo wieder stehen blieb. Glücklicherweise war die Straße an dieser Stelle breit und übersichtlich genug, dass die Autos sie einfach überholen konnten.

„Nun, ich hatte euch ja versprochen, nichts zu sagen, aber wenigstens deinen Namen musste ich ihm nennen. Das war unumgänglich, weißt du, Jungchen. Wirklich, auch wenn du es mir jetzt nicht glaubst, aber du wirst bestimmt bald wissen, warum. Dann wirst du mir nicht mehr böse sein und –"

„Kasimir, ich glaub's dir doch", unterbrach er ihn. Der Händler fuhr vor Erstaunen so schnell auf seinem Platz herum, dass sein Esel sich dabei wieder in Bewegung setzte und sogar in einen etwas schnelleren Trott als üblich verfiel.

„Was guckst du mich so an?"

Kasimir schüttelte den Kopf, als wäre damit alles erledigt und sie fuhren schweigend weiter bis zu der Stelle, an der Robert zu Fuß weiter musste.

Der Händler hielt seinen Karren an und sie hievten die Einkaufstüten herunter. Robert tätschelte Quasimodo den Hals und winkte Kasimir zu. Er wunderte sich schon, wie ungewohnt wortkarg er geworden war, seit sie Mühlenstein verlassen hatten, als sein Freund doch noch etwas sagte.

„Jungchen? Als Thar sagte, du dürftest dich bei deinen Entscheidungen nicht von dem blauen Armband da leiten lassen, meinte er nur, dass du nicht immer überlegen sollst, ob irgendjemand möglicherweise etwas damit zu tun hat oder etwas von ihm weiß oder es an sich bringen will."

Verwirrt sah Robert ihn an. „So etwas habe ich mir schon gedacht. Warum siehst du mich so komisch an?" Doch kaum hatte er das gesagt, kam ihm ein Gedanke. Die seltsame Kraft, die das Schmuckstück haben sollte … und ein paar Mal hatte er doch heute so ein komisches Gefühl gehabt …

Kasimir musterte ihn kurz und bemühte sich dabei, seine in Falten gelegte Stirn zu glätten. „Ach, nur so. Er hat erwähnt, dass das Armband eine Kraft hat, die dem Träger unter Umständen schaden könnte. Nicht, dass du glaubst, es könnte deine Gedanken beeinflussen oder so etwas."

Entgeistert starrte Robert ihn an. Die Wortwahl des Händlers war zwar seltsam, aber wenn er die Sache genau überdachte, war es wohl gar nicht so unzutreffend.

„Kasimir?", fragte er vorsichtig. „Woher weißt du, dass ich heute ein paar Mal das Gefühl hatte, jemand anderes würde meine Entscheidungen fällen?"

„Ach, hattest du das wirklich, ja?" Der Händler wirkte sonderbarerweise richtig froh und erleichtert. „Nein, Jungchen, das wusste ich nicht. Aber glaub mir, das ist wunderbar. Du wirst das alles bald begreifen. Befolg nur alles ganz genau, was Thar dir gesagt hat. Weißt du noch alles?"

Aha, Thar ist also der Name von Schmutzgesicht, dachte Robert. „Ja, ich weiß noch alles", antwortete er. „Aber worüber freust du dich gerade? Das ist doch komisch! Was …?"

„Gut, also tschüss, Jungchen!", unterbrach Kasimir ihn. „Pass gut auf dich auf! Sag den anderen einen schönen Gruß von mir. Ach ja, das hier könntest du vielleicht brauchen."

Er warf ihm eine alte Zigarrenkiste zu und fuhr los. Robert konnte das Kästchen gerade noch auffangen und sah ihm verwirrt nach. Kasimir rumpelte schon um die nächste Kurve, obwohl Quasimodo ansonsten immer ein Schneckentempo an den Tag legte. Verdutzt stand Robert zwischen den schweren Einkaufstüten und starrte dem klapprigen Karren hinterher. Das neue Schild mit der Aufschrift *Kasimir Tesoro – Händler für von allem etwas* wackelte und wippte bedenklich bei der Fahrt über die holprige Straße.

Robert öffnete das Kästchen und sah hinein.

Es war leer. Kopfschüttelnd steckte er es in die Jackentasche, bückte sich und hob eine Tüte nach der anderen auf.

Das Schmutzgesicht hieß also Thar. Was für ein seltsamer Name.

Seufzend drehte er sich um und stapfte durch die inzwischen trockene Wiese hinüber zum Wald. Er begann unter seiner Last zu schwitzen und war froh, als er die Bäume und den Schatten erreichte.

Einzelne Sonnenstrahlen fanden einen Weg durch das Gewirr der Zweige über ihm und malten helle Flecken auf den Boden. Obwohl Robert den Fußmarsch durch den Wald genoss, war er doch froh, als er die alte Hütte sah und die schweren Tüten nicht mehr weit tragen musste. Seine Finger und Schultern schmerzten allmählich von ihrem Gewicht. Als er die letzten Meter des Waldwegs zurücklegte, wurde die Tür aufgerissen und Kevin kam so hastig herausgerannt, dass er fast über die eigenen Füße stolperte.

„Wie viel hast du gekriegt? Wie viel hast du gekriegt?", rief er schon, bevor er ihn erreicht hatte.

„Eine ganze Menge, wie du siehst", antwortete er grinsend und drückte ihm einen Teil der Einkäufe in die Arme, wobei er jedoch die Tüte, in der die Eier waren, vorsichtshalber selbst behielt. Kevin versuchte angestrengt über die Tüten hinweg einen Blick auf Robert zu werfen.

„Na sag schon!", drängelte er ungeduldig. „Wie viel hast du gekriegt?"

„Ich schätze dreißig Kilo. Zufrieden?"

Kevin hatte alle Hände voll damit zu tun, nichts fallen zu lassen, trotzdem gelang es ihm irgendwie nebenbei, Robert vorwurfsvoll anzustarren. Nach ein paar Augenblicken stolperte er jedoch über eine Wurzel und fiel auf die Nase.

Tja, dachte Robert, *gut, dass er nicht die Eier getragen hat.* Kevin rappelte sich flink wieder auf und gab eine Tüte an Robert zurück. Dann fand er endlich Worte für eine Erwiderung.

„Du sollst mich nicht ärgern! Du sollst mir jetzt endlich sagen, wie viel du gekriegt hast!"

„Wie viel? Wie viel was? Kartoffeln?" Robert musste noch viel breiter grinsen.

„Rob!" Kevin wäre beinahe wieder mit dem Fuß irgendwo hängen geblieben. „Geld!"

„Ach so", antwortete er und tat, als wäre er vorher beim besten Willen nicht auf diese Idee gekommen. „Zweihundertfünfzig Euro."

„Wow", staunte Kevin. Dann stahl sich ein ganz spezielles Spitzbubengrinsen auf sein Gesicht. Robert kannte seinen jungen Mitbewohner gut genug, um zu wissen, was jetzt kommen würde. „So viel Geld! Dann könnt ihr mir ja endlich das Auto kaufen!"

Er hatte es gewusst.

Seit Kevin vor einigen Wochen mit Tom in der Stadt beim Einkaufen gewesen war, träumte er von einem kleinen, ferngesteuerten Auto, das er im Schaufenster eines Spielzeugladens gesehen hatte. Kevin hatte es ihnen schon tausendmal beschrieben. Und zwar ständig. Ganz egal, ob ihm jemand zuhörte oder nicht. Jeder Versuch, ihm das Auto auszureden, war gescheitert, sogar auf den Einwand, dass sie in ihrer Waldhütte gar keinen Strom hatten, hatte die kleine Nervensäge die passende Antwort parat („Das Auto fährt nicht mit Strom, man braucht nur Batterien!"). Wenn man versuchte, ihm klarzumachen, dass sie es sich nicht leisten konnten, ständig neue Batterien und überhaupt so teures Spielzeug zu kaufen, schaltete er einfach auf Durchzug und sobald Kevin das tat, hätte man genauso gut gegen eine Wand reden können.

Also hatten Robert, René, Tom und Cora schließlich beschlossen, Kevins Quengelei einfach zu überhören. Wohlweislich erwähnte Robert auch nichts von Kevins

Sonderwünschen, die René bereits heute Morgen von der Einkaufsliste gestrichen hatte.

„Was machen eigentlich die anderen gerade?", fragte er, um ihn vom Thema abzulenken.

„René räumt drinnen auf. Tom und Cora sind unterwegs, Kräuter sammeln.

„Kräuter sammeln", wiederholte Robert mit ausdrucksloser Stimme. Innerlich jedoch verdrehte er die Augen und verwünschte Tom, der einfach nicht auf ihn hören wollte. „Kräuter sammeln. Natürlich."

Sie betraten die Hütte. René hatte die Matratzen, Schlafsäcke, Decken und all den anderen Kram wieder an seinen Platz gestellt und ihre Behausung wirkte wieder einigermaßen ordentlich.

„Guten Tag zusammen!", begrüßte ihn Robert grinsend. „Du weißt nicht zufällig, welche Kräuter jetzt, Anfang Juni, gesammelt werden können, oder?"

„Hallo, Rob. Schon zurück?" René musste ebenfalls grinsen. „Ich glaube, eine ganz spezielle Unterart der Petersilie."

„Ach, welche denn?"

„Die sogenannte ‚Vorwand-Petersilie.'" Sie brachen in Gelächter aus, nur Kevin hatte den Witz nicht verstanden und blickte verdutzt aus der Wäsche.

„Nein, im Ernst, weißt du was?"

„Wenn du Löwenzahn und Brennnessel gelten lässt? Warte mal, Spitzwegerich wächst auch schon."

„Was meinst du, ob sie etwas finden? Die beiden wissen doch nicht einmal, wie Spitzwegerich überhaupt aussieht, und dass man Löwenzahn, Brennnessel und Gänseblümchen essen kann. Zumindest notfalls."

Sie grinsten sich breit an, dann biss Robert sich auf die Unterlippe. „Wir sollten eigentlich nicht so reden. Wir gehören schließlich zusammen."

„Da bin ich ganz deiner Meinung, das weißt du, aber du denkst von Tom wahrscheinlich das gleiche wie ich, oder?"

„Klar", sagte Robert beschwichtigend.

„Was redet ihr da eigentlich die ganze Zeit?", ließ sich Kevins ärgerliche Stimme vernehmen. Immer wenn er das Gefühl hatte, dass jemand seinen großen Bruder kritisierte, wurde er zornig.

„Nichts, Kevin."

Dann platze Kevin wie aus der Pistole geschossen heraus: „Was ist jetzt eigentlich mit dem Auto? Und mit meinem Kaugummi? Und dem Comic?"

Robert und René sahen sich an, drehten sich wie auf Absprache um und begannen, die Einkäufe aus den Tüten zu holen und einzuräumen. Hinter ihnen maulte Kevin vor sich hin.

Ein ganz normaler Tag in der Waldhütte.

6. Kapitel

Vorwand-Petersilie

Einige Zeit später waren Tom und Cora immer noch nicht zurück und Robert ließ René und Kevin allein in der Hütte. Toms neugieriger Bruder wollte natürlich wissen, wohin er ging, aber als Antwort sagte er nur: „Spazieren. *Ich habe meine Pflichten heute ja schon erfüllt.*" Dabei wies er bedeutungsschwer auf die lose Holzlatte im Fußboden, unter der ihre „Haushaltskasse" verwahrt wurde. Dann wanderte Roberts ausgestreckter Zeigefinger zur Tür hinaus, wo ein paar Schritte entfernt eine große Kiste stand, in der kreuz und quer Holzstücke lagen. Mit angehobenen Augenbrauen sah Robert Kevin an. Es war seine Aufgabe, sie nach Größe sortiert zu ihren Holzvorräten zu schaffen. Kevin rollte mit den Augen und gähnte ausgiebig, doch dann schlurfte er langsam zur Tür hinaus und setzte sich umständlich neben die besagte Kiste.

Auch Robert ging nach draußen, wobei er in seine Jacke schlüpfte, obwohl es ihm damit jetzt am Nachmittag bestimmt zu warm werden würde. Allerdings steckte das blaue Armband immer noch in der Tasche und er wollte es nicht im Beisein von René und Kevin herausholen. Beim Anziehen tastete er unauffällig nach dem Schmuckstück. Wo konnte er es verstecken? Es durfte nicht zu nah an der Hütte sein, aber auch nicht zu weit entfernt. Als er darüber nachdachte, bemerkte Robert das Zigarrenkistchen in seiner anderen Tasche wieder. Er hatte es zwischenzeitlich ganz vergessen.

„Rob?", hörte er René fragen.

„Hm?" Er war schon wieder in Gedanken versunken.

„An was hast du gedacht?"

„Ach, an nichts." Robert schüttelte den Kopf. Dann grinste er. „Vorwand-Petersilie."

René lachte. „Ich frage mich auch, wo die zwei so lange bleiben."

„Wir werden es sicher herausfinden. Bis später!", sagte Robert und ging zur Tür hinaus, wobei das lose Brett im Boden knarzte. Als er an Kevin vorbeiging, der griesgrämig und betont langsam die Holzstücke sortierte, sagte er: „Immer dran denken: Wenn du schneller arbeitest, bist du schneller fertig." Er musste sich schleunigst ducken, weil Toms kleiner Bruder mit einem Tannenzapfen nach ihm warf.

Sobald man ihn von der Hütte aus nicht mehr sehen konnte, blieb er stehen und überlegte. An welchem Ort konnte er das Armband verstecken? An der Quelle? In einem hohlen Astloch? Zwischen den Wurzeln eines Baumes? Ja, das war wahrscheinlich noch der beste Einfall. Er sah sich um. Wo stand ein passender Baum? Vielleicht bei dem kleinen Tümpel, ein gutes Stück tiefer im Wald. Dort gab es ein oder zwei Buchen, wenn er sich recht erinnerte, die recht verknotete Wurzeln hatten.

Robert ging weiter, nicht länger den Pfad entlang, sondern quer zwischen den Bäumen hindurch. Dabei schimpften ihn einige schwarz glänzende Amseln gehörig aus, die keck vor ihm am Boden entlang hin- und hersausten.

Nach ungefähr zehn Minuten erreichte er den Tümpel. Auf der anderen Seite des schlammigen Wassers standen zwei Buchen mit irrwitzig verrenkten Wurzeln. Robert kämpfte sich durch das Gras, das hier besonders hoch und üppig wuchs. Einmal wäre er beinahe auf einen Frosch getreten, der sich zwischen den langen Halmen versteckt hatte und erst im allerletzten Moment davonhüpfte. Mit einem lauten Platschen verschwand er in dem fast schwarzen Wasser.

Robert besah sich die dickere der beiden Buchen. Der Baum war schon ziemlich alt und die Wurzeln, die man oberhalb der Erde sah, waren knotig, ineinander verschlungen und bildeten Hohlräume.

„Na also", murmelte er. Nach einigem Suchen entdeckte er eine ausgeprägte Höhlung, die einen schmalen Spalt als Öffnung besaß und von außen kaum zu sehen war. Er holte das Armband aus hell- und dunkelblauen Steinen erst aus seiner Jackentasche, nachdem er sich gründlich umgesehen hatte. Schließlich hätten durch einen dummen Zufall Tom und Cora hier vorbeikommen können. Die eingearbeiteten Muster von Vogelköpfen mit scharfen Schnäbeln und die kleinen Gesichter waren glatt poliert und glänzten in dem Licht, das durch die Zweige der Bäume darauf fiel.

„Dumm, dass ich nichts mitgenommen habe, in das ich es reinlegen kann", brummte Robert vor sich hin. Er runzelte die Stirn, als ihm die Zigarrenkiste einfiel, die Kasimir ihm am Mittag zugeworfen hatte. Er holte sie hervor und fuhr mit den Fingerspitzen über den Deckel. Das Holz war noch gut, aber die Farbe größtenteils abgeblättert. Lediglich einige bunte Farbtupfer waren am Holz haften geblieben, als klammerten sie sich verzweifelt daran fest. Robert schlug das Armband in sein Taschentuch ein und legte das kleine Bündel hinein. Nachdem er vorsichtig überprüft hatte, ob man das Kästchen auch wieder herausbekommen konnte, schob er es zwischen die Wurzeln der Buche.

Beruhigt stand Robert auf. Der Frosch, der vorhin schon davongesprungen und inzwischen wieder aus dem Tümpel geklettert war, hüpfte erneut mit einem lauten Platschen ins Wasser. Lächelnd beobachtete Robert, wie der Frosch möglichst weit entfernt zwischen einigen Wasserpflanzen wieder an die Oberfläche kam. Robert prägte sich die Stelle, an der das Armband nun lag, genau ein, dann wanderte er zurück durch den Wald. Als er auf einen Trampelpfad traf, folgte er diesem bis zu einer Lichtung und setzte sich auf einen großen Stein, der am Rand der Bäume stand und von der Sonne beschienen wurde. Seine Jacke warf er sich über die Schulter. Er blinzelte in das warme Licht. Er genoss es, rein gar nichts zu tun, außer gerade so viel Gleichgewicht aufzubringen, um nicht von dem Stein herunterzufallen. Eine Zeit lang lauschte er einfach nur dem Knistern und Knacken, das die großen und kleinen Bewohner des Waldes verursachten.

Ein Stückchen rechts von ihm raschelte etwas. Neugierig drehte er den Kopf und blinzelte zwischen den Augenlidern hervor. Eine Amsel veranstaltete auf der Suche nach Insekten und sonstigen leckeren Häppchen im Gestrüpp einen Heidenlärm.

Robert merkte, dass er in der warmen Sonne schläfrig wurde, und stemmte sich seufzend hoch. Er sollte wohl lieber zur Hütte zurücklaufen. Er entschied sich für einen kleinen Umweg. So hatte er noch ein gutes Stück Weg zu laufen.

Als er die Hütte schließlich erreichte, waren Kevin und René immer noch alleine.

„Diese Petersilie lässt sich wohl besonders schwer finden", meinte René.

Es begann schon zu dämmern, als Tom und Cora endlich auftauchten. Sie lachten und brachten Heiterkeit mit in die Hütte.

Als Kevin sie den Weg heraufkommen sah, fragte er nach, wo sie gewesen seien. Die Antwort, die er erhielt, glaubte außer ihm aber niemand: „Kräuter suchen." Die beiden kamen mit leeren Händen zurück.

Tom und Kevin kochten Nudeln mit Tomatensoße auf dem alten Eisenofen, der in der Hütte stand. Man musste ihn mit Holzscheiten befeuern und verbrannte sich deshalb regelmäßig die Finger an ihm. Die zwei Brüder hatten wie immer ihre Probleme damit und schlussendlich schmeckte die Soße angebrannt. Als die vier Jungen und Cora um den runden Holztisch saßen und verdächtig wenig von der roten Pampe auf ihre Nudeln schöpften, konnte René es sich nicht verkneifen, anzumerken: „Irgendwie fehlt die Petersilie in der Soße, findet ihr nicht?"

„Petersilie in der Tomatensoße?" Cora verzog das Gesicht.

„Warum denn nicht?", gab Robert zurück. „Kommt eben darauf an, wie's der Koch mag – und vielleicht auch noch …" Er brach ab und ließ stattdessen eine Mischung aus Husten und Räuspern hören, als er Renés Blick auffing.

„Auf was denn?", hakte Kevin nach.

Robert hustete, bis ihm eine alternative Fortsetzung einfiel. „Und vielleicht auch noch auf die Jahreszeit. Die Petersilie muss dazu nämlich ganz frisch sein." Er trank sein Glas leer und füllte es neu. Aus den Augenwinkeln sah er, dass Cora ihn zornig anstarrte. Er erwiderte den Blick, bis sie sich schließlich beide wieder ihren Nudeln mit angekokelter Soße zuwandten.

„Vielleicht sollten wir doch einmal ein paar Sachen selbst anpflanzen", schlug René vor.

„Ach, René …", seufzte Robert. „Das haben wir doch schon so oft besprochen …"

„Ja, ich weiß. Kaum eine Gartenpflanze wächst gut auf dem Waldboden. Und ein Garten ist verräterisch", fügte er seufzend hinzu.

„Außerdem wäre es nicht klug, für etwas zu bezahlen, das wir umsonst kriegen können", warf Kevin ein. Alle sahen ihn mit hochgezogenen Augenbrauen an.

„Was ich mir überlegt habe", fuhr René fort, als hätte er nichts gehört, und spießte noch eine Nudel auf, „ist, dass wir doch ein bisschen Grünzeug in Blumentöpfen auf dem Fensterbrett ziehen könnten." Er verzog leicht die Mundwinkel, als Kevin ihn mit einem fast boshaften Lächeln schnell eine große Portion Tomatensoße auf seinen Teller schöpfte. „Na, was denkt ihr?", schloss er und spießte trotz der Soße eine weitere Nudel auf.

„Na ja", meinte Robert, „so gesehen ist die Idee ja ganz gut, aber hättest du mir sie nicht schon heute Morgen mitteilen können? Ich war nämlich in Mühlenstein auf dem Markt, das dürftest du eigentlich bemerkt haben." Er sah seinen Freund ärgerlich an.

„Ich hatte die Idee erst heute Mittag", antwortete jener grinsend. „Außerdem hättest du die Töpfe sowieso nicht schleppen können. Du bist eh schon wie ein beladener Packesel rumgelaufen. Also, wer geht morgen Vormittag einkaufen?" Plötzlich vertilgten alle verdächtig gierig ihr Essen. Außer René. Der starrte Robert an, bis der seufzte.

„Aber dafür geht einer von euch das nächste Mal einkaufen, wenn ich an der Reihe bin." Er hob die Augenbrauen, als alle erleichtert nickten. „Was ist denn los? Ist morgen irgendetwas?", fragte er misstrauisch.

„Hast du in den letzten zwei Stunden mal aus dem Fenster gesehen?", fragte Renée.

Robert blickte hinaus. Obwohl es ein schöner Tag gewesen war, zogen Wolken auf. Morgen würde es regnen.

„Vergiss es", sagte Robert. „Ich gehe übermorgen."

René, Tom und Cora nickten lächelnd.

„Du hast gesagt, dass du morgen gehst!", beschwerte sich Kevin plötzlich lautstark. „Du hast es gesagt! Und was man sagt, muss man auch tun!"

Tom verpasste seinem kleinen Bruder über den Tisch hinweg einen Klaps auf den Kopf. Dieser verzog schmollend den Mund.

Cora lächelte Kevin jedoch an. „Wenn es dir so einen Spaß macht, Rob morgen im Regen in die Stadt laufen zu sehen, dann geht er auch."

Robert brachte vor Verblüffung keinen Ton hervor und starrte sie entgeistert an.

„Aber dafür vergisst du dieses bescheuerte Spielzeugauto und versprichst schon im Voraus, uns nie wieder mit irgendetwas in dieser Art zu nerven, ist das klar?"

Kevin nickte begeistert. Alle vier drehten sich mit großen Augen zu Robert um. Tom hatte eine Miene aufgesetzt, als sei Robert gerade die Wahl gestellt worden, sie alle zusammen entweder leben oder sterben zu lassen.

„Ist ja schon gut", seufzte er und hob ergeben die Hände. „Wo gibt's die Töpfe, die du willst, René?"

Renés schlechtes Gewissen sprang ihm fast aus den Augen. „In Zemern ist morgen Grüner Markt. Dort ist doch auch immer dieser Stand mit Pflanzen und dem ganzen Krimskrams dazu."

Na toll, dachte Robert. *Der Weg dorthin wird so matschig sein, dass ich eigentlich gleich schwimmen kann.*

7. Kapitel
Das Mädchen im Regen

Schon als sie die Matratzen auf dem Boden verteilten und Decken und Kissen darauf warfen, hörten sie, wie der Wind auffrischte. Beim Löschen der Petroleumlampe, etwa eine halbe Stunde vor Mitternacht, rauschten die Zweige und Äste der Bäume bedrohlich. Es dauerte eine ganze Weile, bis Robert an diesem Abend einschlief, und als er endlich ins Reich der Träume geglitten war, sah er nur das Bild vom Versteck des Armbands vor sich.

Mitten in der Nacht erwachte er, weil ein Donnerschlag den Boden erbeben ließ. Er hörte den strömenden Regen und ihm graute vor dem nächsten Morgen, an dem er bei diesem Wetter nach Zemern laufen musste. Zwei Stunden hin und zwei wieder zurück, wenn er schnell ging. Pitschnass würde er werden. Renés blöder Kräutertöpfe-Einfall. Coras dumme Verhandlungstaktik. Und vor allem Kevins dämliches Spielzeugauto.

Ein Blitz ließ die Deckenknäuel um ihn herum messerscharf erkennen. Robert wollte die Sekunden bis zum nächsten Donnerschlag zählen, aber noch bevor dieser zu hören war, war er wieder eingeschlafen.

Als Robert am nächsten Morgen von Kevin geweckt wurde, der ihn schadenfroh grinsend an den Schultern gepackt hatte und heftig rüttelte, regnete es immer noch. Es sah aus, als hätte das Wetter Lust bekommen auszuprobieren, wie viel Wasser vom Himmel fallen konnte, bis alles Lebendige auf dem Erdboden ertrinken würde.

Nach einem hastigen Frühstück zog Robert sich seine Schuhe an, die leider nicht wasserdicht waren, und warf seine Jacke über. Er angelte einen alten Regenschirm hervor, nahm etwas Geld aus der Kasse unter dem losen Bodenbrett und stapfte hinaus in den strömenden Regen, ohne Kevin die Freude zu machen, einen weiteren Umstimmungsversuch zu unternehmen.

Die Tropfen trommelten mit einer ohrenbetäubenden Lautstärke auf den Regenschirm und ließen um Robert herum Dreck und Schlamm aufspritzen. Irgendwo musste es in der Nacht gehagelt haben, denn es war geradezu unangenehm kühl geworden. Nach einigen Minuten spürte Robert bereits eine klamme Kälte an den Zehen und nach einer halben Stunde hätte er genauso gut barfuß laufen können, so nass waren seine Füße. Er hätte viel für eine Fahrt im trockenen Bus gegeben, aber an der Landstraße, an der sein Weg entlangführte, gab es keine Bushaltestelle.

Als er Zemern endlich erreicht hatte, fühlten sich seine Füße wie Eisklötze an und der aufspritzende Regen hatte seine Hose bis zu den Knien durchnässt. Robert stolperte in Richtung des Marktplatzes und wurde von vorbeifahrenden Autos noch zusätzlich mit Wasser und Schmutz bespritzt. Irgendwann fing er leise an zu schimpfen. Auf René, auf Cora, auf Kevin, auf Tom, auf das Wetter, auf den Spielwarenladen mit dem roten Auto – auf alles eben, das er auch nur irgendwie dafür beschuldigen konnte, jetzt in dieser Gegend herumlaufen zu müssen. Normalerweise war Robert überhaupt nicht der Typ für solche Nörgeleien, aber diesmal konnte er sich einfach nicht beherrschen. Nicht, dass er seinen Freunden jemals wirklich eine richtige Standpauke gehalten hätte, aber im Moment war es ganz praktisch, sich ein bisschen aufzuregen. Es wärmte.

Schließlich erreichte er den Markt, auch wenn dieser Ausdruck für die Handvoll Stände nicht gerechtfertigt war, die bei dem scheußlichen Wetter aufgestellt worden waren. Mit Planen überdacht und eng zusammengerückt sahen sie aus wie ein paar Leute, die versuchten, sich unter einen einzigen Schirm zu drängen.

Schlotternd lief Robert das halbe Dutzend Marktstände ab. Und tatsächlich: am letzten gab es Kräuter in Blumentöpfen. Um sie sich näher anzusehen, trat Robert unter die Plastikplane, wobei er seinen Schirm zusammenklappte. Er rieb sich die klammen Finger und versuchte angestrengt, seine Zehen durch Wackeln aufzuwärmen, aber alles, was er dabei erreichte, war, dass Wasser aus seinen Schuhen quoll.

„Was für ein Wetter heute, was?", fragte ihn der Verkäufer gut gelaunt.

„Hm", gab Robert trübsinnig zurück.

„Was denn, was denn?", fragte der Verkäufer mit, wie er wohl meinte, mitfühlender Stimme. „Über den Wolken scheint doch immer die Sonne!"

„Nass werde ich trotzdem." Robert deutete auf die Kräutertöpfchen. Irgendwie sahen sie schon ganz praktisch aus. In einem schlichten Holzgestell waren sieben Töpfe befestigt und in jedem wuchs ein anderes Kraut. Die Petersilie sprang ihm sofort ins Auge. Er grinste.

„Wegen dem Ding hier bin ich durch den Regen gelatscht." Er deutete auf den Petersilientopf und zog dann seine kalten Finger in den Ärmel seiner Jacke zurück. „Was kostet denn so eins?"

„Oh, meine Kräutergalerie?", erwiderte der Verkäufer mit dem sonnigen Gemüt. „Für dich nur fünfundzwanzig, weil es die letzte ist!"

„Kräutergalerie?", wiederholte Robert, um Zeit zu schinden, während er überlegte, was sie wohl wirklich wert war.

„Ja, die Pflänzchen sind doch wirklich putzig aufgereiht, nicht? Wie wertvolle Gemälde in einer Galerie."

Diese Herleitung wäre Robert nicht unbedingt von alleine eingefallen. „Es sind aber nur Kräuter und keine teuren Kunstwerke. Dafür zahle ich zehn."

„Was?!", schrie der Verkäufer so laut, dass die wenigen anderen Händler die Köpfe nach ihnen reckten. „Du willst mich wohl ins Armenhaus bringen!"

„Hier gibt's kein Armenhaus, Sie müssen notfalls Sozialhilfe beantragen", meinte Robert trocken und knetete seine Hände.

„Zweiundzwanzig!", verlangte der Händler.

„Zwölf."

„Zwanzig!"

„Dreizehn."

„Fünfzehn!"

„Gut, aber dafür packen Sie mir Ihre Kunst so ein, dass mir die Pflänzchen im Regen nicht davonschwimmen."

„Abgemacht", gab der Verkäufer breit grinsend zurück. Robert vermutete, dass er immer noch viel zu viel für die Töpfe gezahlt hatte. Der Verkäufer verfrachtete den Einkauf gut eingewickelt in eine Kiste und überreichte sie Robert. Dieser bezahlte, klemmte sich die Kiste unter den Arm und wünschte noch einen guten Tag, während er schon seinen Regenschirm aufspannte.

Was für ein verrückter Spaßvogel, dachte er, *aber wenigstens bin ich nicht umsonst hierhergelaufen.* Er fror und die Regentropfen trommelten mit solcher Wucht auf den Schirm, als wollten sie ihn durchlöchern. Robert überlegte gerade, ob nicht doch noch Hagel daraus werden konnte, als er plötzlich stehenblieb. Die Straße war so gut wie menschenleer, aber da, zehn oder fünfzehn Häuser weiter, stand tatsächlich jemand ohne Schirm mitten im Regen.

Es war ein Mädchen, ungefähr so alt wie er selbst. Es stand seitlich zu ihm und trug ein leichtes Kleid, das vom Regen völlig durchnässt war und ihm am Körper klebte. Die rote Farbe des Stoffes war vom Wasser dunkel geworden, ebenso wie die seiner braunen Haare. Das Mädchen stand in einer der unzähligen Pfützen, die sich auf dem Boden ausbreiteten, und starrte mit glasigem Blick ins Leere.

Robert ging auf sie zu.

„Ähm, Entschuldigung?"

Sie richtete stumm ihre dunkelbraunen Augen auf ihn. Auf eine seltsame Art schien in ihrem Gesicht nichts so recht zusammenzupassen, aber trotzdem, oder vielleicht auch gerade deswegen, war sie hübsch.

„Kann ich dir irgendwie helfen?"

Sie antwortete nicht.

„Bist du allein? Wo willst du denn hin?"

Sie sah ihn nur an und rieb sich die Arme.

Robert klemmte sich die Kiste zwischen die Knie und zog die Jacke aus. Dabei versuchte er angestrengt, den Schirm so zu halten, dass wenigstens sein Oberkörper einigermaßen trocken blieb.

Er hielt ihr seine Jacke hin. Ihr Blick wanderte zu dem Kleidungsstück und blieb daran hängen, doch sie griff nicht danach. Obwohl sie erschrocken zurückzuckte, nahm er sie beim Handgelenk, um sie unter das nächste Vordach zu ziehen. Dort klappte er seinen Schirm zusammen und lehnte ihn an die Hauswand. Die Fremde betrachtete ihn misstrauisch.

„Entschuldige, dass ich dich erschreckt habe, aber du kannst nicht so im Regen stehen bleiben, wenn du keine Erkältung bekommen willst. Bitte zieh doch jetzt die Jacke an, ja? Wie heißt du?"

Keine Antwort.

„Ich bin Robert."

Wortlos zog sie die Jacke an. Wer sie wohl war? Robert musterte sie. Er hatte sie ganz gewiss noch nie gesehen, aber trotzdem glaubte er, etwas Vertrautes an ihr zu erkennen. Sie schloss den Reißverschluss seiner Jacke und schmiegte sich hinein.

„Danke", murmelte sie.

„Und wer bist du?", fragte er. Ohne seine Jacke fror er noch mehr.

„Mein Name ist Jana", sagte sie mit sanfter Stimme. Das war und blieb alles. Auf Fragen, woher sie komme und wohin sie wolle, ob sie allein sei und ob Robert ihr helfen könne, antwortete sie nur noch mit unbestimmtem Kopfschütteln. Robert betrachtete Jana, die komplett orientierungslos wirkte. Er dachte plötzlich an Schmutzgesichts Worte am Ende ihres Gesprächs gestern zurück: *‚Und lass dich von diesem Armband niemals in deinem Handeln beeinflussen. Folge immer deinem Herzen.'*

Folge immer deinem Herzen.

Er bemerkte, dass Jana ihn aufmerksam beobachtete. „Willst du mitkommen?", fragte er sie. „Ich wohne mit ein paar Freunden in einer Waldhütte. Ein Mädchen ist auch dabei. Wir haben alle keine Familie mehr und auch sonst keinen Platz zum Bleiben. Wenn du möchtest, kannst du mitkommen."

Nachdenklich blickte sie in den Regen, während Robert sich an die Mauer hinter ihm lehnte. Er fror erbärmlich, wollte sich aber nicht die Blöße geben, sich die Arme zu reiben oder auf der Stelle zu treten. Er begann zu grübeln. Was war eigentlich in ihn gefahren? Er bot einer völlig Fremden an, bei ihnen unterzukriechen. Gut, er war schon immer hilfsbereit gewesen. Er war es auch gewesen, der René angeschleppt hatte, aber von dem hatte er wenigstens gewusst, dass er einen Unterschlupf *gebraucht hatte.*

Von Jana dagegen wusste er absolut nichts – außer ihrem Namen und dass sie in zu leichter Kleidung frierend im strömenden Regen stand. Er verriet einer Fremden, dass ihr Versteck eine Waldhütte war und dass er und seine Freunde ansonsten keine Bleibe hatten.

Dafür gab es keine Rechtfertigung. Nicht einmal eine halbwegs plausible Erklärung.

„Kann ich wirklich mitkommen?"

„Klar." Für eine längere Antwort war er zu überrascht darüber, dass sie sein Angebot annahm.

„Kann ich auch jederzeit wieder gehen?", hakte sie nach.

Er runzelte die Stirn. „Na ja, wir sind in einem freien Land und wir verpassen dir auch keine Gehirnwäsche. Du musst uns nur hoch und heilig versprechen, uns nicht zu verraten." Da fiel ihm noch eine Kleinigkeit ein. „Vielleicht solltest du noch was wissen. Wir leben vom … Stehlen." Er biss sich auf die Lippen.

Jetzt war es endgültig bewiesen.

Er war verrückt geworden.

Er erzählte einer Fremden einfach alles! Er hätte sich ohrfeigen können. *Folge immer deinem Herzen,* dachte er ärgerlich. *Gute Idee, Schmutzgesichts Anweisungen zu befolgen!*

Diesmal gelang Jana ein Lächeln. „Was du nicht sagst. Das habe ich mir schon fast gedacht. Aber du bist trotzdem ein guter Mensch."

„Ach." Roberts perplexer Gesichtsausdruck musste komisch aussehen, aber Jana bemerkte ihn schon nicht mehr. Sie beobachtete verlegen die andere Straßenseite, an der eine grau getigerte Katze die Häuser entlangstrich und klagend maunzte. Ihr Fell war genauso nass wie die Klamotten der beiden. Sie schüttelte sich energisch und sah nun wieder plüschig aus.

„Wir sollten langsam gehen. Wir müssen ziemlich weit laufen und sollten zusehen, dass wir möglichst bald ins Warme kommen und was Trockenes anziehen können. Komm unter den Schirm." Er spannte den Regenschirm auf, der groß genug für beide war, klemmte sich die Kiste wieder unter den einen Arm und hielt mit dem anderen den Schirm. Jana tapste durch eine Pfütze hindurch an seine Seite. Umständlich, um zwar unter dem Schirm zu bleiben, sich aber nicht mehr als unbedingt nötig zu berühren, ließen sie die Stadt hinter sich zurück.

Eine Weile folgten sie noch der Straße, auf der bei diesem Wetter außer ihnen niemand unterwegs war. Nicht einmal mit dem Auto wagten sich die Leute heute ins Freie. Die Autos, die ihnen begegneten, konnte man an einer Hand abzählen. Robert und Jana schwiegen, bis sie schließlich die Straße verließen und durch eine Wiese liefen.

„Müssen wir weit querfeldein laufen?", fragte Jana.

„N-nicht sehr lange", antwortete Robert schlotternd. „Aber b-bis zur Hüfte sind wir s-sowieso schon nass, d-da macht es auch nicht m-mehr viel aus, ob wir durch eine W-Wiese laufen oder n-nicht und so sind wir w-wenigstens ein bisschen schneller zu H-Hause." Er fror inzwischen so erbärmlich, dass er schon mit den Zähnen klapperte.

„Bitte, zieh deine Jacke wieder an."

„Nein", entgegnete er, „aber lass uns ein b-bisschen schneller laufen, ja? Es ist nicht mehr weit. Siehst du die

Lücke zwischen den B-Bäumen da vorne? Dort beginnt der Waldweg, der zur H-Hütte führt."

Der Regen prasselte noch energischer auf sie herab und so schnell es ihre umständliche Gehweise erlaubte, liefen sie schließlich unter dem Blätterdach hindurch, das die Wassermassen schon lange nicht mehr bremste, den Waldweg entlang. Endlich erreichten sie die Hütte und Robert hämmerte gegen die Tür.

„Leute!", rief er ungeduldig, als die Tür nicht sofort aufflog. „Lasst uns rein! Wir wollen endlich ins Trockene! René! Mach auf, aber schnell!"

Aus den Augenwinkeln sah er, dass Jana ihn beobachtete. Der Riegel knirschte, als er zurückgeschoben wurde. Die Tür öffnete sich und sichtbar wurde René, dem das schlechte Gewissen ins Gesicht geschrieben stand.

Robert klappte hastig den Schirm zu, lehnte ihn an die Wand und stolperte hinter Jana ins Trockene. Cora und Tom saßen sich gegenüber am Tisch und sahen verdutzt drein. Kevin hingegen lehnte am Fenster, nur drei oder vier Schritte von der Tür entfernt, und betrachtete die Sintflut. Er musste sie kommen gesehen haben und hatte trotzdem keinen Finger gerührt.

Robert wandte sich Jana zu, die dastand und Cora anstarrte, als sähe sie einen Geist.

Wortlos trat er auf René zu, drückte ihm die nasse Kiste mit der Kräutergalerie in die Arme und ging zum Kleiderschrank. Dieser stand so, dass seine Tür gerade die nächste Wand berührte, wenn man sie öffnete. So entstand eine kleine Umkleidekabine, die recht praktisch war, wenn man ein Mädchen als Mitbewohnerin hatte.

Er machte den Schrank auf und nahm ein paar von Coras Klamotten heraus. „Hier, probier die mal an, vielleicht passen die." Er gab sie Jana, lächelte ihr aufmunternd zu und deutete auf die Zimmerecke neben dem Schrank. Er schloss die „Kabine", nachdem Jana sich hineingestellt hatte. Als er sich endlich den anderen zuwandte, blickte Cora ihn empört an. Tom, René und Kevin hingegen sahen verblüfft auf die Kleiderschranktür, die nur Janas Füße sehen ließ. Dann redeten alle gleichzeitig.

„Wer ist das denn?", fragten Tom und Kevin im Chor.

„Ich hatte schon Angst, dich hätt`s weggespült", sagte René mit einem schiefen Grinsen.

„Was fällt dir ein, meine Klamotten irgendeiner dahergelaufenen Kuh zu geben?!" Cora war aufgesprungen und schrie so laut, dass sie alle anderen zum Schweigen brachte. „Wer ist das überhaupt, dass sie so selbstverständlich hier reingelatscht kommt?! Willst du sie auch noch bei uns unterkriechen lassen oder was? Dann gibst du ihr gefälligst deine Matratze, kapiert?!"

Coras Augen sprühten förmlich Funken, als wollten sie Robert bei lebendigem Leibe verbrennen. René packte Cora kurzerhand bei den Schultern und drückte sie auf den nächsten Stuhl.

„Das reicht!", fuhr er sie an und sie verstummte, immer noch zornbebend. Niemand außer René konnte Cora stoppen, wenn sie einen ihrer Wutanfälle hatte, die gar nicht so selten waren.

Ein paar Sekunden herrschte Stille. Wahrscheinlich hielt sogar Jana hinter der Schranktür inne und lauschte.

Roberts Kleider tropften und zu seinen Füßen bildete sich eine kleine Pfütze.

Nach einer halben Ewigkeit durchbrach René die Stille. „Also, wer ist sie?"

Robert öffnete den Mund, um zu antworten, aber hinter ihm schwang die Schranktür mit einem Quietschen zu.

„Ich bin Jana." Sie stand in der Ecke neben dem Kleiderschrank, die Haare einigermaßen trocken gerubbelt. Die Jeans und die dunkelrote Bluse standen ihr ausgezeichnet, auch wenn sie ein wenig zu groß waren.

Cora starrte Jana an. Eine unerklärliche Wut stand ihr ins Gesicht geschrieben. Robert lief es kalt den Rücken hinunter, denn in diesem Augenblick jagte sie ihm Angst ein.

„Jana heißt du also", wiederholte René, als wäre alles in schönster Ordnung. „Warum bist du hier? Woher kommst du?"

„Das habe ich sie auch schon gefragt", erklärte Robert schnell, „aber sie will es nicht verraten. Auf jeden Fall kannst du sonst nirgends hin, oder?", fügte er an Jana gewandt hinzu. Sie nickte.

Tom hatte nachdenklich das Kinn auf die rechte Hand gestützt und Kevin starrte Jana angestrengt an, den Mund sperrangelweit geöffnet und die Stirn gerunzelt. Vorsichtshalber behielt Robert für sich, wie viel er Jana schon verraten hatte, schließlich hatte er nur ihr bloßes Versprechen, sie nicht zu verraten.

„Du brauchst Kleidung und eine Matratze. Bis wir sie dir besorgen können, leiht dir Cora", er deutete mit einem Kopfnicken auf seine wütende Mitbewohnerin, „das, was du gerade angezogen hast. Außerdem kannst du meine

Matratze haben. Ach ja, du kennst ja noch nicht alle Namen. Also der, der gerade so grinst, heißt René."

René meldete sich wie ein Schuljunge. „Hier!"

„Der schlaksige Blondschopf am Tisch heißt Tom."

Tom tat, als nähme er einen unsichtbaren Hut vom Kopf, und deutete eine Verbeugung an, die allerdings ziemlich komisch ausfiel, weil er dabei sitzen blieb.

„Der Knirps am Fenster heißt Kevin. Er und Tom sind Brüder. Das können sie nicht verleugnen, was? Und das unfreundliche Mädchen ist, wie du schon gehört hast, Cora." Robert sah auf die Uhr, die sie Kasimir abgeschwatzt und an die Wand gehängt hatten. Es war fast halb zwei. „Was haltet ihr davon, etwas zu essen?"

Von den Jungen erhielt er zustimmendes Gebrabbel, während Cora beleidigt schwieg. Endlich zog sich Robert nun selbst um. Als er anschließend an Jana vorbei zum alten Ofen ging, lächelte er sie an. Irgendwie hatte er ständig das Gefühl, sie anlächeln zu müssen. Er musste dabei wirklich dämlich wirken. Er heizte den Ofen mit einigen von den Holzscheiten an, die Kevin hereingetragen hatte. Er sah dem Feuer gerne zu, wie es gierig vom Holz Besitz ergriff. Die Wärme, die aus der Ofenklappe strömte, spürte er angenehm über seine kalten Finger streichen. Als das Feuer brannte, schob er die Klappe bis auf einen Spalt zu. Dann machte er sich daran, Pfannkuchen zu backen. Jana stellte sich neben ihn an den warmen Ofen und rieb sich die Hände.

Er versuchte gerade, den düsteren Gedanken zu verbannen, dass sie sich wahrscheinlich beide eine ordentliche Erkältung eingefangen hatten, als René zu ihnen herüberkam.

„Du denkst jetzt sicher, wir sind alles andere als ein gastfreundlicher Haufen, was?" René kratzte sich verlegen am Kopf. „Aber du lernst uns zu einem wirklich ungünstigen Zeitpunkt kennen. Ihr seht ja echt verfroren aus. Setzt euch mit einem Tee an den Tisch, ich übernehme die Pfannkuchen. Tom und Cora haben vorher Stadt-Land-Fluss gespielt, vielleicht wollt ihr ja eine Runde mitma– Hm, vielleicht doch keine so gute Idee", unterbrach er sich selbst nach einem kurzen Blick auf Cora.

„Doch, doch, so ähnlich können wir es machen", sagte Robert. „Du und Jana könnt den beiden am Tisch Gesellschaft leisten."

René blickte seinen Freund scharf an, dann gab er ihm mit einem kurzen Heben der Augenbrauen zu verstehen, dass er seinen Plan durchschaut hatte. Er war aus einem unerfindlichen Grund der Einzige, der Coras Wutausbrüche dämpfen konnte. Ihr Zorn vorhin war nicht wirklich dadurch verursacht worden, dass sie zwei Kleidungsstücke verleihen musste, zumindest nicht hauptsächlich.

Der eigentliche Grund dafür war wohl vielmehr die schlichte Tatsache, dass Jana hier war – ein zweites Mädchen in der alten Jagdhütte im Wald.

8. Kapitel
Wie die Handlung eines Buches

Bevor Robert die Pfannkuchen buk, brühte er Tee auf. René trank eine Tasse mit und löffelte dabei mehr Zucker hinein als nötig. Normalerweise war er derjenige, der ihnen bei solchen Gelegenheiten Vorträge über Verschwendung hielt. Aber als er heute Roberts erstaunten Blick bemerkte, grinste er.

„Macht euren Tee nur recht süß, dann wärmt er noch besser."

Robert schüttelte den Kopf und musste das Grinsen dabei unwillkürlich erwidern. Kevin stand noch am Fenster. Auf die Frage „Immer noch ein Sauwetter, nicht?" war ein langgezogenes „Ja" die Antwort. Robert schickte ihn daraufhin in den noch immer strömenden Regen hinaus, um einen Eimer Wasser aus dem Bach zu holen, der hinter der Hütte vorbeiplätscherte. Das schadenfrohe Lächeln, das ihm dabei um die Mundwinkel spielte, entging Jana nicht und ihr vorwurfsvoller Blick beschwor in ihm ein schlechtes Gewissen herauf. Leise flüsternd erklärte René ihr den

Grund dafür und ging anschließend in die Erklärung der täglichen Pflichten und der „Problematik Cora" über.

Während René redete, stand Robert auf und holte sich ein zweites Paar Socken aus dem Schrank. Ihm war immer noch kalt. Dann trat er wieder an den Ofen und machte sich ans Backen der Pfannkuchen. Er kochte nicht besonders gerne oder gut. Wie immer wurde der erste viel zu dunkel.

Kurz darauf setzten sich alle zum Essen an den Tisch und kauten auf ihren Pfannkuchen herum. Niemand wagte viel zu sagen, denn alle spürten, dass Cora immer noch geladen war und nur auf einen Anlass wartete, um zu explodieren. Kevin schmatze unverschämt laut vor sich hin und nahm sich viel zu viel Marmelade.

Erst Janas Stimme brach das Schweigen. „Danke, dass du mir etwas Trockenes zum Anziehen leihst, Cora." Alle am Tisch hielten die Luft an. Die Angesprochene saß stocksteif da. In ihrem schönen Gesicht bewegte sich kein Muskel. Kevins Hand verharrte mitten in der Luft, auf der Gabel ein Stück Pfannkuchen, von dem langsam Marmelade heruntertropfte.

Dann explodierte sie.

Sie knallte ihr Besteck mit einer solchen Wucht auf den Holztisch, dass das Messer in der Tischplatte stecken blieb. Tom hatte gerade noch rechtzeitig seine Hand weggezogen und starrte sie an.

„Du Biest!", schrie sie und sprang auf. „Kommst einfach hier rein getrampelt und glaubst, du könntest dich hier bedienen lassen! Such dir einen anderen Platz zum Unterkriechen! Geh doch wieder dahin zurück, wo du hergekommen bist, und lass uns hier in Frieden!"

Robert sah zwischen den beiden Mädchen hin und her. Jana saß immer noch auf ihrem Platz und hörte sich die Beschimpfungen an. Robert glaubte sogar, ein wenig Mitleid in ihrem Gesichtsausdruck zu entdecken. Gebannt verfolgten alle am Tisch den weiteren Verlauf der Situation. Das Gezeter ging weiter, bis Cora plötzlich die Luft anhielt. Sie setzte sich wieder hin und aß ihren Pfannkuchen, nachdem sie ihr Messer mit einigem Kraftaufwand wieder aus der Tischplatte gezogen hatte.

„Also dann, danke nochmal", wiederholte Jana und spießte ein Stück ihres Pfannkuchens auf ihre Gabel auf. Diesmal kassierte sie nur einen äußerst unfreundlichen Blick.

Robert musterte sie genau, wie auch die anderen Jungen am Tisch. Hoffentlich ging das auf Dauer gut mit den beiden Mädchen. Sie konnten hier wirklich keinen Krieg untereinander gebrauchen. Andererseits konnte man den Vorfall auch ganz anders sehen: Hatte Jana sich vielleicht gerade so weit durchgesetzt, dass Cora sich ab jetzt besser beherrschen würde?

Den Nachmittag über spielten sie tatsächlich alle gemeinsam Karten und Stadt-Land-Fluss. Da sie zu sechst waren, sahen beim Kartenspielen immer zwei zu. Jana unterhielt sich mit allen und glich damit Coras Wortkargheit aus, die seit dem Mittagessen beharrlich schwieg. Als Kevin mit

Jana an der Reihe war zuzusehen, begann er herumzunörgeln – wie immer, wenn ihm langweilig wurde. Robert, René, Tom und Cora verdrehten die Augen, denn sie wussten aus Erfahrung, dass er mit dem Nörgeln nicht so bald wieder aufhörte, wenn er einmal damit angefangen hatte. Und Nerven aus Stahlseilen hatte wahrlich keiner von ihnen.

Doch als Kevin an diesem Nachmittag zu Maulen anfing, lernten sie ihn von einer völlig neuen Seite kennen.

„Das ist langweilig! Warum muss immer ich zugucken?"

„Ach, komm schon, Kevin", erwiderte Tom. „Du weißt doch, dass du Unsinn redest. Wir wechseln alle durch mit dem Warten. Wie immer. Jetzt hab ein bisschen Geduld."

„Du bist blöd." Wenn er maulen wollte, dann maulte er auch.

„Komm schon", wiederholte Tom. „Frag doch Jana, ob sie inzwischen irgendwas mit dir macht." Dass er ihren Namen erwähnt hatte, gefiel Cora überhaupt nicht. Sie sah drein wie eine Katze, die eine soeben erbeutete Maus wieder entwischen sieht. Aber – o Wunder! – sie schwieg weiterhin.

Jana ging auf den Vorschlag ein. „Ich habe da eine Idee. Ich könnte dir eine Geschichte erzählen."

„Geschichten sind blöd", maulte Kevin.

Robert tauschte einen Blick mit den anderen am Tisch. Kevin und Geschichten. Das konnte Jana lange probieren.

Zu ihrer aller Verwunderung schaffte sie es, ihn doch noch von ihrer Geschichte zu überzeugen. Von Rittern erzählte sie, von Königen, Bettlern und lebendigen Sagengestalten. Es war eine Geschichte voller Spannung und Witz.

Man konnte sich alles genau vorstellen und Kevin hing gebannt an ihren Lippen. Aber auch die anderen kamen nicht umhin, neben ihrem Kartenspiel neugierig zu lauschen, auch wenn sie es nicht zu zeigen versuchten.

Toms kleiner Bruder vergaß ganz zu nörgeln und als er eine Weile später wieder beim Kartenspiel an der Reihe war, bat er Jana, doch erst die Geschichte zu Ende zu erzählen.

Robert blickte erstaunt in die Runde. Kevin formulierte eine Bitte? Bis jetzt hatte das niemand für möglich gehalten.

Der Rest des Tages verlief ruhig und auch der Regen wurde langsam schwächer. Am Abend, als sie es sich alle auf ihren Matratzen bequem gemacht hatten (Robert hatte seine Matratze Jana gegeben und sich mit einer Decke auf die schmale Bank gelegt), gab er René ein Zeichen, kurz bevor er das Licht löschte. Sein bester Freund verstand sofort, wie immer. Die Ereignisse, die sie in ihrer Vergangenheit erlebt hatten, ließen sie einander verstehen, auch wenn sie sich kaum etwas davon erzählt hatten. René sprach einfach nie darüber, während Robert sich an das meiste nicht erinnern konnte. Er hatte die Zeit vor seinem Leben in der Waldhütte schlichtweg zu gut verdrängt.

Als die anderen fest eingeschlafen waren, stand René auf und schlich leise zur Bank. Die zwei Freunde setzten sich nebeneinander.

„Was ist denn los?"

„Ich will dir die ganze Geschichte erzählen."

„Die ganze Geschichte?" René klang verwirrt.

Robert hatte bis jetzt überlegt, wie viel er seinem besten Freund nun eigentlich erzählen wollte. Sollte er noch einmal auf Schmutzgesichts Anweisungen hören und die Sache mit dem Armband verschweigen?

„Zuerst musst du eine Kleinigkeit von gestern wissen. Ich habe die Beute an Schmutzgesicht verkauft. Irgendwie hatten wir ein seltsames Gespräch. Ich weiß jetzt sogar seinen echten Namen: Thar. Merkwürdiger Name, nicht? Im Verlauf dieses Gesprächs hat er irgendetwas von guten Menschen geredet und dass ich immer meinem Herzen folgen soll. Klar soweit?"

„Sehe ich so aus?", gab René amüsiert zurück.

„Das kann ich im Dunkeln nicht sehen, aber du hörst dich nicht so an. Allerdings verstehe ich selbst nicht sehr viel mehr als du." Sein schlechtes Gewissen regte sich, weil er ihm den interessantesten Teil seiner Neuigkeiten verschwieg. „Ich habe mir jedenfalls keine allzu großen Gedanken darüber gemacht." Er bemühte sich, möglichst viel Wahrheit in seine Schilderung zu packen. Gut, dass es dunkel war, sonst hätte René ihm die Halbwahrheiten sofort angemerkt.

Robert lauschte, aber die anderen atmeten tief und gleichmäßig. Einige Herzschläge lang saßen die zwei Freunde ganz still am Tisch und starrten Löcher in die Dunkelheit.

Schließlich fuhr er fort, noch leiser flüsternd als zuvor. „Also, ich habe mir nicht allzu viele Gedanken darüber gemacht, aber als ich heute von Zemern nach Hause gehen wollte und den Marktplatz verlassen habe, bin ich durch ein paar kleinere Straßen gelaufen. Da habe ich Jana gefunden. Sie hatte keinen Schirm, keine Jacke und hatte sich nicht einmal untergestellt."

„Wieso denn das?"

„Woher soll ich das wissen? Wie dir vielleicht auch schon aufgefallen ist, redet sie nicht über das Thema. Auf dem Weg hierher hat sie so gut wie nichts gesagt. Erst in der Hütte hat sie richtig zu reden angefangen."

„Echt?"

„Nein, unecht!" Er verdrehte die Augen, auch wenn das im Dunkeln nicht zu sehen war. „Jedenfalls habe ich Jana angesprochen und ihr Hilfe angeboten, aber sie hat nicht darauf reagiert. Dann habe ich ihr vorgeschlagen, mit mir mitzukommen, und habe ihr erklärt, dass wir in einer Waldhütte wohnen. Als ich schon nicht mehr damit gerechnet habe, dass sie noch eine Antwort gibt, wollte sie tatsächlich mit."

René machte so große Augen, dass Robert es trotz der Dunkelheit erkennen konnte.

„Ja, ich weiß", sagte er schnell. „Ich habe die Hütte erwähnt und ihr dann sogar noch gestanden, dass wir vom Stehlen leben." Robert seufzte. „Keine Ahnung, was da in mich gefahren ist. Ich hätte mich selbst ohrfeigen können. Aber als ich Jana dort so stehen sah, sind mir wieder Schmutzgesichts Worte eingefallen. Da war es plötzlich selbstverständlich, ihr alles zu erzählen und sie mitzunehmen."

„Ach. Und weiter?"

„Dann habe ich ihr noch versichert, dass sie jederzeit einfach wieder gehen kann."

„Und weiter?"

„Nichts weiter. Ende der Geschichte."

Eine Weile herrschte Stille.

„Merkwürdige Story. Fast wie aus einem Buch", bemerkte René schließlich.

„Hä?"

„Die Story mit Schmutzgesicht und Jana."

„Hä?"

„Ach, komm schon, Rob! Wie oft hat Schmutzgesicht – wie heißt er gleich, hast du gesagt?"

„Thar."

„Genau. Wie oft hat er mit uns schon über etwas anderes geredet als über den Preis der Ware?"

„Eigentlich nie."

„Und wie oft haben wir, nachdem wir mit Thar gesprochen haben, jemanden mit hierhergebracht?"

„Noch nie, –"

„Und wie oft haben wir schon jemanden aufgenommen, weil zuvor irgendjemand von guten Menschen und Herzen geredet hat?"

„Genau ein Mal", sagte Robert.

„Wann?"

„Spielst du nicht auf Jana an?"

„Nein! Sie ist die Erste! Aber zuvor noch nie, oder?"

„Stimmt."

„Siehst du jetzt, was ich gemeint habe? Verknüpfungen wie in einem Buch", sagte René zufrieden und schnipste mit den Fingern. Erschrocken lauschte er, ob jemand davon wach geworden war. „Hast du sonst noch was zu beichten?"

Robert schwieg eine Sekunde zu lang.

„Nein."

„Hm." René klopfte ihm auf die Schulter und schlich zurück zu seiner Matratze. Die beiden kannten sich gut genug, um nicht mehr sagen zu müssen.

René streckte sich auf seinem Schlafplatz aus und auch Robert rollte sich wieder in seine Decke ein. Er versuchte, eine möglichst bequeme Stellung auf der harten Holzbank zu finden. Er hörte den noch immer anhaltenden Regen prasseln und das gleichmäßige Atmen seiner Freunde. René war offensichtlich nicht sofort wieder eingeschlafen, denn er war der Einzige von ihnen, der gelegentlich leise schnarchte, und davon war noch nichts zu hören. Roberts Gedanken tasteten ungebeten zurück zu der Zeit vor seinem Leben in der Waldhütte, wie oft vor dem Einschlafen. Aber da war kaum etwas, das sich greifen ließ. Er wollte – und *konnte* – sich einfach nicht erinnern. Die Mauer, die er für solche Fälle gewissenhaft in seinem Kopf errichtet hatte, hielt auch diesmal. Diese schmerzhaften Erinnerungen waren sicher von allen anderen getrennt. Stattdessen dachte er an Renés Worte. Eine Buchstory ... Dieser Gedanke war wieder einmal typisch für ihn. Trotzdem hatte René recht: Die ganze Sache war seltsam. Sogar das Armband passte ins Bild, auch wenn er nichts davon ahnte. Dafür gab das Schmuckstück Robert umso mehr Rätsel auf. Die Kräfte und die Gefahr, die Thar erwähnt hatte, das Verstecken ... Diesen Dingen musste Robert irgendwie nachgehen, das stand für ihn fest, zumindest jetzt im Halbschlaf.

Sein letzter Gedanke, bevor er einschlief, galt der Frage, ob Janas Auftauchen mit Thars seltsamen Worten in Verbindung stand.

9. Kapitel
Beherrschung

Als Robert am nächsten Morgen erwachte, sangen die Vögel so laut, dass ihm die Ohren davon klangen. Obwohl er die Augen noch ein paar Herzschläge lang geschlossen hielt, wusste er, dass es noch sehr früh am Morgen sein musste. Es war noch ganz still in der Hütte, alle anderen schliefen noch. Schließlich öffnete er die Augen und im selben Moment fielen ihm die Ereignisse der letzten Tage wieder ein: Jana und das gestrige Gespräch mit René. Doch er schob die Gedanken unwirsch beiseite und setzte sich auf. Es dämmerte. Der Regen hatte aufgehört und der Himmel war klar, soweit das vom Fenster aus erkennbar war.

Robert beschloss, sich leise anzuziehen und sich den Sonnenaufgang anzusehen. Er schlüpfte in seine Klamotten und schlängelte sich zwischen seinen Freunden hindurch zum Ofen. Die Jacke und die Schuhe, die er gestern

Abend dort zum Trocknen deponiert hatte, waren angenehm warm. Er schlich zur Tür, schob den Riegel vorsichtig zurück, damit er nicht quietschte, und schlüpfte hinaus.

Um die Hütte herum ging er zur Quelle, um sich zu waschen. Das Vogelgezwitscher war hier draußen geradezu ohrenbetäubend laut. Die Blätter und Zweige trieften noch vor Nässe. Er ging Richtung Osten zu einer kleinen Wiese, von der aus man einen freien Blick auf die aufgehende Sonne hatte. Als man von der Hütte nur noch ein Stück des Dachgiebels zwischen den Bäumen erkennen konnte, hörte er noch etwas anderes als Vogelgezwitscher.

Er drehte sich um und beobachtete das Stück Wald, durch das er gerade gelaufen war.

Jemand rief seinen Namen. Zwischen den Bäumen tauchte etwas Rotes auf und kurz darauf holte ihn Jana ein, in der Jeans und der Bluse, die sie sich gestern von Cora geliehen hatte.

„Guten Morgen!", begrüßte er sie. „Ich wollte eigentlich niemanden wecken."

„Du hast mich nicht geweckt. Ich bin wach geworden und habe dich gesehen, als ich zum Fenster hinausgeschaut habe. Der eine schnarcht und ich dachte mir, ein Gespräch mit dir sei angenehmer, als dem Schnarchen zu lauschen."

Es dauerte einen kurzen Moment, bis Robert mit einem simplen „Ja" antworten konnte. Er war überrascht von Janas frühmorgendlichem Redefluss. Seine Verblüffung musste ihm ins Gesicht geschrieben sein, denn Jana lachte hell auf.

„Tja, ich denke, ich habe mich gestern nicht gleich von meiner besten Seite gezeigt." Sie lächelte entschuldigend und strich sich die Haare hinters Ohr.

„Hm", brummte Robert, um nichts Falsches zu sagen. Er wusste nicht, was er nun tun sollte. Er hatte den Faden verloren.

„Wo gehst du eigentlich hin?"

„Ich wollte mir den Sonnenaufgang ansehen."

„Kann ich mitkommen?"

„Klar." Was hätte er auch sonst sagen sollen? Was die anderen denken würden, wenn sie bemerkten, dass er und Jana sich zu zweit den Sonnenaufgang ansahen, wollte er sich lieber nicht ausmalen. „Wir müssen da lang."

Eine Weile liefen sie schweigend zwischen den hohen Bäumen hindurch. Janas gute Laune war ansteckend und kurz bevor sie die Lichtung erreichten, waren sie schon in ein Gespräch verwickelt. Sie unterhielten sich über Kevin und Robert erklärte Jana, dass es bisher noch keinem von ihnen gelungen war, vernünftig mit ihm zu reden und noch weniger, ihm Geschichten zu erzählen.

„Du hast dir wirklich eine tolle Geschichte ausgedacht. Woher wusstest du, dass ihm diese Mittelalter-Geschichte gefallen würde? Du kannst wirklich gut erzählen. Man konnte sich alles genau vorstellen."

Jana sah ihn ein wenig nachdenklich an. „Ich wusste nicht, dass ihm diese Geschichte gefallen würde. Und das Erzählen lernt man da, wo ich herkomme, ganz von alleine. Außerdem können das doch viele Leute."

„Ach ja?" Robert dachte dabei über den Ausdruck nach, den sie gerade gebraucht hatte. *Da, wo ich herkomme.* Dieselben Worte hatte Schmutzgesicht benutzt. Das war schon das zweite Mal, wie ihm auffiel. Gestern hatte sie ihn als *guten Menschen* bezeichnet, genau wie Thar. Er musterte sie vorsichtig aus dem Augenwinkel.

In diesem Moment traten sie zwischen den Bäumen hervor auf eine Wiese. Sie setzten sich nebeneinander auf einen alten Baumstamm, der hier lag und langsam, aber sicher verrottete. Eine Zeit lang schwiegen sie und hörten den Vögeln zu, während Robert sich in Gedanken zurechtlegte, wie er Jana am besten nach Thar und indirekt vielleicht auch nach dem Armband fragen konnte.

„Wirklich hübsch", hörte er sie sagen.

Die Sonne färbte den Himmel rosa und orange, scharf hoben sich die Bäume ab. Das Schauspiel dauerte eine Weile und Robert dachte nach.

„Es ist kein Zufall, dass du bei uns gelandet bist, oder?"

Sie starrte ihn erschrocken an. „Was?"

„Du bist nicht zufällig hier", wiederholte er.

Sie richtete ihren Blick auf irgendeinen weit entfernten Punkt. Das Sonnenlicht ließ ihre Haare glänzen. „Stimmt", sagte sie zögernd. „Zumindest nicht *ganz* zufällig."

Robert wartete, doch sie schwieg. „Und?"

„Was und?"

„Hat Thar etwas damit zu tun?" Robert benutzte absichtlich den merkwürdigen Namen des Unterhändlers, denn wenn Jana ihn kannte, dann sicherlich unter diesem.

„Thar?" Ihre Stimme sollte offensichtlich verständnislos klingen, doch ihr Gesichtsausdruck strafte sie Lügen.

„Der Thar, der dafür gesorgt hat, dass ich dich auflese. Oder wie viele Thars kennst du noch?"

Jana schluckte. „Keinen."

Robert zog die Augenbrauen auffordernd hoch und sie sprach weiter.

„Ich wollte schon zu euch, ja. Aber nicht als klatschnasses Häufchen Elend, das irgendjemanden begleitet, der netterweise Hilfe anbietet. Ich habe erst später herausgefunden, dass ich zufällig genau da gelandet bin, wo ich hinwollte."

„Wie wolltest du denn zu uns kommen?", fragte er verblüfft.

Sie fühlte sich zusehends unwohl in ihrer Haut. „Ich will dich nicht anlügen. Ich kann – das heißt, ich *darf* dir noch keine Antworten geben."

„Das ist mal was Neues. Das habe ich schon einmal gehört."

„Ich erkläre dir bald alles. Wirklich. Aber ich brauche noch ein wenig Zeit und muss auch noch mit Thar reden. In Ordnung?"

Jetzt war Roberts Verwirrung perfekt. In was war er da nur hineingeraten, dass es so geheim gehalten werden musste? Noch dazu wegen eines Armbands aus blauen Steinen, das er nur zufällig aus irgendeinem protzigen Haus geklaut hatte!

„Bist du mir böse?", fragte sie.

„Wegen was genau?", erkundigte er sich, um sie ein bisschen zu ärgern. Langsam nahm er anscheinend ein paar von Kevins schlechten Gewohnheiten an. Das musste er ändern, nahm er sich vor. Jedenfalls nach den nächsten fünf Minuten. „Wegen der Geheimnistuerei oder wegen der verworrenen Angelegenheit, in die ich anscheinend ungefragt hineingezogen worden bin?"

„Ich verspreche, dass ich dir *bald* alles erklären werde. Ehrenwort."

„Hm." Robert spürte, dass er nicht mehr erfahren würde. Also ließ er das Thema vorerst auf sich beruhen.

Sie verließen den Platz auf dem alten Baumstamm und liefen zurück zur Hütte. Die Vögel hatten sich wieder beruhigt und es war angenehm still. Bald begann Jana wieder zu reden und sie sprachen über alles Mögliche.

Nur nicht über das, was Robert so brennend interessierte.

Als Robert die Tür aufstieß und mit Jana im Schlepptau die Hütte betrat, verstummten die Stimmen, die sie von draußen gehört hatten. Verdächtig schnell. Er hatte also mit seiner Befürchtung über das Aufkochen der Gerüchteküche recht gehabt. René und Tom starrten sie ertappt an und Kevin, der wieder beim Fenster herumlungerte, hüpften vor Neugierde beinahe die Augen aus den Höhlen. Cora war gerade nicht zu sehen, aber sicher kochte sie ohnehin schon wieder vor Zorn, also vermisste sie in diesem Moment niemand.

„Was ist?", fragte Robert.

„Äh …", stammelte René.

„Sehr aufschlussreiche Antwort. Ein wenig ausführlicher geht's nicht, oder?" Er musste grinsen.

Tom räusperte sich vernehmlich. Jana beobachtete die drei amüsiert bei ihrer geistreichen Unterhaltung. Kevin verstand wieder nur die Hälfte und runzelte die Stirn, bis er aussah wie jemand, der nicht bis drei zählen konnte. Die ganze Situation musste für einen Hereinkommenden urkomisch wirken.

Und es kam jemand herein: Cora. Mit ausdrucksloser Miene warf sie ihr langes schwarzes Haar zurück und setzte sich neben Tom an den Tisch. Sie lehnte ihren Kopf an seine Schulter und plötzlich interessierte Tom sich viel mehr für sie als für den Morgenspaziergang von Robert und Jana. Das Funkeln, das kurz in Coras Augen zu sehen gewesen war, war von allen unbemerkt geblieben.

Diese Beherrschung war ungewöhnlich, aber alle freuten sich auf das Frühstück und schenkten Cora keine Beachtung. Die letzten von den Brötchen, die Robert vorgestern in Mühlenstein gekauft hatte, waren schon ziemlich hart, aber sie vertilgten sie trotzdem bis auf den letzten Krümel. Kevin löffelte wie üblich zu viel Marmelade darauf und René wies ihn deshalb zurecht. Wie jeden Morgen. Aber beim zweiten Brötchen nahm sich Kevin tatsächlich zurück, worauf René vor Erstaunen um ein Haar sein Butterbrot fallen gelassen hätte.

Im weiteren Verlauf des Tages passierte nicht viel, außer dass Jana die anderen mit ihrer guten Laune ansteckte. Am Abend ließ Cora sich sogar dazu herab, erneut mit ihnen Karten zu spielen. Sie lagen alle erst spät auf ihren Matratzen (und Robert wieder unbequem auf der Bank). Als sie eingeschlafen waren, spielte immer noch ein fröhliches Lächeln um ihre Lippen.

Nur Cora machte da eine Ausnahme.

Aber das bemerkte in der Dunkelheit, die nach dem Löschen der Kerzen herrschte, natürlich niemand mehr.

10. Kapitel

Zurück zum Ort des Verbrechens

Am nächsten Morgen erwachte Robert davon, dass jemand den Riegel zurückschob und dabei ein schrilles Quietschen verursachte. Verschlafen setzte er sich auf der harten Holzbank auf und fuhr sich mit der Hand über das Gesicht. Unüberhörbar war heute Cora damit an der Reihe, das Frühstück vorzubereiten. Wenn sie Teewasser holte, nahm sie wenig Rücksicht auf die anderen und der gesamte Rest der Bande wurde jedes Mal auf dieselbe unsanfte Art geweckt. Robert gähnte ausgiebig, während sich die anderen auch zu rühren begannen, nur Kevin schlief noch. Sein Kopf hing seitlich von der Matratze herunter, weil er quer darauf lag. René aber, der morgens immer sehr schlechte Laune hatte, wenn er auf diese Weise geweckt wurde, zog ihm die Decke weg und kippte die Matratze langsam auf, sodass Kevin herunterrollte. Als Folge war nun auch er griesgrämig und rächte sich, indem er René seine muffig riechenden Socken an den Kopf warf.

Nach dem Frühstück trat Tom mit einem breiten Grinsen auf Robert zu. „Rob?", begann er in einem Tonfall, der so deutlich war, dass der nächste Teil seines Satzes gar nicht mehr nötig gewesen wäre. „Ich hätte da einen Vorschlag."

„Was denn für einen?", gähnte Robert.

„In Neuhofen ist heute ein Flohmarkt und ich dachte, da könnten wir alle hingehen. Wir könnten Kleider und alles Nötige für Jana kaufen und vielleicht sogar eine Luftmatratze, falls wir eine finden."

„Keine schlechte Idee", sagte Robert. „Aber warum grinst du, als hättest du noch etwas im Hinterkopf, Kumpel?"

„Naja, ich dachte, wenn heute alle hingehen, muss ich nicht alleine schleppen."

Robert grinste. „Du musst morgen trotzdem einkaufen gehen. Wir haben heute Morgen die letzten Brötchen verspeist und heute ist Sonntag."

„Hm. Zu dem Flohmarkt gehört auch ein Bauernmarkt und da könnte man diese Einkäufe auch schon erledigen, meinst du nicht?"

„Ja, das meine ich tatsächlich. Frag die anderen, ob sie etwas dagegen haben."

Natürlich hatte niemand Einwände vorzubringen und so marschierten sie wenig später zu sechst den Waldweg entlang, der Richtung Neuhofen führte. Als sie den Waldrand erreichten und auf die wenig befahrene Straße abbogen, wollte Robert einen Blick auf seine Armbanduhr werfen. Dabei musste er feststellen, dass er vergessen hatte, sie anzulegen. *Wenigstens*, dachte er, *habe ich nicht vergessen, etwas von unserem Geld mitzunehmen.* Als er es herausgeholt hatte, war ihm aufgefallen, dass ihre Ersparnisse bereits wieder besorgniserregend zusammengeschrumpft waren. Sehr bald würde wieder einer von ihnen für Nachschub sorgen müssen. Robert versuchte, diesen Gedanken zu verdrängen.

Sie wanderten fast eineinhalb Stunden, bis sie Neuhofen erreicht hatten, wollten sich aber bei dem schönen Wetter das Geld für den Bus sparen. Sie machten eine kurze Pause, bevor sie sich unter die Leute mischten, die durch den Flohmarkt drängten, und setzten sich an einen Brunnen. Sie tauchten die Hände in das kalte Wasser, denn heute schien die Sonne den Regen von vorgestern wieder gutmachen zu wollen. Sie wärmte die Welt unter ihr mit ihrer ganzen frühsommerlichen Kraft.

„Wir könnten uns aufteilen", schlug Tom vor. „Dann haben wir das Notwendige schneller erledigt und können noch irgendetwas unternehmen. Was meint ihr?"

Keiner hatte etwas dagegen einzuwenden. Ganz im Gegenteil: Robert war richtig froh darüber, denn so konnte man Cora und Jana trennen und Streit vermeiden.

„Ich geh mit Tom mit, ich geh mit Tom mit!", rief Kevin aufgeregt und lief schnell zu seinem großen Bruder. Dieser betrachtete Cora wie ein Hund sein Herrchen. Er zog Cora vom Steinbecken des Brunnens hoch und tauchte mit ihr ins Menschengetümmel ein.

Kevin wollte den beiden verdutzt nachlaufen, aber René hielt ihn noch kurz fest. „Sag deinem durchgeknallten Bruder, ihr drei sollt euch um die Einkäufe im Bereich des leiblichen Wohls kümmern, klar?"

Kevin sah aus, als hätte er gerade überhaupt nichts verstanden.

„Ihr sollt das Essen einkaufen", verdeutlichte Robert. „Außerdem treffen wir uns in eineinhalb Stunden wieder hier. Und jetzt lauf, damit du sie noch einholst." Kevin zischte davon wie eine Rakete, sie hörten gerade noch ein hastiges „Ist gut!", dann war der kleine Bengel auch schon verschwunden.

„Euer Tom ist ja ganz schön verliebt, was?", bemerkte Jana mit gerunzelter Stirn.

„Bis über beide Ohren", sagte Robert.

„Ach was, bis über den ganzen Kopf", sagte René. „Wenn Verliebtsein flüssig wäre, wäre er schon längst ertrunken."

Lachend zogen die drei los und mischten sich unter die Leute, die sich durch die Gassen zwischen den Ständen wie eine zähe Masse wälzten. Entspannt klapperten sie die Stände ab. Nach einiger Zeit rief René den anderen beiden zu: „He, seht mal! Ist das da vorne nicht Kasimir?"

Robert wandte sich von der Kiste ab, aus der Jana gerade ein Kleidungsstück nach dem anderen hervorzog und, über den seltsamen Geschmack der Vorbesitzer grinsend, wieder beiseitelegte.

„Tatsächlich", sagte er. „Das ist er. Wer sonst wäre mit einem Eselkarren unterwegs? Er kann uns sicher helfen und uns sagen, wo wir etwas Passendes finden. Kasimir spioniert doch immer erst aus, was die Konkurrenz so verkauft, bevor er sich ein Plätzchen für seinen Stand aussucht."

„Kasimir?", fragte Jana, die die Klamotten wieder in die Kiste gelegt hatte und neugierig die Gasse entlangsah.

„Das ist ein guter Freund von uns. Er kennt Thar übrigens auch", antwortete René. Jana sah ihn erstaunt an.

Robert warf ihm einen besorgten Blick zu. Er war sich allerdings nicht sicher, ob ihr Erstaunen daher rührte, dass sie sich über Renés Kenntnisse wunderte, oder darüber, dass Kasimir Thar kannte. Er wollte sie danach fragen, schluckte aber die Worte, die ihm schon auf der Zunge lagen, wieder hinunter. Jetzt war nicht der richtige Zeitpunkt dafür.

Sie liefen zu Kasimirs Karren, an dem immer noch das neue Schild prangte. Es hing ein wenig schief, aber ansonsten hatte es die holprigen Fahrten gut überstanden.

„Auf das Schild ist Kasimir stolz, also bitte keine dummen Kommentare", zischte Robert leise, als er René glucksen hörte.

„Würden wir doch nie tun", erwiderte sein Freund breit grinsend.

„Stimmt wenigstens, was draufsteht?", wollte Jana wissen. „Wo kriegt er seine Waren denn her?"

„Er handelt in der Tat mit fast allem", meinte Robert. „Aber woher er sein Zeug hat, musst du ihn selbst fragen. Er erzählt es dir sicher gerne, solange keine Kunden zuhören."

Die drei liefen die letzten Meter auf den Karren zu.

„Hallo Kasimir!"

Der Händler wuchs mitten auf seinem Karren in die Höhe. Er hatte wohl etwas darin gesucht, wobei er sich gebückt hatte und deshalb nicht zu sehen gewesen war. Als er die Besucher entdeckte, begann er mit den Händen herumzufuchteln, dass er beinahe das Gleichgewicht verlor. Um ein Haar wäre er mitten in seinen Krimskrams zurückgepurzelt.

„He, Jungchen!", rief er. Wer genau gemeint war, wusste niemand. Vielleicht war dieser Ausdruck schon zu einer solchen Gewohnheit geworden, dass er Robert, René und Jana gleichzeitig damit meinte. „Jungchen, was macht ihr denn da? Hallöchen Rob, alles klar bei dir?" Er zwinkerte ihm verschwörerisch zu. „René! Schön, dass du dich auch mal wieder blicken lässt. Wie geht's Tom? Und dem kleinen Kevin? Na, und Cora? Ist sie immer noch fleißig beim Angeln, ja?" Kasimir nannte Coras Versuche, allen Jungen in ihrer Reichweite den Kopf zu verdrehen, meist „angeln".

Robert wollte gerade antworten, dass Tom inzwischen an ihrem Haken hing, aber Kasimir plapperte ohne Punkt und Komma weiter, ohne jemanden zu Wort kommen zu lassen.

„Was für eine hübsche Begleitung habt ihr denn da bei euch? Also, ich bin Kasimir Tesoro, meines Zeichens Händler der gehobenen Klasse, Händler für von allem etwas. Bei mir bekommt jeder, was er braucht ..."

„Oder auch nicht braucht", wandte René leise ein und grinste breit.

„... und was er begehrt!"

„Oder was ihm aufgeschwatzt wird", setzte René nochmals leise hinzu.

Kasimir, der am Ende seiner wortreichen Vorstellung angelangt war, verneigte sich vor Jana, wobei er einen imaginären Hut so schwungvoll vom Kopf zog, dass er zum zweiten Mal um sein Gleichgewicht ringen musste. „Also, was gibt's?", fragte er und kletterte auf der gegenüberliegenden Seite seines Karrens herunter, wo offenbar Quasimodo stand. Man hörte den Esel unwillig schnauben, als sich sein Besitzer an ihm vorbeidrängte, um zu seinem Besuch zu gelangen.

Als er endlich vor ihnen stand, fragte René: „Umständlicher ging es wohl nicht?"

„Nein, umständlicher ging es nicht", antwortete er ungerührt und klopfte den beiden Jungen väterlich auf die Schultern.

„Kasimir, das ist Jana", stellte Robert sie vor. „Sie wohnt seit Freitag in unserer Hütte."

Jana legte den Kopf schief und lächelte den Händler an, ihre Haare in der Sonne glänzend. Kasimir wandte sich ihr zu und streckte die Hand aus.

„Jana heißt du also", sagte er, als sie die Hände schüttelten. „Also weißt du, wenn Robert dich nicht so angucken würde, würde ich dich einfach behalten. Wenn ich so ein hübsches Mädchen dabeihätte, würden noch viel mehr Leute bei mir einkaufen." Alle vier lachten, Robert ein wenig gezwungener als die anderen.

„Wie guckt Rob sie denn an?", fragte René scheinheilig.

„Lieber René, eines Tages wird es dazu kommen, dass auch du das verstehst. Aber da musst du wohl noch ein bisschen wachsen", sagte Kasimir amüsiert.

„Sei froh, dass Cora dein Kompliment an Jana eben nicht gehört hat", meinte Robert schnell, um weitere peinliche Kommentare zu vermeiden. „Mit ihr ist nämlich noch schlechter Kirschen essen, seit sie da ist. Obwohl, inzwischen ist sie eigentlich schon wieder ungefährlicher. Irgendwie hat Jana es geschafft, dass sie sich beherrscht."

„Ach was, sowas soll möglich sein?" Kasimir pfiff durch die Zähne, als Jana sich zu Wort meldete.

„Herr Tesoro? Sie wissen nicht zufällig, wo wir passende Kleidung und Schuhe für mich finden können?"

„Ja, schon, aber sag mal: Kleider und Schuhe? Ich will ja nicht neugierig sein …"

„Bist du aber", warf René ein.

„Aber hast du denn keine? Du trägst doch richtig schöne Sachen und barfuß bist du auch nicht."

„Das ist nicht gerade das Benehmen eines Gentlemans, Kasimir." René holte vernehmlich Luft. Offenbar wollte er Kasimir noch so einiges geradeheraus sagen, doch Jana unterbrach ihn.

„Herr Tesoro –"

„Sag doch bitte ‚du' zu mir, hübsches Mädchen, ja?"

„Also gut: Kasimir", sagte sie und senkte die Stimme ein wenig, damit nicht jeder Vorbeilaufende die ganze Geschichte hörte. „Vor zwei Tagen hat Rob mich in … dieser Stadt gefunden. Wie hieß sie noch gleich?"

Sie schenkte Robert ein fragendes Lächeln. Er hatte das Gefühl, dass sein Magen hüpfte.

„Zemern."

„Danke. Also, wir haben uns in Zemern getroffen und …"

Jana erzählte Kasimir die komplette Geschichte bis dahin, wie es dazu gekommen war, dass sie nun mit Robert und René hier stand. Robert wartete die ganze Zeit darauf, sie einmal unterbrechen zu müssen, um einige Kleinigkeiten vor dem Ausplaudern zu bewahren, die er auch René schon verschwiegen hatte, doch Jana ließ seltsamerweise dieselben Details in ihrer Erzählung aus wie er bei seinem nächtlichen Gespräch mit René.

Kasimirs Augen wurden immer größer und am Ende schlich sich ein merkwürdiger Ausdruck in sein Gesicht, den Robert beim besten Willen nicht deuten konnte. Ihn beschlich das seltsame Gefühl, dass sich die beiden gerade mehr mitteilten, als er hören konnte. Er spürte Ärger in sich aufsteigen, versuchte aber, ihn wieder hinunterzuschlucken.

Nachdem Jana wieder verstummt war, begann Kasimir erneut mit den Armen in der Luft herumzufuchteln, als er den dreien erklärte, wo es auf diesem Flohmarkt die meisten der benötigten Dinge gab. Eine Luftmatratze schien hier allerdings nicht aufzutreiben zu sein. Sie bedankten sich für die Hilfe, versprachen, nochmals bei ihm vorbeizuschauen, wenn sie ihre Einkäufe erledigt hatten, und liefen los in die Richtung, die der Händler ihnen gezeigt hatte. Außer Hörweite redeten alle drei gleichzeitig los. Sie hielten inne und grinsten sich an.

„Das war also Kasimir. Ich hoffe, du machst jetzt nicht immer einen großen Bogen um jeden Eselkarren, den du am Horizont auftauchen siehst, Jana", sagte Robert.

„Nein, nein. Euer Freund ist nett. Und äußerst charmant."

René räusperte sich und betrachtete übertrieben gründlich und lange eine Wolke, die gemächlich über sie hinwegzog.

„Wo müssen wir jetzt hin?", fragte Robert schnell.

„Links", erinnerte sich Jana. „Wir müssen nach dieser vergammelten Standuhr Ausschau halten, von der Kasimir gesprochen hat. Der Stand daneben müsste passende Klamotten haben."

Sie folgten Kasimirs Wegbeschreibung und tatsächlich wurde ein paar Meter weiter eine Standuhr zum Verkauf angeboten. Sie war nicht zu übersehen, denn dieses Ungetüm von einem Möbelstück glich eher einer überdimensionalen, arg strapazierten Keule als einer Uhr. Außerdem zog der Verkäufer Aufmerksamkeit auf sich, indem er in einer Lautstärke feilschte, gegen die nicht einmal Kasimir angekommen wäre. Neugierig blieben Robert, Jana und René stehen, wie viele andere Leute auch.

„Was?", rief der Verkäufer gerade und sprach damit offensichtlich einen äußerst fein gekleideten Herrn mit angegrauten Haaren an. „Was?", wiederholte der Standbesitzer in einem empörten Tonfall und fuhr sich durch die Haare, die genauso schmuddelig aussahen wie die ramponierte Standuhr, auf die er gleich darauf seine Hände legte, als wäre sie ein großer Schatz. „Für diese Antiquität bieten Sie nur so einen Schrottpreis? Das ist ja eine persönliche Beleidigung!"

„Was Sie nicht sagen", entgegnete der fein gekleidete Kunde mit einer Stimme, so sämig wie dicker Kakao. Er klang amüsiert. „Aber wie Sie wollen. Ich erhöhe mein Angebot. Sagen wir fünfundfünfzig Euro."

„Hören Sie, wenn Sie mir nicht anständig entgegenkommen wollen, gehen Sie weiter. Ich habe Ihnen den Preis genannt und wenn Ihnen der nicht passt, lassen Sie es doch bleiben."

„Also gut, fünfundsechzig. Aber das ist mein letztes Angebot, darauf können Sie sich verlassen."

„Fünfundsechzig!" Der Verkäufer wurde zornig. „Haben Sie mich nicht richtig verstanden? Diese Standuhr ist eine *Antiquität* und ihre hundertdreißig Euro wert! Also hören Sie auf, mich mit Ihren unverschämten Gegenangeboten zu nerven."

Der Interessent wurde allmählich auch wütend. „Sind Sie noch ganz richtig im Kopf? Sie wollen Ahnung von Antiquitäten haben? Dieses ramponierte Ding da wird Ihnen nie jemand abkaufen, wenn ich es jetzt nicht tue. Die Restauration wird mehr kosten, als das Ding irgendwann einmal neu wert war. Aber bitte, wenn wir nicht ins Geschäft kommen …" Damit drehte er sich um und bahnte sich einen Weg durch den Ring, den die Neugierigen um die Feilschenden gebildet hatten.

Kaum hatte sich der Herr ein paar Schritte entfernt, ertönte die Stimme des Verkäufers hinter ihm. Kleinlaut.

„Halt, bitte warten Sie!"

Der Kunde dachte offensichtlich gar nicht mehr daran, stehen zu bleiben. Doch Robert, der mit den anderen ganz in seiner Nähe stand, sah ein siegessicheres Lächeln um dessen Mundwinkel spielen.

„Um Himmels Willen, bleiben Sie doch da! Sie können die Uhr für fünfundachtzig haben!"

„Sowas nennt man Standhaftigkeit, was?", spottete René.

„In Person", murmelte Robert.

Beide ernteten tadelnde Blicke von Jana, die Renés Kommentar offensichtlich gar nicht witzig fand. Überhaupt sah sie aus, als hätte sie gerade ganz andere Gedanken im Kopf. Konzentriert beobachtete sie den feinen Kunden, der sich umdrehte und betont langsam wieder zurückging.

„Für wie viel?", fragte er nach, als hätte er den Ruf nur zur Hälfte verstanden. Der Ausdruck auf seinem Gesicht gefiel Robert dabei überhaupt nicht. In diesem Augenblick hätte er diesem Mann nicht einmal einen mickrigen Hosenknopf verkauft. „Für wie viel, sagten Sie, kann ich die alte Uhr dort haben?", wiederholte er, als er vor dem erstaunten Händler stand.

„Für fünfundsiebzig?" Der Verkäufer sah aus, als wüsste er seinen eigenen Namen nicht mehr.

„Sie meinten sicher fünfundsechzig, oder wie soll ich das jetzt sonst verstehen?" Er zog das Geld hervor und hielt es ihm aufgefächert unter die Nase. Der Verkäufer schielte darauf, dann nahm er es und zählte es zu allem Überfluss noch einmal durch, bevor er eine Kopfbewegung in Richtung der ramponierten Standuhr machte. Der Kunde hatte jedoch gar nicht auf ein Zeichen gewartet, sondern bereits die Hände auf das alte Holz gelegt.

Der Mann ließ einen prüfenden Blick über die Umstehenden gleiten. Plötzlich hatten es die Neugierigen sehr eilig, weiterzukommen. Robert wusste nicht, warum, aber er wäre jetzt auch gerne von hier weggekommen. Jana hielt ihn jedoch unauffällig fest. Obwohl er sich fragte, wieso um alles in der Welt sie das tat, blieb er stehen, wo er war. Vielleicht hatte das seltsame Hüpfen seines Magens vorher etwas damit zu tun, aber da war noch etwas anderes. Etwas, das er nicht begriff.

Als der Blick des eleganten Kunden über sie hinwegglitt, schob Jana Robert und René nach vorne. René blickte sie verdutzt an und klappte den Mund auf. Der Mann musterte die beiden, dann winkte er sie näher zu sich heran. „He, ihr zwei Burschen! Hättet ihr Lust, euch eine Kleinigkeit zu verdienen?"

„Äh …" Robert war leicht überfordert. Jana bohrte ihm einen Finger in den Rücken. „J-ja, gerne!"

„Aber immer doch!", setzte René hinzu und rieb sich mit einer Hand sein Kreuz.

„Sehr gut", antwortete der Mann und fuhr mit den Fingern, an denen sich ein auffällig teurer Ring befand, über das rissige, gesplitterte alte Holz. „Dann könnt ihr mir helfen, die hier zu mir nach Hause zu tragen."

„Ja klar, machen wir. Wir haben ja Zeit und Muskeln", meinte René.

Jana stieß hinter ihnen hörbar die Luft aus. „Wohl eher vor allem Ebbe im Geldbeutel, oder?" So ein gehässiger Kommentar passte gar nicht zu ihr, fand Robert und er drehte sich irritiert um. Als er sie ansah, beugte sie sich schnell zu ihm vor.

„Finde heraus, wie viele Uhren er hat!", flüsterte sie ihm zu, bevor sie sich in normalem Ton verabschiedete. „Also tschüss, Jungs! Bis später zu Hause. Ich geh mit den anderen zurück." Und schon war sie zwischen den Leuten verschwunden.

Was sollte das denn jetzt? Verständnislos starrte Robert auf den Platz, an dem Jana gerade noch gestanden hatte. Neben ihm fing René vor Verwunderung an zu lachen.

„Dann packt mal an. Einfach immer hinter mir her", wies der Mann die beiden an und sie hoben die alte hässliche Standuhr an. Das Monstrum war noch schwerer, als es aussah. Genauer gesagt so schwer, dass René das Lachen prompt verging, weil er seine ganze Puste zum Schleppen brauchte. Der Mann nickte zufrieden und lief los, die beiden Packesel hinterdrein.

Schon nach den ersten hundert Metern wussten sie, dass dieser Weg einer der längsten ihres Lebens werden würde. Bald japsten und schnauften sie unter dem Gewicht des ramponierten Möbelstücks.

Kurz bevor sie den Flohmarkt verließen, blieb der Mann noch einmal stehen, um ein paar alte Taschenuhren zu betrachten. Nacheinander nahm er sie in die Hände und prüfte sie. Von dreien erfragte er den Preis und begann darum zu feilschen, obwohl eine bereits kaputt war. Die Verhandlung zog sich in die Länge, aber Robert und René wagten nicht, ihre schwere Last inzwischen abzustellen. Andauernd verlagerten sie das Gewicht irgendwie und René begann damit, böse Blicke wie giftige Pfeile auf Robert abzuschießen.

„Ein Glück, dass Blicke nicht töten können", sagte dieser in der Hoffnung, ein kleiner freundschaftlicher Zank könnte die Zeit schneller verstreichen lassen.

„Was heißt hier zum Glück?", gab René ächzend zurück. „*Leider* muss es heißen! Wenn nur noch ich übrig wäre, dürfte ich das Ding bestimmt abstellen." Er schoss einen weiteren scharfen Blick ab, diesmal jedoch auf das Ziffernblatt des schweren Ungetüms, das den beiden gehörig zu schaffen machte.

Er grinste. „Immer daran denken, René: Jede Minute schleppen bedeutet Wachstum für deine Muskeln. Was willst du mehr?"

„Du Witzbold, du komischer! Morgen kann ich mich nicht mehr rühren vor lauter Muskelkater!"

„Den krieg ich genauso wie du."

„Ja dann ..."

„Was dann?"

„Nichts dann."

„Doch dann."

„Was ist denn das bitte für ein Satz? *Doch dann!*"

„Das nennt man Umgangssprache, mein lieber René."

„Woher weißt du denn das schon wieder, hä?"

„Warum interessiert dich das denn?"

Die beiden waren mit den Köpfen so nahe zusammengerückt, wie es ihnen möglich war (also nicht sehr weit). Plötzlich mussten sie beide lachen. Dann setzte René ein übertrieben ernstes Gesicht auf und wandte seinen Blick demonstrativ von dem noch immer schmunzelnden Robert ab.

„Pass bloß auf, dass dir das Lachen nicht auskommt", sagte Robert und langsam zogen sich die Mundwinkel seines besten Freundes wieder ansehnlich auseinander.

Bald fiel den beiden kein rechter Blödsinn mehr ein, dafür wurden langsam ihre Finger taub und ihre Arme immer steifer. Die Uhr kam ihnen inzwischen mindestens doppelt so schwer vor wie am Anfang.

Endlich hatte der Mann die kleinen Uhren bezahlt und steckte sie in die Brusttasche seines Hemdes. Er nickte Robert und René zu.

„Kommt weiter. Beeilt euch."

Er marschierte mit langen Schritten vorneweg und die beiden Freunde keuchten hinter ihm her. Einige Male mussten sie die schwere Uhr absetzen, was sie sich vorsichtshalber immer nur auf Bänken erlaubten, die gnädigerweise auf ihrem Weg lagen. Sie befürchteten, sie könnten das ramponierte Möbelstück noch weiter zerkratzen und Ärger bekommen. Denn das wussten beide, ohne sich darüber unterhalten zu haben: der fein gekleidete Herr, für den sie Packesel spielten, war höchst eigen, was Uhren anging. Sicher besaß dieser bei Weitem nicht so einen guten Charakter, wie sein elegantes Auftreten vermuten ließ.

Nach einer halben Stunde, die Robert und René viel mehr wie ein halber Tag vorkam, gelangten sie in das Villenviertel von Neuhofen und Robert fiel siedend heiß ein, dass er ja hier vor ein paar Tagen eingebrochen war. Ganz wohl war ihm nicht dabei, schon jetzt wieder hierherzukommen. Er starrte René an und wartete darauf, dass dieser seinen Blick erwiderte, sodass er ihm seine Lage mitteilen konnte, aber sein Freund, der vor ihm herging, dachte nicht einmal im Traum daran, sich zu ihm umzudrehen, denn er konzentrierte sich nur noch darauf, immer schön einen Fuß vor den anderen zu setzten, ohne zu stolpern. Robert konnte es ihm nicht verdenken. Er fühlte sich selbst nicht anders.

Die Minuten, die sie die schwere Uhr noch tragen mussten, bis sie das richtige Gebäude erreichten, zogen sich in die Länge wie Kaugummi und als der Mann endlich vor einem hohen Tor stehen blieb, machte sich Erleichterung in Robert breit. Aber bei ihm hielt diese nur so lange an, bis sein Blick auf die protzige Villa mit den vielen Fenstern fiel, die sich hinter dem Zaun aus langen, schmalen Eisenstäben befand, die auf einer Steinmauer thronten und in beträchtlicher Höhe in speerartige Spitzen ausliefen.

Entsetzt starrte er auf die Villa, in die er vor fünf Tagen eingebrochen war.

Er konnte sich gerade noch beherrschen und die aufkommende Panik aus seinem Gesicht verbannen, bevor der Mann sich zu ihnen umdrehte. In Roberts Brust jedoch hing sie sich fest wie eine Katze, die ihm ihre Krallen ins Fleisch bohrte. Wenn er recht überlegte, dann wusste er nun auch den Namen des fein gekleideten Herrn, der sich so sehr für Uhren interessierte. Hatten Kasimir oder Thar vielleicht einmal etwas erwähnt, das Robert jetzt irgendwie von Nutzen sein konnte? Das blaue Armband in falschen Händen konnte Unheil anrichten, daran erinnerte er sich noch. Aber der Mann hatte es ja nicht mehr. Beziehungsweise seine Tochter.

Robert schüttelte den Kopf. Was war auf einmal mit ihm los? Wirre Gedanken konnte er jetzt nicht gebrauchen. Als ihm die schwere Standuhr beinahe aus den Fingern rutschte, schaffte er es vor Schreck endlich, wieder einen kühlen Kopf zu bekommen. Nun fiel ihm auch wieder ein, was ihm Jana zugeflüstert hatte, bevor sie verschwunden war. ‚*Finde heraus, wie viele Uhren er hat.*' Es war so offensichtlich gewesen! Er ärgerte sich über sich selbst, dass er nicht früher eins und eins zusammengezählt hatte.

René und er traten keuchend durch das Tor der protzigen Villa, auf dem ein goldener Schriftzug stand. Sein bester Freund hingegen hatte die Worte gelesen, denn er wandte den Kopf und warf ihm einen erschrockenen Blick zu.

„Zurkott", formte er lautlos mit den Lippen. Robert drehte sich noch einmal nach dem Tor um.

ZURKOTT.

Die sieben glänzenden Lettern blitzten im Licht der Mittagssonne, als sie dem Grafen mit letzten Kräften auf dem Weg zum Eingang folgten.

11. Kapitel
Der tickende Saal

Robert und René folgten dem Grafen über den Weg aus schneeweißen Pflastersteinen, der von herrlichen Blumenbeeten gesäumt war. Fünf breite Stufen führten zur Haustür der Villa, die eigentlich schon viel mehr ein Portal war als eine Tür. Direkt vor dem Eingang stand ein kleiner Springbrunnen auf der obersten Stufe, die sich um das Portal und das Brunnenbecken krümmte, als wollte sie diesen ihre Unterwürfigkeit zeigen.

Nachdem sich die beiden Freunde die kurze Treppe hinaufgequält hatten, öffnete der Graf die mit Schnitzereien versehene Tür aus dunklem Holz. Keiner der beiden brachte eine Bemerkung heraus. Das lag sowohl daran, dass sie inzwischen schnauften, als hätten sie soeben bei den Olympischen Spielen einen Marathonlauf absolviert, als auch daran, dass sie nicht wussten, wie sie sich gegenüber dem Grafen verhalten sollten. Sie trugen ihm einfach wortlos die alte Standuhr hinterher und hofften, er würde ihr Schweigen dem Staunen über die prachtvolle Villa zuschreiben.

Sie gelangten in eine große Vorhalle, von der aus eine breite Treppe hinauf in die nächste Etage führte. Sie war mit wertvollen Teppichen ausgelegt. Mehrere Türen führten von der Halle weg. Der Graf steuerte zielstrebig auf die Treppe zu, die auf halber Höhe eine Kurve beschrieb, sodass man nicht vollständig sehen konnte, was oben lag. Robert wusste bereits, wo es hinging: durch eine gewisse Galerie im ersten Stock zu einem gewissen Raum mit vielen Uhren.

Ächzend hievten sie das schwere Möbelstück Stufe für Stufe hoch. Oben angekommen hielt der Graf kurz inne und sie stellten ihre Last vorsichtig auf dem dicken Teppich ab. Während sie ihre Hände ausschüttelten, lehnte sich René erschöpft an die Wand zwischen zwei finster dreinblickende Ahnenporträts. Robert versuchte vergeblich, eine Haltung zu finden, in der sein Rücken nicht schmerzte. Der Graf ging ein Stück die Galerie entlang, zog einen Schlüsselbund aus der Hosentasche und begann, eine der Türen aufzuschließen. Erst als er ihnen ungeduldig zurief, wo sie denn blieben, hoben sie ihre Last wieder auf und folgten dem Grafen. Bei ihm angelangt sah Robert, wie die Tür vor ihnen verschlossen war. Anstelle der Türklinke befand sich eine Art Kasten, den man mit einem gewöhnlichen Schlüssel öffnen musste. Darunter kam ein elektronisches Schloss zum Vorschein, in das man einen Zahlencode eintippen musste.

Ein monotones Geräusch, fast wie ein Summen, ertönte. Während sie durch die bereits geöffnete Tür traten, begann Roberts Hirn wie rasend zu arbeiten. Er hätte schwören können, dass sie in den großen Saal voller Uhren gehen würden. Einer dieser Räume musste er jedenfalls sein. Was wohl hinter dieser sorgfältig gesicherten Tür lag? Da er mit René die Plätze getauscht hatte und nun rückwärtsgehen musste, sah er erst einige Sekunden später, in welchen Raum sie gelangt waren.

Sie standen in dem riesigen Saal voller Uhren. Er sah genau so aus, wie Robert ihn vor fünf Tagen entdeckt hatte. Mit einer Ausnahme: Jetzt gab es Sicherheitsmaßnahmen.

Einige Herzschläge später bemerkte er eine zweite Veränderung. Das monotone Geräusch war kein Summen, es war das Ticken vieler Uhren, das diesen eigentümlichen Klangteppich bildete. Robert begann an seinem Verstand zu zweifeln.

Als er hier gewesen war, hatten sie stillgestanden.
Ausnahmslos.

Außerdem war die wundervolle kleine Uhr an der Tür verschwunden und hatte einem elektronischen Schloss Platz gemacht. Hatte er etwa bei seinem Einbruch einen anderen Eingang zu dem Saal benutzt? Nein, er war sich sicher, dass es nur eine Tür gegeben hatte, schließlich hatte er sich den großen Saal ja gründlich angesehen.

Das Gewicht seiner Last ließ ihn vorerst nicht weiter darüber nachdenken. Er blickte zu René, der ihn mit gerunzelter Stirn ansah. Zuerst dachte Robert, sein Freund hätte ebenfalls bemerkt, dass etwas nicht stimmen konnte, doch dann fiel ihm ein, dass er ihm ja gar nichts von der Villa, dem Saal voller Uhren und dem Armband erzählt hatte. Offensichtlich wunderte sich sein Freund nur über seinen verwirrten Gesichtsausdruck. Er schüttelte leicht den Kopf. René verstand und fragte nicht nach.

„So, ihr zwei", drang in diesem Moment die Stimme des Grafs zu ihnen. „Seid mir ja vorsichtig mit der großen Uhr, dass ihr keine Scheibe einschlagt oder etwas beschädigt, sonst wird das sehr teuer für euch oder eure Eltern, verstanden? Meine Sammlung ist äußerst wertvoll."

Sie zogen es vor, einfach brav zu nicken und ihn lieber nicht über ihre Familienverhältnisse aufzuklären. Als sie dem Grafen quer durch den großen Saal folgten, achteten sie peinlich genau darauf, nichts zu berühren. Das war gar nicht so einfach mit ihrer sperrigen Last, denn die Gänge zwischen den Vitrinen waren unglaublich schmal und die Ecken, um die sie sich herumwinden mussten, alles andere als unproblematisch. Erst als sie in dem Bereich des Saals angekommen waren, in dem fast keine Glaskästen mehr standen, sondern viele Standuhren wie Zinnsoldaten aufgereiht waren, konnten sie wieder durchatmen. Dafür war hier das Ticken lauter und wurde durch die Geräusche großer Pendel noch verstärkt. Der Klang war auf eine seltsame Art unangenehm, so dass sich Robert am liebsten die Ohren zugehalten hätte. Sie trugen dem Grafen die Uhr bis zum Ende einer der Reihen nach, wo er auf einen freien Platz in der Armee der Zinnsoldaten deutete.

„Stellt sie hier hin."

Er musste laut sprechen, damit sie ihn verstehen konnten. Sie setzten die Standuhr erleichtert ab und bugsierten sie an ihren Platz. Sie streckten sich erschöpft und sahen sich nun endlich genauer um, verstohlen und neugierig.

„Wow." Renés Stimme klang schon beinahe ehrfürchtig. „So viele Uhren! Kein Wunder, dass Ihre Sammlung wertvoll ist. Da sind bestimmt auch sehr alte Uhren dabei, oder? Und richtig teure aus Gold und Silber."

Robert spitzte die Ohren, bis er sich wie ein Luchs vorkam. Renés Worte kamen ihm wunderbar gelegen.

Der Graf sah aus, als könne er sich nicht zwischen Stolz und Ärger entscheiden. Offenbar war es ihm nicht recht, dass er auf seine Uhrensammlung angesprochen wurde. Aber was konnte er schon erwarten, wenn zwei Jungen ihm etwas hier hereintragen halfen und plötzlich zwischen so vielen Kostbarkeiten standen? Doch der Graf schien auch ganz gern damit prahlen zu wollen. Er entschied sich für den Mittelweg. In seiner Stimme mischten sich Unmut und Arroganz.

„Selbstverständlich besitze ich sehr alte und höchst wertvolle Exemplare." Auf einmal schien der allerletzte sympathische Zug aus seinem Gesicht verschwunden zu sein. „Aber natürlich sind nicht nur die Uhren wertvoll, die aus teuren Materialien bestehen." Er schüttelte den Kopf als hätten sie behauptet, die Erde sei eine Scheibe. „Manche Exemplare sind noch sehr viel kostbarer, obwohl sie recht unscheinbar aussehen."

„Wie kann das denn sein?", fragte Robert, der dem Grafen mehr Informationen entlocken wollte.

Er schnaubte verächtlich. „Weil manche Uhren einfach unglaublich selten sind! Ich besitze sogar eine ganze Reihe von Einzelstücken, die so teuer waren, dass du den Preis wahrscheinlich nicht einmal aufschreiben könntest."

Danke vielmals, dachte Robert. *Ein wirklich nettes Kompliment.* Er tat, als hätte er die Beleidigung nicht verstanden, und sah sich übertrieben neugierig um. Dabei spürte er Renés verdutzen Seitenblick auf sich ruhen. „Wie viele Uhren das wohl sind?", fragte er, als hätte er nur laut über diese Frage nachgedacht.

„Wie viele?", wiederholte der Graf spöttisch. „Das kann ich dir genau sagen. Schließlich habe ich jede einzelne Uhr eigenhändig gekauft." Den letzten Satz betonte er besonders.

„Wie viele sind es denn?"

Des Grafen Augen glitzerten vor Sammlerstolz. „Ich besitze jetzt genau 161 Standuhren, 3.072 Armbanduhren, 1.741 Taschenuhren, 998 Wanduhren und 2.003 Wecker, Sanduhren und sonstige Exemplare."

Robert und René starrten den Grafen an, als wäre er ein Gespenst.

„Das sind fast 8.000 Sammelstücke", setzte dieser hinzu, als würde das den Sachverhalt erst richtig erklären. Die beiden standen immer noch wie versteinert da. „Genau genommen 7.975 unterschiedliche Uhren. Kein einziges Exemplar doppelt."

Damit war seine Mitteilungsbereitschaft endgültig erschöpft. Der Graf nahm die heute erworbenen Uhren aus seiner Hemdtasche und winkte ihnen, ihm zu folgen. Die beiden Freunde trotteten ihm hinterher und musterten dabei die vielen Uhren in den Vitrinen. Zweimal blieb der Graf vor ihnen stehen, um Vitrinen aufzuschließen und seine neu erworbenen Schätze auf freie Plätze zu legen. Die Glaskästen waren nun ebenfalls gut gesichert, wie Robert feststellte. Als sie wieder an der Tür zur Galerie standen und der Graf sich daran machte, die Tür sorgfältig hinter ihnen zu verschließen, fragte René, wie viel diese Sammlung denn bisher gekostet hätte. Er warf ihm einen vernichtenden Blick zu.

„Sehr viel."

Er führte die Jungen zurück zur Eingangstür der Villa und drückte jedem von ihnen wortlos einen Zehneuroschein in die Hand. Dann deutete der Graf auf das Tor des Grundstücks und schloss die Tür.

Robert und René gingen den Weg aus weißen Pflastersteinen entlang zum Tor zurück. Die Flügeltüren mit den eisernen Zacken fielen hinter ihnen von alleine ins Schloss. Robert stellte sich vor, wie der Graf irgendwo in seiner Villa einen Knopf gedrückt hatte, um sie endgültig auszusperren.

„Der hält sich wohl auch für was Besseres. Aber warum hat der keine Diener?"

„Was?" Robert sah seinen besten Freund irritiert an, während er sich die Arme massierte.

„Warum hat der keine Diener? Diener würden doch naheliegen bei so einer Prahlerei."

„Vielleicht haben wir nur keine gesehen. Der Graf wird diese riesige Villa wohl kaum alleine putzen, oder was meinst du?" Einen Moment lang schwiegen sie.

„So viele Uhren. Die waren bestimmt Millionen wert! Dass jemand so etwas einfach zu Hause hat ... Wie viele waren es noch?"

„7.975. Er wird schon seine Gründe haben."

„Was war eigentlich mit dir da drinnen los, Rob? Du bist doch sonst nicht auf den Kopf gefallen! Und auf den Mund im Übrigen auch nicht." René musterte ihn streng.

„Tja, weißt du, da muss ich dir noch etwas erklären. Ich habe dir nicht alles erzählt, was es zu erzählen gab."

„Als wir von Janas Auftauchen geredet haben?"

Robert nickte.

„Das Gefühl habe ich langsam auch", meinte René mit hochgezogenen Augenbrauen. „Dann leg mal los mit deinen Erklärungen."

Robert seufzte und überlegte, wo er anfangen sollte. Schließlich weihte er ihn unterwegs in alles ein: Er erzählte ihm von dem Einbruch in Zurkotts Villa und von dem blauen Armband. Er beschrieb ihm die vollständigen Gespräche mit Kasimir und Thar. Er vertraute ihm seine Vermutungen über Jana an.

Er erzählte seinem Freund ausnahmslos alles.

Wem konnte man schließlich trauen, wenn nicht seinem allerbesten Freund?

Folge deinem Herzen.

12. Kapitel

Von verschwundenen und tobenden Freunden

Sie liefen direkt zurück zur Waldhütte, da der vereinbarte Zeitpunkt, zu dem sie sich alle am Brunnen treffen wollten, schon längst vorbei war. Kurz bevor sie die Hütte mit schmerzenden Füßen, Armen und Rücken endlich erreicht hatten, war Robert mit seinen Erklärungen am Ende angelangt und hatte alle Fragen seines Freundes endlich zu dessen Zufriedenheit beantwortet.

„Siehst du, Rob", sagte er, „jetzt hast du es hinter dir. War doch gar nicht so schlimm, oder?" Er grinste, dass es aussah, als zögen sich seine Mundwinkel bis hinter seine Ohren. Robert warf ihm einen Blick zu, der René nur noch breiter grinsen ließ, soweit das überhaupt möglich war: Er hob eine Augenbraue und verzog gequält die Mundwinkel.

Alle Muskeln taten ihnen weh, als sie vor der Tür standen. Erleichtert klopften sie an das Holz der Tür und warteten, dass ihnen jemand öffnete.

Und warteten.

Überrascht blickten sich die beiden Freunde an. Robert drückte gegen die Tür und sie schwang widerstandslos auf. Alarmiert betraten sie die Hütte und sahen sich um.

Sie war leer. Der Kleiderschrank war einen Spalt geöffnet. René ging hin, um ihn wieder zu schließen, dabei fiel sein Blick hinein.

„Da fehlt was!", rief er erschrocken. Robert, der auf dem Weg zum Fenster gewesen war, weil er draußen eine Bewegung bemerkt zu haben glaubte, sprang mit einem Satz neben seinen Freund.

„*Was?*" Robert spürte, wie sich sein Puls beschleunigte.

„Da!" René deutete auf die obere Hälfte des Kleiderschrankes. „Die Fächer von Cora, Tom und Kevin sind leer!" Sie wechselten einen erschrockenen Blick, dann stoben sie auseinander. René lief in den Teil der Hütte, in dem sie ihre restlichen Habseligkeiten aufbewahrten, Robert zur Tür, um zu prüfen, was er vorher gesehen hatte. Er wollte sie gerade öffnen, als sie von außen aufgestoßen wurde.

Vor ihm stand Jana, eine Plastiktüte in der Hand. Sie sah irritiert aus und ihre Kleidung war schmutzig.

„Puh, Rob!", sagte sie. Sie klang ein wenig abgehetzt, aber beinahe fröhlich. „Jetzt seid sogar ihr zwei noch vor mir angekommen! Aber jetzt sag: Wie viele hat er?"

„Was?" Robert konnte sich in seiner Verwirrung gar nicht erklären, was Jana meinte. „Wieso kommst du erst jetzt? Wo hast du die anderen gelassen?"

Jana warf ihm einen Blick zu, der ihm deutlich signalisierte, dass er gerade etwas ganz und gar Falsches gesagt hatte. Doch bevor er noch etwas erwidern konnte, stürzte René zwischen sie.

„Alles ist weg!", rief er aufgebracht. „*Alle* Sachen von Cora, Tom und Kevin!" Er starrte Robert an und in seinem Blick lag etwas Seltsames. Offensichtlich hatte er Janas Anwesenheit in seiner Aufregung noch gar nicht bemerkt.

Bei diesen Worten kam Robert ein Verdacht. Ihm wurde abwechselnd heiß und kalt. Er hetzte zur dritten Fußbodenlatte, von der Tür aus gezählt. Das Geldversteck! Er hatte schon die Finger an die Ränder des losen Brettes gelegt, als er zögerte. Er hatte Angst davor, darunterzusehen.

„Meinst du …?" Der Unterton in Renés Stimme gefiel ihm nicht.

„Was ist denn hier los?", wollte Jana wissen.

„Die Sachen der anderen fehlen!", schrie René sie an. Langsam wurde er panisch. „Weg da, lass mich!" Er riss das Brett in die Höhe. Alle drei drängten sich um das Loch im Boden.

Der Hohlraum unter der Latte war leer.

Das Geld, das sie noch von Roberts Einbruch gehabt hatten, war weg.

Genau wie die Sachen von Cora, Tom und Kevin.

Jana schlug die Hand vor den Mund, als sie begriff. Robert fing gerade noch das Brett auf, das René aus den Händen fiel. Robert machte die Bewegung ganz automatisch, er fühlte sich wie vor den Kopf gestoßen und irgendwie hohl. Cora, Tom und Kevin waren fort und sie hatten alles mitgenommen. Sie hatten sie tatsächlich sitzen lassen. Robert konnte nicht begreifen, warum sie das getan hatten.

Sie alle – Cora, Tom, Kevin, René und Robert – hatten sich doch versprochen, zusammenzuhalten.

Einen Herzschlag lang standen sie wie Statuen da, dann kniete René sich hastig hin und fuhr mit den Händen in dem leeren Versteck herum.

„Weg!", schrie er. „Verdammt nochmal, sie sind echt weg! Mist, Mist, Mist!" Er sprang auf und rannte durch die Hütte. Dabei warf er einen Stuhl um und knallte im Vorbeigehen die Schranktür so fest zu, dass sie gleich wieder aufsprang. „Mist!"

Robert stand auf und hielt seinen besten Freund am Arm fest, als der wieder vorbeirauschen wollte.

„René, krieg dich wieder ein. Lass die Einrichtung in Frieden."

„Rob, lass mich in Ruhe!"

„Nein, lass ich nicht. Beruhige dich!"

„Oh doch, das tust du!" René spuckte ihm die Worte geradezu entgegen.

„Nein, erklär du erst, warum du so durchdrehst! Ich verstehe ja auch nicht, wieso die anderen einfach auf und davon sind, aber –"

Eine Ohrfeige ließ Robert verstummen.

Er ließ Renés Arm los und legte sprachlos eine Hand auf seine rechte Backe. Er hatte noch nie erlebt, dass René so ausrastete. Er spürte, wie Zorn in seinem Bauch zu wühlen begann. Warum musste René seinen Ärger ausgerechnet an ihm auslassen? Die Situation zerrte schließlich nicht nur an seinen Nerven.

Als René wieder an ihm vorbeirennen wollte, packte Robert ihn erneut und wehrte gleich eine zweite Ohrfeige ab. Er hielt seinen Freund an beiden Armen fest. René tobte und versuchte, sich loszureißen.

„Was ist los mit dir?" Robert bemühte sich, ruhig zu klingen und seinen Zorn zu unterdrücken. „Sag´s mir. Bitte."

Aber René schnaubte nur wütend und stieß ihn mit aller Kraft von sich. Robert fand sich schmerzhaft auf dem Boden wieder, als sein Freund auch schon aus der Hütte gerannt war und die Tür hinter sich zugeschlagen hatte.

Vor Roberts Augen tanzten abwechselnd schwarze und gleißend helle Punkte auf und ab. Als Janas Gesicht vor ihm erschien, setzte er sich auf. Ein scheußliches Stechen in Kopf, Nacken und Schultern durchzuckte ihn. Er wollte sich mit den Händen aufstützen und unterdrückte einen Schrei. Sein linkes Handgelenk schmerze so sehr, dass ihm schlecht wurde.

„Rob!" Jana starrte ihn erschrocken an. „Alles in Ordnung mit dir?"

„Ja."

„Sicher?"

„Ich weiß nicht so recht", wich er ihrer Frage aus.

„Himmel, das sah vielleicht aus, als du über den Tisch geflogen bist!"

„Über den Tisch?" Er nahm Janas ausgestreckte Hand mit der Rechten und ließ sich von ihr aufhelfen. Er ächzte unwillkürlich, als er dabei erneut ein Stechen im Nacken spürte.

Ihm wurde schwindelig und er ging zur Bank, um sich hinzusetzen. Beinahe wunderte er sich dabei, dass seinen Beinen offenbar nichts passiert war.

„Lass mal sehen."

„Lieber nicht", sagte Robert.

„Lass sehen!", befahl sie und er fügte sich. Jana drückte vorsichtig seinen Kopf nach vorne, um seinen Hinterkopf zu untersuchen. Robert biss die Lippen zusammen, als ihre Finger in seinen Haaren herumtasteten.

Er hörte Jana scharf Luft holen, dann tauchte ihr Gesicht wieder vor ihm auf. „Halt still, bis ich wieder da bin!" Sie schnappte sich ein paar Handtücher und rannte aus der Hütte. Er hörte sie draußen im Bach herumplätschern. Vorsichtig hob er eine Hand und tastete seinen Nacken und seinen Kopf ab. Als er seine Hand wieder sinken ließ, sah er, dass die Finger rot waren.

Blut, dachte er. *Ganz toll. Prima.*

Da stolperte Jana wieder zur Tür herein und tupfte die Wunde ab.

„Schrecklich siehst du aus", murmelte sie. „Du musst dich an der Tischkante gestoßen haben. Zum Glück ist es keine Wunde, die man nähen müsste."

„Ach?" Mehr bekam Robert nicht zwischen seinen zusammengebissenen Zähnen hervor. Das Wasser brannte scheußlich. Er atmete erleichtert auf, als Jana ihm schließlich ein trockenes Handtuch gab und sagte, er solle es auf die Wunde drücken.

„Was tut dir sonst noch weh?", fragte sie.

Robert verdrehte die Augen. Er hasste so etwas. „Die da", murmelte er und hob seine linke Hand. „Und es sticht im Nacken, wenn ich mich zu viel bewege."

„Dagegen kann ich nichts machen. Aber du musst dich ruhig halten. Hoffentlich hast du keine Gehirnerschütterung. Ist dir schwindelig?"

„Ja."

„Oh je, hoffentlich hast du wirklich keine. Aber das werden wir spätestens morgen sehen. Halt dich bloß möglichst still! Und nun zeig mir deine Hand." Sie tastete an seinem Handgelenk herum und bewegte es vorsichtig hin und her.

„Autsch!"

„Es scheint nicht gebrochen zu sein. Wahrscheinlich hast du es dir gestaucht. Das wird schon wieder."

„Was für ein Trost."

Jana ignorierte ihn. „Wir sollten es bandagieren. Habt ihr irgendwo Verbandszeug?"

„In dieser Schublade da." Robert deutete quer durch den Raum auf die Kommode neben dem Kleiderschrank. Er verschwieg ihr, dass Kevin den alten Verband im letzten Jahr beim Faschingstreiben einer zehnjährigen „Mumie" geklaut hatte. Diese Heldentat hatte Kevin ihnen so oft erzählt, bis das verkleidete Kind in seiner Geschichte schließlich durch die leibhaftige Mumie eines ägyptischen Pharaos ersetzt worden war, die ihn selbstverständlich mit schauerlichem Gebrüll verfolgt hatte. Kevin hatte später noch hinzugefügt, er hätte nur durch den genialen Einfall entkommen können, in einen Fluss zu springen und schwimmend zu fliehen, da die (noch) lebendige Mumie bei der Verfolgung sofort jämmerlich ertrunken sei. Denn die restlichen Verbände hätten sich mit Wasser vollgesogen und mit ihrem Gewicht das schauerliche Wesen nach unten gezogen. Schließlich war Tom es leid gewesen, die Phantasiegeschichte seines kleinen Bruders zehnmal am Tag zu hören. Er hatte sich mit Kevins mutig erkämpftem Verband maskiert und ihn nachts mit kalten, feuchten Fingern und schauerlichem Keuchen und Röcheln geweckt. Von Kevins Aufschrei waren alle wach geworden. Seither hatte Kevin kein Wort mehr darüber verloren.

„Wieso grinst du?" Janas misstrauische Stimme holte Robert aus seinen Gedanken zurück.

„Ach, mir ist nur eine alte Geschichte eingefallen." Er erzählte sie ihr, während sie sein Handgelenk sorgfältig bandagierte.

„Jetzt hast du selbst ein bisschen was von einer Mumie, wenn man dich so ansieht", meinte sie schließlich belustigt. Sie deutete auf seine Hand und seinen Nacken, um den er immer noch das Handtuch geschlagen hatte.

Robert fasste an seinen Hinterkopf und stellte erleichtert fest, dass die Wunde schon aufhörte zu bluten. Es war Glück im Unglück, dass er sich keine Platzwunde zugezogen, sondern sich offenbar nur aufgeschürft hatte. Er gab ihr das Handtuch zurück.

„Danke", sagte er und wusste nicht so recht, wo er nun hinschauen sollte. „Für das Verarzten."

„Wie konntest du eigentlich solch einen Salto hinlegen? Du bist tatsächlich über den Tisch geflogen und hast dahinter eine Bruchlandung hingelegt, die ihresgleichen sucht." Sie betrachtete ihn, als fürchtete sie, dass das richtig dicke Ende noch kam.

„René war einfach stinksauer und die Wut verleiht einem bekanntlich ungeahnte Kräfte, nicht wahr?"

„Hm."

„Wo hast du das eigentlich so gut gelernt?" Er hob seine bandagierte Linke.

„Da, wo ich herkomme, lernt man das früher oder später schon."

Robert hob eine Augenbraue in die Höhe. „Da, wo du herkommst?"

„Fang nicht so an! Ich erkläre *bald* alles. Erzähl lieber, was ihr rausgefunden habt. Aber halt dich ruhig!"

„Woher wusstest du, dass der Mann auf dem Markt Graf Zurkott war?"

„Ich erklär dir alles. Bald." Das letzte Wort klang nicht mehr sehr geduldig und Jana funkelte ihn ärgerlich an.

Also begann Robert von seinem und Renés schweißtreibenden Abstecher zu erzählen. Als er an seinen besten Freund dachte, spürte er immer noch ein wenig Ärger.

„Dann hat er jedem von uns zehn Euro gegeben und wir sind gleich hierher zurückgelaufen, weil die Zeit für den Treffpunkt schon lange vorbei war", schloss Robert mit seiner Berichterstattung.

Einen Moment herrschte Stille.

„Und jetzt glaube ich, dass ich verrückt geworden bin", setzte Robert mit einem Schulterzucken hinzu.

„Warum das denn?"

„Die Tür und alle Vitrinen waren sorgfältig gesichert. Und das ist seltsam."

„Wieso seltsam? Bei einer so wertvollen Sammlung?" Sie musterte ihn, als überlege sie, ob er sich den Kopf nicht doch zu fest gestoßen hatte.

„Ich bin aber vor ein paar Tagen in exakt diese Villa eingebrochen und in dieser Nacht waren keine Sicherheitsvorkehrungen da. Ich war sogar in exakt diesem Saal, aber ich habe mich nicht getraut, etwas zu stehlen. Irgendetwas war seltsam. Außerdem haben damals alle Uhren stillgestanden, während heute das Geticke so laut war, dass einem der Schädel dröhnte."

Jana starrte ihn an. „Du bist genau dort eingebrochen?"

„Äh, ja."

„Und du bist dir ganz sicher?"

„Ja."

„Das ist eine Katastrophe!"

„Eine große oder eine kleine? Egal, ich nehme an, du weihst mich ohnehin erst *später* ein …"

„Ist dir sonst noch etwas aufgefallen, als du alleine dort warst?"

„Lass mich mal überlegen … Ja, meine Uhr ist auch stehengeblieben, solange ich in dem Saal war. Als ich wieder draußen war, lief sie weiter. Und da, wo heute das Sicherheitsschloss der Tür war, befand sich nur eine sehr seltsame kleine Uhr." Er hätte beinahe verwirrt den Kopf geschüttelt, erinnerte sich aber gerade noch rechtzeitig daran, dass er das besser sein ließ. Es war so viel passiert in den letzten Tagen, dass der Einbruch schon eine Ewigkeit zurückzuliegen schien.

„Eine seltsame Uhr?" In Janas Stimme war jetzt deutlich ein Ausdruck zu bemerken, der Robert langsam befürchten ließ, sie könnte vor Nervosität jeden Moment vom Stuhl fallen.

„Habe ich doch gerade erzählt." Wahrscheinlich wäre er nervöser, wenn er so viel von der ganzen Angelegenheit wusste, wie Jana das offenbar tat. Aber so kam ihm alles lediglich sehr merkwürdig vor.

„Wie sah die Uhr aus?"

„Die Zeiger waren ungewöhnlich, gebogen und mit vielen Bildchen bemalt, winzig klein. Ein alter Mann war dabei, glaube ich, und ein Baby."

Jana seufzte so tief, dass es Robert mulmig zumute wurde. Sie starrte aus dem Fenster und war plötzlich überhaupt nicht mehr ungeduldig. So blieb sie sitzen und Robert, der nicht wusste, was in seiner Erzählung eine solche Wirkung heraufbeschworen hatte, wusste nicht, wie er sich nun verhalten sollte.

Er hatte gerade beschlossen, dass es nun am besten wäre, ihr die für ihn erreichbare Schulter zu tätscheln, als sie wieder aus ihrer starren Haltung erwachte und ihn ansah. In ihrem Blick lagen zugleich Angst und Erleichterung. Robert war sich nicht sicher, ob er eine Träne in ihrem Auge glitzern sah.

Als sie offenbar gerade etwas sagen wollte, klopfte es zaghaft an der Tür. Er wollte aufstehen, um sie zu öffnen, aber Janas Blick ließ ihn bleiben, wo er war. Sie spähte erst durch einen schmalen Spalt nach draußen, bevor sie die Tür ganz öffnete. Kleinlaut schlich René herein. Er warf einen betrenenen Blick auf Robert, der mit seiner verbundenen Hand und ziemlich steif zurückgelehnt auf der Bank saß.

„Hey Rob", sagte er leiser als gewöhnlich. „Tut mir echt leid. Ich hab mich wohl so richtig blöd benommen, oder?"

„Könnte man so ausdrücken", antwortete Robert. Er kannte ihn gut genug, um zu wissen, dass er sich vor Scham und Ärger über sein Verhalten am liebsten selbst geohrfeigt hätte.

„Du hast ihn ganz schön zugerichtet, René!" In Janas Stimme schwang ein so eisiger Unterton mit, dass Robert ihre Stimme fast nicht wiedererkannt hätte. Offensichtlich hatte sie René noch lange nicht verziehen. „Ein verstauchtes Handgelenk, vielleicht eine Gehirnerschütterung, eine Wunde am Hinterkopf, ganz zu schweigen von den blauen Flecken und Beulen. Sag mal, behandelst du alle deine Freunde so, wenn du schlechte Laune hast? Aber bitte: Lass nur deine Wut an uns aus, dann gehen wir auch, so wie die anderen drei!"

Robert starrte sie an, ungläubig, ob er seinen Ohren trauen sollte. Die sanfte, geheimnisvolle Jana konnte tatsächlich so sprechen? René war bei ihren Worten in sich zusammengesunken.

„Entschuldigung", murmelte er.

„Jetzt übertreib doch nicht so, Jana", brummte Robert, dem ihre Vorwürfe peinlich waren. „Ich lebe ja noch, wie du siehst. Aber jetzt sag, René, was war denn los mit dir?"

„Wir hatten doch eine Abmachung, dass keiner die anderen nach ihrer Vergangenheit fragt, oder?" Renés immer noch sehr kleinlauter Dackelblick brachte Robert dazu, leise zu seufzen und mit den Schultern zu zucken. Er verzog das Gesicht, als ihm dabei wieder das scheußliche Stechen durch den Nacken fuhr.

„Haben wir", sagte er. „Allerdings unter der Annahme, dass es unser Zusammenleben hier nicht gefährdet. Aber mach, was du willst."

René setzte sich neben ihn auf die Bank und zog die Knie an. Auch Jana ließ sich wieder auf den Stuhl sinken.

„Ich habe Jana gerade erzählt, was wir beim Grafen in der Villa gesehen haben", sagte Robert, um das Schweigen zu brechen, das nun zwischen ihnen wie eine Gewitterwolke hing.

„Und?" Die Stimme seines Freundes klang immer noch dumpf vor schlechtem Gewissen.

„Tja, sie will mir immer noch nichts erklären, obwohl sie über ein paar Dinge aus meiner Berichterstattung schockiert war und über ein paar andere ziemlich erleichtert." Er bemerkte Janas irritierten Blick. „Ich habe ihn inzwischen in alles eingeweiht. Schließlich ist er verlässlich und schlau", fügte er hinzu.

Neben ihm sank René noch ein wenig mehr in sich zusammen.

Jana schnaubte. „Wenn er nicht gerade Leute aus einer Laune heraus verprügelt."

Einen Moment herrschte wieder eisige Stille zwischen ihnen.

„Soll ich jetzt erzählen, was bei mir los war?", fragte sie schließlich, immer noch mürrisch, und setzte sich verkehrt herum auf ihren Stuhl, sodass sie die beiden Jungen über die Lehne hinweg mustern konnte. „Nachdem ihr zwei mit dem Grafen verschwunden seid, habe ich bei dem Stand eingekauft, den Kasimir uns geraten hatte. Anschließend bin ich wieder zu ihm zurück, um ihn nach Thar zu fragen.

Ich habe erfahren, dass er zufällig in der Nähe war, und bin zu ihm gegangen, um einiges mit ihm zu besprechen." Sie seufzte und legte den Kopf auf ihre Unterarme, die sie auf die Stuhllehne gestützt hatte. „Aber die meisten Ergebnisse unserer Besprechung sind sowieso sinnlos, da wir jetzt nur noch zu dritt sind und René auch über alles Bescheid weiß. Und nach dem, was Robert über den Grafen erzählt hat. Und erst recht wegen der Uhren!"

Einen kurzen Moment schwieg sie und Robert nutzte die Pause, um René zu bedeuten, dass weiteres Nachfragen nichts bringen würde.

„Dann bin ich zum Treffpunkt gelaufen, den wir mit Cora, Tom und Kevin vereinbart hatten. Ich war sogar ein wenig zu früh dort und habe ewig gewartet, doch es kam niemand. Keiner von den dreien. Als ich mir sicher war, dass ich vergeblich herumstehe, bin ich wieder zu Kasimir, um ihn um Hilfe zu bitten. Ich hatte mir den Weg zurück zur Hütte nicht ganz merken können und dachte, Kasimir wüsste vielleicht Rat. Er hat seinen Stand dicht gemacht und mich so weit es ging mitfahren lassen."

„Das erklärt, warum du sogar noch nach uns heimgekommen bist", sagte Robert und musste lachen bei der Vorstellung, wie erstaunt Jana von der holprigen Karrenfahrt sicher gewesen war.

Jana lächelte gequält. „Ja, der Esel ..."

„Quasimodo", unterbrach René sie.

„Was?"

„Quasimodo. So heißt der Esel."

Offenbar hatte Jana ihm jetzt doch langsam verziehen, denn sie sparte sich diesmal ihren bösen Gesichtsausdruck.

Robert bemerkte es mit Erleichterung. Endlich kehrte wieder Frieden ein, wenn man das in ihrer Situation überhaupt so nennen konnte.

„Jedenfalls", führte Jana ihren Bericht zu Ende, „hat Kasimir irgendwann angehalten und mir den restlichen Weg erklärt. Als ich endlich hergefunden hatte, wart ihr schon da. Den Rest kennt ihr ja."

„Cora, Tom und Kevin sind nicht zum Treffpunkt gekommen?", fragte René.

„Sie haben sich anscheinend sehr schnell auf den Rückweg gemacht, ihre Sachen geholt und sind auf und davon", schaltete sich Robert ein. „Ist euch eigentlich klar, dass wir jetzt kein Geld mehr haben?"

„Doch, haben wir", entgegnete Jana. „Ihr habt euren Packesellohn bekommen. Und ich ein bisschen Restgeld."

„Na toll. Wir brauchen Sachen zu essen und all das andere Zeug, das eigentlich die anderen hätten kaufen sollen."

„René hat recht", sagte Robert und setzte sich ein wenig aufrechter hin. „Das Geld ist weg. Wir werden uns wohl oder übel wieder welches besorgen müssen."

Jana bedachte ihn mit einem Blick, den wahrscheinlich eine Mutter ihrem kleinen Kind zuwerfen würde. „Da hast du sogar mehr recht, als ihr beiden ahnt. Es kann tatsächlich sein, dass auch wir drei bald von hier wegmüssen."

Die Jungen starrten sie an.

„Seht mich nicht so an!"

„Wir sollen dich nicht so ansehen?! Du sagst gerade, dass wir vielleicht wegmüssen!"

„Ich rede vorher noch einmal mit Thar", fuhr sie fort. „Es kann sein, dass ihr bei etwas sehr Wichtigem helfen müsst. Aber ich kann euch das noch nicht erklären. Ich sage das jetzt zum letzten Mal, hoffe ich! Ich bin die Geheimniskrämerei ja auch leid." Sie bedachte sie mit einem ungeduldigen Blick. „Wir brauchen wirklich erst einmal Geld. Und vor allem auch Wertsachen, die ihren Wert überall behalten. Schmuck, Gold- und Silbermünzen."

Robert und René starrten Jana wie vom Donner gerührt an.

Diese Sache nimmt langsam Ausmaße an, die mir ganz und gar nicht mehr geheuer sind, dachte Robert. Als er aus seiner Starre erwachte und René ansah, konnte er im Gesicht seines Freundes den gleichen Gedanken lesen.

13. Kapitel

Noch ein Einbruch

Robert hatte schlecht geschlafen und am nächsten Tag war er fast die ganze Zeit auf seiner Matratze liegen geblieben. Er hatte grässliche Kopfschmerzen gehabt und ihm war schwindelig geworden, sobald er sich aufzusetzen versucht hatte. Jana hatte noch einmal die Schürfwunde an seinem Kopf und sein Handgelenk untersucht. René war mit einer so jämmerlichen Miene schlechten Gewissens herumgeschlichen, dass sogar Jana schließlich gemeint hatte, er solle sich nicht allzu viele Sorgen machen. Am Nachmittag hatte René dann die Idee geäußert, er könne gleich in dieser Nacht auf Raubzug gehen. Robert hatte trotz der relativen Gleichgültigkeit, die ihm sein Zustand eingeflößt hatte, Bedenken gehabt. Er hatte befürchtet, dass René wegen seines schlechten Gewissens nicht bei der Sache sein und einen Fehler machen könnte. Doch René hatte nichts davon hören wollen und Janas Meinung dazu war lediglich ein Schulterzucken gewesen. Als es dämmrig geworden war, war er aufgebrochen.

Jetzt war es schon seit einiger Zeit stockdunkel. Robert war eingeschlafen und als er wieder aufwachte, konnte er sich endlich aufsetzen, ohne dass ihm allzu schwindelig wurde. Er wollte auf die Uhr sehen, aber er blickte vergeblich auf sein Handgelenk. Ihm fiel ein, dass er gestern vergessen hatte, sich die Uhr umzubinden.

„Jana?", fragte er leise und sah sich vorsichtig um, ohne den Kopf zu stark zu bewegen. Sie saß auf einem Stuhl am Fenster und hatte ihre Augen gedankenverloren auf die Dunkelheit draußen gerichtet. Eine Haarsträhne fiel ihr ins Gesicht, als sie sich beim unerwarteten Klang seiner Stimme erschrocken umdrehte. Die Petroleumlampe auf dem Tisch verbreitete einen diffusen Lichtschein in der Hütte. Es war seltsam, so spät am Abend nur zu zweit hier zu sein. Sonst waren sie ja immer zu fünft gewesen. Mit Jana neuerdings sogar zu sechst.

„Wie spät ist es?", fragte er.

„Ich weiß nicht, ich habe keine Uhr. Aber ich denke, kurz vor Mitternacht."

„Kannst du mir meine Armbanduhr geben? Ich habe gestern vergessen, sie mitzunehmen, und habe auch seitdem nicht dran gedacht."

Sie folgte seiner Bitte und er ließ sich wieder auf sein zerknautschtes Kissen sinken.

„Was meinst du, was René gerade macht?", fragte Jana.

Robert sah auf die Uhr. Es war halb zwölf.

„Wahrscheinlich sucht er noch irgendwo ein Haus, das lohnend aussieht und trotzdem nicht wie ein Museum gesichert ist."

„Hm." Jana sah erneut aus dem Fenster und Robert döste wieder ein.

Unsanft wurde er von Jana aus dem Halbschlaf gerissen, in den er wieder gesunken war, obwohl er eigentlich lieber wach geblieben wäre, bis René zurückkam.

„Rob!", rief sie aufgeregt und trommelte mit beiden Händen auf seinen Bauch. „Hast du die Uhr gestern den ganzen Tag nicht getragen? Auch in der Villa des Grafen nicht?"

„Ja. Hab ich doch gesagt", brummte er und versuchte ihre Hände abzuwehren.

„Und vor fünf Tagen – oder sechs … Na, jedenfalls bei dem Einbruch in der … in der Villa …" Jana verhaspelte sich vor Aufregung. „Da hattest du sie dran, ja? Und sie ist in dem Saal stehen geblieben? Und später wieder von alleine weitergelaufen, richtig?" Sie starrte ihn mit großen Augen an. Robert verstand gar nichts mehr.

„Hab ich doch gesagt", wiederholte er immer noch schläfrig. „Aber wenn du es noch einmal hören willst: Ja, es war ganz genau so, wie du es gerade gesagt hast."

Jana sprang auf und tanzte durch das Zimmer. Sie schien sich zu freuen wie ein Kind an Weihnachten.

„Ist die Katastrophe jetzt etwa doch nicht so groß?", wollte er wissen.

„Nein, ist sie nicht, ist sie wirklich nicht!" Sie hüpfte fröhlich über ihn hinweg, während er noch verdutzt am

Boden auf der Matratze lag. Sie beugte sich über ihn, sodass ihr Gesicht kopfüber vor seiner Nase schwebte. „Jetzt haben wir sogar einen kleinen Vorteil. Jetzt hilft ihm seine ganze monströse Sammlung nichts!"

Er starrte sie an. „*Wir*?"

„Also gut, noch habe *ich* einen Vorteil – aus deiner Sicht. Aber bald heißt es *wir*!"

„Wie soll ich das denn jetzt verstehen?" Obwohl er im Grunde wusste, wie es gemeint war, fühlte sich sein Magen für ein paar Sekunden recht kribbelig an.

„Wart's ab!" Sie sprang auf und tanzte wieder durch die Hütte, sodass Robert allein vom Hinschauen erneut schwindelig wurde. Er schloss die Augen und öffnete sie erst wieder, als das Geräusch ihrer fröhlichen Schritte erstarb. Ihr Gesicht schwebte wieder über ihm wie vorher.

„Morgen wird die Beute gleich verkauft, nicht wahr? Oder zumindest ein Teil davon."

„Jetzt wollen wir erst einmal hoffen, dass bei René alles gut geht." Er streckte Janas Nase warnend seinen Zeigefinger entgegen, wobei ein Schmunzeln in seinen Mundwinkeln lauerte. „Man soll die Beute nicht schon verkaufen, bevor man sie sicher nach Hause gebracht hat. Das bringt Unglück."

„Was ich meine, ist: Wir können die Beute an Thar verkaufen, dann kann ich gleich morgen mit ihm reden und dich und René anschließend endlich einweihen!"

„Sag bloß?", gab Robert zurück. „Das wäre allerdings mal eine nette Abwechslung. Das ist eine gute Idee. Falls ihr ihn morgen findet. Ich soll wohl besser hierbleiben, oder?"

„Leider ja." Jana lächelte ihn schief an. „Ich würde ja auch alleine gehen, damit du Gesellschaft hast, aber ohne Führer finde ich nicht in die richtige Ortschaft."

„Woher weißt du eigentlich, dass Thar unsere Beute kauft?"

„Meinst du die Frage ernst?"

„Nein. Du beantwortest eh keine Fragen." Robert sah auf die Uhr. Es war schon Mitternacht. „Was machen wir, bis René – hoffentlich – zurückkommt?"

„Pessimist", sagte sie.

„Das hast du inzwischen auch schon gemerkt?"

„Stell dir vor. Was sollen wir jetzt machen?"

„Das habe ich dich gefragt!"

„Soll ich eine Geschichte erzählen?"

Robert nickte. Es war ihm recht, dann konnte er liegenbleiben. Jana setzte sich neben ihn auf den Boden und begann zu erzählen. Natürlich ausgerechnet eine Geschichte über Diebe und andere Kleinkriminelle. Robert musste lächeln, als sie ihrer Hauptperson eine Narbe auf der rechten Hand andichtete. Er schloss die Rechte zu einer lockeren Faust und lauschte.

Es war fast halb drei und Robert und Jana fielen schon die Augen zu, als draußen ein Zweig knackte. Schritte waren auf dem weichen Waldboden nicht zu hören. Das Klopfzeichen, das sie mit René vereinbart hatten, ertönte. Zweimal kurz, zweimal lang. Robert setzte sich zu hastig auf, wovon sich ihm alles drehte. Jana sprang zur Tür, schob den Riegel zurück und ließ René herein. Er war völlig überdreht, wie nach jedem Einbruch.

„Hallo, Leute!", begrüßte er sie und schwenkte den kleinen, aber prall gefüllten Beutel, den er immer unbedingt mitnehmen wollte, durch die Luft. „Heute war alles ein Kinderspiel! Schade, dass wir unsere Opfer nicht immer in Villing aussuchen können", meinte er und warf sich mit Schwung auf die Matratze, auf der Jana gesessen hatte. „Das wäre leider zu auffällig. Ich habe sogar die Wünsche der Dame beachten können! Seht her!"

Er leerte den kleinen Beutel über der Matratze aus: ein paar schlichte Gold- und Silberkettchen und Ringe, deren Verschwinden von ihrer Besitzerin im Gegensatz zu auffälligem Schmuck vermutlich erst relativ spät bemerkt werden würde. Eine Taschenuhr tickte dazwischen, halb von einigen wenigen kleineren Geldscheinen bedeckt. Eine einzelne alte Münze rollte über den Boden davon und René fing sie kichernd wieder ein.

„Na, was sagt ihr?" In seinen Augen glomm ein Leuchten, das dem Adrenalin zuzuschreiben war.

„Gute Beute", bemerkte Robert und klopfte seinem Freund anerkennend auf die Schulter. „Gold- und Silberschmuck. Das behält seinen Wert überall. Genau das wolltest du doch, Jana."

Sie nickte lächelnd und klopfte auf Renés andere Schulter.

Dann breitete sich Stille unter ihnen aus.

„Schon seltsam jetzt, ohne Cora, Tom und Kevin", meinte René zögerlich. „Keiner ist da, der an der Beute was auszusetzen hat oder einen Teil selbst behalten will …"

Robert konnte fast körperlich spüren, wie bekümmert sein bester Freund über das Verschwinden der anderen war.

„Ach, wenn es weiter nichts ist", sagte er schelmisch und angelte ein Kettchen aus dem glänzenden Gewirr vor ihnen. Er winkte Jana zu sich und legte es ihr zur Probe um den Hals. „Was meinst du, René?", fragte er und konnte sich ein Grinsen nicht mehr verkneifen. „Dieses hübsche Ding würde Jana doch gut stehen, findest du nicht? Sie sollte es behalten."

Jana starrte die beiden an und betrachtete die Kette dann genauer. „He, das ist ja gar kein echtes Gold! Die ist nur vergoldet!"

René sah die beiden entgeistert an. Als der Groschen endlich fiel, glaubte Robert, das Plumpsen tatsächlich hören zu können.

„Jaaaa ..." Er zog das Wort in die Länge und verdrehte die Augen. „Ich weiß, ihr zwei seid auch noch da."

„Du siehst die anderen bestimmt wieder. Früher oder später", sagte Jana. René sah sie argwöhnisch an.

„Ihr zwei", sagte Robert, „sucht morgen Thar, um einen Teil der Beute zu verkaufen und damit Jana nochmal mit ihm sprechen kann. Sie will uns dann morgen nämlich alles erklären, stell dir das mal vor!" Er breitete die Arme aus und ließ sich wieder in die Kissen sinken, als wäre er von dieser Neuigkeit völlig überwältigt.

„Das ist ja interessant", sagte René, immer noch völlig aufgeputscht vom Adrenalin. „Ich bin schon neugierig, was dabei alles ans Licht kommt."

„Und ich erst", murmelte Robert leise. Schließlich grübelte er schon ein paar Tage länger über alles nach als sein bester Freund. Über das Armband aus blauen Steinen, den Grafen mit seinem Uhrensaal, Kasimirs Verhalten, Thar, Janas rätselhaftes Auftauchen und jetzt auch noch über die Veränderungen in Zurkotts Villa und das Verschwinden von Cora, Tom und Kevin. Obwohl Letzteres wohl kaum etwas mit dem Rest zu tun haben konnte.

Langsam krochen auch Jana und René unter die Decken und das Licht wurde ausgeblasen. Es war nun so dunkel, dass Robert nicht einmal mehr die Hand vor Augen sah. Obwohl er bequem lag, spürte er das Schwindelgefühl in seinem Kopf, das sich dort inzwischen wieder eingenistet hatte. Seufzend schloss er die Augen. In ein paar Tagen würde es mit Sicherheit wieder verschwunden sein, so wie Jana gesagt hatte. Und aus irgendeinem Grund vertraute er ihrem Urteil.

Beruhigt schlief Robert ein.

14. Kapitel

Lynzen

Jana, René und Robert erwachten erst am späten Vormittag, wobei sich Robert noch ziemlich elend fühlte und kaum etwas von dem Frühstück hinunterbrachte, das sowieso nicht gerade reichlich ausfiel. René kommentierte die letzten beiden trockenen Brötchen, die sie noch gefunden hatten, recht treffend mit „Ich komme mir vor wie ein Steinbeißer."

Schließlich verabschiedeten sich René und Jana von Robert. Ganz wohl war den beiden nicht, ihren Freund alleine in der Waldhütte zu lassen. Jana fragte sich ganz offensichtlich, ob er wirklich unbeaufsichtigt bleiben konnte, und René plagte nach wie vor sein schlechtes Gewissen. Robert musste ihnen wiederholt versichern, dass er brav liegenbleiben würde und durchaus nicht an ein paar Stunden Einsamkeit zugrunde gehen würde wie eine Blume ohne Wasser.

Nachdem sie gefühlte tausend Mal versprochen hatten, sich zu beeilen, verschwanden die beiden mit der Beute und Robert atmete auf. Ihm war immerhin bei Weitem nicht mehr so schwindelig wie gestern.

Irgendwann, als die Langeweile über seinen guten Willen zum Liegenbleiben siegte, stand er auf und trat ans Fenster. Ein dicker Käfer krabbelte von außen über die Scheibe. Robert klopfte gegen das alte, zerkratzte Glas, aber der Käfer marschierte unbeirrt weiter und beachtete ihn nicht. Robert zog sich einen Stuhl heran und machte es sich darauf bequem. Sein Blick fiel auf einen Frosch, der draußen auf dem nadelbedeckten Boden herumhüpfte. Da begann sich etwas in seinen Gedanken zu regen. Ein unangenehmes Gefühl überkam ihn, wie wenn man weiß, dass man etwas Wichtiges vergessen hat, aber einfach nicht darauf kommt, was es war.

Er überlegte. Woran konnte ihn ein Frosch erinnern? *Frosch ... Teich ... Natürlich!*, dachte er. *Das Armband in seinem Versteck am Teich!*

Er hatte nicht nachgesehen, ob es noch dort war. Aber warum machte er sich Sorgen? Wer hätte es schon finden und mitnehmen sollen? Allerdings hatte Kasimir ihm ja eingeschärft, es gut zu verstecken. Ob das Verschwinden von Cora und den beiden Brüdern doch etwas mit der Sache zu tun hatte? Es war schon ein seltsamer Zufall, dass sie ausgerechnet zu diesem Zeitpunkt verschwunden waren. Robert wurde unruhig. Ob er zum Teich laufen sollte, um nachzusehen, ob das blaue Schmuckstück noch da war?

„Du hast versprochen, liegen zu bleiben", ermahnte er sich selbst und beobachtete entschlossen den Käfer. Der hatte den Fensterrahmen schon fast erreicht und verschwand bald darauf außer Sichtweite. Der Frosch dagegen hopste immer noch herum und schien ihn dabei anzustarren. Roberts Ungewissheit nagte immer mehr an seinen Nerven. Irgendwann kroch er wieder auf seine Matratze, aber das ungute Gefühl ging nicht mehr weg. Eine ganze Weile versuchte er mit allen möglichen Mitteln, an etwas anderes zu denken, aber irgendwann gab er es auf und erhob sich seufzend.

Er zog sich andere Klamotten an und machte sich auf den Weg zum Versteck. Er war ein wenig unsicher auf den Füßen und bald drehte sich alles wieder vor seinen Augen, dennoch ging er weiter. Er stolperte durch den Wald und der Weg kam ihm dabei mindestens fünf Mal so lang vor wie sonst. Als er den sumpfigen Teich erreicht hatte, wankte er sehr langsam und vorsichtig am Ufer entlang, um nicht ins Wasser zu fallen. Er fühlte sich wie in einem Karussell. Als er die Buche erreicht hatte, setzte er sich erleichtert auf eine der Wurzeln, die sein Versteck verbargen. Robert versuchte, die scheußlichen Kopfschmerzen und den Schwindel zu verbannen, indem er stur auf einen festen Punkt starrte, aber das funktionierte nicht. Seufzend kniete er sich vor dem verschlungenen Wurzelwerk hin und suchte die Mulde, in die er das Zigarrenkistchen gelegt hatte. Zögernd griff er hinein. Als er die Finger ausstreckte, konnte er das Kästchen spüren.

Natürlich war es noch da.

Diesen Weg hätte er sich sparen können. Sich über sich selbst ärgernd zog er es hervor. Warum hatte Kasimir nur so einen Wirbel darum gemacht, dass er es nur ja weit weg von der Hütte versteckte? Als hätte er gewusst, dass Cora, Tom und Kevin abhauen und sie alles mitzunehmen würden, was nicht niet- und nagelfest war.

„Ach was", sagte sich Robert und bemerkte erst, dass er laut sprach, als er die Worte über seine Lippen kommen hörte. Kasimir war doch kein Hellseher! Trotzdem war und blieb es seltsam.

Robert betrachtete das Zigarrenkästchen in seinen Händen, öffnete es und besah sich das Armband, das unscheinbar darin lag. Er fasste einen Entschluss und steckte das Kästchen samt Schmuckstück in die Tasche. Er tauchte eine Hand in den Teich und hielt sich die kühlen, feuchten Finger an die Stirn.

Dann machte er sich auf den Weg zurück zur Hütte.

Der Rückweg kam ihm noch weiter vor als der Hinweg. Er war völlig erledigt, als er die Hütte endlich erreichte. Noch waren die anderen beiden nicht wieder zurück und das war ihm nicht unlieb. Dann konnte er sich einfach wieder hinlegen und musste keine langen Erklärungen abgeben, wo er gewesen war. Er schaffte es gerade noch, seine Schuhe auszuziehen, ohne hinzufallen. Vorsichtig legte er sich auf die Matratze und hielt sich die verstauchte linke Hand über die Augen. So schlief er ein.

In der gleichen Stellung erwachte er auch wieder. Als er die Augen aufschlug, bemerkte er, dass sein Kopf sich schlimmer anfühlte als am Morgen. Außerdem war er nicht mehr alleine und es war offenbar schon später Abend. Auf dem Tisch brannte die kleine Petroleumlampe. Seine Hand kribbelte abscheulich. Er drehte sich zur Seite und sein

Blick fiel auf René und Jana, die am Tisch saßen und würfelten.

Als Robert sich bewegte, sahen sie ihn an.

„Hallo, Rob", sagte René fröhlich. „Du warst nicht wach zu kriegen! Und glaub mir, ich habe mir nicht Mühe gegeben, besonders leise zu sein. Schließlich wollte ich ja endlich hören, was Jana uns alles zu erzählen hat. Sie will es nicht zweimal erzählen. Ich sollte warten, bis du wach bist. Aber wecken durfte ich dich auch nicht." Er warf ihr einen verärgerten Blick zu. „Als sie mit Thar gesprochen hat, durfte ich nämlich auch nicht zuhören, weißt du."

„Nein?" Mehr Worte brachte Robert nicht über die Lippen.

Jana betrachtete ihn scharf, missbilligend wie ein Lehrer einen Schüler, der seine Hausaufgaben nicht gemacht hat. „Was hast du gemacht, während wir weg waren?"

Robert murmelte ein paar sinnlose Silben, so unverständlich es nur irgendwie möglich war. Doch sie konnte ihm die Wahrheit offenbar von der Stirn ablesen, denn sie bedachte ihm mit einem Warum–machst–du–auch–nicht–was–man–dir–sagt–Blick, der sich gewaschen hatte.

Ein wenig deutlicher sagte er: „Ich musste unbedingt was nachsehen." Dabei umklammerte er das Kästchen, das immer noch neben ihm lag.

Jana riss die Augen auf, als ihr Blick daran hängen blieb. „Ist da das Lynzenarmband drin?"

„Was für'n Ding?"

„Das Lynzenarmband", wiederholte Jana beinahe andächtig und legte ihre Hände vor sich auf den Tisch, ordentlich Daumen an Daumen.

„Wie bitte? *Lynzen?*" Renés Stimme klang so verständnislos, als hätte Jana ihm gerade erklärt, dass eins plus eins nicht zwei ergab.

Jana sparte sich eine weitere Erklärung zu diesem seltsamen Wort und kam stattdessen auf ihre ursprüngliche Frage zurück. „Also, wo bist du gewesen?"

Robert verdrehte die Augen. „Am Teich", antwortete er. „Ich hatte das Armband dort versteckt." Er klopfte auf die Kiste. „Und ich musste unbedingt nachsehen, ob es noch da war. Ich meine, nach dem Verschwinden der anderen ..."

„Zum Glück hattest du es irgendwo draußen versteckt. Gut, dass du Kasimirs Rat befolgt hast, sonst hätten wir jetzt ein Problem." Sie lächelte ihn an.

Robert starrte zurück. „Woher weißt du das denn?"

„Ja, genau, kannst du Gedanken lesen?" René hielt ihr seinen ausgestreckten Zeigefinger vor die Nase.

„Quatsch." Sie schob seine Hand zur Seite. „Woher könnte ich das wissen, hm? Mal scharf überlegen: Wer könnte es mir erzählt haben?"

„Thar", antwortete Robert genervt. „Oder Kasimir. Aber ich will ja nur wissen, wer ... was ... ach, vergiss es!" Er winkte ab. „Du wolltest uns jetzt eh alles erklären! Aber du willst wahrscheinlich von vorn anfangen, nicht wahr?"

Jana nickte.

Robert quälte sich von seiner Matratze hoch und setzte sich zu den beiden anderen an den Tisch. Er und René sahen sie gespannt an.

„Dann leg mal los."

„Aber lasst mich erst einmal reden, ohne mich zu unterbrechen, auch wenn es euch seltsam vorkommt."

„Gut, gut, gut. Jetzt fang schon an!"

„Es gibt ein Land auf dieser Erde", begann Jana, „das vollkommen anders ist als der Rest der Welt: das Verborgene Land. Wenn man dort ist, kommt es einem bisweilen sogar vor, als wäre man in einer ganz *anderen* Welt. Dieses Land ist auf keiner Karte zu finden, denn es ist gut verborgen und durch allerlei Maßnahmen geschützt, die es auch gegen die modernste Technik abschirmen. Außerdem ist es von einem Nebel eingeschlossen, der von niemandem durch reinen Zufall durchdrungen werden kann. Das hat seine Gründe, denn es ist unerlässlich, die unterschiedlichen Kulturen – die Kultur innerhalb des Verborgenen Landes und die Kultur außerhalb – zu erhalten. Nur so bleibt ein Gleichgewicht bestehen, das unglaublich wichtig ist: das Gleichgewicht der Zeit.

Der Teil der Erde, in dem wir uns jetzt befinden, ist voller Hektik, Stress, Fortschritt und sich überschlagenden Ereignissen, deren Nachrichten rasend schnell verbreitet werden. Das Verborgene Land jedoch ist voller Ruhe und Stetigkeit. Das hört sich jetzt so klar abgegrenzt an, obwohl es in einem gewissen Rahmen natürlich Abweichungen gibt. Aber grob lässt es sich so ausdrücken: Das Verborgene Land ist die Zuflucht der Langsamkeit, während der Rest der Erde von Schnelligkeit beherrscht wird.

Das Gleichgewicht der Zeit ist etwas Seltsames. Es lässt sich nicht genau definieren und niemand kann sagen, inwiefern es eigentlich erreicht werden kann oder inwiefern es instabil ist. Man weiß nur so viel: Es gibt einige wenige

Menschen und andere Lebewesen, die spüren können, wenn die Zeit zu sehr aus dem Gleichgewicht gerät. Über das, was passiert, wenn die Zeit völlig die Balance verliert, weiß niemand Genaueres, aber eine Theorie ist unheilverkündender als die andere. Und man weiß inzwischen, dass es eine Möglichkeit gibt, die Zeit zu beeinflussen. Es ist allerdings ziemlich schwierig und vor allem unglaublich gefährlich. Greift man nämlich zu stark oder zu oft ein, zerstört man damit das Gleichgewicht und beschwört damit eine riesige Katastrophe herauf. Als man diese Tatsache herausgefunden hat, hat man natürlich sofort gewisse Sicherheitsvorkehrungen getroffen, um das zu verhindern. Leider gibt es immer Menschen, die sich nicht um das Wohlergehen der restlichen Welt kümmern, sondern sich nur für die eigene Macht und den eigenen Reichtum interessieren. Aber dazu komme ich gleich. Vorher erkläre ich euch im Groben, wie das Verborgene Land strukturiert ist. Es leben dort die verschiedensten Wesen. Menschen und Tiere, wie es sie auch hier gibt, aber auch Kreaturen, die hier nicht mehr überleben konnten und deshalb vor langer Zeit ins Verborgene Land geflohen sind. An diese erinnert man sich hier noch vage und erzählt sich von ihnen in Form von Legenden, Sagen, Mythen und Märchen. Das heißt aber noch lange nicht, dass alle Gestalten existieren oder einmal existiert haben, von denen Geschichten existieren.

Es gibt die vier Königlichen Herrscher, die je nach Jahreszeit abwechselnd das Verborgene Land regieren: Prinzessin Frühling, Königin Sommer, Prinz Herbst und König

Winter. Natürlich haben die vier Herrscher eigentlich andere Namen, aber das Volk nennt sie so. Die meisten Völker haben zwar eigene Könige, aber diese unterstehen der Herrschaft der vier Königlichen. Die vier Königlichen Herrscher sind auch für den Erhalt des Gleichgewichts der Zeit mitverantwortlich. Jeder der Herrscher hat einen Gegenstand, der für ihn einen hohen persönlichen Wert hat, dazu auserwählt, als sogenannter Patrocluschlüssel zu fungieren. Es gibt genau sieben Patrocluschlüssel. Vier davon sind, wie gesagt, bei den vier Königlichen in Verwahrung, außerdem befindet sich einer beim Volk der Tintlinge und einer beim Volk der Lynzen. Der siebte gilt als verschollen. Seine Spur verliert sich in einem Teil des Verborgenen Landes, um den sich die verschiedensten Gerüchte ranken. Vor einiger Zeit wurde jedoch einer der Patrocluschlüssel gestohlen."

„Das blaue Armband!", rief René aufgeregt dazwischen.

Jana nickte. „Es ist der Schlüssel von Prinzessin Frühling. Das Armband heißt Lynzenarmband, weil es von diesem Volk gefertigt wurde."

„Ich hätte jetzt eher gedacht, es sei der Pat... Pat..."

„Pa–tro–clu–schlüssel." Jana betonte jede Silbe des seltsamen Wortes.

„Danke. Ich dachte, das Lynzenarmband sei der Patrocluschlüssel vom Volk der Lynzen."

„Tja, falsch gedacht", sagte Jana. „Jedenfalls dienen die sieben Patrocluschlüssel dazu, die Zeitenuhr zu schützen."

„Zeitenuhr?", fragte Robert, dem schon der Kopf zu rauchen begann. Ein Verborgenes Land, das man selbst mit Radar und Satellitenbildern nicht aufspüren konnte?

Gleichgewicht der Zeit? Seltsame Völker, jahreszeitenabhängige Herrscher? So etwas sollte es tatsächlich geben?

„Dazu komme ich jetzt. Die Zeitenuhr ist eine Uhr, die von der Zeit selbst angetrieben wird. Aber irgendwie hält auch sie die Zeit am Laufen. Man kann das nicht voneinander trennen und irgendwie auch nicht richtig erklären, sondern nur fühlen, wenn man vor der Zeitenuhr steht, heißt es. Nun ist es so, dass man durch einen Zufall sehr alte Schriften wiederentdeckt hat, in denen stand, wie man diese Uhr aus der Ferne verstellen und damit die Zeit beeinflussen kann. Was dabei das Problem ist, habe ich euch indirekt schon erklärt. Denn eben damit kann man das empfindliche Gleichgewicht der Zeit zerstören. Man kann die Zeitenuhr verstellen und was besonders schlimm ist: Man muss sie dazu nicht einmal berühren. Es ist von überall aus möglich. Also können nicht einfach Wachen oder Schloss und Riegel dafür sorgen, dass niemand mit der Zeit spielt.

Man hatte ursprünglich den Ort, an dem sich die Zeitenuhr befindet, versiegelt. Um sich dort Zugang zu verschaffen, benötigt man die sieben Patrocluschlüssel, womit wir beim Kern der Sache angelangt wären. Trotz aller Geheimhaltung dieses Gefahrenpotentials muss nämlich jemand von dieser Möglichkeit erfahren haben. Jemand hat offensichtlich vor, trotz allen Risikos die Macht über die Zeit an sich zu reißen. Prinzessin Frühlings Armband wurde gestohlen und inzwischen scheint der Dieb herausgefunden zu haben, dass er die Patrocluschlüssel gar nicht benötigt, sondern die Zeit auch ohne Nähe zur Zeitenuhr beeinflussen kann. Deshalb wurden die Eingeweihten vor den Rat gerufen und ausgesandt, Erkundigungen einzuholen. Die einzige Spur führte hier in diese Gegend. Die meisten Wächter der Zeit reisten hierher, um herauszufinden, wer dahintersteckt."

„Moment mal bitte." Robert massierte sich angestrengt die Schläfen, um seiner Auffassungsgabe auf die Sprünge zu helfen. „Ist diese Spur etwa Graf Zurkott? Der Graf will die Zeit beherrschen, obwohl dabei etwas Schreckliches passieren könnte, von dem niemand sicher weiß, was genau und wie schlimm es ist? Und dieses Armband da ist so ein Schlüssel, den er braucht, um seine Pläne verwirklichen zu können? Beziehungsweise jetzt eigentlich nicht mehr unbedingt braucht? Und ich habe den Schlüssel gestohlen – zufällig?"

Jana nickte.

„Was ist mit den vielen Uhren? Braucht er die auch, um die Zeitenuhr oder wie das Ding heißt zu beeinflussen?"

„So ist es", antwortete sie. „Er hat eigentlich schon viel mehr Uhren als dazu nötig wären, aber offensichtlich hat er noch nicht die richtige Kombination von Exemplaren."

„Kombination von Exemplaren?", echote Robert. „Mir geht da, glaube ich, ein Licht auf."

„Deine Armbanduhr ist offenbar das fehlende Stück in seiner Sammlung", bestätigte Jana triumphierend. „Als du und René die Standuhr zum Grafen getragen habt, hattest du glücklicherweise deine Uhr vergessen. Sonst hätte der Graf herausgefunden, warum die Zeit in seinem Uhrensaal noch läuft. Und glaubt mir, dann hätte die Welt jetzt ein noch größeres Problem, als sie es ohnehin schon hat."

„Warum die Zeit im Uhrensaal noch läuft?", wiederholte Robert irritiert. „Soll das heißen, als ich bei ihm eingebrochen bin, hat die Zeit in dem Saal stillgestanden?"

Jana nickte.

„Und was war mit der Uhr am Türschloss? Und damit, dass sämtliche Schlösser und Sicherheitsvorkehrungen verschwunden waren?"

„Tja", meinte Jana, „die kleine Uhr am Türschloss war wohl die Lynzenuhr. Es war wohl ihr Werk, dass du problemlos in den Saal spazieren konntest. Ich und Thar haben eine Nachricht vom Rat bekommen, noch bevor ich ... Da muss ich erst noch etwas anderes erklären."

Inzwischen schien René aus seiner Starre erwacht zu sein. „Lynzen*uhr*? Nicht Lynzen*armband*? Hä? Und von welchen Wächtern redest du? Und wer seid du und Thar jetzt überhaupt?"

„Ach herrje, lässt sich das alles schwierig erklären!" Jana seufzte. „Lasst mich eins nach dem anderen erzählen. Habt noch ein paar Minuten Geduld und hört mir einfach zu, ja? Also: Der Graf weiß nicht, dass ihm anscheinend nur noch eine Uhr, nämlich Roberts Armbanduhr, fehlt. Wenn er es herausfindet, ist das ein großer Schritt für ihn – wahrscheinlich der entscheidende Schritt – und ein großes Problem für uns. Das Lynzenarmband haben jetzt wieder wir, das ist zumindest ein Rückschlag für ihn, weil er damit von der zweiten Möglichkeit, nämlich die Zeitenuhr vor Ort zu verstellen, weiter entfernt ist als zuvor. Außerdem muss der Graf, da er selbst aus diesem Teil der Welt stammt, einen Komplizen aus dem Verborgenen Land haben, denn ansonsten könnte er über das alles gar nicht Bescheid wissen. Leider gibt es keinen Hinweis, der dem Rat oder uns Wächtern irgendwie weiterhelfen könnte. Hier kommen Thar und ich ins Spiel." Sie seufzte noch einmal. „Wir beide sind Wächter. Das heißt, es ist unsere Aufgabe, das Gleichgewicht der Zeit zu schützen. Wir sind hierher gereist, um die Spur zu verfolgen, die zum Grafen führte. Da aber die meisten Wächter hier zu sehr auffallen würden, mussten wir auf die Eingeweihten in diesem Teil der Erde zurückgreifen. Das sind Leute, die zwar keine Wächter sind, aber über vieles Bescheid wissen und die Wächter unterstützen."

„Kasimir!"

„Richtig. Er ist ein Eingeweihter. Jedenfalls wurde ich unerwartet zurückgerufen, weil man in einigen Aufzeichnungen Hinweise auf jemanden gefunden hat, der einmal das Wissen der Wächter erhalten hat und dann aus dem Land verschwunden ist, ohne den Vertrag zu unterschreiben."

„Vertrag?"

Jana seufzt. „Der Vertrag, wie man das alles rausgefunden hat und wie man das Wissen der Wächter normalerweise erhält, ist jetzt unwichtig. Wichtig ist jetzt nur, *was* das Wissen ist: Nämlich all diese Informationen, die ich euch jetzt gebe, wenn auch ausführlicher und genauer. Jedenfalls musste ich diese neuen Erkenntnisse weitertragen und ich bin wieder hierher gereist. Allerdings ist dabei etwas schief gelaufen, aber das erzähle ich euch später."

Sie sah nicht so aus, als hätte sie tatsächlich vor, es ihnen später zu erzählen, fand Robert.

„Jedenfalls ist das Armband gestohlen worden und während meines ungeplanten Aufenthalts im Verborgenen Land bei dir gelandet, Rob, was wir durch Kasimir erfahren haben. Ich traf dich wie durch ein Wunder gleich durch Zufall, nachdem ich ungeplant an diesem Ort gelandet bin. Ich war zu dem Zeitpunkt völlig orientierungslos und ging auf Verdacht mit dir mit, ohne hundertprozentig sicher zu sein, dass du wirklich derjenige warst, den wir gesucht haben. Obwohl „suchen" eigentlich das falsche Wort ist. Wir wussten ja durch Kasimir, wo du warst, und wir wollten dich bitten, uns zu helfen. Kasimir und Thar hatten dich schon ein wenig darauf vorbereitet, dass es mit dem blauen Armband etwas ganz Besonderes auf sich hat, und zum Glück hat Kasimir meine Nachricht rechtzeitig erhalten. So konnte er dir sagen, du solltest es außerhalb eurer Hütte verstecken."

Robert und René sahen sie an, als hätten sie gerade eben verlernt, bis drei zu zählen.

„Was hat das denn damit zu tun?", wollte René wissen, während eine Ahnung in Robert aufstieg.

„In meiner Nachricht habe ich geschrieben, dass jemand mit dem Wissen der Wächter untergetaucht ist und sich vielleicht in diesem Teil der Welt befindet, da es sehr wahrscheinlich ist, dass derjenige mit dem Grafen gemeinsame Sache macht. Da hat Kasimir befürchtet, dass dieser jemand vielleicht in eurer Hütte wohnen könnte." Sie warf einen vorsichtigen Seitenblick auf René. „Cora war ihm nämlich schon aufgefallen. Die Bewohner des Verborgenen Landes haben meistens irgendetwas an sich, dass sich schwer beschreiben lässt und das sie den Menschen in diesem Teil der Welt ein wenig seltsam erscheinen lässt." Sie blickte abwechselnd René und Robert an, wobei Ersterer finster dreinblickte. Sein Freund legte ihm eine Hand auf die Schulter.

„Du sprichst, als ob es nicht sicher wäre, dass Cora dieser jemand ist", sagte Robert vorsichtig.

„Ja, sicher waren wir tatsächlich nicht", antwortete sie. „Aber das, was Kasimir über sie erzählt hatte, hat dafür gesprochen und auch ich habe etwas gespürt, was für eine Zugehörigkeit zum Verborgenen Land spricht. Außerdem ist sie ja nun abgehauen, nachdem sie mich gesehen hat. Wahrscheinlich hat sie mich als Wächterin erkannt."

Robert musste an die seltsame Wut denken, die so oft in Coras Augen aufblitzte.

„Was ist mit Tom und Kevin?", fragte René.

„Oh, ich denke, die wissen nicht, was los ist. Kevin wird wegen Tom mitgegangen sein und der wird einfach getan haben, was Cora gesagt hat. Ich meine, ich habe ihn ja nicht lange gesehen, aber den hatte Cora ja hoffnungslos um den Finger gewickelt. Der hätte schlichtweg alles für sie gemacht, oder?"

„Kann gut sein", sagte Robert und stieß René an. „Vorwand-Petersilie, weißt du noch?"

René grinste unwillkürlich. Nur Jana verstand nichts und sah die beiden an.

„Was?"

„Ach, nichts", winkten die beiden ab.

Sie schüttelte den Kopf über ihr albernes Benehmen. „Dann könnt ihr jetzt Fragen stellen, wenn ihr noch etwas wissen wollt."

René platzte gleich mit der ersten Frage heraus. „Wie konnte eine Nachricht Kasimir erreichen, in der du geschrieben hast, was dir der Rat mitgeteilt hat? Noch dazu so schnell und über die Grenzen dieses Verborgenen Landes hinweg?"

„Oh, ganz einfach: Ich habe den Brief mit einem Phönix verschickt."

„Phönix? Wie der Märchenvogel?!"

„Märchenvogel ist furchtbar plump formuliert, weißt du das? Aber in diesem Fall hat er einfach nur den Brief getragen."

„Wenn Cora wirklich die Komplizin des Grafen ist, warum hat sie dann nicht dafür gesorgt, dass das Armband wieder in ihren Besitz kommt, als es hier direkt nach dem Einbruch in der Hütte war? Das ergibt doch keinen Sinn", sagte René.

„Nun, das weiß ich auch nicht. Ich kann nur Vermutungen anstellen und ich vermute, sie hatte Angst, ihre Tarnung damit auffliegen zu lassen. Die wurde immer wichtiger, nachdem wir Wächter die Spur aufgenommen haben."

„Moment mal, mir fällt da was auf!", rief René. „Du hast uns also als Packesel mit diesem Grafen mitgeschickt, obwohl die Möglichkeit bestanden hat, dass er von Cora wusste, dass Robert das Armband gestohlen hatte?!"

„Nein. Cora hatte laut Kasimir nicht einmal den Verkauf des Armbandes verhindert und sie wusste vor allem nicht, dass es noch in Robert Besitz war. Die ihrer Meinung nach sicherste und unauffälligste Möglichkeit, es wiederzubeschaffen, war also, dass der Graf es auf dem Schwarzmarkt zurückkaufte. Aufgrund seiner Beziehungen konnte es nicht schwierig sein, das Armband dort wiederzufinden. Dass euer Hehler einer unserer Wächter sein würde, konnten sie ja nicht wissen. Außerdem kannte der Graf euch oder zumindest eure Gesichter mit Sicherheit nicht. Auch wenn Cora seine Komplizin war, wart ihr für die Machenschaften der beiden doch bis dahin gänzlich unwichtig und er dürfte wohl keinen einzigen Gedanken an euch verschwendet haben."

Ein paar Atemzüge lang herrschte Schweigen.

„Was genau ist diese Lynzenuhr?", brach Robert schließlich die Stille.

„Oh, das habe ich glatt vergessen. Die Lynzenuhr ist eine ganz besondere Uhr. Wie ihr Name schon sagt, gehört sie dem Volk der Lynzen."

„Klar. Wie der Name schon sagt. Wie war das mit dem Lynzenarmband?", maulte René.

Jana ignorierte ihn. „Ihr müsst wissen, dass es im Verborgenen Land nur sehr wenige Uhren gibt. Die Lynzenuhr hat die besondere Eigenschaft, wirklich gute Menschen zu erkennen und diesen in besonderen Fällen sogar zu helfen."

„Was bitteschön verstehst du unter einem guten Menschen?" Endlich hatte Robert die Gelegenheit, diese Frage zu stellen.

„Jemanden wie dich. Du hast Mitleid, hast ein Gewissen … solche Sachen."

„Ich bin ein *Dieb*!"

„Tja, offensichtlich war das der Lynzenuhr egal", erwiderte sie.

Robert schwieg, aber er fühlte sich nicht ganz wohl in seiner Haut und das lag nicht an seinem Kopf, der schmerzhaft pochte.

René stellte zögernd die nächste Frage. „Was hast du gestern gemeint mit deiner Bemerkung, dass wir vielleicht auch von hier wegmüssen?"

„Na ja, es ist so: Die Lynzenuhr hat Robert offenbar geholfen, den Uhrensaal zu betreten, indem sie sämtliche Sicherheitsvorkehrungen des Grafen in Luft aufgelöst hat. Sie hat Robert als guten Menschen erkannt und ihm wortwörtlich Tür und Tor geöffnet."

„Das hört sich ja an, als könnte die Uhr denken!" Renés Stimme klang entsetzt. „Und wie soll eine Uhr überhaupt etwas erkennen und jemandem helfen können?"

„Nein, nein, richtig denken kann sie natürlich nicht. Es ist so, dass in ihrem Uhrwerk ein zusätzliches System eingebaut ist, das seinerseits etwas wie ein kleines metallenes Herz antreibt. Dieses kleine Herz der Uhr ist eine Erfindung der Lynzen. Ihre Funktion ist, böse oder gute Absichten eines Menschen rechtzeitig zu erkennen. Allerdings lässt sie sich nicht einfach jederzeit einsetzen wie ein Werkzeug. Wann sie funktioniert und wann nicht, ist leider völlig willkürlich und selbst die Lynzen können nur abwarten und beobachten, wann sie dazu bereit ist. Der Rat der Weisen und die Lynzen haben versucht, mit Hilfe der Fähigkeit dieser Uhr denjenigen zu finden, der für die Gefährdung des Gleichgewichts der Zeit verantwortlich ist. Scheinbar ist ihnen der Versuch gerade da geglückt, als Robert durch die Villa des Grafen schlich. Als er den Saal betreten hat, ist die Zeit dadurch kurz stehen geblieben und die Uhr war sogar für einige Augenblicke dort an der Tür zu sehen."

Jana schwieg einen Moment, aber in ihren Augen konnte Robert lesen, dass noch irgendetwas besonders Wichtiges zu sagen war.

„Das hättest du jetzt also vergessen uns zu erklären, wenn wir dich nicht daran erinnert hätten? Glaub ich dir nicht", sagte er.

„Was hat das jetzt mit meiner ursprünglichen Frage zu tun?", wollte René wissen. Jana fuhr sich mit der Hand unbehaglich über die Nase.

„Nun ja, wir, also die Wächter der Zeit glauben – und auch der Rat nimmt das an, also ..." Sie verhaspelte sich, so schnell wollte Jana die Worte über die Lippen bringen. „Wir glauben, dass die Lynzenuhr Robert auch weiterhin helfen könnte. Daher möchte ich euch im Namen des Rates und der Wächter bitten, uns zu helfen, die große Katastrophe zu verhindern, die eintreten wird, wenn es dem Grafen gelingt, die Zeit zu manipulieren. Dazu wird es allerdings nötig sein, dass ihr mit mir ins Verborgene Land reist. Und es könnte durchaus auch gefährlich werden." Sie hatte immer schneller geredet und musste nun tief Luft holen.

Ein paar Herzschläge lang herrschte Stille. Draußen schrie klagend ein Käuzchen.

Jana sah Robert angespannt an. Ab und zu warf sie auch René einen Blick zu.

Robert öffnete den Mund und klappte ihn tonlos wieder zu, weil er nicht wusste, was er sagen sollte.

„Ein paar Fragen hätte ich noch", sagte er schließlich. „Erstens: Habe ich denn eine andere Wahl, als euch zu helfen? Ich meine, wenn ich ein Gewissen haben und nicht ständig in der Angst leben will, dass jemand an der Zeit herumpfuscht und die ganze Welt aus den Fugen gerät? Zweitens: René, würdest du mitkommen?"

Diesmal klappte René den Mund auf und zu wie ein Fisch auf dem Trockenen, doch dann, nach längerem Überlegen, nickte er.

„Und meine vorerst letzte Frage", schloss Robert und stützte seinen schweren, pochenden Kopf auf beide Hände. „Was wäre gewesen, wenn ich meine Armbanduhr getragen hätte, als wir auf deine Anweisung hin dem Grafen die Standuhr hinterhergeschleppt haben?"

Jana zögerte. „Es wäre eine Katastrophe gewesen."

„Also war das pures Glück? Weil du vieles noch nicht gewusst hast zu dem Zeitpunkt, wäre deshalb beinahe dieses schlimme Unbekannte eingetreten, von dem keiner weiß, was es eigentlich genau ist?"

Jana wurde blass und antwortete nicht sofort. Und das war Antwort genug, auch wenn sie schließlich nicht ganz überzeugend meinte: „Ich bin sicher, die Lynzenuhr hätte das verhindern können."

„Jetzt habe ich auch noch eine Frage", ergänzte René. „Wo sind wir da nur hineingeraten?"

15. Kapitel

Fliegen, Drachen und Fliegendrachen

Am nächsten Tag war Robert so elend zumute, dass er am Morgen gar nicht erst aufstand, sondern einfach auf seiner Matratze liegen blieb – zwei Kissen unter und ein Kissen über seinem brummenden Schädel, um Geräusche und Licht zu dämpfen. Ein Flugzeug hätte neben ihm abstürzen oder direkt auf die Hütte krachen können, ihm wäre es egal gewesen. Abgesehen vom Lärm. Dass Jana sich am frühen Nachmittag auf den Weg machte, um Thar über den gestrigen Abend und die neuen Erkenntnisse zu informieren, bemerkte er nur am Rande. Renés schlechtes Gewissen wegen der Prügelei meldete sich prompt zurück und er wagte es den ganzen Tag kaum, sich zu rühren, um keinen unnötigen Lärm zu verursachen. Die einzigen geräuschvollen Handlungen seinerseits waren, die Fensterläden draußen loszustemmen und zu schließen, um das Licht auszusperren, und eine Viertelstunde später die Läden wieder einen

Spalt zu öffnen, nachdem er in der abgedunkelten Hütte über Roberts Füße gestolpert war, zweimal einen Stuhl umgestoßen hatte und eine alte Blechschüssel hatte fallen lassen.

Der Tag verging so quälend langsam wie eine schläfrige Schnecke. Irgendwann döste Robert ein und als Jana zurückkam, schlief er so fest, dass er nicht einmal mitbekam, wie René die Blechschüssel ein zweites Mal fallen ließ.

Als er erst am frühen Donnerstagmorgen wieder aufwachte, fühlte er sich nicht mehr so, als rotiere sein Kopf auf den Schultern wie ein übergroßer Kreisel. Er schlüpfte in seine Klamotten und trat vor die Hütte, um sich an dem kleinen Bach gründlich zu waschen. Dann setzte er sich an den Tisch, betrachtete den Wald durch das Fenster und wartete darauf, dass René und Jana ebenfalls wach wurden. Dabei ließ er sich all die Dinge, die Jana vorgestern Abend erzählt hatte, noch einmal gründlich durch den Kopf gehen. Ein sogenanntes Verborgenes Land, irgendwelche Schlüssel mit seltsamen Namen, vier Herrscher, eine Zeitenuhr, eine Lynzenuhr, Gleichgewicht der Zeit, Wächter der Zeit … und er und René mitten im Geschehen und Cora womöglich eine Komplizin des Grafen. Wo sie, Tom und Kevin wohl gerade waren? Hoffentlich passierte den beiden Brüdern nichts.

Bevor Robert beginnen konnte, sich verschiedene gefährliche Situationen auszumalen, in die die beiden geraten konnten, regte sich René hinter ihm.

„Morgen", brummte er. „Ich habe vielleicht einen Mist zusammengeträumt!" René hatte seine Augen immer noch geschlossen, aber sein Gesicht war Robert zugewandt. Er war sich nicht sicher, ob sein Freund schon richtig wach war, oder ob er sich noch im Halbschlaf befand. Das kam bei ihm durchaus öfter vor und dann sprach er über etwas, an das er sich später nicht mehr erinnern konnte und das er freiwillig auch bestimmt nie erzählt hätte. Das Lustige daran war, dass er, sobald er richtig wach war, tatsächlich felsenfest behauptete, die anderen würden ihm diese Eigenschaft andichten. Einmal hatte er sich im Schlaf so fest in seine Decke eingewickelt, dass er sich keinen Zentimeter mehr rühren konnte. Früh am nächsten Morgen hatte er im Halbschlaf begonnen, laut eine Geschichte zu erzählen, die davon handelte, wie eine Raupe sich fühlte, während sie sich in ihrer Puppe in einen Schmetterling verwandelte. Er hatte so laut und lange gesprochen, dass alle anderen wach geworden waren und sich schließlich die vom Lachen schmerzenden Bäuche gerieben hatten.

„Ach, einen ganz schönen Mist habe ich geträumt", fuhr René fort, die Augen immer noch fest geschlossen. „Stellt euch vor, ich habe geträumt, ihr drei wärt abgehauen!" Er grinste breit im Halbschlaf.

Robert war diesmal nicht zum Lachen zumute. Das Verschwinden der anderen ging seinem Freund wohl noch mehr zu Herzen, als er ohnehin schon angenommen hatte.

„Ha! Als ob ihr drei abhauen würdet! Meine Mam ist ja … Das geschieht dem Alten ganz recht!"

Robert schämte sich ein bisschen, dass er die Gedanken seines besten Freundes belauschte, die dieser immer sorgfältig für sich behielt. Zumindest glaubte er jetzt aber zu verstehen, warum René durchgedreht war, als Cora, Tom und Kevin einfach verschwunden waren.

Er stand von der Bank auf, um seinen Freund zu wecken, als er bemerkte, dass Jana auch wach war. Sie deutete ihm, ihn noch nicht zu wecken.

„Tut mir leid, Rob. Ich war da völlig von der Rolle als ich dich gestoßen habe, weil … Wir sollen weg von hier, aber eigentlich … Das ist doch unser Zuhause und wir gehören alle zusammen hierher …" René brabbelte noch ein wenig vor sich hin und Robert lauschte. Neugierig, aber mit schlechtem Gewissen.

Dann wachte sein bester Freund auf. „Oh, guten Morgen", sagte er und gähnte ausgiebig. „Was guckt ihr denn so? Ist was?"

„Nein, nein, nichts", murmelte Robert und begann, das Frühstück herzurichten. Jana schälte sich aus ihrer Decke und lief aus der Hütte, um sich zu waschen. Robert warf hin und wieder einen Blick auf René, der, die Arme unter dem Kopf verschränkt, ausgestreckt dalag und nach oben starrte. Ihm war nicht wohl, wenn er ihn ansah. Schließlich hielt Robert es nicht mehr aus.

„Du hast geredet, bevor du aufgewacht bist."

„Wahrscheinlich lauter wirres Zeug", brummte René. „Bei dem Chaos, das ich zusammengeträumt habe, würde mich das nicht wundern." René seufzte. „Ich denke, dass ich gar nicht wissen will, was ich angeblich alles gesagt hab. Behalt es einfach für dich, ja?"

„Gut. Aber Jana hat es auch gehört."

René entfuhr ein zweiter tiefer Seufzer. „Wenn ihr wisst, was ich geträumt habe, dann wisst ihr jetzt auch mehr über mich als noch gestern, was?"

Robert blieb eine Antwort erspart, weil Jana zur Tür hereinkam.

„Das Bad ist frei, der nächste bitte!" Sie musterte Robert prüfend. „Na, du siehst ja schon wesentlich gesünder aus. Dann können wir heute bereits Pläne schmieden!"

„Pläne schmieden!", rief René und zog sich das Kissen über den Kopf. „Pläne schmieden!", drang es noch einmal dumpf und erstickt durch das Kissen.

Dann schlurfte René zum Bach hinaus und kurz darauf saßen die drei am Tisch und frühstückten.

Eine Weile blieb es still. Nur das leise Klappern von Teller und Besteck war zu hören, aber irgendwann brach René das Schweigen.

„Welche Pläne denn nun?"

Jana schluckte bedächtig einen Bissen hinunter, bevor sie antwortete. „Robert will uns helfen und du wolltest doch auch mitkommen, oder?"

„Ja, das wissen wir bereits. Aber mich würde langsam interessieren, wie wir helfen sollen, wenn wir dazu in dieses Verborgene Land müssen. Oder hast du schon eine Vorstellung, Rob?"

Robert hatte gerade ein großes Stück Brot abgebissen und wies nur mit der freien Hand auf Jana. Sie war schließlich diejenige, die für derartige Fragen zuständig war. Doch ihre Antwort war nicht einmal in Roberts Augen hilfreich, geschweige denn in Renés.

„Ich nehme euch einfach mit." Sie biss wieder in ihr Brötchen.

„Sie nimmt uns einfach mit!", rief René und streckte die Arme aus, als fände seine Enpörung sonst keinen Platz in ihm. „Sie nimmt uns einfach mit, Rob, hast du gehört? Dann stelle ich meine Frage eben anders: Wie lange müssen wir reisen? Wohin müssen wir reisen? Wann müssen wir los? Und wo sollen wir das Geld dafür hernehmen? Reisen ist teuer. Sollen wir etwa zu Fuß um die halbe Welt laufen?"

Jana starrte ihn entgeistert an. Robert seinerseits fand, dass das tatsächlich naheliegende Fragen waren. Hatte Jana nicht erzählt, dass sie wegen dieser alten Aufzeichnungen innerhalb von ein paar Tagen hin- und hergereist war? Mit einem Flugzeug war sie sicher nicht unterwegs gewesen, wenn das Verborgene Land mit Radar nicht geortet werden konnte. Leider hatte er den Mund zu voll, um einen vernünftig artikulierten Ton herauszubringen, und bevor er nachfragen konnte, hatte Jana ihre Sprache wiedergefunden.

„Wer hat denn gesagt, dass wir um die halbe Welt laufen müssen? Es gibt sogenannte Viaportale, durch die man aus diesem Teil der Welt ins Verborgene Land gelangen kann. Die Überwachung der Viaportale ist eine der Aufgaben des Rates. Sie sind überall auf der Erde verteilt und gut versteckt. Bevor ihr fragt: Ein Viaportal ist im Grunde nichts anderes als ein Tor. Wenn man direkt darunter steht, kann man drei Dinge dafür nützen, sich in kürzester Zeit ins Verborgene Land fallen zu lassen."

„*Fallen lassen?*", wiederholten Robert und René im Chor. Beide machten entsetzte Gesichter, denn sie waren alles andere als schwindelfrei.

„Man fällt eigentlich nicht richtig.", stellte Jana fest. „Es gibt kein Wort, das diesen Zustand richtig beschreibt, darum sagt man eben ‚fallen'. Die drei Dinge sind übrigens: Schwerkraft, Gefühle und der Widerstreit zwischen Licht und Dunkelheit." Damit verschwand der Rest ihres Brötchens zwischen ihren Lippen.

Robert und René wechselten einen Blick, der völlig ausreichte, um gegenseitig ihre Gedanken zu erraten. Ihre Vorstellung von diesesm Verborgenen Land änderte sich recht schnell. Aus dem Bild einer unentdeckten Insel inmitten von Nebelschwaden war bereits ein geheimnisvoller, unheilverkündender Kontinent geworden, den man nur mit Hilfe sehr seltsamer Portale betreten konnte. Beide fanden, dass diese Entwicklung nicht unbedingt vorteilhaft war. Jana schnitt sich ein weiteres Brötchen auf und schnupperte daran. Sie machte ein zufriedenes Gesicht und wollte gerade nach der Marmelade greifen, als sie die Mienen der anderen sah. Robert wusste nicht so recht, ob sie sich nun ahnungslos stellte oder nicht, jedenfalls fragte sie erstaunt, was denn los sei.

„Och, gar nichts!", sagte René und erschlug eine Fliege, die sich frech auf sein Brot setzen wollte. „Dein merkwürdiges Land wird nur immer noch seltsamer, wenn du etwas Neues darüber erzählst. Gibt es da vielleicht noch ein paar Dinge, die du uns lieber verschweigst, weil wir ansonsten nicht mehr mitkommen wollen? Weil diese Dinge eventuell so richtig, richtig gefährlich sind?"

Obwohl Robert seinen Freund gut verstehen konnte, verstand er auch Jana, als sie nun wütend wurde. Schließlich war es bestimmt nicht einfach für sie, diese komplizierten Sachen und Zusammenhänge in Kürze zu erklären, die für sie selbstverständlich waren, während sie für Robert und René wie Märchen klangen.

„Vielleicht", fuhr sie ihn an und ließ ihr Brötchen auf ihren Teller klatschen, „willst du ja gar nicht mitkommen, sondern bleibst lieber alleine hier? Vielleicht ist dir die Welt ja egal?" Sie funkelte ihn zornig an, dann wanderte ihr Blick weiter zu Robert.

„Ich habe doch gar nichts gesagt", meinte der und hielt seine Hände in die Luft als bedrohe sie ihn mit einer Pistole. „Aber", fuhr er eilig fort, als er regelrecht spüren konnte, wie ihm nun Renés wütender Blick die Haut versengte, „ich kann euch alle zwei verstehen." Sie schnaubten beide, aber er ignorierte sie einfach. „Könntet ihr jetzt aufhören, euch die ganze Zeit zu streiten? Danke."

Er griff demonstrativ nach einem weiteren Brötchen. Für ihn war dieses Thema erledigt. Für kurze Zeit waren in der Hütte nur zwei Dinge zu hören: eine Amsel, die vor dem Fenster lautstark schimpfte, und das Geräusch des Brötchens, als Robert es aufschnitt und dann nervös in immer kleinere Stücke brach. Sein Kopf brummte wieder, weil er sich über die Streiterei seiner beiden Mitbewohner geärgert hatte. Irgendwann, die Amsel hatte schon längst mit ihrem Gezeter aufgehört, hob Robert den Blick von den Bröseln auf seinem Teller.

„Friede?", bot Jana an.

„Friede", brummte René. „Also, gibt es jetzt noch ein paar Kleinigkeiten über das Verborgene Land, die für uns tatsächlich interessant sein könnten?"

Jana begann, über Dinge zu erzählen, die in ihrer Heimat ganz alltäglich waren, in den Ohren der Jungen aber nach Märchen klangen. In manchen Teilen des Verborgenen Landes gab es winzige Drachen in der Größe von Fliegen, die bei den Bauern äußerst unbeliebt waren, da sie beim Nestbau manchmal versehentlich eine Scheune voller Heu in Brand setzten. Bei den Reichen galten die kleinen Fliegendrachen dagegen als begehrte Haustiere, die in riesigen Glaskästen gehalten wurden. Außerdem galt es bei den vornehmen Leuten als schick, bei Bällen und Empfängen keine Kerzen anzuzünden – elektrisches Licht gab es ja ohnehin nicht –, sondern in große Lampions Schwärme von Glühwürmchen zu sperren, die einen warmen Lichtschein verbreiteten. Die Brandgefahr wurde dadurch erheblich gesenkt, was ein großer Vorteil dieser Mode war. Es gab sogar ein ganzes Handwerk, das damit sein Brot verdiente: das Handwerk der Lichtmacher. Diese züchteten und handelten mit den speziellen Glühwürmchen, die für die Lampions benötigt wurden. Gewöhnliche Glühwürmchen leuchteten zu unstet und schwach. Außerdem waren sie nicht langlebig und resistent genug. Die Lichtmacher mussten auch regelmäßig die Lampionschwärme austauschen und sie pflegen. Natürlich gab es immer nur eine bestimmte Anzahl von Lichtmachern, damit die leuchtenden Käfer möglichst teuer gehandelt werden konnten.

Jana schilderte das alles mit einem Leuchten in den Augen, das zeigte, wie sehr sie ihre Heimat liebte. Robert und René hatten hingegen wieder einmal handfeste Probleme damit, ihre Erzählungen als Wirklichkeit zu begreifen, als sichtbare, hör- und fühlbare, existierende Tatsache. Sie erzählte von Völkern, die es im Verborgenen Land gab: von Lynzen, Tintlingen, Elfen und Zwergen.

Die Lynzen beschrieb sie als Wesen, die an eine Mischung aus Zwergen und Elfen erinnerten, zumindest nach Roberts bisherigen Vorstellungen. Sie waren kleiner als Menschen, sie reichten ihnen ungefähr bis zur Hüfte, meinte Jana. Sie waren ein zwar meist hilfsbereites und freundliches Völkchen, aber auch recht eitel. Man musste aufpassen, dass man keine hochgestellten Lynzen beleidigte, denn damit konnte man schnell das ganze Volk gegen sich aufbringen. Lynzen verstanden sich hervorragend auf komplizierte Handwerke und philosophische Fragen. Sie liebten es, sich stundenlang mit gelehrten Gesprächen zu beschäftigen. Vor allem ihr König und ihre Ältesten sammelten neue Erkenntnisse und Informationen über alles Mögliche, so wie andere Leute Briefmarken oder Münzen sammelten.

Das Volk der Tintlinge hingegen war für seinen Mut, seine Ehrlichkeit und auch seinen Stolz bekannt. Die Haut der Tintlinge war ungleichmäßig schwärzlich gefärbt, sodass es aussah, als hätten sie Ruß darauf verteilt. Die Tintlinge wurden von den Menschen wegen ihres Aussehens gemieden. Sie lebten als Nomaden, abgeschottet vom Rest der Welt, in kleinere und größere Stämme aufgeteilt und über das ganze Land verstreut. Die meisten hielten sich jedoch im nordöstlichen Teil des Landes auf, da dieser am wenigsten dicht besiedelt war. Hatte man mit einem Tintling Freundschaft geschlossen, konnte man ausnahmslos in jeder Situation auf seine Hilfe zählen. Zog man jedoch die

Feindschaft eines solche auf sich … Jana ließ den Satz unvollendet im Raum stehen, aber Robert konnte sich die Folgen denken.

Jana erzählte von den Elfen, bei denen es so viele Arten gab wie bei den Schmetterlingen, die manche von ihnen gerne als Reittiere nutzten: Feuerelfen, Wasserelfen, Blumenelfen, Ascheelfen, Blätterelfen, Blaue Elfen, unsichtbare Elfen … Jede Art unterschied sich von den anderen und hielt sich für etwas Besseres. So ließen der Stolz und die Verachtung voreinander von Zeit zu Zeit die Fehden, die immerzu zwischen ihnen herrschten, in Kriege ausarten. Die Gesellschaft von Menschen war jedoch von den meisten Elfen erwünscht und so gab es viele Elfen, die bei Menschen lebten. Da es bei den geflügelten kleinen Wesen jedoch eine unglaubliche Bandbreite an Charaktereigenschaften gab, waren sie bei den Menschen nur teilweise beliebt. Aber wenn sich einmal eine Elfe irgendwo eingenistet hatte, war sie kaum mehr zu vertreiben, denn Elfen waren außerordentlich stur.

Zwerge dagegen waren meistens gutmütige, friedfertige Wesen. Die einzige Gemeinsamkeit zwischen Elfen und Zwergen war ihre geringe Körpergröße. Zwerge lebten am liebsten so weit wie möglich von menschlichen Behausungen entfernt. Das hieß allerdings nicht, dass sie einen Menschen, der zufällig auf sie traf und ihnen sympathisch war, nicht freundlich behandelten. Erregte er ihren Argwohn, versteckten sie sich normalerweise, um keinen Kontakt aufnehmen zu müssen. Zwerge sammelten mit Leidenschaft „Kostbarkeiten" wie Steine, Schneckenhäuser und Glassplitter. Die Tage verbrachten sie hauptsächlich damit, ihrer Meinung nach „wertlose, hässliche" Dinge wie Edelsteine und Edelmetalle in kleinen Höhlen zusammenzutragen und darin einzumauern, um sie aus den Augen zu haben. Außerdem liebten sie Musik mehr als alles andere.

Außerdem gab es Gnome und Kobolde, die nirgends gern gesehen waren, weil ihr einziger Lebensinhalt aus Schabernack bestand. Es gab Feen, die überhaupt nichts mit Elfen zu tun hatten, angeblich sogar Riesen, dem Gemunkel des Volkes nach sogar Zauberer, vor denen die Leute eine furchtbare Angst hatten.

Als René dieses Wort hörte, fiel er aus allen Wolken. „Was?! Größere Raubtiere waren wohl nicht im Angebot?" Das war die einzige Unterbrechung von Janas Erzählungen. Es war schon fast Mittag, als sie verstummte und Robert und René wieder in die Realität ihres gewohnten Lebens entließ. Robert fühlte fast einen Hauch Bedauern in sich aufsteigen. Er sah René an und den Bruchteil einer Sekunde lang glaubte er dasselbe auch in seinen Augen aufflackern zu sehen.

Noch ganz in Gedanken räumten die drei den Tisch ab. Erst als die Jungen draußen am Bach knieten, um das Geschirr zu spülen, gab René wieder einen Ton von sich.

„Was denkst du gerade?"

„An nichts Spezielles. Irgendwie einfach an alles." Robert wusste, dass das keine richtige Antwort war, aber er wusste auch, dass sein Freund trotzdem verstand, was er sagen wollte. Er hatte das Gefühl, schon einmal im Verborgenen Land gewesen zu sein. Er wollte dieses Land sehen, dessen Existenz er immer noch nicht ganz glauben konnte. Er wünschte sich dessen Existenz, obwohl alles so unwahrscheinlich klang.

Er wollte helfen. Diesem Land und dem Rest der Welt.

„Ich möchte ihnen helfen, René", sagte er und trocknete den letzten Teller ab.

René nickte. „Ich weiß." Er faltete das Tuch zusammen. „Ich komme mit. Und nicht nur, weil ich nicht alleine hierbleiben will." Er schluckte einen Kloß im Hals hinunter. „Nein, ich möchte auch helfen. Wer weiß, vielleicht bin ich bei unserem Vorhaben ja auch zu etwas nütze."

16. Kapitel

Aufbruch

Die Zeit bis zum frühen Nachmittag verbrachten Jana, René und Robert damit, ihre Habseligkeiten zusammenzusuchen und das, was sie mitnehmen wollten, in ihren Rucksäcken zu verstauen. Jana hatte keinen eigenen, aber da sich ihre Besitztümer ohnehin auf das Allernötigste beschränkten, brachten sie alles problemlos in zwei Rucksäcken und ihren Jacken- und Hosentaschen unter. Ein paar Decken ließen sie für den Fall zurück, dass Cora doch nicht die Person war, die den Grafen unterstützte, und sie mit den beiden Brüdern zurückkam. Ihre Kleidungsstücke und Decken kamen in die Rucksäcke, Kamm und Zahnbürsten obendrauf. Sämtlicher verfügbarer Proviant wurde verteilt, dann holte René das Geld und den Rest der Beute aus dem Versteck.

Er legte die Sachen auf dem Tisch aus und die drei setzten sich rundum. Jana deutete der Reihe nach auf jeden Gegenstand.

„Die vier Ketten und die zwei übrigen Ringe können wir wunderbar als Zahlungsmittel verwenden. Die Uhr wird ein heißbegehrtes Tauschobjekt sein, wir müssen sie unbedingt mitnehmen, aber gut aufpassen, dass sie niemand zu Gesicht bekommt. Genauso wie deine Armbanduhr, Rob." Sie sah ihn stirnrunzelnd. „Wir sollten beide Uhren nicht offen herumtragen. Ich schlage vor, René nimmt den Schmuck, ich die Taschenuhr und Robert seine Armbanduhr, zusammen mit dem Lynzenarmband."

Na wunderbar, dachte Robert. *Wir haben genau zwei Dinge dabei, die Graf Zurkott unbedingt haben will, und genau diese zwei Dinge trage ich mit mir herum.* Aber er nickte folgsam und steckte beide Sachen ein. René schob den noch übrigen Schmuck in die Innentasche seiner Jacke, die er zusätzlich mit einer Sicherheitsnadel verschloss. Dieser Anblick war reichlich komisch und Robert musste grinsen.

Nun lag nur noch das Geld auf dem Tisch. Er deutete darauf. „Ich schätze, damit können wir im Verborgenen Land nicht viel anfangen, oder?"

Jana schüttelte den Kopf. „Wir kaufen damit noch ein paar Sachen und so viel Proviant wie möglich. Wir werden einige Tage unterwegs sein, bis wir im Verborgenen Land unser erstes Ziel erreichen. Zwei, drei stabile Beutel, in die wir die Uhren und die Wertsachen stecken können, wären auch nützlich."

Die Jungen nickten, aber René warf ihr einen prüfenden Blick zu, während er das Geld in der Hosentasche verstaute. „Unser erstes Ziel? Wo wollen wir denn zuerst hin?"

„Na, zum Großen Rat natürlich!"

„Natürlich, natürlich, wie konnte ich nur nicht von selbst darauf kommen?" Er schüttelte den Kopf und hob theatralisch die Hände.

„Wo finden wir diesen Rat?", fragte Robert.

Sie sah ihn einen Moment an, als verstünde sie die Welt nicht mehr. Doch dann fiel ihr offenbar ein, dass Robert und René nicht so selbstverständlich wie sie irgendwelche Hauptstädte oder Regierungsorte kannten. „Wir müssen in die Hauptstadt der Mitte", sagte sie. „Es gibt fünf Hauptstädte. Vier davon sind die Residenzen der Königlichen Herrscher –"

„Ach ja, die gab's auch noch ...", murmelte René.

„Die Stadt des Nordens heißt Hiëmos. Sie ist der Ort, an dem das Schloss von König Winter steht. Die Heimat von Prinzessin Frühling, die Stadt des Ostens, heißt Veramas. In der Stadt des Südens, Aestas, wohnt Königin Sommer und Automnos ist die Stadt des Westens, die Residenz von Prinz Herbst. Die Hauptstadt der Mitte jedoch ist der Ort, an dem immer derjenige Königliche residiert, dessen Jahreszeit gerade herrscht. Ihr Name ist Mediocriter. Dort müssen wir hin. Im Moment befindet sich Königin Sommer dort."

„Das heißt, wir treffen eine Königin?" René riss vor Erstaunen die Augen auf.

„Natürlich. Schließlich helft ihr beiden jetzt bei der wichtigsten und wahrscheinlich schwierigsten Aufgabe, vor die der Rat und die vier Herrscher jemals gestellt wurden!"

Robert und René schwiegen. Sie wechselten einen raschen Blick.

„Muss man einer Königin denn kein Geschenk oder irgendeine Gabe mitbringen?"

„Doch", sagte Jana. Aber wir werden das Passende auf dem Weg nach Mediocriter finden, glaubt mir."

„Na, wenn du das sagst ..." Robert zuckte mit den Schultern und sah sich um. „Seht ihr noch irgendetwas, das wir mitnehmen sollten?"

„Ja", seufzte René. „Unsere Matratzen. Ich nehme an, in diesem Verborgenen Land liegen keine auf dem freien Feld herum. Vermutlich haben nur die reichsten Schnösel welche, was?"

„Richtig, du Schnösel", antwortete Jana. „Du kannst sie ruhig mitnehmen. Ich würde wirklich zu gerne sehen, wie du einen Stapel Matratzen mit dir herumschleppst, während wir um die halbe Welt reisen."

René schnaubte.

„Lassen wir die Witze", sagte Robert genervt. „Wir müssen die Hütte noch wetterfest machen."

Damit waren sie in der Tat noch eine halbe Stunde lang beschäftigt. Die Fensterläden wurden geschlossen und die Tür verriegelt. Das wenige Feuerholz, das an der einen Bretterwand aufgestapelt war, wurde festgezurrt. Zum Schluss wurde ein alter Sack, der neben dem Brennholz lag, in den Spalt unter der Tür gestopft und ein paar Holzscheite davorgelegt.

Dann standen alle drei vor der Hütte und schwiegen. Robert fiel es jetzt irgendwie richtig schwer, wegzugehen. Die Hütte war sein Zuhause gewesen, aber das war offenbar nichts gegen das, was René durchmachte. Robert konnte sehen, wie sein Freund mehrmals schluckte, trotzdem traten Tränen in seine Augen, die er verärgert fortblinzelte.

„Gehen wir", murmelte René schließlich.

Und so gingen sie. Durch den Wald, über die Wiesen bis nach Mühlenstein, wo heute wie jeden Donnerstag Markt war. Sie gingen immer noch schweigend, jeder hing seinen Gedanken nach. Robert dachte daran, was in der letzten Woche alles geschehen war. Angefangen von seinem Einbruch in der Villa des Grafen bis zu ihrem Abschied von ihrem Zuhause. So viele Veränderungen in so kurzer Zeit. Plötzlich kam er sich der ganzen Sache nicht mehr gewachsen vor.

Als sie Mühlenstein erreichten, war den dreien heiß, denn sie hatten ihre Jacken an, obwohl die Sonne warm vom Himmel schien. Da die Jackentaschen jedoch gut gefüllt waren, hielten sie es für das Beste, die Kleidungsstücke anzubehalten.

Schließlich brach René das Schweigen. „Ist im Verborgenen Land jetzt auch Sommer?"

„Die Frage ist überflüssig", entgegnete Robert. „Erinnerst du dich, wer im Verborgenen Land gerade herrscht?"

„Königin Sommer, oder?"

„Erinnerst du dich, warum die Königin so genannt wird?"

Statt eine Antwort zu geben, zog René seine Jacke ein wenig weiter die Schultern hinunter.

„Es ist im Verborgenen Land nicht so warm wie hier", schaltete sich Jana wieder ein. „Das heißt, es ist schon warm, aber es ist irgendwie angenehmer als hier. Nachts werdet ihr euch aber oft wünschen, dass es wärmer wäre, fürchte ich."

„Siehst du?" René grinste triumphierend. „Du hättest wohl gerne recht gehabt, was?"

„Recht gehabt wobei?", wollte Robert wissen.

„Du hast behauptet, dass es heiß ist."

„Ich habe gesagt, dass Sommer ist. Und das ist es auch."

Sie kabbelten sich, bis sie Mühlenstein erreichten, denn das lenkte sie von der Unsicherheit ab, die sie mit jedem Schritt fester packte.

Auf dem Markt kauften sie Proviant und erstanden außerdem Feldflaschen und Taschenmesser. Kurz darauf kamen sie an einem Stand vorbei, der Robert sehr bekannt vorkam.

„Sieh nur", sagte er und stieß René an. „Deine Kräutergalerie brauchst du jetzt wohl auch nicht mehr, was?"

René blickte zu dem Stand mit dem schrulligen Verkäufer hinüber. „Nein", sagte er leise. „Die steht noch zu Hause. Wir hätten sie nach draußen stellen sollen, damit sie Regen abbekommt."

Sie verstummten. Er hatte zum ersten Mal laut ausgesprochen, was beiden durch den Kopf geisterte: Sie verließen ihr Zuhause. Nicht, dass sie sich von Zeit zu Zeit nicht etwas anderes gewünscht hätten, als in einer alten Hütte im Wald zu leben, zusammen mit einem nervtötenden Kevin, einer ewig streitsüchtigen Cora und einem bis über beide Ohren verliebten Tom, der sich absolut bescheuert benommen hatte.

Natürlich hatten sie sich alle einmal etwas anderes gewünscht.

Etwas Besseres.

Trotzdem war die alte Hütte ihr Zuhause geworden und nun wussten sie nicht, wann sie zurückkehren würden. *Wenn wir überhaupt zurückkehren,* dachte Robert. Er musste René nicht ansehen, um zu wissen, dass er dasselbe dachte. Er erkannte es an der Art des Schweigens, das wie ein unsichtbares Band zwischen ihnen schwebte.

„Da ist Kasimir!", rief Jana plötzlich und schreckte die beiden aus ihren Gedanken. Sie deutete nach vorne und Robert verrenkte sich fast den Hals bei dem Versuch, Kasimir zu erspähen. Tatsächlich konnte er ihn hören, bevor er ihn sah.

„Glückwunsch, mein Herr", verkündete er gerade. „Mit diesem hübschen Schmuckkästchen werden Sie Ihrer Frau wirklich eine unglaubliche Freude bereiten! Sie wird gar nicht wissen, wie Sie Ihnen danken soll!"

Jetzt konnte Robert Kasimir sehen. Er stand vor seinem Eselkarren und setzte die Hände so energisch zur Bekräftigung seiner Worte ein, dass die Neugierigen um ihn her vorsichtshalber Abstand von dem schrulligen Händler nahmen. Da entdeckte er Robert, René und Jana. Kasimir begann noch wilder mit den Händen zu fuchteln und verkündete weithin vernehmlich: „So, meine Herrschaften, jetzt schließt mein kleiner Stand hier. Sie finden mich jederzeit auf sämtlichen Märkten in der Umgebung, auf Gemüse-, Floh- oder Bauernmärkten. Ich danke Ihnen für Ihre Aufmerksamkeit und wünsche Ihnen noch einen fröhlichen, spaßigen Tag!" Damit verbeugte er sich vor den

Umstehenden und fiel dabei beinahe kopfüber auf die Straße. Die Leute grinsten, ein paar tauschten amüsierte Blicke, während sich der Ring um Kasimirs Karren langsam auflöste.

René stieß seinem Freund kichernd in die Rippen und flüsterte: „Wetten, dass Kasimir schon ein echter Geheimtipp in Sachen Unterhaltung ist? Ein ganzer Haufen Leute hält doch garantiert nur Ausschau nach ihm, um etwas zum Lachen zu haben!"

„Da könntest du recht haben", flüsterte Robert zurück. „Aber das ist sowieso Kasimirs Strategie. Wenn so viele Leute kommen, finden sie garantiert irgendetwas, das sie kaufen wollen. Wie sollte er sonst genug Geld zum Leben verdienen?"

Kasimir wohnte nicht wie sie irgendwo in einer Hütte oder gar auf der Straße. Nein, er wohnte in einem kleinen, aber feinen Häuschen mit einem winzigen Garten und einem noch kleineren Stall für den alten Esel Quasimodo. Das Geld, das er verdiente, reichte immerhin für sein sparsames Leben dort.

„Hallo, Jungchen!", rief Kasimir, als die Neugierigen weg waren. Aus seiner Stimme klangen Freude und Besorgnis heraus. „Hallo, René! Hallo, holdes Fräulein!" Er zog einen imaginären Hut vom Kopf, als die drei auf ihn zutraten. „Verzeiht, dass ich mich vor den edlen Herrschaften nicht verbeuge, aber mein Kreuz …" Er deutete mit einem schmerzerfüllten Ausdruck auf seinen Rücken und setzte mit einem erneuten Schwung den nicht vorhandenen Hut wieder auf.

„Hallo, Kasimir", sagten die drei im Chor.

„Wir werden dir dein Versäumnis großmütigst verzeihen", fügte René hinzu, der es nicht lassen konnte, Kasimirs Scherz weiterzuführen.

„Danke. Aber wartet nur, bis euch in ein paar Jahren das Zipperlein plagt", gab dieser ungerührt zurück.

„Wir sind eigentlich nur hier, um noch ein paar Dinge zu besorgen und uns zu verabschieden."

„Oh Jungchen", sagte Kasimir mit weicher Stimme und musterte Robert auf eine Art und Wiese, dass er das Gefühl bekam, der Händler wähle in Gedanken bereits einen passenden Grabstein für ihn aus. „Ihr macht euch auf den Weg ins ... nach ... dort? Dass ihr ja auf euch aufpasst! Ich habe euch schließlich ins Herz geschlossen."

„Jetzt mal halblang", sagte Jana streng. „Die Angelegenheit ist zwar gefährlich, aber wir haben mächtige Helfer. Das wissen Sie doch, Kasimir!"

Der Händler warf den beiden Jungen einen kurzen Blick zu, bevor er das Thema fallen ließ. „Lass doch dieses verschrobene ‚Sie'. Da komme ich mir alt vor."

Robert prustete unwillkürlich los und der runzlige Händler rang die Hände.

„Wenigstens nennt Jana dich schon nicht mehr ‚Herr Tesoro'!" René lachte.

„Hast du zufällig ein, zwei Säckchen zwischen deinen Waren, in denen wir etwas einschlagen können?", fragte Robert.

„Selbstverständlich!" Kasimir stieg auf den Bock des Karrens und begann, von dort aus auf der Ladefläche herumzukramen. Quasimodo, der hinter dem Karren stand, hob neugierig den Kopf. Als er Robert und René sah, wackelte er mit den Ohren und schnaubte. Die Jungen kannten den Esel schon lange genug, um zu wissen, was ihm gerade durch den eigensinnigen Kopf ging. Robert holte einen Apfel aus seinem Rucksack und schnitt ihn auf. Quasimodos Augen wurden dabei immer größer, bis die Gier förmlich aus ihnen heraussprang. Sie fütterten ihn, während Kasimir in seinen Verkaufsschlagern herumwühlte und dabei unablässig vor sich hinmurmelte.

„Diese Dinger müssen doch da sein! Ich weiß genau, dass ich sie hier hingelegt habe! Oha, diese hässliche Figur habe ich immer noch nicht verkauft? Da muss ich mir was einfallen lassen … Wo sind denn nur …?"

Quasimodo kaute genüsslich. Irgendwann ertönte ein erfolgsversprechendes „Aha!" und alle drei blickten zu Kasimir auf. Sogar der Esel hob den Kopf und blickte seinen Herrn neugierig an.

„Hier haben sich diese Lausebengel versteckt! Warum denn nicht gleich so?" Kasimir hielt ihnen einige Säckchen entgegen, alle mehr oder weniger auffällig bunt. „Die könnt ihr alle haben", sagte er und drückte Robert den bunten Stoff in die Hand.

„Danke, Kasimir", sagte er und betrachtete ein besonders grell gefärbtes Stück.

„Ich hoffe, ihr bleibt heil." Der Händler ließ die Arme hängen und musterte die Besucher der Reihe nach.

„Ach, Jana hat doch gesagt, dass wir Hilfe bekommen. Uns wird schon nichts passieren", meinte René leichthin und Robert fragte sich, ob sein Freund Weltmeister im Verdrängen war oder ob er unvermutete schauspielerische

Talente zu Tage förderte, um den besorgen Händler zu beruhigen. Diese unbeschwerte Antwort schien aber nicht dazu geeignet zu sein, Kasimirs Besorgnis zu vertreiben.

„Jungchen, die Angelegenheit ist ernst! Und gefährlich! Ihr solltet sie auch genau so einschätzen, wenn ihr euch nicht in noch größere Schwierigkeiten stürzen wollt als in die, in denen ihr bereits steckt! Ach, was sage ich: in denen wir alle bereits stecken! Kapiert?" Er starrte René so grimmig an, wie sie es bei dem schrulligen Händler nie für möglich gehalten hätten. Eine steile Falte erschien auf seiner Stirn.

Der Angesprochene blickte reichlich erschrocken drein über diese Reaktion. „Ist ja gut, Kasimir. Ich nehme die Sache ernst. Sehr ernst sogar! Ich wollte nur –"

Etwaige Erklärungsversuche wurden ihm jedoch erspart, weil Kasimir sich empört schnaubend Jana zuwandte. „Pass mir ja auf den Kindskopf da auf, hörst du? Und auf Robert, verstanden?"

„Zu Befehl, Sir!", gab Jana mit einem Lächeln zurück und entspannte damit die Situation. Tatsächlich verschwand die unheilverkündende Falte auf Kasimirs Stirn genauso schnell, wie sie erschienen war, und er versuchte, sie alle drei auf einmal zu umarmen. Das wollte allerdings nicht so recht gelingen, da seine Arme dafür zu kurz waren.

Dann fuchtelte er erneut mit den Händen in der Luft herum und verkündete: „Entschuldigt bitte, aber ich werde euch einfach sehr vermissen. Ich drücke euch alle Daumen, die ich habe."

„Danke", sagte Robert zum zweiten Mal.

„Wir werden dich auch nicht vergessen, keine Angst. Jemanden wie dich kann man gar nicht vergessen", fügte René grinsend hinzu. „Schräg und verrückt."

„Jungchen", mahnte Kasimir gespielt streng. „Wie redest du denn mit einer Respektperson?" Er sah jedoch alles andere als respekteinflößend aus, so wie er dabei herumzappelte.

Jana warf einen Blick auf die Sonne. „Jungs, langsam sollen wir uns beeilen, damit wir heute noch ins Verborgene Land kommen."

„Heute noch?" René machte ein verdutztes Gesicht.

Sie warf ihm einen irritierten Blick zu. „Natürlich! Was dachtet ihr denn, warum wir schon unsere ganzen Habseligkeiten mit uns herumschleppen?"

„*Wir* ist gut", zischte René Robert ins Ohr. „Sie hat doch nur ein bisschen was in den Taschen!" Er räusperte sich vernehmlich. „So dumm bin ich auch wieder nicht!", antwortete er laut, „aber ich dachte nicht, dass wir heute schon so weit kommen. Ich dachte, wir übernachten noch hier."

Er wurde zunehmend nervöser. Jana hatte bereits den Mund geöffnet, um etwas zu erwidern, das ihrem Blick nach zu urteilen nicht unbedingt freundlich war, schloss ihn dann aber wieder. Das konnte ja heiter werden, wenn die beiden sich bei jeder Gelegenheit zankten.

„Gibst du bitte Thar Bescheid, dass wir unterwegs sind?", wandte sich Jana noch einmal an Kasimir.

„Ja, ja, aber macht, dass ihr weiterkommt! Ich dachte, ihr hättet es eilig?"

Keiner nahm ihm die barsche Antwort übel, denn seine Augen wurden dabei feucht. Da sie lange Abschiede genauso wenig leiden konnten wie ihr Freund, gingen sie eilig davon, doch selbstverständlich nicht, ohne dem alten Quasimodo nochmals den Kopf zu kraulen. Der Esel bedankte sich, indem er ihnen die Nüstern in die Magengegend drückte und dabei auf Roberts Kleidung einen großen feuchten Fleck in Nüsternform stempelte.

Sie machten sich auf den Weg: aus dem Markt hinaus, durch die Stadt, über die Felder, an Dörfern und einzelnen Häusern vorbei, immer mehr oder weniger geradeaus. Jana führte die Jungen, die keine Ahnung hatten, welche Richtung sie einschlagen sollten. Der vollgepackte Rucksack machte Robert bald zu schaffen und die Kopfschmerzen kehrten allmählich zurück, was er sich jedoch nicht anmerken lassen wollte. So liefen sie auf das Verborgene Land zu, das genauso viel Wunderbares wie Schreckliches für sie bereitzuhalten schien.

17. Kapitel

Ein rubinroter Vogel

Es wurde schon dämmrig, als Robert und René hinter Jana durch einen Wald stolperten, der in der Nähe eines abgelegenen Dorfes lag. Er war geradezu unverschämt ungepflegt und das Gestrüpp zerkratzte ihre Gesichter und Hände und ramponierte ihre Kleidung. Die Zweige und Äste des Unterholzes schienen die Eindringlinge mit aller Gewalt festhalten zu wollen. Einmal blieb René so ungeschickt im Gestrüpp hängen, dass sie mit ihren Taschenmessern einige stachelige Zweige durchtrennen mussten, damit er wieder freikam. Während dieser Aktion schimpfte René wie ein Rohrspatz vor sich hin.

„Blöde Sträucher! Bescheuerte Dornen! Wald, mistiger!"

Er verstummte erst, als Robert die Geduld verlor und ihm drohte, ihn mit einer alten Socke zu knebeln, wenn er sich nicht wieder beruhigte. Als die drei sich weiter durch das Unterholz kämpfen, blieb Renés Laune weiterhin schlecht.

Sie schwiegen, während es allmählich dunkler wurde, bis Jana, die ein paar Schritte vor ihnen ging, plötzlich einen erleichterten Seufzer ausstieß und sich zu den Jungen umwandte.

„Endlich! Seht ihr die kleine Lichtung da vorne? Wir müssen nur noch auf der anderen Seite ein paar Meter zwischen den großen Eichen hindurch, dann sind wir da. Dann sind wir endlich am Viaportal!"

Robert war heilfroh über diese Nachricht, auch wenn er im Halbdunkel, das inzwischen herrschte, keine Eichen erkennen konnte.

René aber grummelte vor sich hin. „Oh, prima, dann sind wir gleich an dieser tollen Falltür, ganz prima, wirklich! Super! Umwerfend! Wir hüpfen in ein anderes Land und kommen vielleicht nie wieder! Toll, toll, toll!"

Vermutlich hätte René noch ein Stündchen weiter geschimpft, wenn Jana nicht der Geduldsfaden gerissen wäre. Robert konnte gut beobachten, wie ihre Augen langsam schmäler wurden, bis sie schließlich explodierte und René gehörig zur Schnecke machte.

„Dann bleib doch da, René!", schrie sie ihn. „Ich hab dir schließlich die Wahl gelassen, ob du mitkommen willst, du streitsüchtiger Hammel! Also bleib hier oder halt die Klappe und nimm die Sache genauso ernst, wie Kasimir es dir schon geraten hat, sonst…!"

Wenn Blicke hätten töten können, wäre René auf der Stellte tot umgefallen. Robert wollte zwischen die beiden treten, aber Jana stieß ihn unsanft zur Seite, bevor er auch nur ein Wort über die Lippen gebracht hatte. Er stolperte ins nächste Gestrüpp und verhedderte sich darin.

„Im Übrigen", tobte Jana weiter, „lass deine miese Laune an jemand anderem aus! Das stört nämlich mehr als gewaltig und hält uns auf! Und wir haben – entschuldige bitte vielmals! – die Welt zu retten!" Robert versuchte erneut, dazwischenzutreten, wurde aber von Jana wie schon zuvor mit Schwung ins Gebüsch befördert. René sah inzwischen recht kleinlaut und äußerst reumütig aus der Wäsche.

„Und überhaupt, was denkst du dir eigentlich, wer du bist?! Erst lässt du deine Enttäuschung über das Verschwinden der anderen an deinem besten Freund aus und dann denkst du, wir –"

„RUHE!"

Jana verstummte und starrte, genau wie René, Robert an, der mit hochrotem Kopf zum dritten Mal im Gestrüpp festhing und inzwischen aussah, als wollte er vor Ärger platzen.

„Seid ihr denn beide total durchgeknallt?!", fuhr er die zwei an und versuchte wieder, sich aus den mittlerweile schon ziemlich zerdrückten Sträuchern freizukämpfen. Vergeblich diesmal. Er atmete einmal tief ein und langsam wieder aus. Jana und René starrten ihn immer noch mit offenen Mündern an. „Ich dachte, wir sollten uns beeilen?", fragte er, jetzt wieder in normaler Lautstärke. „Stattdessen legt ihr hier ein Päuschen ein, um euch ordentlich zu streiten, oder wie sehe ich das?" Er schüttelte den Kopf. Die beiden sahen verdächtig danach aus, etwas sagen zu wollen, das mit „aber" begann, deshalb ließ er sie gar nicht erst zu

Wort kommen. „Überhör Renés Gemecker doch einfach, Jana! Oder zumindest zum größten Teil! Ich schaffe das zwar auch nicht immer, aber deine Reaktion ist völlig übertrieben." Robert ließ seinen Zeigefinger von ihr zu René wandern. „Und du solltest dir vielleicht wirklich noch einmal überlegen, ob du mitkommen willst. Ich möchte dich sehr gerne dabei haben, glaub mir, aber wenn das so weitergeht … Ich fürchte, Streitereien in dieser Lautstärke werden im Verborgenen Land nicht unbedingt von Vorteil sein." Jana hielt an dieser Stelle klugerweise den Mund. „René, denk dir ab jetzt deinen Teil lieber, ja?"

René nickte. Er wirkte niedergeschlagen.

„Also, kommst du mit? Oder willst du lieber hierbleiben?", fragte Robert, der sich nichts sehnlicher wünschte, als seinen besten Freund in diesem unbekannten Land an seiner Seite zu wissen.

„Natürlich komme ich mit!" René klang empört. „Was dachtest du denn?"

Jana schnaubte, sagte aber nichts.

Robert sah den beiden prüfend ins Gesicht. Ob sie jetzt auf ihn wütend waren? „Kann mir mal jemand aus diesem Gestrüpp helfen?"

René packte seinen rechten Arm, Jana seinen linken und gemeinsam zerrten sie ihn aus dem Gesträuch.

„Wie bist du da überhaupt rein geraten?", wollte Jana wissen. Sie meinte ihre Frage offenbar ernst. Robert beschloss, sich diese Erklärung zu sparen, und bedachte sie stattdessen mit einem strengen Blick.

Ein unwillkürliches Grinsen stahl sich auf Renés Gesicht. „Die Frage", sagte er, „ist doch vielmehr: Wie wäre er da ohne uns wieder herausgekommen?"

Als sie kurz darauf auf die kreisrunde Lichtung traten, war endgültig die Nacht über sie hereingebrochen. Erst jetzt fiel Robert ein, was sie vergessen hatten.
„Wir haben keine Taschenlampe dabei."
Janas Stimme klang belustigt. „Macht euch darüber keine Gedanken. Ins Verborgene Land hätten wir sowieso keine Taschenlampe mitnehmen können. Wie gesagt, es gibt dort keine Elektrizität, aber dafür jede Menge Leute, die sich vor Zauberei fürchten. Ihr habt doch gute Augen, oder?"
„Das schon", zischte René seinem Freund so leise zu, dass Jana es nicht hören konnte. „Aber um sich im Dunkeln in einem Wald zurechtzufinden, bräuchte man schon die Augen einer Eule!"
Diesmal musste Robert ihm recht geben. Sie überquerten die Lichtung, traten zwischen die Eichen, von denen Jana gesprochen hatte, und es wurde noch dunkler. Zumindest vermutete Robert, dass es sich bei den großen Bäumen, die schattenhaft um ihn herum zu erkennen waren, um diese Eichen handelte. Sicher wusste er nur, dass es Laubbäume sein mussten, da trockene Blätter unter seinen Füßen raschelten. Die Jungen hielten sich so dicht wie möglich hinter Jana, da sich diese in der Dunkelheit offenbar besser zurechtfand. Schon nach einigen Metern blieb sie unvermittelt stehen und sie liefen geradewegs gegen sie.

„Was ist?", fragten Robert und René im Chor und versuchten noch angestrengter, etwas von dem zu erkennen, was sich vor ihnen befand.

„Da ist es." Jana klang fast andächtig.

„Die Falltü-, ähm, das Viaportal?", fragte René und starrte angestrengt in die Dunkelheit.

Robert trat neben Jana. Das Licht, das die wenigen Sterne am Himmel verbreiteten, reichte gerade so aus, damit er die Umrisse einer Steinformation erkennen konnte. Der Stein musste eine sehr helle Farbe haben, der sogar jetzt im Dunkeln leicht zu schimmern schien, sodass man ihn trotz der Düsternis gut erkennen konnte. Der Fels bildete eine Art Bogen und war in etwa genauso lang wie breit, sodass dieses Tor wie ein sehr kurzer Tunnel wirkte, ähnlich wie bei einer Burg mit dicken Mauern. Um diesen Steinbogen herum lagen viele Felstrümmer, sodass alles den Eindruck einer alten Ruine erweckte. Robert spürte hier ein seltsames Gefühl in seiner Brust aufsteigen, eine Mischung aus Ehrfurcht und Beklemmung. Ihm war ein wenig schwindlig, trotzdem konnte er ohne Probleme geradeaus laufen. Wie von einem Magnet angezogen trat er auf den nächsten Felsbrocken zu und fuhr mit der Hand darüber. Er war noch warm von den Sonnenstrahlen des vergangenen Tages.

„Robert?" Renés Stimme klang irritiert.

Er schreckte hoch. „Was ist denn?" Seine eigene Stimme klang kaum weniger verwundert.

„Das fragst du mich?" Sein Freund kam auf ihn zu und starrte ihn dabei so angestrengt an, dass er in der Dunkelheit prompt über irgendetwas stolperte. Er konnte sich gerade noch an dem Felsen abfangen, den Robert berührt hatte. „*Du* verhältst dich doch, als hätte dich jemand hypnotisiert! Du hättest sehen sollen, wie du da eben rumgelaufen bist! Wie ein Schlafwandler."

„Ach?" Robert wusste nicht, was er davon halten sollte. Er fühlte sich noch immer seltsam entrückt.

Da trat Jana auf sie zu und lächelte Robert an. „Das macht gar nichts."

Er fragte sich, ob sie vielleicht seine Gedanken lesen konnte.

„Du spürst nur, dass hier die Zeit ein wenig verschoben ist. Du fühlst ein leichtes Ungleichgewicht."

„Ach?", wiederholte Robert. Zu mehr war er nicht in der Lage. Er hatte das Gefühl, als seien alle seine Sinne mit einem Mal viel schärfer geworden. Gleichzeitig war er dadurch so beschäftigt, dass er sich gar nicht richtig auf seine Antworten konzentrieren konnte. Er spürte die Anwesenheit von Jana und René geradezu auf seiner Haut, so als berührte er sie, obwohl sie einen guten Meter von ihm entfernt waren. Er hörte das kurze Gespräch der beiden, während er sich umsah.

„Er spürt was bitte? Ich bemerke hier gar nichts."

„Ich auch nicht. Ich habe doch erzählt, dass es manche Lebewesen fühlen können, wenn die Zeit nicht ganz im Gleichgewicht ist, oder?"

„Jetzt, wo du es erwähnst …"

Robert entdeckte einen Marder, der ein paar Bäume entfernt auf einem dicken Ast entlanglief und ihn aus seinen gelben Augen anstarrte. Er meinte sogar, das Fell des Tieres über die Baumrinde streichen zu hören, doch das war unmöglich. Kein menschliches Ohr war dazu in der Lage. Aber warum konnte er plötzlich so gut im Dunkeln sehen?

Als er ein leises Rauschen über sich wahrnahm und den Blick nach oben richtete, sah er eine Eule über sie hinwegfliegen. Er schüttelte kurz den Kopf, als könnte er so die Normalität wiederherstellen. Die Welt mit diesen überempfindlichen Sinnen wahrzunehmen, war ein unheimliches Gefühl. Er wandte sich den anderen zu. Renés Blick enthielt etwas Misstrauisches und brannte geradezu auf seiner Haut, während in Janas Augen etwas Weiches mitschwang, das sich auf ihn legte wie angenehm kühle Seide. Es fiel Robert schwer, Worte zu formen und auszusprechen.

„Was müssen wir jetzt tun, um ins Verborgene Land zu kommen?" Es hatte seine vollkommene Konzentration erfordert, die Frage zu formulieren. Janas Antwort zu hören, war hingegen das Einfachste der Welt, obwohl sie so leise sprach, dass René, der sich unbehaglich umsah, nicht einmal mitbekam, dass sie etwas sagte.

„Vertraust du mir?", wisperte sie.

Robert starrte sie an. Was sollte das jetzt? Er hatte doch eine eindeutige Frage gestellt! Trotzdem nickte er. Das Wieso, das ihm auf der Zunge lag, sprach er nicht aus. Er spürte Janas Blick förmlich auf seiner Netzhaut brennen. Kleine Lichtpunkte tanzten vor seinen Augen.

„Kannst du dich fallen lassen?"

Ihre Stimme war noch leiser geworden, doch diesmal war René nicht abgelenkt gewesen und er hatte sie gehört.

Fragend blickte er von einem zum anderen, doch die beiden beachteten ihn in diesem Moment nicht. Janas Frage wandte und drehte sich in Roberts Kopf wie ein flüchtendes Tier. Wie meinte sie das?

Er gab keine Antwort.

Jana seufzte. „Kommt, wir müssen unter den Torbogen." Sie ging voran und René stolperte ihr sofort hinterher. Robert sah sich vorher noch einmal um. Er hatte ein seltsames Gefühl, das er trotz seiner empfindlichen Sinne nicht zuordnen konnte. Er ließ den Blick umherwandern, konnte aber nichts entdecken. Er lief den beiden nach und kurz vor dem Steinboden holte er sie ein.

„Was hast du mit deinen Fragen gemeint?", flüsterte er und hoffte, dass sich René nicht allzu übergangen fühlte. Wieder musste er sich stark konzentrieren, um die Frage aussprechen zu können. „Achtung!"

Sein Warnruf ließ René gerade noch rechtzeitig zurückzucken. Beinahe wäre er mit dem Kopf gegen eine hervorstehende Felsnase geprallt.

„Was ist?" René sah ihn erschrocken an.

„*Was ist?*", wiederholte Robert ungläubig. „Ich an deiner Stelle würde ein paar Schritte vom Felsen weggehen, sonst bekommen ich und Jana gleich einen lauten, hohlklingenden Ton zu hören und du hast eine dicke Beule auf der Stirn!"

René streckte die Hand aus und ertastete den Felsvorsprung.

„Ups." Er nahm Abstand zum Felsen. „Danke, Rob." Er musterte ihn auf eine seltsame Art, sodass Robert ein

Kribbeln über den Rücken lief. „Wie hast du den Felsen denn bemerkt?"

„Ich habe ihn gesehen."

Wie einen Eisklumpen, den ihm jemand in den Kragen gesteckt hatte, fühlte Robert seinen misstrauischen Blick an sich hinunterlaufen.

Jetzt mischte sich Jana ein. „Ich habe doch erklärt, was los ist, oder? Rob spürt das Ungleichgewicht in der Zeit, das hier herrscht, deshalb sind seine Sinne gerade schärfer als gewöhnlich." Ihre Gereiztheit brannte Robert in den Ohren. René brummte irgendetwas, dann ging er vorsichtig weiter in Richtung des Steinbogens, wobei er sorgfältig Abstand zum Felsen hielt.

Dann standen sie direkt vor dem breiten, steinernen Torbogen. Jana trat in den Durchgang und zerrte die beiden Jungen ebenfalls unter das steinerne Dach, als diese zögerten, ihr zu folgen. Hier war es so dunkel, dass sich sogar Robert anstrengen musste, um noch etwas sehen zu können.

„Also", sagte sie, „für dich, René, dürfte es kein Problem sein, ins Verborgene Land zu reisen. Du musst dich nur auf drei Dinge konzentrieren."

„Nur auf drei?", wiederholte René sarkastisch. Jana überhörte ihn einfach.

„Erstens: auf den Wunsch, dorthin zu kommen. Zweitens: darauf, die Schwerkraft zu spüren. Das ist einfacher, als es sich anhört, glaub mir. Schließ einfach die Augen und mach dich ganz schwer." René schnaubte skeptisch. „Und drittens musst du dich auf das Spiel zwischen Licht und Schatten konzentrieren!"

René schnaubte erneut. „Licht und Schatten. Schatten sehe ich in dieser Dunkelheit, zur Genüge sogar. Aber wo bitte siehst du Licht? Außerdem soll ich doch die Augen schließen, oder nicht?"

Janas Stimme klang eisig, als sie ihm antwortete. „Hast du schon einmal etwas von Streichhölzern gehört? Damit kann man Feuer machen, stell dir vor! Und Feuer verbreitet bekanntlich auch Licht. Außerdem kannst du erst an den Ort denken, an den du willst, dann an die Schwerkraft und dann an Licht und Schatten."

Einen Augenblick herrschte Stille, dann murmelte René etwas Unverständliches, aus dem undeutlich ein „Ja" herauszuhören war. Robert wartete angespannt darauf, dass Jana weitersprach. Ihre Bemerkung zuvor schien zu bedeuten, dass die Reise bei ihm schwieriger werden würde als bei René. Tatsächlich bestätigte sich seine Befürchtung.

„Bei dir, Rob, wird das ganze allerdings ein bisschen komplizierter."

„Warum denn das?"

„Wenn jemand die Unstimmigkeit der Zeit bei einem Viaportal spürt, hilft alles Wünschen und Konzentrieren nichts, um durch das Portal ins Verborgene Land zu kommen. Der Körper widersteht den Kräften von Gefühlen, Schwerkraft und Schattenspiel."

„Heißt das, ich kann nicht ins Verborgene Land reisen?", unterbrach Robert sie entsetzt. Er fühlte ihren Blick an sich abperlen.

„Ich sagte, es ist komplizierter, nicht, dass es unmöglich ist. Ich glaube, es gibt weniger Probleme, wenn René vor uns beiden abreist."

„Was?!" Renés Stimme klang heiser vor Schreck. „Ich soll …? Das kann ich nicht."

„Doch, natürlich kannst du", erwiderte Jana. „Es ist sogar leichter für dich als andersherum. So kann ich dir bei deinem Sprung helfen. Und wenn du angekommen bist, musst du einfach nur ein paar Schritte zur Seite treten und auf uns warten." René war ganz offensichtlich nicht glücklich mit diesem Plan, sagte aber nichts.

„Ähm", schaltete Robert sich wieder ein und konzentrierte sich sorgfältig auf die Worte. Er tippte Jana auf die Schulter. „Warum können wir denn nicht alle drei gleichzeitig reisen?"

Sie seufzte. „Das dauert länger zu erklären als es einfach zu tun! Ich will hier nicht noch eine halbe Stunde herumstehen! Ihr werdet alles bei der Reise merken." Sie holte eine Schachtel Streichhölzer aus der Jackentasche und schüttelte sie. Mehrere Streichhölzer purzelten hörbar darin herum. Sie trat einen Schritt zurück und zog Robert am Ärmel mit sich, sodass sie beide nicht mehr unter dem breiten Steinbogen standen. René blieb wie angewurzelt stehen und sein Blick wanderte verunsichert dorthin, wo er Jana vermutete. Diese war im Augenblick geduldiger und freundlicher zu René, als Robert es nach dem heutigen Tag für möglich gehalten hätte.

„René", sagte sie. „Ich helfe dir bei der Reise, in Ordnung? Und wenn du angekommen bist, gehst du nur zur Seite und wartest. Das Portal steht völlig einsam und dort ist nichts Gefährliches. Ein paar Minuten später kommen auch wir an. Alles klar?"

„Ok."

Robert spürte das Unbehagen seines besten Freundes wie einen unangenehm kühlen Nebel, der sich auf seine Haut legte. Er versuchte, seinen Freund aufzumuntern, dessen Beklemmung er gut verstehen konnte.

„Du kannst wenigstens alleine reisen. Schau mich an! Ich brauche Starthilfe!" Er bezweifelte, dass dieser Witz gut war. Er fand ihn sogar ziemlich mies, aber René lachte trotzdem leise auf. Offenbar hatte sein Scherz die gewünschte Wirkung erzielt.

„Dann mal los!", meinte René nun mit festerer Stimme. „Wo genau soll ich mich denn hinstellen?"

„Bleib einfach stehen, wo du bist." Jana holte ein Streichholz aus der Schachtel.

„Und jetzt? Mich ins Verborgene Land wünschen?"

„Genau. Stell dir irgendetwas Tolles vor, das du dort bekommst. Dann geht es wie von selbst." René nickte und einen Moment später breitete sich ein fast schon unverschämtes Grinsen auf seinem Gesicht aus. Robert hätte wirklich zu gern gewusst, was er sich als Reisemotivation vorstellte.

„Jetzt die Schwerkraft. Schließ am besten die Augen und mach dich richtig schwer. Lass dein ganzes Gewicht in deine Füße sinken, so dass es sich anfühlt, als könntest du die Beine nie mehr von dort wegbewegen. Spürst du, wie die Schwerkraft dich am Boden festhält?"

„Ja." Nun hörte er sich etwas entspannter an.

„Und das Wünschen nicht vergessen! Ich zünde jetzt ein Streichholz an. Wenn es brennt, versucht du, das Gefühl zu halten und dir gleichzeitig das flackernde Licht anzusehen."

Ein scharfes Geräusch ertönte und im Schein der entfachten Flamme sah Robert kurz Renés Gesicht aufflackern, dann war er verschwunden. Obwohl er es eigentlich besser wusste, sah er sich nach seinem Freund um. Natürlich konnte er ihn trotz seiner ungewohnten Adleraugen nirgends entdecken.

„Unglaublich!", entfuhr es ihm.

„Nein, hervorragend!", verbesserte ihn Jana mit einem zufriedenen Lächeln. „Das ging ja leichter, als ich erwartet hatte!" Sie zog Robert begeistert mit sich unter den Steinbogen. „Komm, jetzt wir!" Sie stellte sich ihm gegenüber und sah ihn ernst an. „Vertraust du mir?"

„Das hast du mich vorher schon einmal gefragt! Ja, tu ich! Aber was –?"

„Wunderbar. Kannst du dich fallenlassen?"

„Das hast du mich auch schon gefragt! Was meinst du damit?"

Sie suchte einen Augenblick nach den passenden Worten. „Du kennst doch sicher dieses Spiel, bei dem man sich fallen lässt und darauf vertraut, dass einen der andere auffängt, oder?"

„Natürlich." Bei diesem Spiel hatte er sich schon so einige blaue Flecke geholt, aber Tom hatte sie sauber abgezählt zurückbekommen. „Willst du mich etwa auffangen?"

„Unsinn." Jana schüttelte belustigt den Kopf. „Das war nur ein Vergleich. Also, du musst dir auch wünschen, ins

Verborgene Land zu kommen, und du musst auch die Schwerkraft richtig fühlen können. Aber dann musst du dich nicht auf Licht und Schatten konzentrieren, sondern auf mich. Genauer gesagt: auf meine Augen." Sie sah ihn eindringlich an. „Und dann musst du dich hineinfallen lassen."

„In deine Augen", wiederholte er tonlos. Ihr Blick ließ ihn eine Gänsehaut bekommen. „In deine Augen. Und wie bitte soll das funktionieren?"

„Ich bin nicht der Erfinder des Viaportals, Rob."

„Was?"

„Das soll heißen, ich weiß immer noch nicht, warum und wie genau so ein Portal funktioniert. Ich weiß nur, was man tun muss, um zu reisen."

„Also gut, aber wie soll ich das jetzt anstellen?"

„Ob du es glaubst oder nicht, das kann ich dir nicht sagen. Ich reise immer wie René." Ein Lächeln lauerte in ihren Mundwinkeln darauf, sich zu einem Grinsen auszubreiten. „Ich weiß nur, *was* du tun musst, aber nicht *wie*. Doch das schaffst du schon, da bin ich sicher. Wir können René schließlich nicht stundenlang warten lassen, sonst wird er wahrscheinlich noch wütend und lässt das an irgendetwas aus, was noch gebraucht wird." Sie musterte ihn prüfend. „Dir geht's doch wieder gut, oder? Ich meine, nach dem Fußmarsch und auch noch nach dem Ärger vorhin."

„Mir geht's gut, wirklich." Erstaunt stellte Robert fest, dass es ihm plötzlich wirklich gut ging. „Los, beeilen wir uns."

Jana nickte zögerlich. „Also gut. Ich sage dir, in welcher Reihenfolge du vorgehen musst. Konzentrier dich auf den Wunsch, ins Verborgene Land zu reisen."

Da brauchte sich Robert nicht besonders anzustrengen. Er wollte René nicht länger warten lassen. Außerdem sehnte er sich danach, dieses Land endlich mit eigenen Augen zu sehen.

„Jetzt konzentrier dich auf die Schwerkraft. Weißt du noch, wie?"

Er nickte. Schließlich hatte sie bereits René genaue Anweisungen gegeben. Er schloss die Augen, machte sich schwer, ließ sein Gewicht in seine Füße sinken … Langsam konnte er fühlen, wie sein Körper auf den Fersen lastete. Dann hörte er ein Geräusch, das ihm in die Ohren biss. Jana hatte ein Streichholz angezündet.

Richtig, dachte er*, sie braucht ja eins zum Reisen.*

„Und jetzt musst du dich fallenlassen." In ihrer Stimme schwang Unsicherheit mit.

Langsam öffnete Robert die Augen. Es war gar nicht so einfach, sich weiterhin auf die Schwerkraft und auf das Reiseziel zu konzentrieren, aber irgendwie gelang es ihm trotzdem. Er suchte Janas Blick. Sie lächelte verlegen. Ihre Augen waren braun. Die Pupillen waren in der Finsternis riesengroß und die Streichholzflamme spiegelte sich darin. Wenn er genau hinsah, konnte er sich sogar selbst darin erkennen. Irgendwie kam er sich bescheuert vor, aber irgendwie genoss er die Situation auch. Wie magisch angezogen ging er einen kleinen Schritt vor. Jana wurde rot und musste blinzeln, doch er hätte den Blick nicht mehr von ihren Augen abwenden können, selbst wenn er es gewollt hätte. Er spürte, wie die Erde ihn mit aller Kraft an sich zog. Er wollte endlich das Verborgene Land sehen, aber er wollte auch immer näher an Janas Gesicht heran, immer tiefer in ihre Augen sehen. Er wollte ...

Plötzlich war es vollkommen dunkel. Roberts erster Gedanke war, dass das Streichholz erloschen war, doch die Dunkelheit war anders als vorher, ganz anders. Sie war samtig und weich, nicht wie im Wald beim Portal.

Jana.

Wo war sie?

Er wandte den Kopf, aber egal, wohin er blickte, er sah absolut nichts. Er stieß einen überraschten Laut aus, doch er konnte ihn nicht hören. Probehalber sagte er etwas, hörte aber wieder nichts. Das alles war seltsam, am merkwürdigsten jedoch war, dass er keine Angst hatte. Genau genommen fühlte er sich sogar richtig wohl. Ob er gerade ins Verborgene Land reiste?

Vermutlich, dachte er. *Was soll das sonst für ein Zustand sein?* Er konnte nicht einmal sagen, ob er stand, lag, schwebte oder kopfüber in der Luft hing.

Er lächelte in die Dunkelheit, als ihm Janas Augen wieder einfielen. Ob er es sich eingestehen wollte oder nicht, er wäre am liebsten noch eine Ewigkeit so dagestanden: allein mit Jana, ganz dicht bei ihr. Eigentlich schade, dass die Reise so schnell geklappt hatte.

„Autsch!"

Er hatte sich an irgendetwas den Kopf gestoßen. Er rieb sich die Stirn und bemerkte erstaunt, dass seine Ohren ihren Dienst offenbar wieder aufgenommen hatten.

Plötzlich vernahm er wunderschöne Töne. Sie wurden immer lauter und schwollen zu einer wunderschönen Melodie an.

Es war der Gesang eines Vogels. Sein Lied war so schön, dass Roberts Herz sich schmerzhaft zusammenzog. Als die Melodie ihren Höhepunkt erreicht hatte, explodierten vor seinen Augen ein Meer aus Farben. Rubinrotes und goldenes Licht erstrahlte um ihn herum und bündelte sich vor seiner Brust. Der herrliche Vogelgesang kam offenbar direkt aus den funkelnden Farben. Die Melodie schwoll nochmals an und Robert schloss für einen Moment die Augen.

Als er sie wieder öffnete, schwebte vor ihm ein wunderschöner Vogel aus rubinrotem und goldenem Licht. Er sah wie kein Vogel aus, den Robert kannte. Er wirkte wie eine Mischung aus einem Falken und einem Paradiesvogel.

Er sah Robert aus blanken, glänzend schwarzen Augen an. Sein Blick drang ihm bis in die Seele. Der Vogel sang sein Lied weiter, bis kein Funken Licht mehr außerhalb seiner Gestalt erstrahlte.

Dann war es plötzlich wieder dunkel und nahezu still.

Nur der letzte Ton der Melodie hing noch in der samtenen Dunkelheit, wie ein Traum, der einem beim Erwachen entgleitet, obwohl man ihn festhalten möchte, als wäre er ein kostbarer Schatz.

Schließlich erstarb auch der letzte Klang des Lieds.

Roberts Brust verkrampfte sich, doch trotz des Gefühls, diesen Schatz schon in den Händen gehalten und wieder verloren zu haben, spürte er auch etwas anderes. Er spürte, dass er endlich etwas gefunden hatte, das er schon sein ganzes Leben lang verzweifelt gesucht hatte.

Mit dieser Erkenntnis gewann Robert auch noch eine weitere.

Er war die ganze Zeit über geschwebt.

Denn jetzt fiel er.

18. Kapitel

Sterne und wilde Tiere

Robert prallte mit den Füßen so hart auf dem Boden auf, dass ihm die Knie einknickten und er hinfiel. Er brauchte einen Moment, um Luft zu holen und festzustellen, dass alles an ihm noch heil war.

Dann sah sich Robert um. Er lag unter einem Steinbogen, der beinahe genauso aussah wie das Portal, von dem er abgereist war. Es war immer noch dunkel, aber nicht so undurchdringlich wie gerade eben noch. Der Mond schwebte an einem fast wolkenlosen Himmel. Robert rappelte sich auf. Im selben Moment ertönte ein erleichtertes „Rob!" aus zwei Kehlen.

Noch bevor er sich nach ihnen umdrehen konnte, standen René und Jana neben ihm und packten ihn an den Schultern, als müssten sie sich davon überzeugen, dass er kein Gespenst war.

„Ja, ich! Wer sollte es denn sonst sein?" Er rieb sich die schmerzenden Knie. „Was ist denn los?", setzte er hinzu, als er bemerkte, wie seine beiden Freunde ihn entgeistert anstarrten.

Jana holte tief Luft. „Ich habe dich auf der anderen Seite des Viaportals verschwinden sehen, aber als ich hier ankam, warst du nicht da. Du musst irgendwo hängen geblieben sein. Ich dachte schon, wir … wir sehen dich nie wieder …" In Janas Augen stiegen Tränen auf.

„Wir haben minutenlang auf dich gewartet", murmelte René. „Bei uns hat die Reise nur ein paar Sekunden gedauert. Mann, wir haben uns vielleicht Sorgen gemacht! Warum um alles in der Welt hast du denn so lange gebraucht?!"

Robert zuckte mit den Schultern.

„Und Jana ist in Tränen ausgebrochen, als du nicht hier warst." René wies mit dem Kopf auf sie. Ihre Wangen glänzten feucht im Mondlicht. Robert wollte sie trösten, wusste aber nicht, wie. Nach der Szene unter dem Steinbogen des Portals war er zu verlegen, um sie in die Arme zu nehmen.

Als ihn René in den Rücken stieß, legte er ihr schließlich eine Hand auf die Schulter. „Ähm … Also, ähm … ich, äh … ist es normal, dass man bei der Reise wunderschöne Musik hört und Gestalten aus Licht sieht?" Was redete er da eigentlich? Natürlich war das *nicht* normal!

Er wollte schon irgendetwas anderes Unzusammenhängendes stottern, als er sah, dass Jana bei seinen Worten schlagartig aufhörte zu weinen. Allerdings vermutlich mehr vor Erstaunen, als dass er sie erfolgreich getröstet hätte.

„Du hast *was*?", fragte sie so verblüfft, dass Robert lachen musste. „Was hast du denn genau gesehen und gehört?" Ihre Stimme klang aufgeregt. Robert erhaschte einen Blick von René, der in gleichem Maße irritiert und amüsiert wirkte.

Robert versuchte, sich an Einzelheiten zu erinnern. „Zuerst konnte ich nichts hören und nichts sehen, aber dann war da der Gesang eines Vogels. Anfangs dachte ich, es wäre Musik. Plötzlich war überall Licht, rot und golden, das sich zu der Form eines Vogels bündelte, von dem der Gesang stammte. Er sah mich an und ich dachte, er könnte mir bis in die Seele blicken. Dann war er wieder verschwunden und ich landete hier."

René starrte ihn an, als sei er ein kurioses Ausstellungsstück, während Jana aussah, als würde sie jeden Moment vor Freude zu tanzen beginnen.

„Ein Phönix!" Sie hüpfte aufgeregt von einem Fuß auf den anderen. „Rob ist der Herr eines Phönix!" Jetzt sprang sie tatsächlich um die verdutzten Jungen herum, bis sie sie am Arm festhielten.

„Moment mal", sagte Robert. „Phönix? Kann bei mir denn nichts normal sein?"

Jana lächelte ihn an. „Merkst du denn gar nichts? Sind deine Sinne denn nicht wieder normal?"

Erstaunt stellte Robert fest, dass sie recht hatte. Die Überempfindlichkeit war verschwunden. „Wir sind ja auch schon abgereist. Wir stehen nicht mehr unter dem Viaportal, bei dem ich dieses Gepfusche in der Zeit gespürt habe."

„Dafür stehen wir beim nächsten Portal. Meinst du, da wäre es anders, wenn der Phönix nicht gewesen wäre?" Janas Stimme klang amüsiert.

Robert verstand kaum etwas von dem, was sie sagte. „Könntest du bitte aufhören, in Rätseln zu sprechen?"

Jana grinste. Offenbar genoss sie es, ihn auf die Folter zu spannen.

„Hier im Verborgenen Land gibt es noch Phönixe. Sie sind unglaublich kluge, hilfreiche und sehr seltene Vögel. Es gibt immer nur wenige Vögel dieser Art auf der Welt. Das Problem ist, dass man einen Phönix nicht *besitzen* kann. Man sagt zwar, jemand ist der *Herr* eines Phönix', aber man kann dieses Tier nicht fangen und zähmen wie einen Hund. Ein Phönix sucht sich seinen Herrn selbst aus, bevor er aus seinem Ei schlüpft."

„Hä?", unterbrach sie René. „*Bevor? Bevor* er aus seinem Ei schlüpft? *Ei?* Jeder weiß doch, dass Phönixe immer wieder aus ihrer Asche geboren werden. Und wie soll ein Vogel irgendetwas tun, *bevor* er geschlüpft ist?"

„Wie sich ein Phönix vor dem Schlüpfen einen Herrn auswählt, weiß niemand", antwortete Jana mit einem Schulterzucken. „Aber das andere kann ich dir erklären. Natürlich wird ein Phönix immer wieder in Flammen aufgehen und aus seiner Asche neu geboren werden, aber wenn sein Herr stirbt, wird die Asche zu einem glänzend schwarzen Ei. Der ewige Kreislauf des Phönix' friert ein. Sobald jedoch sein neuer Herr das Ei in den Händen hält, ist es nur noch eine Frage der Zeit, bis der Vogel schlüpft und wieder in den alten Kreislauf zurückkehrt."

„Und was habe ich mit der ganzen Sache zu tun?", hakte Robert nach.

„Dich hat ein Phönix zu seinem neuen Herrn erwählt, als du außerhalb der Zeit hängen geblieben bist. Du wirst bald ein schwarzes Ei finden. Oh, ein Phönix wird schlüpfen! Wisst ihr, wie selten dieses Ereignis ist?"

„Ich kann es mir ungefähr vorstellen", sagte Robert, obwohl er sich nicht sicher war, ob Jana eine Antwort auf ihre Frage erwartete. Seine Gedanken waren an den Worten „außerhalb der Zeit" hängen geblieben. Wie konnte so etwas möglich sein?

„Bevor der Phönix dich ausgewählt hat, also als wir uns noch auf eurem Teil der Erde befanden, konntest du die Unstimmigkeit der Zeit bei dem Viaportal fühlen."

Bei diesen Worten schnaubte René leise. Offenbar fand er immer noch, dass diese Erklärung nicht ausreichend war für Roberts merkwürdiges Verhalten am Torbogen.

„Doch der Phönix ist ein Wesen, das sozusagen außerhalb der Zeit steht. Für ihn gelten keine zeitlichen Beschränkungen. Vielleicht ist das der Trick, mit dem er es schafft, schon vor dem Schlüpfen Entscheidungen zu treffen. Als du während der Reise außerhalb der Zeit festgesteckt bist, wählte er dich aus. Dabei hat er anscheinend deine Sensibilität für Verschiebungen in der Zeit in sich aufgenommen. Deshalb ist jetzt alles wieder in bester Ordnung, obwohl wir hier direkt neben einem Viaportal stehen."

„In bester Ordnung?", wiederholte René zweifelnd. „Er ist jetzt ein Phönix-Chef, oder nicht?"

Jana musterte ihn scharf. „Sprich nicht so abfällig darüber. Er kann jetzt auf die Hilfe eines Phönix' vertrauen, das ist großartig! Und bevor ihr fragt: Dieses Wesen besitzt Heilkräfte, seine Federn können sich in Feuer verwandeln, er kann Botschaften übermitteln, er kann sogar seinen Herrn warnen, wenn Gefahr droht, und er hat auch noch viele weitere gute Eigenschaften." Ihre Augen blitzen vor Begeisterung und Ehrfurcht. „Es gibt immer nur etwa ein Dutzend Phönixe, allerdings kann das niemand genau sagen. Die wenigsten Menschen bekommen in ihrem Leben überhaupt einen solchen Vogel zu sehen, geschweige denn mehrere. Ich weiß nur von einem einzigen Menschen, der mehrere gesehen hat: Damasus, dem Ältesten des Großen Rates in Mediocriter. Und er sagt, dass kein Phönix dem anderen gleicht."

Damit beendete Jana ihre Erklärungen.

Robert war noch ganz in Gedanken versunken, sodass er nach all der Aufregung erst jetzt daran dachte, sich in dem fremden Land, in dem sie gelandet waren, mehr als nur flüchtig umzusehen. Er richtete seinen Blick nach oben und staunte. Einen solchen Nachthimmel hatte er noch nie gesehen, obwohl er aufgrund seiner nächtlichen Streifzüge nachts oft im Freien war.

Die Sterne funkelten, als wollten sie geradezu dazu einladen, nach ihnen zu greifen, und die Mondsichel war so nah, als hinge sie in den Baumkronen. Er konnte den Blick nicht mehr davon abwenden.

René lachte. „Da hast du aber ganz schön lange gebraucht, um das zu bemerken. Schade, dass es zu dunkel ist, um mehr von der näheren Umgebung zu erkennen, findest du nicht auch?"

Dem konnte Robert nur zustimmen. Er war ebenfalls unglaublich neugierig, trotzdem wunderte er sich im Stillen darüber, dass sein bester Freund plötzlich so begeistert war vom Verborgenen Land. Er erinnerte sich immerhin noch sehr gut an gewisse Streitereien, die ihn unsanft in Gestrüpp befördert hatten, aber er sagte nichts.

Als Jana verkündete, dass sie es für das Beste hielt, sich jetzt auszuruhen, damit sie morgen sehr früh aufbrechen konnten, stimmten ihr die beiden Jungen zu, wenn auch mit einer nervenaufreibenden Ungeduld im Bauch. Jana versprach, ihnen am Morgen die interessantesten Dinge um sie herum zu zeigen. Robert und René stolperten Jana im Mondlicht hinterher, die sie ein paar Minuten lang durch die bewaldete fremde Gegend führte, bis sie eine Stelle fanden, wo weiches Moos wuchs. Dort holten sie ihre Decken und ihren Proviant aus den Rucksäcken, setzten sich auf den Boden und aßen. Erst jetzt merkte Robert, welch großen Hunger er hatte. Während sie kauten, schwiegen sie. Robert konnte es zwischen den Bäumen rascheln und knacken hören, obwohl seine Sinne wieder normal funktionierten. Der Wald schien geradezu zu strotzen vor all dem Leben, das in ihm hauste. In Robert reifte ein Gedanke heran, der ihn beunruhigte.

„Gibt es hier eigentlich wilde Tiere?"

Neben ihm verschluckte sich René und musste husten. Ob vor Lachen oder vor Schreck, konnte Robert allerdings nicht beurteilen. Er klopfte seinem Freund auf den Rücken, bis er wieder Luft bekam.

„Wenn du Bären oder Wölfe meinst", sagte Jana, „die kommen in dieser Gegend nicht gerade oft vor."

René verschluckte sich wieder und musste noch heftiger husten als zuvor. Auch Robert war erschrocken, doch ihn beruhigte die Tatsache, wie gelassen Jana sprach.

„Du denkst also nicht, dass so ein Tier gefährlich werden könnte?"

„Kaum", erwiderte Jana. „Es sei denn, ihr reizt es oder es ist völlig ausgehungert, aber das halte ich für äußerst unwahrscheinlich. Schließlich ist es Sommer und sie finden genug zu fressen." Auf ihrem Gesicht breitete sich ein Grinsen aus. „Habt ihr Angst?"

„Quatsch!", keuchte René, der vom Husten noch außer Atem war.

Robert zog es vor, keine Antwort zu geben und stattdessen die Sterne zu betrachten, die durch das Blätterdach über ihnen hindurchblitzen. Er hörte Jana leise kichern.

„Habt ihr etwa noch nie einen Wolf gesehen? Dann habt ihr etwas verpasst! Es sind wirklich schöne und kluge Tiere."

„Doch, ein Mal", sagte René, der sich wieder erholt hatte. „Als ich noch ganz klein war. Im Zoo. Aber schön fand ich diese Viecher nicht. Sie waren gerade dabei, einen Hasen zu fressen", fügte er hinzu, als Janas Gekicher in Lachen überging.

Robert war sich in der Dunkelheit nicht sicher, ob René rot anlief. Jedenfalls dauerte es eine ganze Weile, bis das Glucksen aus Janas Richtung verstummte.

Jetzt, mit vollem Magen, spürte Robert die Müdigkeit in seine Glieder kriechen. Er wickelte sich in seine Decke ein.

Ob es schon Mitternacht war? Seine Uhr war in einem sorgfältig verknoteten Säckchen, das in seiner Jackentasche steckte, und er war viel zu faul, um sie jetzt herauszukramen.

„Gute Nacht", sagte er und legte sich auf das weiche Moos. „Und bis morgen – falls wir im Schlaf nicht gefressen werden."

Jana lachte wieder und René stöhnte. Auch sein Freund wickelte sich in seine Decke ein und legte sich demonstrativ so hin, dass er Jana den Rücken zukehrte. Schließlich rollte sich auch Jana auf dem Moos zusammen.

„Noch nie gesehen ...", hörte Robert sie murmeln, gefolgt von einem Glucksen.

Er hing einem Gedanken nach, von dem er selbst nicht so recht wusste, was er davon halten sollte. Wenn er es jetzt nicht mehr spüren konnte, wenn etwas mit der Zeit nicht stimmte, dann verhielten sich seine Sinne wieder völlig normal. Gut. Aber das bedeutete auch, dass er jetzt ganz gewöhnlich zwischen dem Verborgenen Land und dem Rest der Welt hin- und herreisen konnte.

Alleine.

Ohne Janas Hilfe.

Er würde ihrem Gesicht wahrscheinlich nie mehr so nahe kommen wie zuvor am Viaportal. Die Frage, ob er darüber erleichtert oder traurig war, konnte Robert sich selbst nicht beantworten. Er betrachtete den Mond, der durch die Schatten der Äste und Blätter ganz zerrupft wirkte. Ihm gingen so viele Gedanken durch den Kopf, dass er lange nicht einschlafen konnte.

Wo Cora, Tom und Kevin wohl gerade waren?

Ob es ihnen gut ging?

War Cora wirklich eine Verräterin?

Renés Atem neben ihm ging bald ganz gleichmäßig. Schließlich schlief auch Robert ein, mit einem seltsamen Bild im Kopf: Jana, mit einem Wolf wie einem treuen Hund an ihrer Seite.

19. Kapitel
Jagd in der Dunkelheit

Robert bezweifelte, jemals unbequemer geschlafen zu haben als in dieser Nacht. Als er sich aufsetzte, konnte er sich kaum rühren, aber er wusste beim besten Willen nicht, was genau er dafür verantwortlich machen sollte: den wirklich gemein schmerzenden Muskelkater vom vielen Laufen und Schleppen am Vortag, den harten Boden dieses unbekannten Landes oder die Kälte, die ihm über Nacht in sämtliche Glieder gekrochen war, obwohl es eigentlich früher Sommer war. Robert rieb sich mit beiden Händen über das Gesicht, dann sah er sich um.

Jana und René schliefen noch. Sie lagen in etwa dort, wo sie sich gestern Nacht eingerollt hatten. Auf dem Gesicht seines besten Freundes lag ein seliges Lächeln und Robert fiel wieder ein, dass er ihn ja noch hatte fragen wollen, was er sich gestern als Reisemotivation vorgestellt hatte.

Mühsam kämpfte er sich auf die Füße. Zwischen den Bäumen sah er Wasser glitzern. Er ging darauf zu und entdeckte einen kleinen Teich, der von Schilf und sattgelben Sumpfdotterblumen umgeben war. Das Wasser war eisig kalt und vertrieb die Müdigkeit besser als jede Tasse Kaffee. Ein Frosch sprang erschrocken in den Teich und erinnerte Robert an den Tümpel zu Hause, an die Waldhütte und an Tom, Kevin und Cora.

Er seufzte und kehrte zu René und Jana zurück. Abermals fühlte er die Neugierde auf dieses fremde Land in sich aufsteigen wie Quecksilber in einem Thermometer, das jemand in heißes Wasser geworfen hatte. Er platzte schier vor Neugierde, doch er brachte es nicht übers Herz, seine Freunde zu wecken. Umständlich setzte er sich auf seine Decke und zog das Säckchen mit seiner Uhr hervor. Es dauerte eine ganze Weile, bis er die Schnüre mit seinen steifen Fingern entknotet hatte. Es war erst halb sechs. Robert verdrehte die Augen und stopfte die Uhr verärgert zurück. Kein Wunder, dass die anderen noch schliefen! Er breitete seine Decke ein wenig zu schwunghaft wieder auf dem Boden aus, sodass René ein Blatt ins Gesicht geweht wurde, doch jener schlief seelenruhig weiter. Robert zog die Beine an, was ihn sein Muskelkater im selben Moment bereuen ließ, und starrte die Zweige der Bäume an, die Arme vor der Brust verschränkt. Irgendein Singvogel kam angeschwirrt und versuchte, eine kleine Nuss in eine Astgabel zu klemmen. Als Jana sich im Schlaf bewegte, erschrak der Vogel und ließ die Nuss fallen, die prompt auf Roberts Kopf fiel.

Ein leiser Schmerzensschrei entfuhr ihm, trotzdem musste er lachen, als er sah, dass ihn der Vogel aus den Zweigen heraus empört anblickte, bevor er davonflatterte. Vermutlich holte er sich ein neues Frühstück. Robert stutzte. Wo gab es denn zu dieser Jahreszeit schon Nüsse? Er nahm die, die der Vogel verloren hatte, und knackte die Schale, die nicht besonders robust war. Erstaunt betrachtete er die tiefrote Frucht, die im Inneren lag, winzig und kugelrund. Er fragte sich, ob die Frucht – oder die Nuss – essbar war. Sobald Jana wach war, würde er sie danach fragen.

Er legte seine seltsame Entdeckung neben sich auf den Boden, wo sie im ersten Tageslicht glitzerte und aussah wie ein einzelner Blutstropfen, dann schloss er die Augen. Schlafen wollte und konnte er nicht mehr, aber er dachte nach. Vor allem über den Phönix.

Direkt neben ihm knackte etwas und er fuhr erschrocken hoch. Er sah gerade noch etwas Pelziges im Unterholz verschwinden, das so groß wie ein Fußball war. Misstrauisch warf er einen Blick auf die rote Kugel in ihrer Schale, die unscheinbar neben ihm im Moos lag. Für die Tierwelt hier musste sie wohl als ziemlicher Leckerbissen gelten. Er schnupperte an dem winzigen Ding. Es roch nach Karamell. Jetzt hielt er die Augen offen für den Fall, dass der eine oder andere freche pelzige Räuber mutig genug war, einen Diebstahl zu wagen. Vielleicht war ja ein Tier darunter, das es bei ihnen zu Hause nicht gab? Oder auch ein hungriges, gefährliches Tier.

Robert schüttelte den Kopf. Erstens hatte Jana ihnen gestern einleuchtend erklärt, dass Raubtiere in dieser Jahreszeit keinen Hunger litten, und zweitens würde ein solches wohl kaum von einer winzigen, süß riechenden Nuss angelockt werden. Trotzdem war er froh darüber, dass zwischen den Bäumen nichts mehr zu hören und zu sehen war. Irgendwann begann sich René neben ihm zu rühren. Sein Freund gähnte ausgiebig und streckte sich.

„Guten Morgen", brummte er.

„Morgen, du Schlafmütze. Ein Teich zum Waschen ist da drüben", setzte er hinzu, als Renés Blick suchend umherwanderte.

„Ach ja", murmelte René. „Verborgenes Land. Ich erinnere mich." Er stand genauso umständlich vom Boden auf wie Robert zuvor und ging die paar Schritte zum Wasser fast noch ungelenker. Es war unübersehbar, dass auch ihn ein ordentlicher Muskelkater quälte. René hätte das jedoch niemals zugegeben, deshalb sagte auch Robert nichts und holte stattdessen einen Teil ihres Proviants aus den Rucksäcken. Er legte Brot, Schinken und Äpfel auf seine Decke, als René zurückkam.

„Das Wasser ist ja eiskalt!", beschwerte er sich. „Ein Wunder, dass es nicht gefroren ist! Und ich dachte, es sei Sommer!" Er schüttelte den Kopf, so dass die Tropfen aus seinen nassen Haaren nur so umherflogen. Ein paar trafen Janas Gesicht und sie schrak hoch, als wäre direkt neben ihrem Ohr ein Schuss abgefeuert worden. „Ups, entschuldige", sagte René und es sah ganz so aus, als meinte er es ehrlich. Robert fragte sich, ob die beiden sich jetzt wohl nicht mehr bei jeder Gelegenheit streiten würden. Tatsächlich bestätigte Janas Antwort ihn in dieser Hoffnung.

„Oh, nicht so schlimm", meinte sie, obwohl sie noch immer erschrocken aussah. „Was war das überhaupt?"

Robert grinste. „René wollte sich unbedingt die nassen Haare wie ein Hund ausschütteln." Er richtete seinen Blick zurück auf seinen besten Freund. „Was musst du auch immer den ganzen Kopf ins Wasser tauchen!"

Sein bester Freund erwiderte seinen Blick. „Das härtet ab!"

Robert zog spöttisch die Augenbrauen hoch. René verdrehte genervt die Augen und nahm sich Brot und Schinken. Mit einem zufriedenen Seufzer ließ er sich auf seine Decke fallen – und verzog das Gesicht. Robert musste grinsen. Renés Muskelkater war anscheinend genauso gemein wie sein eigener. Nur Jana schien weniger davon geplagt zu werden. Sie setzte sich schwungvoll zu den beiden auf den Boden, nachdem sie beim Teich gewesen war, ohne auch nur im Geringsten steif zu wirken. Robert fragte sich, ob sie es gewohnt war, den ganzen Tag mit vollgestopftem Rucksack durch die Gegend zu wandern. Wahrscheinlich. War sie nicht auch wegen einer Nachricht des Rates zwischen dem Verborgenen Land und zu Hause hin- und hergereist?

„Jana?"

Sie sah ihn fragend an, während sie eifrig kaute.

„Was für ein Phönix war das denn, der deine Nachricht überbracht hat? Ich meine die Nachricht an Thar, nachdem du vom Rat erfahren hast, dass jemand mit dem Wissen eines Wächters untergetaucht ist."

Jana schluckte den Bissen hinunter. „Damasus' Phönix", sagte sie in einem Tonfall, als sei dies das Offensichtlichste der Welt. „Er ist einer der Ältesten des Rates. Habe ich nicht gesagt, dass auch zu ihm ein Phönix gehört? Er hat die Nachricht für mich verschickt."

Ein paar Augenblicke schwiegen sie.

„Übrigens", meinte Robert, „hat mir vorhin, als ihr noch geschlafen habt, ein Vogel etwas auf den Kopf fallen lassen."

Erst als Jana und René sich vor Lachen bogen, bemerkte er den doppelten Sinn in seinen Worten. „Eine Art Nuss", fügte er verärgert hinzu und hielt Jana die blutrote Kugel in der dünnen Schale vor die Nase. Ihr Lachen endete so abrupt, als sei es ihr im Halse stecken geblieben. Ihre Augen wurden groß wie Untertassen.

„Wo hast du die her?"

„Spreche ich undeutlich?"

„Nein, aber missverständlich", bemerkte René trocken.

„Eine Blutperle", antwortete Jana.

Stille.

„Okay. Und weiter?"

„Die ist wirklich selten."

Stille.

„Und sie ist essbar. Sie schmeckt immer genau so, wie man es sich wünscht."

Stille.

„Auch für Tiere. Und für die riecht sie auch unglaublich stark und unwiderstehlich."

Stille.

„Das heißt, wenn wir Pech haben, haben wir jetzt ein echtes Problem. Wenn hier nämlich irgendwo im weiteren Umkreis ein Raubtier die Blutperle wittert, läuft ihm das Wasser so im Maul zusammen, als würdest du ihm einen saftigen Braten vor die Nase halten. Das lockt jedes Raubtier an, egal ob es hungrig ist oder nicht. Und wenn jemand die Perle isst, riecht derjenige für ein paar Stunden genauso appetitlich."

Robert und René wechselten einen beunruhigten Blick.

„Wir müssen los." Jana klang gefasst, beinahe geschäftsmäßig. „Lass die Blutperle hier liegen. Ich glaube nicht, dass ihr Geruch sich durch das Anfassen schon auf dich übertragen hat, aber wir sollten trotzdem eine möglichst große Strecke zwischen sie und uns bekommen." Sie begann hektisch, die Reste des Frühstücks einzusammeln.

„Warte mal kurz", meldete sich René endlich zu Wort. „Gestern hast du noch ganz anders über Wölfe geredet!"

„Ich rede von Raubtieren allgemein und gestern haben wir auch noch nichts dabeigehabt, das nach ihrer absoluten Lieblingsspeise riecht!"

Robert warf die Blutperle ins Gebüsch, wusch sich die Hände im Teich, obwohl er fürchtete, dass das nicht viel brachte, und half Jana dann, all ihre Habseligkeiten zusammenzupacken. René rührte keinen Finger. Er starrte in den Wald, als könnte jeder Sekunde ein fünf Meter großer Bär zwischen den Bäumen auftauchen. Robert spürte seine Furcht körperlich, deshalb beschwerte er sich nicht. Allerdings wunderte er sich darüber, dass auch Jana den Mund hielt, obwohl sie ihm ein- oder zweimal einen verärgerten Blick zuwarf.

Im Anschluss liefen sie durch den Wald, so schnell es möglich war, ohne zu stolpern oder sich an herausragenden spitzen Ästen zu verletzen. Robert versuchte nebenbei, die Augen nach etwas Ungewöhnlichem offen zu halten, aber er konnte nichts entdecken. Dieser Wald unterschied sich in nichts von einem gewöhnlichen Wald. Die Gegend war felsig und hügelig, obwohl es keine richtigen Berge gab. Der Wald wurde immer dichter und ließ über ihnen kaum mehr den blauen Himmel erkennen. Das Gelände stieg in gleichmäßigen Hügelformationen an und fiel wieder ab. Schließlich wurde Robert das Schweigen, das zwischen ihm, René und Jana herrschte, zu unangenehm.

„Wenn wir in diesem Tempo weitermachen, wie lange dauert das dann, bis wir Menschen treffen?"

„Wir werden die ersten Häuser erreichen, wenn die Sonne untergeht. Allerdings brauchen wir kaum den ganzen Tag so zu hetzen", antwortete Jana außer Atem. „Wie gesagt, du hast die Blutperle nur angefasst, aber wir sollten trotzdem genügend Abstand zu unserem Schlafplatz schaffen."

„Für den Fall, dass irgendein wildes Tier doch unsere Spur aufnimmt, nachdem es diese blöde Perle schon gefressen hat, ja?", hakte René missmutig nach.

Sie brummte etwas Undeutliches, das verdächtig nach „Halt die Klappe!" klang. Dann biss sie sich auf die Lippen. Offenbar wollte sie tatsächlich lieber den Frieden bewahren, als René weiterhin wegen seiner unfreundlichen Kommentare zurechtzustutzen.

„Werden die Hügel auf unserem Weg eher höher oder eher flacher?", fragte Robert, nachdem sie einen weiteren

Hügel bestiegen hatten und er über einen großen, moosbewachsenen Stein gestolpert war.

„Flacher. Schließlich entfernen wir uns vom Erzgebirge."

„Gebirge?"

„Das Erzgebirge liegt weit im Südosten." Jana wich einem Ast aus. „Diese Hügellandschaft hier ist das Vorland des Gebirges und erstreckt sich mehrere Tagesreisen weit."

„Oh je. Heißt das, wir kommen heute gar nicht mehr aus diesen Hügeln raus?" René klang ehrlich entsetzt.

„Das kommen wir tatsächlich nicht. Aber wenn wir das erste Dorf erreichen, sind sie nur noch halb so hoch."

René schlug in einer verzweifelten Geste die Hand vors Gesicht – und rannte prompt gegen einen tiefhängenden Ast. Dann herrschte wieder Schweigen, während die Jungen weiter Jana hinterherhasteten. Bald gab Robert sogar seine vergeblichen Versuche auf, etwas Ungewöhnliches zu erspähen. Alles, was er bisher entdeckt hatte, hatte sich nämlich als ihm bereits bekannte Tierwelt entpuppt: ein Eichhörnchen, Vögel, gewöhnliche Bienen und dieselben nervigen, blutsaugenden Mücken, wie es sie wohl überall gab. Bei den Pflanzen war es nicht anders. Langsam fragte er sich, ob Jana mit ihren Schilderungen über das Verborgene Land nicht heillos übertrieben hatte. Na gut, sie hatte nicht behauptet, dass einem allerlei Sagengestalten auf Schritt und Tritt begegneten, aber bis auf die Blutperle hatten sie noch nichts Merkwürdiges zu Gesicht bekommen. Wenn er ehrlich zu sich selbst war, war er sich nicht so ganz sicher, ob er darüber enttäuscht oder froh war. Seine einzige Entdeckung hatte schließlich schon für reichlich Ärger gesorgt.

Die drei sparten sich ihre Puste für den anstrengenden Weg. Erst gegen Mittag blieb Jana endlich stehen.

„Pause!" Sie stützte sich mit den Händen auf ihre Knie und atmete schwer.

„Sind wir weit genug weg?", keuchte René. Vor Atemlosigkeit klang es kaum noch wie eine Frage.

Sie nickte, wobei ihr eine Haarsträhne ins Gesicht fiel. Erschöpft, aber erleichtert, setzten sie sich auf ein paar große Steine und fielen über ihren Proviant her. Besonders viel war hinterher nicht mehr davon übrig, doch Jana meinte, sie kämen heute Abend zu einem Dorf, wo sie sich mit neuem Proviant eindecken konnten.

Als sie als Erste von ihrem Stein aufstand, um weiterzugehen, kam René Robert mit einer Frage zuvor „Wenn wir uns jetzt nicht mehr so beeilen müssen, kannst du uns doch unterwegs etwas zeigen, oder? Etwas Typisches für das Land hier, meine ich."

Jana lächelte ihn an. „Sieh dich doch um! Wald und Steine, mehrere Tagesreisen weit. Keine asphaltierten Wege. *Das* ist typisch für das Verborgene Land."

René verdrehte genervt die Augen.

„Klar kann ich euch ein paar Dinge zeigen", lenkte sie ein. Ich halte die Augen nach etwas Interessantem offen." Damit drehte sie sich um und stapfte los, darauf vertrauend, dass René und Robert ihr folgen würden.

Robert schaute ihr einen Moment lang mit hochgezogenen Augenbrauen nach. Er wurde einfach nicht schlau aus

Janas Launen. „Komm", sagte er zu seinem besten Freund. Er zog ihn mit sich, ihrer Führerin hinterher, die schon ein ganzes Stück vor ihnen war.

Obwohl sie sich jetzt weniger beeilten, blieb der Marsch weiterhin anstrengend. Es ging ständig einen Hügel hoch und wieder hinunter und auch die losen Steine und heimtückischen Wurzeln änderten nichts an ihrem offensichtlichen Vorhaben, den beiden Neulingen im Lande die Beine zu brechen.

Eine ganze Weile änderte sich – abgesehen von ihrem verlangsamtem Marschtempo – rein gar nichts. Roberts Gefühl nach waren sie mindestens eine Stunde lang unterwegs, als Jana endlich stehen blieb und etwas vom Boden aufhob. Sie hielt ihnen eine schwarz-silberne Feder, die fast so lang war wie ihr Unterarm, vor die neugierigen Nasen.

„Ihr habt ein solches Glück, Jungs, dass es schon fast unverschämt ist, wisst ihr das?" Sie klang völlig begeistert und wedelte mit ihrem Fund herum. „Was, glaubt ihr, ist das?"

„Ich lehne mich jetzt mal ganz weit aus dem Fenster und sage: eine Adlerfeder?" René wollte offensichtlich hörbar gelassen klingen, aber Robert war sich sicher, dass er den Fund am liebsten sofort unter dem Mikroskop untersucht hätte, um nur ja nichts Interessantes zu übersehen. Jana wusste das ebenfalls. Sie grinste.

„Rob, was glaubst du?"

„Die Feder von einem schwarz-silber gefiederten ... was weiß denn ich ... fliegenden Esel?"

René schnaubte vor Lachen. „Ein Pegasus für den kleinen Mann, oder wie?"

„René ist näher dran", verkündete sie ungerührt. „Es ist die Feder eines Rocks."

Einen Augenblick lang starrten die Jungen die silbrig schimmernde Feder an.

„Was bitte hat jetzt Kleidung damit zu tun?", fragte René verwirrt.

„Nein", berichtigte Jana ihn. „Es ist die Feder von einem Vogel, nämlich dem Vogel Rock." Sie lächelte, als sie die immer noch verwirrten Mienen der beiden anderen sah. Dann gab sie eine Erklärung. „Der Rock lebt im Hochgebirge. Jeder vernünftige Mensch hält sich von diesen Vögeln fern, vor allem von ihren Horsten. Jeder Rock verteidigt seinen Horst bis zum Letzten, weil er seine Schätze darin verwahrt. Kein Gold oder Edelsteine, sondern alle möglichen Dinge, die für den Rock irgendeine Bedeutung haben, Knochen seines ersten Beutetiers oder so etwas."

René stolperte fast über eine Wurzel, weil er so an Janas Lippen hing, dass er für einen Moment vergessen hatte, auf den Boden zu achten.

„Sich mit einem Rock anzulegen, wäre reinster Selbstmord", fuhr Jana fort, nachdem sie sich mit einem raschen Seitenblick versichert hatte, dass René sich nicht verletzt hatte. „Dieser Greifvogel ist in der Tat ein bisschen mit einem Adler vergleichbar, aber er ist viel größer und sein hartes Gefieder schützt ihn vor Verletzungen. Man kann eigentlich keine Waffe erfolgreich gegen ihn einsetzen. Es heißt, dass ein Rock richtige Freundschaften knüpfen kann, sowohl mit Menschen als auch mit Tieren. Allerdings halte ich es für eine Legende, dass er diese ‚Freunde' auf seinem Rücken fliegen lässt. Es gibt keinen Beweis dafür, nicht einmal jemanden, der behauptet, das schon gesehen zu haben. Die Federn des Rock sind bei Fürsten heiß begehrt. Sie sind äußerst selten und geben deshalb extravaganten Federschmuck ab." Sie lachte kurz auf und unterbrach ihre Erklärung, während sie alle vorsichtig einen kurzen, aber steilen Hang hinabrutschten.

„Viele der ärmeren Leute aus dem Volk suchen regelmäßig die ihnen bekannten Flugstrecken eines Rock ab in der Hoffnung, eine seiner Federn zu finden. Dazu müssen sie nicht in die Nähe eines Horstes. Er fliegt auf Beutesuche Strecken ab, für die ein Mensch zu Fuß tagelang unterwegs ist. Das, was ein Fürst für eine Rockfeder bezahlt, ist ein Vermögen für das hart arbeitende Volk." Sie musterte die Feder in ihrer Hand kritisch. „Versteht ihr jetzt, was ich damit meine, dass ihr unverschämtes Glück habt?"

Robert nickte und betrachtete den Fund ebenfalls stirnrunzelnd.

„Horst?", fragte René kläglich.

„Nest", übersetzte Robert.

„Und was machen wir jetzt mit so einer Feder?"

„Oh, die kommt uns wirklich sehr gelegen", antwortete Jana zufrieden. „Könnt ihr euch erinnern, was ich euch auf die Frage geantwortet habe, ob wir Königin Sommer nicht ein Geschenk mitbringen sollten?"

„Ja. Du sagtest, sie würde am liebsten etwas wollen, das wir unterwegs auftreiben."

„Seht ihr? Jetzt haben wir eine Rockfeder. Eine besonders schöne sogar. Habt ihr euch das Muster angeschaut? Es ist wunderbar gleichmäßig."

Das stimmte. Schwarz und Silber schienen direkt ineinander überzufließen. Jana verstaute sie, indem sie sie an einer Schnur befestigte und sich um den Hals hängte. Die Feder steckte sie dabei unter den Stoff ihrer Kleidung.

„Das Gefieder des Rock schützt sogar vor Waffen, da geht sie sicher nicht unter meiner Bluse kaputt", sagte sie, als sie Roberts und Renés kritischen Blicke bemerkte.

Daraufhin gingen sie weiter. René warf ein paar Mal einen besorgten Blick nach oben. Offenbar war ihm der Gedanke gekommen, dass sie sich direkt unter einer der Flugrouten des Rocks befinden mussten, der hier sein Revier hatte.

Wieder passierte lange nichts, außer dass die tückischen Steine langsam weniger wurden und ihnen daher seltener der Boden unter den Füßen wegrutschte. Wenn man darauf achtete, bemerkte man, dass die Hügel allmählich ein wenig flacher wurden. Trotzdem war die Lauferei anstrengend und nach einer weiteren Stunde waren alle drei froh, als sie an einen schmalen Bach kamen und sie ihre Feldflaschen auffüllen konnten. Obwohl sie im Schatten der Bäume rasteten, war es ziemlich warm. Ihr Weg führte sie eine Weile am Bach entlang und Jana zeigte ihnen ein paar Pflanzen, die am Ufer wuchsen und die es nur im Verborgenen Land gab. Robert hörte neugierig ihren Erklärungen zu, war sich aber sicher, dass er sich weder die Namen noch das genaue Aussehen der Pflanzen würde merken können. Mit einer Ausnahme: das Feuerblatt. Die Pflanze hatte verschiedenfarbige Blüten: schwarze und feuerrote. Während ihre Beeren giftig waren, bewirkten die Blüten etwas sehr Interessantes, wenn man sie aß: Die Sinne wurden für eine

Weile überempfindlich, man fühlte sich in etwa so wie Robert am Viaportal, bevor er den Phönix aus Licht gesehen hatte. René wollte das natürlich sofort ausprobieren, aber Janas Warnung, man bekomme hinterher unausstehliche Kopfschmerzen, kam gerade noch rechtzeitig.

Der Wald wurde dichter, als sie sich vom Bach entfernten, und begann sich erst wieder zu lichten, als es auf den Abend zuging. Zwischen den Bäumen wurde es schon dämmrig, obwohl das Stück Himmel, das sie über sich erkennen konnten, noch blau war.

„In etwas über einer Stunde erreichen wird das Dorf", sagte Jana, als sie eine Trinkpause einlegten. „Hier wird es zwar schon dunkel sein, aber das Dorf steht am Waldrand, wo es heller ist. Wir sollten ein Stück von den Häusern entfernt aus dem Wald heraustreten und uns dem Dorf von der anderen Seite nähern, damit man uns kommen sehen kann."

„Warum denn das?" René warf Jana einen misstrauischen Blick zu.

„Weil die Leute Fremden oft argwöhnisch gegenübertreten, vor allem wenn ihr Heimatdorf so abgeschieden liegt wie hier. Die nächsten Häuser sind einen halben Tagesmarsch von dort entfernt, die nächste Stadt noch weiter. Bis Mediocriter sind wir noch gut zwei Tage unterwegs. Dementsprechend schwach ist in dieser Gegend der Arm des Gesetzes zu spüren. Die Leute fürchten sich einfach vor Fremden, es könnten immerhin Diebe oder Räuber sein. Lasst hauptsächlich mich reden, ja? Und wenn ihr etwas sagt oder tut, vermeidet alles, was den Dorfbewohnern seltsam vorkommen könnte. Denkt daran, dass die gewöhnlichen Leute hier keine Ahnung von der Welt außerhalb des Verborgenen Landes haben. Sie kennen zwar Geschichten darüber aus Märchen und Sagen, aber für genau das halten sie es auch."

„Also nichts von Viaportalen erwähnen", stellte René fest. „Und nichts von Autos und Städten mit Wolkenkratzern." Obwohl seine Wortwahl nicht so ganz glücklich war, sah Robert, dass er die Sache ernst nahm. „Und unsere Sachen?", fragte er besorgt. „Die sehen doch bestimmt seltsam für die Dorfbewohner aus."

„Unsere Jacken und die Rucksäcke verstecken wir irgendwo. Wir nehmen nur mit, was in unsere Taschen passt, und Kasimirs Säckchen mit den Uhren, dem Armband und unseren Zahlungsmitteln natürlich. Unsere restlichen Klamotten wird man zwar erst schräg ansehen, aber wenn wir sagen, dass wir aus irgendeiner Stadt kommen, wird das als Erklärung reichen."

Robert zog fragend die Augenbrauen hoch.

„In den Städten, zumindest in den großen, treffen alle möglichen Völker aufeinander. Da vermischen sich viele Traditionen, auch bei der Kleidung."

„Auch Jeans?" René zupfte an seiner Hose.

Jana seufzte. „Ob ihr es glaubt oder nicht: Jeansstoff gibt es auch bei uns. Er sieht zwar nicht ganz genauso aus wie der hier", sagte sie und klopfte sich auf den Oberschenkel, „aber er ist der letzte Schrei bei den Bürgerlichen in den westlichen Städten."

Robert nickte. Das beruhigte ihn. Er schien ihm nicht sehr ratsam, einem ganzen Dorf Furcht einzuflößen. Wenn

Menschen Angst bekamen, taten sie manchmal etwas, das sie später bereuten.

René machte den Mund auf, klappte ihn aber wortlos wieder zu.

„Ist noch etwas?" Jana sah ihn fragend an.

„Ich dachte nur ..." Seine Augen wanderten von ihrem Gesicht zu ihren Zehenspitzen und wieder zurück, bis er sich mit hochrotem Gesicht von ihr abwandte. „Ach, Quatsch, vergiss es. Nichts."

Auf Janas Gesicht breitete sich ein Grinsen aus. „Du fragst dich, ob die Leute ein Mädchen in Hosen nicht merkwürdiger finden werden als alles andere. Stimmt's?"

Renés Kopf glühte förmlich und Robert musste lachen.

„Du hast recht. Bevor wir den Wald verlassen, ziehe ich mir das Kleid an, das ich mitgenommen habe."

René starrte sie völlig verdutzt an. „Hast du mir gerade recht gegeben?"

Jana schwieg und wandte sich mit einem leichten Lächeln auf den Lippen zum Gehen.

Nach etwa einer Stunde blieben sie stehen. Zwischen den Bäumen war es schon sehr dunkel und Robert und René stießen ständig gegen irgendwelche Äste, Wurzeln und Steine, die sie übersehen hatten.

„Jetzt ist es nicht mehr weit bis zum Dorf", sagte Jana. „Wir müssen einen Bogen schlagen. Aber vorher zieh ich das Kleid an. Bleibt hier stehen. Ich geh ein paar Meter zwischen die Büsche. Und *wehe*, ihr spioniert mir nach!" Damit verschwand sie in die Dunkelheit. Robert hörte nur noch ein paar Zweige knacken.

„Können vor Lachen", zischte René neben ihm. „Als ob wir hier überhaupt viel sehen würden!" Dann brummte er noch etwas vor sich hin, aber Robert achtete nicht mehr darauf, denn er glaubte, etwas aus der Richtung gehört zu haben, in der laut Jana das Dorf lag. Er war sich nicht sicher, aber war es nicht ein gedämpfter Schrei gewesen?

„Hast du das gehört?", flüsterte er seinem Freund erschrocken zu.

„Nein, was denn?" Renés Blick schnellte nach oben, als erwartete er, dass am fast schwarzen Himmel ein Schatten auftauchte.

Robert starrte angestrengt in die Finsternis zwischen den Bäumen. Da raschelte und knackte es direkt neben ihm und Jana trat aus dem Gebüsch. Soweit er das erkennen konnte trug sie wieder das dünne Sommerkleid, das sie angehabt hatte, als er sie pitschnass in Zemern getroffen hatte. Hier war es nach dem sonnigen Tag allerdings immer noch angenehm warm, sogar im Wald.

„Hast du was gehört?", fragte er sie und lauschte angestrengt.

„Nein, wieso? Was –?"

Geschrei ertönte plötzlich in der Richtung, in der das Dorf lag, und sie verstummte. Es klang so, als hätte der einzelne Schrei, den Robert vorher gehört hatte, einen Tumult ausgelöst. Die drei standen wie erstarrt da, ratlos. Sie horchten, obwohl sie über die Entfernung und durch den Wald hindurch natürlich nichts verstehen konnten, und starrten in die Dunkelheit.

Da flackerte etwas auf. Undeutlich konnten sie den Lichtschein durch die Bäume dringen sehen.

„Brennt das Dorf?"

„Nein. Das müssen Fackeln sein", hauchte Jana. Sie klang gehetzt. „Seht doch, der Lichtschein kommt näher!"

Sie hatte recht. Auch das Geschrei schien lauter zu werden. Es hörte sich auch nicht ängstlich an, sondern aufgebracht.

„Was ist da los?", flüsterte René. Angst schwang in seiner Stimme mit. Angst, die auch Robert einen Schauer über den Rücken jagte und Janas Stimme beben ließ, als sie antwortete.

„Keine Ahnung. Aber wir sollten besser hier verschwinden. Los, bewegt euch! Vergesst die Rucksäcke nicht!"

Sie packte die beiden an den Armen, damit sie sich in der Finsternis nicht verloren, dann rannten sie hastig zurück, wieder tiefer in den Wald hinein. Äste und Zweige schlugen ihnen ins Gesicht und Robert knallte mit der Schulter an einen Baumstamm. Aber sie fielen nicht hin, obwohl sie mehr vorwärtsstolperten als rannten. Er verwünschte die Steine, die ihm unter den Füßen wegrutschten, als sie einen Hügel hinaufhasteten.

Es kam ihm wie eine Ewigkeit vor, bis sie seinen höchsten Punkt endlich erreicht hatten. Hinter der Hügelkuppe zischte Jana „Halt!" und zog die beiden Jungen mit sich nach unten. Sie kauerten sich auf den Boden und blickten über die Kuppe hinweg vorsichtig zurück.

„Wenn sie hierherkommen, rennen wir entweder bis hinter den nächsten Hügel oder klettern auf einen von den Bäumen da." Sie deutete auf ein paar große Fichten, die nahe beieinanderstanden und zwischen deren dichten Ästen man sich gut verstecken konnte. „Je nachdem, wie schnell sie sind", fügte sie leise hinzu und blickte nervös in die Richtung des Fackelscheins. „Wenn wir nur wüssten, was los ist!"

Die Stimmen wurden lauter. Eine Frau kreischte immer wieder dasselbe, das Robert jedoch nicht verstand. In ihrem Geschrei schwang etwas Ängstliches mit, aber vor allem lag Wut darin. Wut und Hass.

Robert kauerte neben Jana auf dem steinigen Waldboden und blickte zwischen ihr und dem näherkommenden Feuerschein hin und her.

Warum um Himmels Willen warteten sie noch hier? Sie konnten doch schon sehen, dass die aufgebrachten Leute geradewegs in ihre Richtung kamen!

Das Geschrei wurde inzwischen deutlicher.

„Wo ist der …?" Das letzte Wort konnte Robert nicht verstehen, aber das würde sich schnell ändern, wenn sie noch länger hier sitzen blieben, anstatt sich in Sicherheit zu bringen. Gerade wollte er Jana etwas zuflüstern, als er einen Schatten entdeckte, der sich zwischen ihnen und den näherkommenden Fackeln dunkel von deren Schein abhob.

Dort in der Senke rannte jemand.

Jana sprang so schnell auf, dass Robert neben ihr zusammenschrak. „Auf die Bäume, schnell!"

Sie liefen zu den Fichten. René kletterte als Erster an einem der Stämme hoch. Robert wollte Jana als nächste hinauflassen, aber sie schob ihn vor sich.

„Ihr geht da hoch", zischte sie, „und bleibt da, verstanden?"

„Was? Warum –?" Er stellte die Frage nicht zu Ende, denn Jana war bereits davongehuscht. Völlig verdutzt kletterte er René hinterher. Als sie beide auf den Ästen saßen, versuchten sie, durch die Zweige hindurch etwas zu erkennen.

„Wo ist Jana?", fragte René.

„Keine Ahnung." Er zuckte hilflos mit den Schultern. „Sie hat gesagt, wir sollen hier oben bleiben. Dann ist sie verschwunden. Was will sie bloß?"

René wusste natürlich keine Antwort und Robert wollte den vagen Verdacht, der sich in seine Gedanken schlich, nicht aussprechen. Deshalb schwiegen beide, lauschten und versuchten, möglichst viel von dem, was unter ihnen geschah, mitzubekommen, aber sie konnten beim besten Willen nichts entdecken. An jedem noch so kleinen Fleckchen versperrten ihnen Fichtennadeln die Sicht. Alles, was sie sehen konnten, war das zu einer fast panischen Grimasse verzerrte Gesicht des anderen und ein diffuser Lichtschimmer, der mit dem näherkommenden Geschrei der Leute heller wurde.

Jede Sekunde schien sich in die Länge zu ziehen, zäh wie Teer. Robert wusste vor Nervosität nicht, wie er sich stillhalten sollte. Schließlich umklammerte er den Ast, auf dem er saß, so fest, dass es schmerzte. Schräg über sich hörte er Renés angestrengtes, schnelles Atmen.

Jetzt konnte er verstehen, was die Frau schrie.

„Wo ist der Ipsederatus? Wo zum Teufel ist er? Findet ihn! Packt den Ipsederatus!"

Was die Frau damit meinte, konnte sich Robert beim besten Willen nicht vorstellen, aber es bestand kein Zweifel daran, dass es dem Gemeinten an den Kragen gehen würde, wenn er erwischt wurde. Und ihnen auch, wenn man sie in dem Baum entdeckte, in dem sie wie übergroße Fichtenzapfen saßen. Und Jana erst, die da unten noch irgendwo herumlief. Inzwischen konnte er schon mehrere Stimmen aus dem Geschrei heraushören. Wo steckte Jana nur? Er umklammerte den Ast noch fester und die Baumrinde schnitt ihm in die Hände. Er hörte, wie die Dorfbewohner durch das Unterholz brachen. In dem Blick, den er mit René wechselte, lag inzwischen nackte Angst. Er starrte angestrengt direkt nach unten auf die einzige winzige Fläche, die er durch die Äste hindurch sehen konnte. Der Lichtschein war nicht länger ein diffuser Schimmer, sondern ein Flackern. Plötzlich fuhr Robert so erschrocken zusammen, dass er mit dem Kopf gegen Renés Schienbein knallte.

„Was?", fragte René, so leise er konnte.

Er deutete nach unten. Jana war aufgetaucht und begann, den Baumstamm hochzuklettern.

Und sie war nicht allein – eine zweite Gestalt hastete ihr nach.

„Rührt euch jetzt bloß nicht mehr", wisperte Jana ihnen zu. Wenn sie lauter gesprochen hätte, hätte sich ihre Stimme vor Angst überschlagen, da war sich Robert sicher. Er klammerte sich mit aller Kraft an den Ast. René über ihm schien aufzuhören zu atmen. Jana und die zweite Gestalt unter ihm verharrten ebenso regungslos.

Alle vier lauschten atemlos den näherkommenden Leuten. Das Geschrei, das Kreischen der Frau, das Knacken des Unterholzes und das Poltern von Steinen, das Knistern des Feuers, das an den Fackeln fraß, Schritte …

„Wenn ich den erwische, erschlage ich ihn!", rief eine tiefe, raue Stimme erbost.

„Erhängt gehört er, erhängt!", rief eine zweite Stimme.

„Totgeprügelt wie ein Hund!"

„Wo ist der verdammte Ipsederatus?!", kreischte die Frau erneut.

„Der ist noch viel weiter in den Wald hinein", antwortete ihr jemand. „Aber den kriegen wir. Und wenn wir die ganze Nacht suchen müssen."

Roberts Gedanken fuhren Achterbahn. Was hatte die Gestalt unter ihnen den Dorfbewohnern nur angetan, dass sie sie so hassten? In seinem Kopf tauchte die Frage auf, ob es hier auf dem Baum zusammen mit dieser Gestalt tatsächlich sicherer war als unten bei den blutdurstigen Leuten.

Etwas stieß gegen seinen Fuß. Jana war vor Schreck zusammengezuckt, als einer der Fackelträger direkt unter ihnen vorbeigegangen war. Alle vier hielten nun den Atem an und starrten zu Boden, aber niemand tauchte mehr dort auf.

Irgendwann wagte Robert wieder Luft zu holen. Die schrillen Schreie der Frau entfernten sich langsam wieder. Es kam ihm wie eine Ewigkeit vor, bis die Rufe zu einem unverständlichen Geschrei zusammenschmolzen und der flackernde Lichtschein schwächer wurde. Als es um sie herum endlich wieder dunkel und ruhig war, raste sein Herz noch immer.

„Runter, aber leise!", flüsterte Jana atemlos. Roberts Glieder waren steif und verkrampft, als er hinter ihr nach unten kletterte. Dabei war ihm alles andere als wohl. Zum einen, weil vielleicht doch noch irgendwo einer der Dörfler sein konnte, zum anderen, weil er dem Neuankömmling nicht traute, den er unter sich schwer atmen hörte. Es war jetzt so stockdunkel, dass er sich den Weg nach unten nur ertasten konnte, und einmal trat René ihm auf die Finger. Es kam ihm wie ein Wunder vor, als sie alle wieder heil auf festem Boden standen.

„Wir müssen hier weg, so schnell wir können", wisperte Jana. „Raus aus dem Wald, in einem großen Bogen um das Dorf herum und über freies Feld, so weit weg, wie wir laufen können, bevor wir schlapp machen." Sie schwieg eine Sekunde, in der nur noch das Atmen von vier Menschen zu hören war. Keine Nachttiere gaben Geräusche von sich. Das Geschrei und die Fackeln hatten alles verstummen lassen. „Und wir müssen eine Kette bilden, damit wir uns in dieser Finsternis nicht verlieren. Robert, kann ich deine Hand haben?"

Er streckte eine Hand tastend in die Richtung, aus der Janas Stimme kam. Ihre Finger fanden seine und eine wohlige Wärme breitete sich in ihm aus. Aber schlau wurde er nicht aus ihr. Zuerst lief sie noch vor der tobenden Meute herum und jetzt floh sie vor ihr. Seine zweite Hand gab er René. Allem Anschein nach befand sich der Unbekannte auf Janas anderer Seite.

„Passt auf, wohin ihr tretet! Gehen wir lieber ganz vorsichtig, bis wir zwischen den Bäumen raus sind. Nicht, dass sich noch jemand den Fuß bricht", flüsterte Jana ängstlich.

„Wenn es nur nicht ganz so dunkel wäre, man kann wirklich gar nichts erkennen."

„Ich führe euch.", antwortet eine warme, fremde Stimme.

20. Kapitel
Eine seltsame Begegnung

Robert hatte jegliches Zeitgefühl verloren. Von Jana ließ er sich durch die stockdunkle Nacht führen und zog seinerseits René an der Hand mit sich. Er hätte nicht sagen können, wie lang sie sich in ängstlichem Schweigen vorantasteten, das nur selten von der unbekannten Stimme durchbrochen wurde. Eigentlich wusste er selbst nicht, warum er sich von deren unheilvollem Besitzer durch die Dunkelheit leiten ließ. Das heißt, im Grunde genommen wusste er es sehr genau, er wollte es sich nur nicht eingestehen: Jana schien dem Fremden zu vertrauen und tief in ihm erkannte irgendetwas offenbar alles, was Jana sagte oder tat, als richtige Entscheidung an.

Die Minuten dehnten sich zu Stunden und Robert kämpfte vehement gegen die Vorstellung an, Graf Zurkott hätte eine funktionierende Uhrenkombination gefunden. Er hatte das Gefühl, als experimentiere der Graf gerade mit der Zeit herum und ließe sie immer langsamer werden, fast bis zum Stillstand.

„Wir haben den Waldrand erreicht. Dort links liegt das Dorf", flüsterte der Fremde. Einige Sekunden später fühlte Robert Gras unter den Füßen und endlich schlugen ihm keine Zweige mehr ins Gesicht. Über sich entdeckte er vereinzelte Sterne. Der Mond war noch nicht aufgegangen. Zu seiner Linken, viel zu nah, sah er die spärlichen Lichter des Dorfes. Der Anblick war ihm sofort zuwider, obwohl er noch nicht einmal dort gewesen war.

So leise sie konnten, liefen Robert, René, Jana und der Fremde in einem möglichst großen Bogen um die Häuser herum. Es war totenstill. Die Bewohner hatten das Dorf sicher nicht unbewacht zurückgelassen, aber allem Anschein nach hatten sich die Zurückgebliebenen versteckt – oder auf die Lauer gelegt. Roberts Herz klopfte so laut, dass er sich wunderte, warum die anderen es nicht hörten und ihm zuzischten, er solle weniger Lärm machen. Es dauerte eine gefühlte Ewigkeit, bis sie das Dorf so weit umrundet hatten, dass es zwischen ihnen und dem Wald lag.

„Wir müssen rennen", flüsterte Jana nervös. „Der Mond geht jeden Moment auf und wir müssen dann ein ganzes Stück weit weg sein, damit man uns auf freiem Feld nicht sehen kann. Wenn es doch wenigstens bewölkt wäre!"

„Oder wenn wenigstens keine Blutflecke auf meinem Hemd wären …", setzte der Fremde so leise hinzu, dass es kaum zu verstehen war.

Robert spürte, wie sich Renés Hand noch fester um seine klammerte.

Übelkeit stieg in ihm auf.

Blutflecke.

Wieder fragte Robert sich, warum er mit dem Fremden durch die Dunkelheit lief.

„Kennt ihr den Hundsstern Sirius?", fragte der Fremde, nachdem sie eine Weile schweigend weitergerannt waren. Seine Stimme klang überhaupt nicht danach, als renne er gerade um sein Leben. Stattdessen erzählte er ihnen anscheinend alles, was ihm gerade durch den Kopf ging. Was interessierte sie jetzt irgendein Stern in irgendeinem Sternbild, das sie wahrscheinlich nicht einmal am Himmel finden würden, wenn sie Zeit und Lust gehabt hätten, es zu suchen? Auch sein blutbeflecktes Hemd hätte der Fremde doch einfach verschweigen können, schließlich konnte das jetzt im Stockdunkeln niemand sehen und später im Mondlicht hätten sie die Flecken sicher für Schmutz gehalten. Die Wahrheit hätten sie erst erfahren, wenn die Sonne aufging, wenn er sich bis dahin nicht schon längst aus dem Staub gemacht hätte. Ob der Fremde nicht nur ein Verbrecher war, sondern auch ein Verrückter?

Robert kroch wieder die blanke Angst in die Knochen. Worauf zum Henker hatte er sich da nur eingelassen?

„Die drei also?" Jana klang, als könnte sie sich mehr auf das Gefasel des Fremden zusammenreimen als Robert.

Jener wartete darauf, dass die warme Stimme des Fremden etwas erwiderte, aber es blieb still. Zu still.

Immer mehr Sterne funkelten jetzt am Himmel, aber Robert konnte immer noch nichts um sich herum erkennen, so sehr er sich auch bemühte. Sie rannten verbissen durch das Gras, trotzdem kam es ihm so vor, als fehlte ein

Geräusch. Er lauschte angestrengt, kam aber nicht dahinter, welches es war, bis ihm seine Augen die Lösung verrieten. Als die Lichter des Dorfes schon fast ganz hinter ihnen verblasst waren und sie von dort aus unmöglich noch gesehen werden konnten, ging der Mond auf und tauchte alles in ein silbriges Licht.

Da wusste Robert, welches Geräusch fehlte: die Schritte eines vierten Menschen.

Der Fremde war verschwunden.

René sog neben ihm die Luft ein. „Wo …?"

Jana winkte mit ihrer nun freien Hand erschöpft ab. „Der kommt schon wieder. Los, weiter!"

Robert akzeptierte Janas Entscheidung kommentarlos. Seltsamerweise sagte auch René kein Wort mehr. Warscheinlich brauchte sein Freund die Puste einfach zum Rennen.

Plötzlich stolperte Jana und riss die beiden mit zu Boden. „Oh, entschuldigt", sagte sie schnell.

„Nicht so schlimm. Habt ihr euch wehgetan?", fragte Robert, als sie sich aufrappelten.

René brummte: „Nein."

„Jana?"

„Ich habe mich nur an einem Stein aufgeschlagen. Ist nicht schlimm, wirklich. Nur der Daumen." Sie streckte ihnen besagten Daumen entgegen, sodass sie im Mondlicht eine dunkle dünne Linie erkennen konnten. Robert fühlte wieder Übelkeit in sich aufsteigen. Nicht, weil er kein Blut sehen konnte, sondern weil er sich bei dem Anblick fragte, wie groß die Flecken auf dem Hemd des Fremden wohl gewesen sein mochten.

„Ich wickele ein Büschel Gras darum, dann hört es gleich zu bluten auf." Sie rupfte einige Halme ab. Das war zwar das erste Mal, dass Robert hörte, Gras helfe, Wunden zu heilen, aber wenn sie meinte … „Kommt weiter!"

Die drei nahmen sich nicht mehr an den Händen, weil sie jetzt mit dem Mond am wolkenlosen Himmel genug sehen konnten, um sich nicht zu verlieren.

Nach einiger Zeit packte René sie plötzlich an den Armen und hielt sie fest. „Da! Da war was!", flüsterte er erschrocken. „Was Großes! Haben die Dorfleute Hunde, mit denen sie uns suchen können?"

„Das glaube ich nicht", antwortete Jana einigermaßen ruhig. „Ein Hund wäre nicht alleine unterwegs. Er wäre nur das Anhängsel einer Gruppe bewaffneter Fackelträger." Sie schauderte. „Nein, René, entweder war das ein Reh oder du hast dich getäuscht." Trotzdem fasste sie wieder nach den Händen der beiden, als sie weitergingen.

Robert konnte sogar im Mondlicht Renés skeptische Miene sehen und die unsicheren Blicke, die er über die Umgebung schweifen ließ. Auch Robert hielt ab jetzt Ausschau nach der kleinsten Bewegung und lauschte doppelt aufmerksam. Es dauerte tatsächlich nicht lange, bis er hinter sich etwas hörte. Er blieb stehen und wandte sich um. René und Jana taten es ihm nach. Ein Schatten huschte davon.

„Jana, bist du dir sicher, dass die Dorfleute uns keinen Hund nachschicken können?", fragte er mit einem flauen Gefühl in der Magengegend. Der Schatten hatte wirklich verdächtige Ähnlichkeit mit einem Hund gehabt.

„Ja, ich bin sicher. Vielleicht streunt hier ja ein Fuchs herum …?"

René warf ihr einen verunsicherten Blick zu. Robert dagegen spürte gewisse Fragen wieder aus dem Winkel hervorkriechen, in die er sie verbannt hatte, doch diesmal stellte er sie, obwohl er schon ahnte, was Jana ihm antworten würde, nämlich gar nichts.

„Wer ist der Fremde?", fragte er. „Wer ist er und was um Himmels Willen hat er den Dörflern angetan? Wo ist er jetzt?"

„Ich kenne ihn nicht", antwortete Jana nach ein paar Sekunden mit einer Stimme, die fast schon zurückweisend klang, „aber er hat den Dorfbewohnern nichts getan."

René schnaubte ungläubig.

Robert starrte völlig perplex Janas Profil an. „Was?!" Das Wort kam vor Verblüffung nicht annähernd so scharf und wütend heraus, wie er es beabsichtigt hatte. „Woher willst du denn bitte wissen, dass er ihnen nichts getan hat? Also ich erinnere mich noch sehr gut an die wenigen Sachen, die er erzählt hat, und da fiel eindeutig das Wort ‚Blutflecke'. Ich wiederhole: ‚Blutflecke'!"

Jana betrachtete ihren Daumen und rupfte ein neues Büschel Gras ab. „Das muss wirklich sehr seltsam für euch klingen, aber ich kann euch das jetzt nicht erklären. Später."

René schnaubte noch einmal.

„Was ist ein Ipsederatus?", bohrte Robert weiter und taxierte sie ärgerlich.

„Später. Vertraut mir einfach", bat sie.

„Ähm ...", warf René ein. Er hörte sich sichtlich nervös an. „Was ist das?"

„Ich sagte später!", zischte Jana ungeduldig.

„Nein", widersprach er heiser und blickte starr an ihr vorbei. „Ich meine, was ist *das da hinter dir*?"

Jana fuhr herum und Robert folgte seinem Blick.

Vor ihnen, etwa zwanzig Meter entfernt, war in der Dunkelheit gerade noch ein Schatten zu erkennen. Das Tier stand so, dass es ihnen den Kopf zuwandte. Offensichtlich beobachtete es sie. Robert konnte die Augen glühen sehen.

„Oh", sagte Jana nur. Sie klang ein wenig erschrocken, aber nicht ansatzweise so panisch, wie Robert sich fühlte. Das Tier, das ihm schätzungsweise bis zur Hüfte reichte, kam seiner Meinung nach viel näher an sie heran, als es normal war. Der Schatten bewegte sich und es sah aus, als habe das Tier noch einen Schritt auf sie zugemacht.

„Oh", sagte Jana wieder. „Das ist ein Wolf."

René verfiel in eine gemurmelte Endlosschleife des Wortes „Mist".

Der Wolf starrte Robert, René und Jana an. Er machte noch einen Schritt auf sie zu. Robert fiel plötzlich das Traumbild von letzter Nacht ein: Jana mit einem Wolf an ihrer Seite. Er hätte fast aufgelacht bei dem Gedanken daran. Er starrte den Wolf an und konnte zu seinem eigenen Erstaunen nicht einmal sagen, ob er diesen schattenhaften Besucher eher furchteinflößend oder faszinierend fand. Der Wolf machte noch einen Schritt auf sie zu.

„Wieso hat er keine Angst vor uns? Leben Wölfe nicht in Rudeln? Wo sind die anderen?", flüsterte er und Renés Gemurmel zu seiner Rechten verstummte.

„Der hier sieht mir sehr nach einem einsamen Wolf aus", meine Jana leise. „Wahrscheinlich ist er Menschen gewohnt. Ihr dürft keine Angst haben und ihn nicht reizen, dann tut er euch auch nichts."

Beim Klang ihrer Stimme wich der nächtliche Besucher zurück.

Da meldete sich René zu Wort. „Der da ist doch nicht normal! Du hast doch selbst gesagt, die würden Menschen meiden! Tut der da eindeutig nicht! Ksch! Geh weg! Ksch-ksch-ksch!"

„*Der da* ist nicht gefährlich", fauchte Jana zurück.

„Sie hat recht, René", sagte Robert ruhig. Er hatte den Wolf beobachtet. Oder zumindest das, was als Einziges von ihm wirklich gut zu erkennen gewesen war: seine Augen. Plötzlich hatte der Wolf seinen Blick erwidert, hatte ihm direkt in die Augen gesehen. Schritt für Schritt war er wieder nähergekommen, obwohl die Stimmen ihn zuvor zurückgetrieben hatten. Nur ein paar Meter von Robert entfernt war er stehen geblieben, ihm immer noch in die Augen starrend. Er wusste, dass es alles andere als klug war, dem Raubtier weiterhin direkt in die Augen zu sehen, doch irgendwie konnte er fühlen, dass der Wolf wirklich ungefährlich war.

„Rob! Was …?" René fuhr zusammen, als er bemerkte, wie nah das Tier wieder herangekommen war.

Braune Augen mit orangenen Sprenkeln sahen zu Robert hoch.

„Rob?" Jana musste ihn ein paar Mal ansprechen, bevor er den Blick von ihm abwenden konnte. „Was war das gerade? Was hast du gemacht, dass er zu dir kommt?"

„Ich weiß, dass das, was du gesagt hast, stimmt, weil …" Robert wollte einen Blick auf den Wolf werfen, aber er sah ihn gerade noch in der Dunkelheit verschwinden. „Ich weiß nicht, wie ich das ausdrücken soll. Irgendetwas sagt mir einfach, ob jemand recht hat oder ob etwas gefährlich ist. Als mir der Wolf in die Augen gesehen hat, wusste ich eben, dass er nicht gefährlich ist."

René sah ihn unverhohlen so an, als würde er ihn offiziell für verrückt erklären, sobald er seine Sprache wiedergefunden hatte. Jana sah ihn scharf an, während sie die anderen weiterzog.

„Funktioniert das in verschiedenen Situationen?", wollte sie wissen. „Seit wann ist das so? Denk genau nach!"

„Seit Thar mir gesagt hat, was ich mit dem blauen Armband machen soll. Halt, nein, seit ich im Uhrensaal des Grafen war. Zum ersten Mal, als ich eingebrochen bin."

„Die Lynzenuhr!", erklärte sie leise, aber aufgeregt. „Die Lynzenuhr hilft dir auch auf diese Art! Ich habe euch doch erzählt, was für ein günstiger Zufall es war, dass sie genau dann an der Tür zu Zurkotts Uhrensaal aufgetaucht ist, als du dort warst. Und dass sie dich als guten Menschen erkannt hat und –"

„Ja ja, das hast du uns tatsächlich schon erklärt. Erzähl lieber, was das mit all dem hier zu tun hat", bremste René sie ein.

„Sie hilft ihm", fasste sie zusammen. „Sie erteilt ihm offensichtlich Ratschläge oder sagt ihm, ob jemand recht hat oder lügt oder Ähnliches."

„Das kommt hin", murmelte Robert nachdenklich. Das erklärte das Etwas in seinem Kopf, das eifrig alles Mögliche ungefragt beurteilte. Es erklärte auch, warum er die Ratschläge von Thar und Kasimir einfach befolgt hatte und warum er Jana mit zur Hütte genommen und ihr sofort verraten hatte, dass sie vom Stehlen lebten.

Nach Janas Erklärung liefen sie schweigend weiter. Die Furcht vor den Menschen war wieder hervorgekommen, nachdem die Furcht vor dem Tier diese kurzzeitig verdrängt hatte. Sie blieben erst wieder stehen, als sie Bäume erreichten. Es musste schon weit nach Mitternacht sein. Der Wolf war noch ein paar Mal aufgetaucht und Robert hatte sich insgeheim gefragt, ob er sie verfolgte. Nun jedoch war er anscheinend endgültig verschwunden.

„Wie weit denn noch?", brachte er schnaufend hervor.

„Nur noch zwischen die Bäume", antwortete Jana, die mindestens genauso müde klang. „Da sind wir ein wenig besser versteckt als hier mitten im Gras."

René nickte erschöpft. Mehr brachte er als Zustimmung auch nicht mehr heraus.

Zwischen den Bäumen nahmen sie sich wieder an den Händen, um sich nicht doch noch zu verlieren. Der Wald war hier zwar nicht so dicht wie der beim Dorf, aber trotzdem war es stockdunkel. Viel finsterer als auf der Wiese.

In der Senke zwischen zwei sanften Hügeln holten sie schließlich ihre Decken heraus, wickelten sich darin ein und legten sich nebeneinander auf den Boden. Um noch etwas zu essen, waren sie alle drei zu müde, obwohl der Hunger in ihren Mägen rumorte. Andererseits hätten sie sowieso kaum noch Proviant gehabt. Sie würden sich morgen etwas einfallen lassen müssen. Als sie noch dabei waren, ein paar Steine und Äste zur Seite zu schieben, fragte René gähnend: „Wann kommt denn der Fremde wieder?"

„Weiß ich nicht. Ich denke mal, morgen früh."

„He, Rob, du weißt doch, wenn sie recht hat, oder? Kann ich ihr glauben, dass der Fremde kein Verbrecher ist?"

Jana war offenbar noch nicht zu müde, um genervt zu seufzen.

„Ich glaube schon", gab Robert zurück. „Bin ich jetzt dein persönlicher Lügendetektor?"

Statt einer Antwort ertönte ein leises Schnarchen.

Einige Gedanken geisterten noch durch Roberts Kopf, bis auch er in den Schlaf hinüberglitt. Der Wolf, der Fremde, das Dorf und seine Bewohner. Er dachte an die Blutperle und daran, dass der Tag genauso chaotisch endete, wie er begonnen hatte.

21. Kapitel
Ipsederati und Munkis

Lange konnte Robert nicht geschlafen haben, als ihn irgendetwas weckte. Als er völlig übermüdet die Augen öffnete, stellte er überrascht fest, dass es schon hell war. Offenbar hatte René ihn geweckt, denn dieser schlief alles andere als ruhig. Robert konnte gerade noch dessen ausgestreckten Arm ausweichen, als René sich schwungvoll auf die andere Seite drehte und ihm dabei um ein Haar eine Ohrfeige verpasst hätte. Robert setzte sich auf, brachte einen halben Meter Sicherheitsabstand zwischen ihn und sich und sah sich um. Jana war offensichtlich schon wach, denn ihre Decke lag verlassen auf dem Boden.

Dann entdeckte er den Fremden. Er schlief zusammengerollt einige Schritte von ihnen entfernt auf dem Waldboden. Wann war er bloß aufgetaucht? Robert musterte den Jungen, während René sich noch ein paar Mal hin- und herwarf. Der Junge war ziemlich mager, seine schäbigen Kleider waren graubraun, sodass Robert sich nicht sicher war, wie schmutzig sie eigentlich waren. Einen Blutfleck konnte er nicht sehen, was aber leider nichts heißen musste, da der Fremde sich eingerollt hatte. Seine Haare wiesen eine ungewöhnliche Farbmischung auf: braune, schwarze, blonde und sogar graue Strähnen waren zu sehen, doch seltsamerweise ließ das den Fremden nicht älter aussehen, sondern es passte gut zu dem schmalen Gesicht. Sogar im Schlaf hatte der Fremde eine Sorgenfalte auf der Stirn. Er sah seltsam, aber auch freundlich aus. Robert fragte sich, wie schnell sich dieser Eindruck wohl ändern würde, sobald die blutbefleckte Kleidung zu sehen war.

„Oh, guten Morgen!" Jana tauchte aus dem Wald auf. „Du bist schon wach?"

„Wundert dich das? So wie mich der da malträtiert hat?", erwiderte Robert und deutete auf René, der gerade wieder um sich schlug. „Soweit ich mich erinnere, hat er mich mit einer saftigen Ohrfeige geweckt."

Jana musterte René. „Ich will gar nicht wissen, was er träumt. Ob wir ihn wecken sollen?"

„Weiß nicht, er schläft öfter unruhig. Solange er nicht im Schlaf zu reden anfängt, glaube ich nicht, dass es kritisch wird", erwiderte Robert und gähnte.

„Was sagt dir die Lynzenuhr über ihn?", fragte sie und warf einen Blick auf den Fremden.

„Noch gar nichts. Sie sagt mir nur, dass du recht hast, wenn du behauptest, dass er den Dorfbewohnern nichts angetan hat. Aber woher willst du das überhaupt wissen?"

„Das kann ich dir wirklich nicht so einfach erklären. Da hat er auch noch ein Wörtchen mitzureden."

„Hm." Diese Antwort genügte Robert ganz und gar nicht. Ihm lag schon das merkwürdige Wort „Ipsederatus" auf der Zunge, aber er schluckte die Frage danach hinunter, als René hinter ihm zu murmeln begann. „Vielleicht sollte ich ihn doch wecken", meinte er und verringerte den Sicherheitsabstand zu seinem Freund so weit, dass er ihn mit der ausgestreckten Hand erreichen konnte. Tatsächlich musste er ihn mehrmals schütteln, bis René richtig wach war.

„Wasnlos?", murmelte er. „Hab ich denn überhaupt geschlafen?"

„Hast du, Kumpel. Und mir dabei eine runtergehauen."

„Ehrlich?" René gähnte und sah sich schlaftrunken um. „He, wann ist denn *der* gekommen?"

„Keine Ahnung. Wir haben genauso fest geschlafen wie du. Vermutlich sogar noch fester, denn wir haben niemanden geschlagen", bemerkte Jana trocken. „Jedenfalls sollten wir uns möglichst schnell wieder auf die Socken machen. Vorsichtshalber. Man weiß ja nie, wie lange und wo die Dorfbewohner noch nach ihm suchen."

Renés Gesichtszüge froren ein. „Klingt logisch. Aber eins sage ich euch: Wenn ich nicht bald was zwischen die Zähne kriege, verhungere ich! Und wenn ich zu schwach zum Laufen bin, müsst ihr mich tragen. Also lass dir was einfallen, Jana. Unser Proviant ist auf ein kläglich Häufchen zusammengeschrumpft, soweit ich das in Erinnerung habe." Wie um seinen Worten beizupflichten, knurrte sein Magen laut.

„Ihr beide könnt ja mal besagten kläglichen Rest auspacken, ich wecke inzwischen unseren schlafenden Freund."

„Ich bin schon wach", erklang die Stimme des Fremden hinter ihnen. Jana fuhr erschrocken herum und auch die beiden Jungen zuckten zusammen. Keiner von ihnen hatte gehört, wie der Junge aufgestanden und zu ihnen herübergekommen war. Jetzt, wo er stand, sah Robert, dass er recht groß war. Der Fremde lächelte und blickte sie der Reihe nach an. Seine orange gesprenkelten Augen waren braungrau wie seine Kleider.

Robert starrte auf sein Hemd. „Blutbefleckt" war nicht ganz das richtige Wort für dessen Zustand. Auf der Vorderseite war es steif von getrocknetem Blut. Er schluckte. René neben ihm sog scharf die Luft ein.

„Ich muss einen schrecklichen ersten Eindruck machen", sagte der Fremde, als er ihre Reaktionen bemerkte. Er sah aus, als wäre er am liebsten einfach davongelaufen. „Ich bin nicht mit einem Messer auf jemanden losgegangen oder so!" Der Fremde wand sich sichtlich unter seinen Worten. „Das ist mein Blut."

Renés Blick versprühte pure Ungläubigkeit.

Der Fremde seufzte gequält und zog sich das blutige Hemd über den Kopf. Ein langer, tiefer Schnitt zog sich über seine Brust.

Robert musste wieder schlucken. „Wie kannst du mit so einer Wunde überhaupt noch stehen? Und wieso blutest du nicht immer noch? Ich meine ..."

Der Fremde zog das schmutzige Hemd wieder an und ließ seinen Blick unruhig umherwandern, während er nach den richtigen Worten suchte. „Sie ist schnell verheilt. Aber ich wüsste jetzt ehrlich gesagt gerne, wer ihr seid."

„Also", ergriff Jana eilig das Wort. „Ich bin Jana, das ist René und das hier Robert. Die beiden Jungs helfen mir bei etwas und sind von weit her." Der Fremde hob die Augenbrauen, aber Robert konnte beim besten Willen nicht sagen, ob das nur daran lag, dass er Janas ausweichende Formulierung bemerkt hatte. Vielleicht war ihm auch eine Idee gekommen, denn die Sorgenfalte auf seiner Stirn glättete sich ein wenig, wenn sie auch nicht ganz verschwand.

„Mein Name ist Parlan", sagte er mit seiner warmen Stimme. „Ich gehöre zu einem Volk, dessen Angehörige nirgends gern gesehen sind. Die Menschen haben Angst vor uns."

„Ipsederatus", murmelte Robert leise. Plötzlich schien das Wort vielmehr eine Erklärung als ein Rätsel zu sein. Parlan hatte ihn gehört. Sein Blick durchbohrte ihn plötzlich geradezu. „Ihr wisst, was ich bin?" Er klang so erstaunt, dass Robert grinsen musste.

„Na, diese eine Frau hat ja laut genug herumgekreischt. Aber warum haben die Leute Angst vor einem Ipsederatus?"

„Du hast noch nie von den Ipsederati gehört?", fragte Parlan so ungläubig, als hätte Robert gerade behauptet, die Sonne stehe mittags im Norden am Himmel. Er schüttelte den Kopf.

„Ich auch nicht", sagte René. Nur Jana schwieg und nickte Parlan aufmunternd zu.

„Mein Volk", fuhr Parlan fort, „hat einige Eigenschaften, die den Menschen unheimlich sind. Deshalb haben sie Angst vor uns. Wir werden gemieden, verstoßen, manchmal sogar verfolgt. Wir dürfen nicht sagen, was wir sind, wenn wir irgendwo unbehelligt leben wollen." Er senkte traurig den Blick. „Mein Volk besitzt eine außerordentlich gute Menschenkenntnis. Das ist vielen Leuten sehr unangenehm und sie sind froh, wenn wir aus ihrer Nähe verschwinden."

„Hä?", sagte René verwirrt.

„Stell dir vor", erklärte er, „was für Geheimnisse es in einem kleinen Dorf gibt. Der eine versucht, den anderen bei Geschäften über den Tisch zu ziehen, der nächste hat ein paar Dinge aus seiner Vergangenheit zu verbergen, der Dritte muss irgendwelche Beziehungen geheim halten, der Vierte ist ein Dieb … Und jetzt denkt euch, wie beliebt jemand ist, der den Leuten an der Nasenspitze ansehen kann, dass sie etwas verheimlichen."

„Oje."

„Außerdem haben wir bessere Sinne als Menschen. Ich kann besser hören, besser in der Dunkelheit sehen und habe eine feinere Nase als Menschen. Das alles wäre zwar noch einigermaßen gut zu verbergen, aber da gibt es noch eine Eigenschaft, die uns Ipsederati meistens verrät."

Er musterte seine drei Zuhörer. An Jana blieb sein Blick schließlich hängen. „Unsere Wunden hören auffällig rasch auf zu bluten und heilen sehr viel schneller." Er fuhr mit der Hand über seine blutverkrustete Brust. „Das alles ist den Leuten unheimlich. Gestern haben die Bewohner des Dorfes entdeckt, dass ich ein Ipsederatus bin. Ich habe bei einem der Bauern gelebt und gearbeitet, bis sich gestern einer der Knechte mit der Sense in der Hand ungünstig zu mir umgedreht und mir den Schnitt verpasst hat, den ihr gesehen habt. Die Wunde blutete sehr stark, aber eben nur kurz. Der Knecht, der mir zuerst noch helfen wollte, griff gleich wieder nach der Sense. Er brüllte das ganze Dorf herbei und ich rannte davon. Vermutlich wäre ich in meiner Panik einfach immer weitergerannt und irgendwann von den Dorfbewohnern erwischt worden, wenn …" Sein Blick wanderte zu Jana.

„Jana", half Robert ihm weiter.

„Wenn Jana mich nicht zu dem Baum gezerrt hätte, in dem ihr euch schon versteckt hattet." Ein Schatten fiel auf seine Augen. Sein Ton gefiel Robert überhaupt nicht. Es schwang etwas darin mit, das nach „Vielleicht wäre es auch besser so gewesen" klang. Und es gefiel ihm auch nicht, wie Parlan von „den Menschen" sprach. Als zählte er sich selbst gar nicht dazu.

Das Schweigen hing in einer trüben Wolke über ihnen, bis Robert es nach einer ganzen Weile selbst wieder brach. „Wo willst du denn jetzt hin?"

Jana deutete hinter Parlans Rücken zuerst auf ihn, dann auf sie drei und streckte schließlich vier Finger in die Höhe.

„Ich meine, wenn du möchtest, kannst du uns gerne begleiten!" Eigentlich hatte Robert sich noch nach seiner Familie erkundigen wollen, aber er hatte das Gefühl, dass diese Frage überflüssig war.

„Seid ihr sicher?" Ein seltsamer Unterton klang in seiner Stimme mit.

„Jetzt hör mir mal zu!" Nun reichte Robert die Art und Weise, wie Parlan von sich selbst sprach. „Ich weiß nicht, wieso du so schlecht über dich selbst denkst, aber ich kann dir sagen, dass das kompletter Unsinn ist! Es gefällt mir nicht, was du alles sagst. Erstens redest du auf eine Art, als wäre es dir lieber gewesen, wenn dir die Dorfbewohner den Garaus gemacht hätten. Zweitens sprichst du so, als wärst du gar kein Mensch, sondern etwas Niederes, Wertloses, das man mit Füßen treten kann, wann immer man gerade Lust hat. Ich weiß nicht, warum die Leute dein Volk so fürchten und hassen. Meine Güte! Dann heilen eure Wunden eben schneller und dann wisst ihr eben mehr über die Leute um euch herum als andere. Mir ist das jedenfalls herzlich egal!"

René und Jana nickten zustimmend. Parlan öffnete den Mund, klappte ihn aber wieder zu, ohne etwas gesagt zu haben. Es dauerte noch einen Moment, bis er weitersprach.

„Ich würde euch sehr gerne begleiten." Er lächelte. „Wobei helft ihr Jana eigentlich?"

„Das können wir dir leider nicht sagen. Noch nicht. Wir müssen erst mit jemandem sprechen, sonst bekommen wir Probleme", sagte Jana.

Der Ipsederatus musterte Jana von Kopf bis Fuß, dann nickte er. „Gut. Dann sollten wir uns langsam aufmachen, wenn wir Med-, äh, die nächste Stadt bis heute Abend erreichen wollen. In den umliegenden Dörfern solltet ihr euch mit mir vorsichtshalber nicht zeigen. Wahrscheinlich wurden aus meinem Dorf bereits Boten in die Umgebung geschickt, damit alle vor mir auf der Hut sind."

„Sag mal, wolltest du gerade eben Mediocriter sagen?", hakte Robert skeptisch nach.

„Ich habe nicht ..." Parlan wendete seinen Blick ab.

„Raus mit der Sprache! Wie hast du herausgefunden, dass wir auf dem Weg dorthin sind?"

Parlan seufzte ergeben. „Ihr beide helft Jana bei etwas, über das ihr nicht sprechen dürft. Dazu kommt ihr von weit her, von sehr weit her sogar, wenn ihr nicht wisst, was ein Ipsederatus ist. Eure Kleider und einige Dinge aus eurem Gepäck wirken fremd. Das sieht verdächtig nach irgendeinem Auftrag aus. Der nächste Ort, in dem man einen passenden Auftraggeber finden könnte, ist nun einmal Mediocriter."

Robert stutzte. Vor einem Ipsederatus konnte man anscheinend wirklich nicht viel geheim halten.

Plötzlich knurrte etwas hinter Robert und er fuhr erschrocken herum.

„Ähm, entschuldigt, das war mein Magen. Ich habe wirklich Hunger, Leute", sagte René und verzog das Gesicht, als ihm wieder einfiel, dass sie so gut wie nichts Essbares mehr hatten.

Robert holte die letzten kümmerlichen Reste ihres Proviants hervor: drei Äpfel und ein kleines Stück Brot. Er wollte so gerecht wie möglich unter ihnen aufteilen, aber Parlan hob abwehrend die Hände.

„Ich habe keinen Hunger. Ich habe gestern im Dorf gegessen. Kurz, bevor ich aufgeflogen bin. Sehr viel."

René murmelte leise irgendetwas, bei dem das Wort „mager" herauszuhören war.

Robert runzelte die Stirn. „Das ist also keine Eigenart deines Volkes?"

Parlan sah ihn entgeistert an. „Was?"

„Dass ihr weniger esst, meine ich."

„Nein, nein …"

Robert hätte schwören können, dass der Ipsederatus erleichtert klang. Stirnrunzelnd schluckte er etwaige Fragen und Bemerkungen hinunter und teilte den Proviant wortlos unter René, Jana und sich selbst auf. Dann packten sie ihre Decken ein und machten sich zu viert wieder auf den Weg. Ihr Frühstück aßen sie unterwegs. Das einzig Bemerkenswerte während ihrer Wanderung war, dass die Hügel immer flacher wurden und es allmählich kaum noch tückische lose Steine gab. Vor den Wurzeln mussten sich Robert und René noch immer in Acht nehmen, aber Parlan schritt durch den Wald, als wäre er hier zu Hause. Sogar Jana, die so sicheren Schrittes durch den Wald ging, wirkte neben ihm geradezu unbeholfen. Robert brannten Unmengen von Fragen auf der Zunge, doch er hatte Janas Blick noch deutlich in Erinnerung. Der Hunger rumorte in seinem Magen und nachdem er sich schon eine ganze Zeit lang durch die unbequeme Gegend gekämpft hatte, begann sein Magen so laut zu knurren, dass er mehr als nur gereizt war.

„Kann man denn hier nichts Essbares auftreiben? Parlan scheint sich hier doch gut auszukennen. Wachsen hier keine Früchte oder sowas?"

„Reife Früchte im Frühsommer?", meinte René zweifelnd, obwohl auch er aussah, als würde er gleich den Hungertod sterben.

„Es gibt tatsächlich ein paar Früchte, die jetzt reif sind", entgegnete Jana, „aber die wachsen hier anscheinend nicht. Und bevor ihr fragt: Wir sollten uns in den Dörfern wie gesagt besser nicht blicken lassen. Deshalb gehen wir auch hier durch den Wald. Wenn wirklich Boten ausgesandt wurden, sollten wir besser niemandem begegnen, der Parlan wiedererkennen könnte."

Robert sah kurz auf Parlans verschiedenfarbige Haarbüschel und in das markante Gesicht mit den graubraunen, orange gesprenkelten Augen. Eine Beschreibung von ihm war zweifelsfrei leicht wiederzuerkennen. Obwohl Parlan ein Stück vor den andern ging und sie sich nur leise unterhielten, hatte Robert den Eindruck, dass er ihrem Gespräch über das Knacken des Unterholzes hinweg ohne Probleme folgen konnte.

„Heute Abend erreichen wir die nächste Stadt, Azun", sagte Jana. „Dort können wir uns blicken lassen. Dann ist es nur noch eine Tagesreise bis Mediocriter."

„Heute Abend", brummte Robert, während René etwas Unverständliches murmelte. Eine Weile stapften sie wieder schweigend durch das Unterholz, dann fiel Robert noch etwas ein. Er warf einen prüfenden Blick auf den Ipsederatus, der ihn mit Sicherheit hören konnte, und tippte Jana auf die Schulter. Als sie ihn fragend ansah, deutete er zuerst auf Parlan und dann auf sein Handgelenk, an dem er zu Hause immer seine Armbanduhr trug, doch ihr Blick wurde nur noch fragender. „Uhr" formte er wortlos mit den Lippen. „Darf er sie sehen?"

Sie zögerte. „Wenn's sein muss", flüsterte sie zurück. Robert war sich sicher, dass Parlan bei ihren Worten den Kopf ein wenig in ihre Richtung gedreht hatte. Er musste wirklich höllisch gute Ohren haben.

„Wieso kennst du dich hier abseits der Wege eigentlich so gut aus?" Robert beschleunigte seine Schritte und schloss zu Parlan auf.

„Ich kenne mich hier nicht aus." Er klang erstaunt. „Wieso hätte ich mich hier herumtreiben sollen?"

Robert sah ihn mit einer hochgezogenen Augenbraue an. „Du willst aber nicht behaupten, dass du hier noch nie warst, oder? Das sieht doch ein Blinder, dass das nicht stimmt."

„Blinde können nicht sehen", schnaubte Parlan und lief wieder ein ganzes Stück voraus. Robert blickte ihm mit offenem Mund hinterher.

„Was hat er denn?", fragte René erstaunt. „Reagiert er allergisch auf Fragen?"

„Ihr vergesst, dass er sein ganzes Leben damit verbringt, seine Identität zu verbergen", antwortete Jana. „Ich glaube, da würde jeder empfindlich auf Fragen reagieren, die etwas mit einem selbst zu tun haben."

„Meint ihr, dass seine Familie von so aufgebrachten Leuten wie den Dorfbewohner gestern …?", fragte René leise. Das Entsetzen stand ihm geradezu ins Gesicht geschrieben.

„Es kann ja sein, dass seine Familie geflohen ist und ihn zurücklassen musste", meinte Jana. „Oder vielleicht haben ihn seine Eltern fortgegeben, als er noch ganz klein war. Aber ja, vielleicht sind sie auch wirklich … tot."

Bei diesen Worten schlug etwas in Roberts Kopf Alarm – und es war nicht die Lynzenuhr. Die Mauer, die seine Erinnerungen an früher verbarg, war zwar noch intakt, hatte jedoch einen Riss bekommen. Er fühlte einen Anflug der alten Angst und Trauer in sich aufsteigen, die er so gewissenhaft zurückgedrängt hatte. Er schluckte und konzentrierte sich mit ganzer Kraft auf die Umgebung und das Gespräch, damit keine Erinnerungen hochsteigen konnten.

„Fortgegeben?", fragte er, um das Gespräch am Laufen zu halten, und war heilfroh, dass offenbar niemand bemerkt hatte, wie er zusammengezuckt war.

„Das passiert gar nicht so selten. Schon bei gewöhnlichen Menschen werden hier uneheliche Kinder oft fortgegeben. Bei den Ipsederati kommt es vor, dass Leute, die als solche bekannt sind, ihr Kind bei einem Menschen lassen, der keine Angst vor ihnen hat, um ihrem Kind ein Leben zu ermöglichen, in dem es die Chance hat, normal zu leben."

Robert und René schwiegen betreten. Sie konnten beim besten Willen nicht verstehen, warum die Ipsederati so gehasst wurden.

„Aber es kann durchaus auch sein, dass eine Frau nicht weiß, dass ihr Kind ein Ipsederatus ist und sie es aussetzt oder sogar tötet, sobald das Kind sich zum ersten Mal ..." Sie stockte. „Zum ersten Mal als solcher zu erkennen gibt."

Robert musterte Jana. Sie verschwieg irgendetwas.

„Wie kann eine Frau nicht wissen, dass ihr Kind ein Ipsederatus sein wird?", fragte René mit gerunzelter Stirn.

„Habe ich schon erwähnt, dass manche Ipsederati besser verbergen können, was sie sind, als andere? Manche werden vermutlich ihr ganzes Leben lang nicht entdeckt. Glaubst du, dass die Ipsederati mit dieser Information hausieren gehen? Mit Parlans Familie kann es alles Mögliche auf sich haben. Ich denke überhaupt, dass es besser wäre, ihm keine Löcher in den Bauch zu fragen."

„Hast ja recht", brummte Robert mit einem Blick nach vorne. Parlan lief immer noch weit voraus. „Wenn ich nur nicht so neugierig wäre! Parlan ist schon eine ziemlich *geheimnisvolle* Gestalt." Er betonte das Wort absichtlich und warf aus den Augenwinkeln einen Blick auf Jana.

„Das hat er uns doch schon zu Genüge erklärt, oder? Menschenkenntnis, bessere Sinne, das mit den Wunden …" Jetzt war es an Jana, Roberts Gesichtsausdruck aufmerksam zu betrachten.

Er setzte eine betont gleichgültige Miene auf und antwortete mit René im Chor nur ein gebrummtes „Hm."

Schweigen breitete sich zwischen ihnen aus und Robert nutzte die Gelegenheit, seine Uhr herauszuwühlen.

„Was? Erst viertel nach neun? Ist sie stehen geblieben?"
„Nein, ist sie nicht."

Robert fuhr zusammen, als er Parlans Stimme neben sich hörte. Der Ipsederatus hielt ein paar Früchte in der Hand und grinste.

„In dem Baum da hat ein Munki sein Nest", sagte er, als wäre das eine plausible Erklärung.

„Ein – was?", fragte René mit verständnisloser Miene.

„Ein Munki", antwortete Parlan. „Ich habe in dem Baum da sein Nest bemerkt und bin raufgeklettert, um aus seinen Vorräten ein paar Früchte zu holen. Ihr habt doch Hunger, oder?"

„Und wie!" Jana schnappte sich eine kleine, zartgrüne Frucht, die Robert an eine Essiggurke erinnerte, und biss genüsslich hinein. Misstrauisch nahm sich Robert eine identische Frucht. Er verbot sich die Frage, was ein Munki war und was es mit dessen Vorräten auf sich hatte. Er fragte auch nicht, wie Parlan mit den Händen voller Früchte heil wieder von dem Baum heruntergekommen war. Die Gurke schmeckte angenehm süßlich und gemeinsam mit Jana und René vertilgte er gierig jede Frucht, die Parlan ihnen entgegenstreckte. In kürzester Zeit waren die Hände des Ipsederatus leer.

„Falls ihr immer noch hungrig seid, muss ich euch leider enttäuschen", meinte er lächelnd. „In dem Munki-Nest ist nichts mehr zu holen, das euch schmecken könnte. Nur noch jede Menge, äh, Ungenießbares", unterbrach er sich beim Anblick von Janas warnender Miene. „Eine schöne Uhr übrigens. Woher hast du sie?" Sein Gesichtsausdruck war unergründlich.

Robert fragte sich, was um Himmels Willen er jetzt sagen sollte. Er schwor sich, nie wieder so leichtsinnig zu sein, als er einen auffordernden Blick von Jana erhaschte. „Ich habe sie mitgebracht. Von dort, wo wir herkommen. Ich habe sie vor Jahren einmal gekauft."

Auf Parlans Gesicht breitete sich ein Lächeln aus. Robert runzelte die Stirn.

„Natürlich." Parlan schlug sich mit der flachen Hand auf die Stirn. Er musterte die drei, als sähe er sie zum ersten Mal. „Und ich dachte immer…" Er runzelte die Stirn, dann drehte er sich um und lief wieder voraus.

„Was war das denn gerade?" René starrte Parlan hinterher.

„Hörte sich so an, als sei ihm ein Licht aufgegangen. Fragt sich nur, welches", meinte Robert und starrte Parlan genauso verdutzt hinterher. Prompt stolperte er über eine Wurzel.

„Allerdings. Sogar ein sehr großes Licht", fügte Jana hinzu. Robert brauchte nicht einmal hinzusehen, um zu wissen, dass sie lächelte. „Er dürfte gerade begriffen haben, dass sich die Welt jenseits des Verborgenen Landes fortsetzt."

Einen Augenblick herrschte Schweigen.

„Ups", sagte René.

Jana lachte nur leise. „Habt ihr wirklich gedacht, ihr könntet mehr als ein paar Stunden in der Gesellschaft eines Ipsederatus sein, ohne dass er bemerkt, wo ihr herkommt?"

„Eigentlich schon."

„Oder wohin wir unterwegs sind?"

„Äh …"

„Dann wisst ihr es jetzt ja besser."

„Ist es nicht ungünstig, dass Parlan das jetzt weiß?", erkundigte sich Robert, während er durch die Bäume nach vorn spähte.

„Er ist vermutlich der Letzte, der etwas ausplaudern würde", antwortete sie. „Wer weiß? Vielleicht schickt ihn der Rat ja jetzt mit uns weiter? Bis wir Azun erreichen, ahnt er sicher sowieso schon das meiste von dem, was wir vorhaben. Aber wie gesagt: Er wird es bestimmt niemandem erzählen."

„Da könntest du recht haben. Er redet ohnehin nicht viel und läuft lieber alleine vor uns her durch den Wald", bemerkte René trocken.

„Jana *hat* recht", betonte Robert.

„Ach ja, unser wandelnder Lügendetektor. Aber gesellig ist Parlan trotzdem nicht."

„Lass es doch gut sein", brummte Robert genervt.

Sie schwiegen sich ein paar Augenblicke lang an, bis er selbst die Stille brach.

„Was ist ein Munki?"

„Und was hat er noch in seinem Nest?", ergänzte René.

„Munkis sehen aus wie graue Tauben mit einem leuchtend blauen Schopf. Sie bauen riesige Nester und horten Futter darin. Aber was Munkis noch so alles darin lagern, sage ich besser nicht." Sie grinste.

René schnaubte und schnitt ihr eine Grimasse, als sie wieder in eine andere Richtung sah.

Den ganzen Tag lang liefen sie durch den Wald. Robert sah ein paar Mal auf seine Uhr. Die Zeit kroch im Schneckentempo voran. Die einzige Pause machten sie an einem schmalen Bach, den sie am frühen Nachmittag erreichten und wo sie ihre Wasservorräte wieder auffüllten. Am Bach war es angenehm kühl, denn es war ein warmer Sommertag und durch das Wandern waren sie ziemlich ins Schwitzen gekommen. Parlan wusch sich das eingetrocknete Blut vom Körper und versuchte anschließend, sein löchriges Hemd wenigstens zu säubern, doch das war nicht mehr zu retten. Das dunkle Rot verblasste zwar unter seinen Bemühungen langsam zu einem helleren und schließlich zu einem hässlichen, schmutzigen Gelb, aber das war im Endeffekt nicht viel besser. Es war immer noch viel zu leicht zu erkennen, woher diese Flecken rührten. Schließlich überredete Robert ihn, eines seiner Hemden anzuziehen, und die vier machten sich wieder auf den Weg.

Im Laufe des Nachmittags verschwanden die Hügel endlich ganz. Das erleichterte den Marsch zwar, dafür hatte Robert bald das Gefühl, dass seine Füße nur noch aus Wasserblasen bestanden. Verstohlen beobachtete er René, der sich ebenfalls bewegte, als hätte er schon Blasen auf den Blasen. Außerdem knurrte sein Magen, denn die Früchte, die Parlan aus dem Munki-Nest gestohlen hatte, hatten den Hunger nicht für lange vertrieben. Robert warf einen Blick auf ihren Begleiter und fragte sich zum x-ten Mal, warum der Ipsederatus keinen Hunger hatte. Die Erklärung, dass er vor seiner Entdeckung gut gespeist hatte, war eine mehr als schlechte Ausrede gewesen, schließlich war das lange Zeit her.

„Wie weit ist es denn noch bis Azun?", erkundigte sich René mit zusammengebissenen Zähnen, als es Abend wurde. Es war nicht zu übersehen, dass ihm die Füße schmerzten.

„Vielleicht noch eine gute Stunde", antwortete Jana. „Wie es aussieht, kommen wir sogar an, bevor sie die Tore schließen."

„Tore?" An so etwas hatte Robert überhaupt nicht gedacht. „Wann werden die Tore denn geschlossen?"

„Bei Sonnenuntergang natürlich."

„Und nachher kommt man nicht mehr in die Stadt rein?", fragte René entsetzt.

„Größere Städte haben ein kleines Tor, das auch nachts geöffnet ist. Allerdings haben die Nachtwächter oft ihre eigenen Bedingungen dafür, wer passieren darf und wer nicht. Aber eine kleine Stadt wie Azun nicht, nein."

Parlan murmelte etwas, von dem Robert nur die Worte „wirklich von sehr weit weg" aufschnappen konnte.

Jana überhörte ihn einfach. „Jedenfalls wäre es gut, wenn wir Azun vor Sonnenuntergang erreichten. Sonst müssen wir vor dem Tor übernachten."

„Oder gleich weiter Richtung Mediocriter laufen", bemerkte Parlan trocken.

„Ha, ha, ha", sagte René und stolperte über eine Wurzel. „Ich weiß ja nicht, woran das liegt, aber im Gegensatz zu dir sind wir fix und fertig, falls dir das noch nicht aufgefallen ist. Wir sind nämlich keine Profisportler!"

Parlan runzelte die Stirn.

„Das sollte ein Witz sein, René", sagte Robert.

„Ich glaube", schaltete sich Jana ein, „du solltest noch ein bisschen mehr darauf achten, nicht durch deine Wortwahl zu verraten, wo du herkommst." Sie wandte sich an Parlan. „Profi heißt so viel wie Meister."

Ähnlich angenehm setzte sich das Gespräch fort, bis sie endlich den Rand des Waldes erreicht hatten und zwischen den Bäumen hervortraten. Ein kleines Stück vor ihnen lag Azun. Die Stadt war vollständig von einer Mauer umgeben. Sie sahen ein Stadttor, zu dem eine Straße führte, die sich durch die Felder vor der Stadt schlängelte. Robert, René, Jana und Parlan liefen querfeldein zur Straße und folgten ihr. Als Robert sich umdrehte, sah er in der Ferne Berge. Es war das Erzgebirge, dessen Ausläufer die kraftraubenden Hügel waren, die hinter ihnen lagen. Ihm fiel auf, dass er das Erzgebirge jetzt zum ersten Mal sehen konnte, obwohl sie sich schon den dritten Tag im Verborgenen Land befanden. Immer war es dunkel gewesen oder die Sicht war vom Wald versperrt worden.

Die Straße bestand aus Steinen und trockener Erde. Als ein Reiter an ihnen vorbeigaloppierte, wurden sie in eine Staubwolke gehüllt. Die Sonne stand kurz davor, hinter den Bergen zu versinken, als die vier sich dem Stadttor näherten. Die zwei Wächter, die unter dem Torbogen standen, trugen Helme und Kettenhemden und hielten Lanzen. Robert und René hatten genug Zeit, die beiden verstohlen zu betrachten, denn vor ihnen hatten sich noch ein paar Leute angesammelt, die ebenfalls in die Stadt wollten. Die Wachen hatten irgendjemanden aufgehalten und die Nachfolgenden mussten warten. Jana hatte einmal gesagt, dass sehr vieles im Verborgenen Land an das Mittelalter erinnerte, aber zwei Männer in Rittermontur aus nächster Nähe zu sehen, war etwas ganz anderes, als sich das bloß vorzustellen. Er hatte das Gefühl, Ausstellungsstücke in einem Museum zu betrachten, nur dass die Wachen echt waren, auf deren Helmen sich das orangerote Licht der jetzt untergehenden Sonne widerspiegelte. Das Ganze wirkte plötzlich so unwirklich wie ein kitschiges Gemälde. Robert schüttelte irritiert den Kopf.

Die Sonne war fast vollständig hinter dem Horizont verschwunden, als die Wachen die wartenden Leute endlich wieder passieren ließen. Jana atmete hörbar auf. Die Wartezeit hatte sie Nerven gekostet. Doch kurz darauf schnaubte sie wieder ärgerlich. Die Wachen hatten den Mann aufgehalten, der direkt vor ihnen stand.

„Welche Wächter sind das heute?", zischte sie genervt. „Meistens muss man kein einziges Mal stehen bleiben! Und heute –"

Sie sprach nicht zu Ende. Stattdessen duckte sie sich schnell, weil der Mann vor ihnen plötzlich um sich zu schlagen begann. Robert hatte nicht mitbekommen, warum die Wachen ihn angehalten hatten, und deshalb auch keine Ahnung, warum er sich wie ein Verrückter aufführte. Die Fäuste des Mannes flogen durch die Luft, bis die Wachen ihn zu packen bekamen. Robert wich den Fäusten aus, aber als er sich nach den anderen umsah, bemerkte er, dass René nicht schnell genug reagiert hatte. Er hielt sich beide Hände vor das Gesicht. Zwischen seinen Fingern sickerte Blut heraus.

„Ist nur meine Nase", antwortete er mit gedämpfter Stimme. Er war kaum zu verstehen über das Geschrei des Mannes und die aufgebrachten Rufe der Wachen hinweg. „Ich glaube nicht, dass sie gebrochen ist."

„Verdammt!"

Parlan fuhr sich erschrocken mit den Händen über das Gesicht. Danach hatte er rote Streifen auf Händen und Wangen. Tropfen von Renés Blut waren auf ihn gespritzt.

„Wäre es dir lieber, wenn meine Nase gebrochen wäre?" René warf Parlan böse Blicke zu.

Robert beobachtete, wie Parlan sich hektisch das Blut von der Haut zu wischen versuchte und mehrmals einen Blick zum dunklen Himmel warf.

„Verdammt nochmal!" Parlan wandte sich um und rannte davon, wieder auf den Wald zu.

„Wir müssen ihm nach!" Jana packte Robert und René und zog sie mit sich. Die Wachen riefen ihnen irgendetwas nach, das Robert nicht mehr verstand.

Sie rannten Parlan hinterher, der den Weg zum Wald schon halb hinter sich gebracht hatte und in der Dämmerung verschwand.

„Vermute ich richtig, dass wir nicht in Azun übernachten?", fragte Robert keuchend. Jana schwieg, aber in diesem Fall war keine Antwort auch eine Antwort.

„Wie kann Parlan nur so schnell rennen?", fragte René dumpf. Er hielt sich noch immer beide Hände vors Gesicht. „Und vor allem: Warum?"

Jana schwieg. Robert und René wechselten einen Blick. Als die drei endlich die ersten Bäume erreichten, war von Parlan schon längst nichts mehr zu sehen.

„Sollen wir nach ihm rufen?", fragte Robert.

Jana schüttelte den Kopf. „Bringt nichts. Außerdem könnte uns jemand hören und nachsehen, was los ist." Letzteres war für Robert zwar alles andere als ein stichhaltiger Grund, aber wieder einmal wurde ihm von dem kleinen Etwas in seinem Kopf wärmstens empfohlen, den Mund zu halten. Also hielt er ihn. Fast jedenfalls.

„Und was dann?"

„Wir warten."

„Warten?", wiederholte René dumpf. „*Warten*? Das hätten wir auch in der Stadt machen können, wo es was zu essen gegeben hätte!"

Im Wald war es stockdunkel, deshalb liefen sie nicht weit herum, sondern setzten sich schon bald einfach auf den Boden.

Eine Weile war es still. Robert dachte daran, wie verrückt ihre Situation gerade war. Als René sich zu Wort meldete, klang seine Stimme wieder einigermaßen normal.

„Ich nehme an, wir bekommen wieder einmal keine Antwort, wenn ich frage, was um Himmels Willen los ist."

„Das nimmst du richtig an."

René grummelte ärgerlich vor sich hin. „Haben wir vielleicht Wasser dabei? Es ist alles andere als angenehm, mit blutverschmierten Händen herumzusitzen. Gut, dass es dunkel ist. Ich sehe bestimmt genauso gruselig aus wie Parlan am Anfang."

Bei diesen Worten kam Robert ein Gedanke. Er wollte schon etwas sagen, aber als er den Kopf von René zu Jana wandte, verschlug es ihm die Sprache. Nur zwei oder drei Meter hinter ihr funkelten zwei Augen. Die Silhouette des Wolfes hob sich tiefschwarz von der finsteren Umgebung ab.

„Hat jemand von euch den Wolf kommen hören?", fragte er vorsichtig.

„Wolf?!", rief René erschrocken und sprang auf.

„Offenbar nicht", antwortete Jana trocken. Der Wolf schien von Renés lauter Stimme völlig unbeeindruckt zu bleiben. Robert zog seinen Freund wieder auf den Boden und drückte ihm eine Wasserflasche in die Hand, damit er sich notdürftig waschen konnte. Dann beobachtete er den Wolf. Die glühenden Augen schienen die drei Freunde zu mustern, dann blieben sie auf Robert gerichtet. Obwohl ihn die Lynzenuhr immer noch wissen ließ, dass das Tier ungefährlich war, wurde ihm doch unheimlich zumute, als der Wolf nach ein paar Augenblicken noch näher herantrottete und sich dicht hinter ihm auf den Boden legte. Der scharfe Raubtiergeruch drang ihm in die Nase und er drehte sich so, dass er den Wolf nicht aus den Augen verlor.

„Wieso ist das Vieh so zutraulich?", zischte René. Er bekam keine Antwort.

„Hauptsache, er ist nicht gefährlich", meinte Robert, obwohl ihm mulmig war.

René machte nur „Pah!" und versuchte hastig, sich das Blut von Händen und Gesicht zu waschen. Insgeheim wunderte sich Robert, dass das Blut den Wolf überhaupt nicht kümmerte. Die drei wussten nicht, was sie sagen sollten. Der Wolf lag entspannt da und benahm sich mehr wie ein Hund als dessen wilder Vorfahre.

„Wann taucht Parlan denn wieder auf?", fragte René irgendwann. Beim Klang seiner Stimme hob das Tier den Kopf.

Ein leises Schnauben kam aus Janas Richtung. „Sehe ich aus wie eine Hellseherin?"

„Du weißt sonst immer alles, zum Beispiel auch, dass wir Parlan in den Wald nachlaufen mussten, obwohl er sich da doch bestens zurechtfindet. Kannst du uns wenigstens das erklären?"

Jana zögerte. „Es wäre schlecht, wenn wir uns verlieren. Parlan weiß schon zu viel, er muss auf jeden Fall mit zum Rat der Ältesten. Und hier finden wir uns sicher wieder, im Gegensatz zum Gewühl, das in der Stadt herrscht."

Irgendwann wickelten sie sich in ihre Decken und machten es sich mehr oder weniger bequem. Lange lagen sie wach da und warfen Blicke auf den Wolf, der keinerlei Anstalten machte, wieder seiner Wege zu gehen.

„Ob der uns die ganze Zeit gefolgt ist?", brach René die Stille.

„Scheint so. Es wäre schon ein großer Zufall, wenn er nur den gleichen Weg gelaufen wäre und uns hier wieder getroffen hätte."

„Vielleicht ist es ja ein anderer Wolf als gestern?", schlug René zögernd vor.

Jana schnaubte. „Ja klar, das ist logisch. Wie viel zutrauliche Wölfe laufen hier wohl noch herum?"

Robert betrachtete ihren pelzigen Begleiter. Er interessierte sich nicht für das Gespräch. Die Augen geschlossen, zusammengerollt und gleichmäßig atmend rührte er sich nicht von der Stelle. Der buschige Schwanz deckte die Schnauze zu.

„Kann Parlan vielleicht kein Blut sehen?", überlegte René laut. „Obwohl, so wie er selbst ausgesehen hat …"

Jana seufzte.

„Schon gut, ich überlege nur, das darf man ja wohl noch!", verteidigte er sich. „Und was war denn nun im Nest von diesem Munki?"

Robert verdrehte die Augen. Er spürte, wie ihn der Schlaf übermannte, trotz schmerzender Füße und knurrendem Magen. Sein letzter Blick, bevor ihm die schweren Lider zufielen, galt dem schlafenden Wolf, und er fragte sich, was an diesem Tier eigentlich normal war.

Es schlief. Aber waren Wölfe nicht eigentlich nachtaktiv?

In Robert kam ein abstruser Verdacht auf, aber als er in den Schlaf sank, entglitt ihm der Gedanke wieder.

22. Kapitel

Musik aus dem Wasser

Als Robert die Augen aufschlug, fühlte er sich wie gerädert. Er fuhr sich mit der Hand über das Gesicht und betrachtete das grüne Blätterdach über sich.

Der Wolf!

Rasch setzte Robert sich auf und sah sich um. Der Wolf war verschwunden. Dafür war Parlan wieder da. Eingerollt schlief er an dem Platz, wo der Wolf gestern gelegen hatte. Robert schüttelte den Kopf und gab es auf, darüber nachzudenken, warum Parlan davongerannt und wo er gewesen war. Stattdessen sah er sich nach den anderen um. René hatte sich wie immer so weit wie möglich ausgebreitet. Sein Gesicht war bei seiner Katzenwäsche gestern nicht ganz sauber geworden, dennoch hatte er es irgendwie geschafft, seine Klamotten einigermaßen vor Blutflecken zu bewahren. Janas Decke lag wieder verlassen auf dem Boden. Roberts Magen knurrte so laut, dass er zusammenzuckte. Solchen Hunger hatte er schon lange nicht mehr gehabt.

Ein Glück, dass sie jetzt endlich bald in Azun sein würden. Trotz seines Hungers wäre er fast wieder eingenickt, als Jana fröhlich summend hinter ihm auftauchte.

„Guten Morgen!" Sie bückte sich und rollte ihn aus seiner Decke. „Komm, aufstehen! Wir wollen doch in die Stadt und endlich etwas zu essen auftreiben, oder?"

„Ganz meine Meinung." Er gähnte und rappelte sich umständlich vom Boden auf, während Jana die anderen weckte.

Wenig später marschierten sie mit blasenübersäten Füßen und knurrenden Mägen auf das Stadttor von Azun zu. Robert wunderte sich, dass René keine Fragen an den Ipsederatus richtete. Wahrscheinlich war der Hunger größer als seine Neugier.

Diesmal kamen die vier problemlos in die Stadt. Die Wachen hatten nicht einmal einen zweiten Blick für sie übrig, vielleicht weil außer ihnen nur zwei weitere Leute durch das Stadttor traten. Verstohlen betrachteten Robert und René die klirrenden Kettenhemden, die blitzenden Helme und die Lanzen der Wächter. Über ihnen hing ein an Ketten hochgezogenes, schweres Eisengitter.

Auf der anderen Seite der dicken Mauer fühlte sich Robert, als wäre er in ein Märchenbuch geraten. Die Häuser standen dicht zusammengedrängt und ließen bei Weitem nicht überall Platz für breite Straßen. Enge Gassen, in denen sich kaum zwei Leute aneinander vorbeidrängen konnten, wanden und schlängelten sich in allen möglichen und unmöglichen Winkeln um die Häuser herum, während es offensichtlich nur eine einzige mit Kopfsteinen gepflasterte Straße gab. Es gab keine zwei Häuser, die gleich waren. Alle hatten verschieden viele Stockwerke, soweit Robert das an den anscheinend willkürlich eingebauten Fenstern erkennen konnte. Viele waren in unterschiedlichen Farbtönen zwischen Kalkweiß und einem bräunlichen Gelb verputzt, dazwischen bildeten Fassaden aus gebrannten Ziegelsteinen orangerote Farbtupfer, sodass Azun wie ein fröhliches Städtchen wirkte. Überall gab es Giebel und Erker und mehr oder weniger reparaturbedürftige Anbauten. Auf den Gassen lag der Dreck teilweise zentimetertief und vermischte sich mit kleinen Rinnsalen, von denen Robert gar nicht erst wissen wollte, woher sie kamen. Die umhereilenden Menschen liefen hindurch, als bemerkten sie den Dreck nicht.

„Klapp deinen Mund wieder zu, Rob." Jana kicherte, als sie die breite Straße entlanggingen. „Das ist doch nur ein langweiliges kleines Städtchen. Spar dir das Staunen lieber für Mediocriter auf."

Robert starrte trotzdem. Die meisten Leute auf den Straßen trugen einfache Kleidung aus Leinen in schlichten Farben. Allerdings gab es durchaus auch Herren in samtenen Westen und guten Schuhen, die von barfüßigen Schuhputzerjungen regelrecht belauert wurden. Ein oder zwei Mal fuhr eine Kutsche vorbei, die von wunderschönen Pferden gezogen und von einem Kutscher gelenkt wurde, der besser angezogen war als die meisten Leute um ihn herum. Dazwischen gab es immer wieder einzelne Leute, die sehr exotisch wirkten und Kleidung trugen, die die ungewöhnlichsten Farben und Schnitte hatte.

„Das hier ist übrigens das Handwerkerviertel. Schade, dass die Läden heute geschlossen haben."

René blieb bei Janas Worten mitten auf der gepflasterten Straße stehen, direkt vor der Mündung einer besonders schmalen Gasse. Prompt wurde er von einer Frau in einem dunkelblauen Kleid angerempelt, die aus der Gasse geeilt kam und nicht mehr ausweichen konnte.

„Verzeiht", sagte die Frau schnell, bevor sie unbeirrt weitereilte und in der nächsten Gasse verschwand.

Immerhin fielen sie in der Stadt mit ihrer Kleidung tatsächlich nicht auf. Ihre Decken hatten sie am Morgen allerdings vorsichtshalber so um die Rucksäcke geschnallt, dass das Ganze wie ein Bündel aussah.

„Geschlossen? Heißt das etwa, wir kriegen wieder nichts zu essen?!" René sah so entsetzt aus, dass Robert trotz seines eigenen nagenden Hungers grinsen musste.

Jana lachte auf. „Keine Panik. Es gibt einen kleinen Markt, auf dem wir einkaufen können. Wir müssen vorher nur etwas von unseren Wertsachen eintauschen, aber das dürfte kein Problem sein." Zufrieden lächelnd blieb sie bei diesen Worten stehen und besah sich das Aushängeschild des nächstliegenden Ladens. Zwei goldene Ringe und ein Hammer waren darauf zu sehen.

„Ein Goldschmied?", fragte Robert. „Ich dachte, die Handwerker hätten heute geschlossen …?"

„Er soll ja auch nicht arbeiten. Und würdest du dir einen lukrativen Handel entgehen lassen? René, gib mir doch mal das Säckchen mit unseren hübschen Sachen."

Während René ihrer Aufforderung folgte, klopfte Jana an die Tür des Ladens. Sie musste mehrmals mit aller Kraft dagegenhämmern, bis endlich ein Fenster über ihnen geöffnet wurde und eine Frau mittleren Alters mit angegrautem Haar, das zu einem strengen Knoten zusammengebunden war, den Kopf herausstreckte.

„Die Goldschmiede ist geschlossen!", blaffte sie die vier an und machte Anstalten, das Fenster wieder zu schließen.

„Sind Sie die Frau des Goldschmieds?", rief Jana schnell, solange die griesgrämige Frau sie noch hören konnte. „Wir müssten dringend mit ihm sprechen!"

„Wer sollte ich sonst sein? Und wer seid ihr überhaupt?"

„Wir sind Reisende und kommen von weit her."

„Manche sogar von sehr weit", murmelte Parlan so leise, dass es sogar Robert neben ihm kaum hören konnte.

„Hungrige Reisende", murmelte René auf Roberts anderer Seite.

„Und?", fuhr die Frau des Goldschmieds sie ungnädig an.

Jana winkte mit dem verheißungsvoll klimpernden Säckchen zu ihr hinauf. „Ist der Goldschmied da?"

Die Frau verstand, wandte sich um und brüllte, dass die Scheibe des geöffneten Fensters schepperte: „Alfred! Runter mit dir in den Laden! Kundschaft!" Dann blickte sie noch einmal nach draußen, diesmal breit grinsend, und knallte das Fenster endgültig zu.

„Armer Kerl", kommentierte Robert, konnte sich aber ein Schmunzeln nicht ganz verkneifen.

Eine halbe Minute später wurde die Ladentür hastig aufgesperrt und besagter Alfred ließ sie herein. Er war ein kleiner, freundlich aussehender Mann mit schütterem, grauen

Haar, der ständig misstrauische Blicke die Treppe hinaufwarf. Offenbar rechnete er damit, von seiner Frau belauscht zu werden.

„Nun?", fragte er gut gelaunt. „Was kann ich für euch tun? Ich habe zwar schon eine Ahnung, denn meine alte Schachtel lässt an arbeitsfreien Tagen nur die Allerwenigsten herein, aber na ja." Robert, René, Jana und Parlan verkniffen sich mühsam ein Grinsen.

Jana hielt dem Goldschmied zwei Ketten und die Ringe unter die Nase.

„Wir würden gerne etwas davon verkaufen."

„Oh, was sind denn das für Arbeiten? Solche habe ich noch nie gesehen. Aber sie sind aus Gold und Silber."

„Wir kommen von weit her." Robert sah, wie Parlans Augenbrauen bei ihren Worten amüsiert zuckten. „Und wir brauchen hiesiges Geld. Wir dachten, ein Goldschmied könnte Nutzen aus unseren Wertsachen ziehen."

Alfred überlegte einen Moment. „Nun, da habt ihr richtig gedacht. Es sind schöne Stücke, die ich gut weiterverarbeiten kann."

„Was zahlt Ihr dafür?"

Wieder überlegte Alfred, diesmal etwas länger.

„Zwanzig Taler."

„Zwanzig Taler?", wiederholte Jana mit gespieltem Entsetzen. Robert und René grinsten sich schweigend an. Ob Jana sich etwas von Kasimir abgeschaut hatte?

Robert blickte sich in der Goldschmiede um, die voller Regale und Schränkchen war. Er entdeckte einige Schmuckstücke, aber allzu viel lag nicht herum. Weiter hinten gab es offenbar einen Durchgang, der in die eigentliche

Werkstatt führte. Leider konnte er jedoch nicht viel davon erkennen und während er noch überlegte, ob er wohl ein bisschen näher heranschlendern sollte, einigten sich Jana und Alfred auf zweiunddreißig Taler. Alfred zog einen Taler nach dem anderen aus einem Lederbeutel an seinem Gürtel und zahlte den Betrag eifrig direkt in Janas ausgestreckte Hände. Robert hatte immer noch keinen Blick in die Werkstatt erhascht, als der Goldschmied die vier auch schon verabschiedete – oder, genauer gesagt, fast hinauswarf, wieder mit fortwährenden Blicken zur Treppe und der Tür an ihrem oberen Ende.

Als sie wieder auf der gepflasterten Straße standen und René einen Teil der Münzen von Jana entgegengenommen und verstaut hatte, warf er einen Blick zurück auf den Laden.

„Habe ich vielleicht irgendetwas nicht mitbekommen?", fragte er. „Wieso hatte der es auf einmal so eilig, uns loszuwerden?"

Parlan lachte schnaubend. „Ich drücke es mal so aus", antwortete er amüsiert. „Der Handel war für ihn *und* für uns in Ordnung. Das wird seiner gierigen Frau bestimmt nicht gefallen. Und wer möchte schon, dass seine Geschäftspartner hören, wie man von seiner Frau zur Schnecke gemacht wird?"

Nachdem sie ein paar Minuten weitergegangen waren, wehte ihnen der Geruch von frischem Brot entgegen und ließ ihnen das Wasser im Munde zusammenlaufen. Azun war tatsächlich eine ziemlich kleine Stadt und so hatten sie den ebenfalls kleinen Markt in der kurzen Zeit schon fast erreicht. Der Geruch ließ ihren Hunger unerträglich werden, deshalb rannten sie das letzte Stück. Kurz darauf saßen sie am Rand des Markes auf einem Mauervorsprung, beobachteten die Leute und verputzen Unmengen von Brot und süßen Früchten. Fliegen in den verschiedensten Farben wurden von den Früchten angezogen und Robert wedelte mit der Hand herum, um sie zu vertreiben. Er wunderte sich, dass Jana den Kopf schüttelte und hektisch versuchte, ihren Bissen hinunterzuschlucken. Da fühlte er ein schmerzhaftes Brennen an der Hand, ganz so, als hätte er sich verbrannt. Eine der Fliegen sauste qualmend um ihn herum.

„Nicht danach schlagen!", rief Jana, die es endlich geschafft hatte zu schlucken. „Das sind Fliegendrachen, die können Feuer spucken. Und das tun sie auch fleißig, wenn sie sich verteidigen müssen."

„Das hättest du uns nicht eher sagen können?", nörgelte René. „Wo ist der nächste? Ich will so einen sehen! Hier! Nein, das ist eine normale Fliege. Ah, da!"

Etwas Winziges, Lilafarbenes peilte die Früchte an. Tatsächliches entpuppte es sich bei näherem Hinsehen als winziger Drache mit gedrungenen Proportionen. Die durchsichtigen Flügelchen ruderten hektisch durch die Luft, als sich das Tier auf einem Stück der aufgeschnittenen Früchte niederließ.

„Moment." Jana schob das Stück vorsichtig von den anderen weg. „Soll er da dran futtern, aber den Rest verteidigen wir vehement, klar? Fliegendrachen sehen zwar drollig aus, aber auf unser Essen brauchen sie sich nicht zu setzen."

Bald gesellten sich zwei weitere Fliegendrachen zum ersten, ein gelber und ein schwarzer. Hektisch krabbelten sie über ihren Fund und stritten sich um die offensichtlich beste Stelle auf der Frucht. Das lila Exemplar fauchte die beiden anderen leise an und stellte einen spitzzackigen Kamm auf. Irgendwann jedoch waren alle drei so satt, dass sie leicht torkelnd wieder davonflogen.

Eine ganze Weile herrschte wieder Schweigen, weil ihre Münder viel zu voll zum Reden waren. Bald darauf bestätigte sich jedoch Roberts Vermutung, dass René nur wegen seines Hungers und seines Erstaunens über die Fliegendrachen so still gewesen war.

„Was war eigentlich gestern Abend los, Parlan?", fragte René.

Jana warf ihm einen giftigen Blick zu. Der Ipsederatus hielt inne und musterte ihn aus nachdenklich zusammengekniffenen Augen.

„René hat schon die Vermutung angestellt, dass du kein Blut sehen kannst", bemerkte Robert und beobachtete ihn aufmerksam.

„Kein Blut sehen?", wiederholte Parlan mit einem seltsamen Ausdruck in den Augen. „Ja, so könnte man das ausdrücken."

„Aber fällt man da nicht eigentlich einfach um oder muss sich übergeben?"

Jetzt warf Jana auch Robert einen ärgerlichen Blick zu.

„Na ja, mich packt da einfach die Panik. Wenn ich dann auch noch ein paar Spritzer abbekomme, ist es ganz aus."

Robert und René wechselten einen Blick. Wenn das so war, hatte er es aber bemerkenswert ruhig ertragen, fast einen Tag lang in seinem blutdurchtränken Hemd herumzulaufen. Das Lynzenuhr-gelenkte Etwas in Roberts Kopf riet ihm aber, diese Tatsache jetzt besser unerwähnt zu lassen. Er gab René mit einem Wink zu verstehen, nicht weiter nachzufragen. Dieser sah daraufhin ein wenig gekränkt aus. Er klappte den Mund stumm auf und wieder zu und blickte stirnrunzelnd zwischen den anderen hin und her.

Robert wandte sich wieder Parlan zu. „Hast du gestern eigentlich noch den Wolf gesehen, als du wiedergekommen bist?"

„Wolf?", fragte der Ipsederatus mit einem Unterton in der Stimme, der nicht weit von Entsetzen entfernt war.

„Wir haben ihn schon vorgestern das erste Mal gesehen. Da hat er uns ein Stück begleitet, wenn man das so nennen kann. Gestern ist er plötzlich aufgetaucht, als wir auf dich gewartet haben. Er hat sich ganz unverfroren einfach hinter uns auf den Boden gelegt und ist sogar eingeschlafen."

„Eingeschlafen", wiederholte Parlan tonlos.

„Ja", bemerkte René und beobachtete dabei eingehend einen Brotverkäufer. „Genauer gesagt hat sich das Viech direkt hinter Robert zusammengerollt und ihn die ganze Zeit über angestarrt wie ein Hund sein Herrchen."

„Ach, René! Übertreib doch nicht so!" Jana klang richtig verärgert. „Also wirklich!"

„Hund?", echote Parlan.

Robert verdrehte die Augen. „Parlan, hör nicht auf die beiden. Die nutzen jede Gelegenheit zum Streiten, die sich ihnen bietet. Jedenfalls ist der Wolf ungefährlich. Da sind

Jana und ich uns sicher. Es ist zwar wirklich seltsam, wie er sich verhalten hat, aber irgendeinen Grund wird es schon geben. Vielleicht hat unser Wolf ja ein bisschen Hundeblut in seinen Adern." Das Letzte hatte Robert nur gesagt, um dem ungläubig schnaubenden René ein Beispiel für einen solchen Grund zu geben, aber Parlan starrte ihn bei diesen Worten erschrocken an.

„Trotzdem ist der Wolf ein Raubtier! Was da hätte passieren können!"

„Meine Rede!", sagte René trocken und richtete seinen Blick auf einen Schuhputzer.

„Der Wolf ist wirklich nicht gefährlich!", sagte Jana ärgerlich. „Das mag sich jetzt verrückt anhören, aber wir wissen es einfach!"

„Rob weiß es angeblich. Ich traue dem Wolf nicht." Jetzt betrachtete René einen Häusergiebel auf der anderen Seite des Markplatzes.

„So, so", murmelte Parlan. „Na, wenn du das sagst. Dann solltet ihr dem Wolf demnächst vielleicht einen Namen geben?"

„Wie wäre es mit Mephisto?", schlug René zynisch vor. „Würde doch für unseren angeblich ungefährlichen Wolf passen, finde ich."

„René", knurrte Jana. Ihr Blick durchbohrte ihn regelrecht.

„Mir gefällt der Name irgendwie", sagte Parlan.

Robert verdrehte genervt die Augen.

Wenig später hatten sie sich mit Proviant eingedeckt und verließen den Marktplatz. Sie gingen durch einige schmutzige Gassen, in denen Katzen herumstreunten. Roberts Blick fiel auf ein Schild im Fenster eines Ladens: „Vergessen, 1 Unze 20 Taler". Er blieb stehen.

„Wie kann man denn Vergessen verkaufen?", fragte er erstaunt.

Jana runzelte die Stirn und wies auf das Schild, das über der Ladentür hing. Eine Waage mit Schalen voller kleiner Säckchen war darauf abgebildet. „Das ist ein Spezereienhändler. Offensichtlich bietet dieser hier auch Vergessenspulver an."

„Und was ist das?", fragte René neugierig und versuchte durch das Fenster des Ladens zu spähen.

Jana seufzte. „Ein Pulver, das Vergessen verursacht."

„Jetzt komm schon, Jana, erzähl uns was dazu!" René hatte es aufgegeben, durch die trüben Fenster etwas erkennen zu wollen.

„Von mir aus. Es gibt das Handwerk der Vergessenssieder. Ein Vergessenssieder sammelt die Rinde von Krüppelzimtbäumen und verarbeitet sie zu einem Pulver. Atmet man ein wenig davon ein, vergisst man den jüngsten Teil seiner Erinnerungen. Umso größer die Dosis ist, desto mehr vergisst man. Das Vergessenspulver wird oft verwendet, um schlimme Erlebnisse aus einer Erinnerung zu verbannen, aber es wird auch oft genug für zwielichtige Zwecke missbraucht. Außerdem gibt es immer wieder Unfälle in Vergessenssiedereien, bei denen die Erinnerungen eines ganzen Lebens ausgelöscht werden. Deshalb dürfen eigentlich nur Spezereienhändler mit besonderer Genehmigung Vergessenspulver verkaufen." Sie betrachtete das Schild im Ladenfenster noch einmal mit gerunzelter Stirn. „Ich bezweifle, dass dieser Laden hier das echte Vergessenspulver verkauft. Aber wie auch immer, lasst uns weitergehen."

Unter Janas Führung bogen Robert, René und Parlan um zwei Ecken, dann standen sie wieder auf der breiten Straße, die durch die Stadt führte. Sie folgten ihr bis ans andere Ende von Azun, wo ebenfalls ein Tor durch die Stadtmauer führte. Robert blickte sich noch einmal zu den Häusern und Leuten um. Es war wirklich wie ein Blick in ein Märchenbuch. Die lanzenbewehrten Wachen ließen sie auch diesmal einfach durch und kaum, dass sie unter dem Torbogen hervortraten, hörte das Kopfsteinpflaster unter ihren Füßen auf. An seine Stelle trat wieder die staubige Feldstraße.

„Dann also auf nach Mediocriter!", sagte Jana. „Eine Tagesreise noch, dann haben wir es geschafft."

„Eine Tagesreise?", fragte René misstrauisch. „Heißt das, wir kommen heute Abend an oder morgen um diese Zeit?"

„Erst morgen. Wir haben Zeit verloren bei unserem Umweg, um die Dörfer zu umgehen. Wenn heute mehr los wäre, könnten wir unterwegs bestimmt auf dem Karren eines Bauern mitfahren. Dann würden wir es eher schaffen."

„Aber ausgerechnet heute fährt niemand in die Stadt, hm?"

„Richtig."

René seufzte tief.

„Wenigstens müssen wir uns jetzt nicht mehr durch den Wald schlagen", meinte sie, sah aber auch nicht gerade glücklich aus bei dem Gedanken an ihr ungünstiges Timing. „Wir sind jetzt weit genug entfernt von Parlans Dorf."

„Immerhin", meinte Robert und probierte unauffällig aus, wie er auftreten musste, damit er seine Wasserblasen am wenigsten spürte.

Nach einigen Stunden Marsch auf dem steinigen Weg blieb Robert einfach stehen.

„Stopp. Pause. Ich kann einfach nicht mehr weiterlaufen." Er tappte von der Straße weg, als ginge er auf rohen Eiern, und ließ sich ins blumendurchsetzte Gras fallen.

„Ganz deiner Meinung", murmelte René und ließ sich neben seinen besten Freund fallen. „Hast du auch schon Blasen auf den Blasen?", erkundigte er sich flüsternd.

Robert verzog das Gesicht und nickte.

Gezwungenermaßen setzten sich auch Parlan und Jana zu ihnen auf den Boden. Jana holte den Proviant heraus.

„Also wirklich. Wir sitzen hier gemütlich und picknicken, obwohl wir doch so schnell wie möglich nach Mediocriter müssen." Trotzdem war ihr anzusehen, dass auch ihr die Füße allmählich wehtaten.

„Pff!" René sah sie schräg an. „Vorgestern sind wir am Morgen wegen der Blutperle und in der Nacht wegen einer mordlustigen Horde Dörfler wie die Blöden gerannt. Ich finde, jetzt können wir ruhig eine Viertelstunde Pause machen."

„Solche Worte wie Viertelstunde solltet ihr nicht so selbstverständlich benutzen", sagte Parlan.

Jana nickte eindringlich. „Die Leute haben hier höchstens bei einer Turmuhr die Möglichkeit, nach der Uhrzeit zu sehen, und viele können die Uhr nicht einmal lesen. Ist euch nicht aufgefallen, dass in Azun außer an Türmen keine Uhr zu sehen war?"

„In Ordnung, ich versuche es ja", seufzte René. Robert beobachtete eine Hummel, die so pummelig war, dass sich der Stängel der gelben Blume, auf der sie zu landen versuchte, bei jedem Anlauf bis zum Boden bog. Die Sonne ließ die gelben Blütenblätter leuchten und das Brummen der Hummel drang unermüdlich an seine Ohren. Alles wirkte so übertrieben friedlich, dass Robert unwillkürlich den Kopf schüttelte, um das Gefühl der Unwirklichkeit loszuwerden, das ihn gepackt hatte. Er musste noch ein zweites Mal den Kopf schütteln, bevor der Eindruck verschwand, in einem schwärmerischen Sommergedicht gelandet zu sein.

Kurz darauf machten sich die vier wieder auf den Weg. Insgeheim hoffte Robert, dass entgegen Janas Meinung doch noch irgendein Karren vorbeikam und sie mitnahm, aber er wurde enttäuscht. Seinen und Renés Füßen blieb nicht das kleinste Stück Weg erspart und als es Abend wurde, humpelten die beiden so sehr, dass sie kaum noch vorwärtskamen. Schließlich verließen sie die Straße und folgten einem kleinen Bach, bis sie eine große Baumgruppe erreichten. Dort stellten sie ihre Rucksäcke ab und richteten sich für die Nacht ein. Diesmal entfachten sie sogar ein Lagerfeuer, da sie sich jetzt nicht mehr verstecken mussten.

Während sie zu Abend aßen, wurde die Dämmerung langsam zur Dunkelheit und die letzten roten Lichtflecken des Sonnenuntergangs verblassten am Himmel. Es sah für Robert aus wie das Motiv eines Posters.

Irgendwann stand Robert auf. „Ich kühle meine geschundenen Füße an dem kleinen Bach dort drüben. Vielleicht kann ich dann morgen wieder anständig laufen."

Seufzend humpelte er zwischen den Bäumen hindurch und setzte sich ans Ufer des Baches. Er zog Schuhe und Socken aus und steckte seine Zehen ins kühle Wasser. Er ließ die Gedanken schweifen, zu dem seltsamen Wolf, zu Azun, zu allem, was sie bisher schon erlebt hatten im Verborgenen Land. Jana hatte doch tatsächlich gemeint, es könnte erst gefährlich werden, *nachdem* sie Anweisungen vom Rat erhalten hatten. So konnte man sich also täuschen.

Er dachte an Cora, Tom und Kevin, an Kasimir und Thar und fragte sich, ob Graf Zurkott schon eine passende Uhr für die notwendige Kombination gefunden hatte und wie es der Tochter des Grafen wohl ging, der er das Lynzenarmband gestohlen hatte. Ihm fiel ein, dass er nichts von ihr gesehen oder gehört hatte, als er zusammen mit René die ramponierte Standuhr in die Villa geschleppt hatte.

Sein Blick fiel auf einen Lichtschimmer auf dem Wasser des Baches. Das kleine Lagerfeuer konnte nicht dafür verantwortlich sein. Dessen Schein erreichte Roberts Platz bei Weitem nicht stark genug. Er blickte nach oben, aber durch die Zweige der Bäume war nichts mehr von dem Sonnenuntergang zu sehen, nur noch dunkelblauer Himmel. Er sah sich unbehaglich um. Es gab keine Lichtquelle für eine Reflektion. Er starrte auf die schimmernde Stelle im Bach. Irgendetwas musste unter der Wasseroberfläche leuchten. Sein erster Gedanke war, Jana zu holen und sie zu fragen, was das sein konnte. Robert hatte schon die Füße aus dem Wasser genommen, als sich das inzwischen vertraute kleine Etwas in seinem Kopf meldete und ihn innehalten ließ. Er zögerte kurz, dann watete er vorsichtig auf die rötlich schimmernde Stelle im Wasser zu. Das leise Murmeln des Baches und das sanfte Rascheln der Blätter kam ihm plötzlich unwirklich laut vor. Er schüttelte ein paar Mal den Kopf, aber diesmal schaffte er es nicht, dieses Gefühl loszuwerden.

Er watete den letzten Schritt auf das Leuchten zu und blickte direkt von oben darauf. Es sah so aus, als wäre einer der Steine am Grund die Lichtquelle. Robert bückte sich – und erstarrte.

Er hörte Musik. Ganz leise nur, aber er kannte die Melodie. Sie war wunderschön. Es war der Gesang des ‚Phönix', den er bei seiner Reise durch das Viaportal gehört hatte. Er blickte auf den leuchtenden Stein vor ihm hinab.

Ob das vielleicht …?

Robert fasste ins Wasser und umschloss den leuchtenden Stein mit seiner rechten Hand. Für die Dauer eines Herzschlages wurde der Phönixgesang genauso laut und fantastisch wie damals. Er zog die Hand aus dem Wasser und im selben Moment verstummte die Musik, doch diesmal hinterließ sie nicht Leere und Dunkelheit wie im Viaportal, sondern ein Gefühl von Zuversicht. Ein sanfter Lichtschimmer drang zwischen seinen Fingern hervor. Er öffnete die Hand und betrachtete das, was er vom Grund des Baches aufgehoben hatte.

Es war ein kohlrabenschwarzes Ei, das so klein war, dass es gut in seine Hand passte. Es war steinhart und warm, obwohl es im kalten Wasser gelegen hatte. Robert schloss seine Finger wieder um das Phönixei und der rötliche Schein erlosch wie zuvor die Musik. Dafür schien das kleine Ei noch wärmer zu werden. Gleichzeitig fiel das Gefühl, in einem Film gelandet zu sein, von Robert ab. Gerade wollte er zurück zum Ufer, als er hinter sich einen aufgeregten Ruf hörte.

„Rob! Was ist denn los? Was war das eben? Hast du diese seltsame Musik auch gehört? Sie hat schön geklungen, aber das war schon unheimlich. Rob?"

René stand am Ufer, als Robert aus dem Bach stieg, und musterte ihn misstrauisch.

„Es ist alles in Ordnung", erwiderte Robert. Tatsächlich waren die Blasen an seinen Zehen und die Schmerzen in seinen strapazierten Gliedern verschwunden. Umständlich schlüpfte er wieder in seine Socken und Schuhe, ohne dabei das Phönixei loszulassen.

„Dann hatten Jana und Parlan recht", murmelte René.

„Warum glaubst du den beiden eigentlich momentan nichts?", fragte Robert.

„Ach, bei Jana ist es einfach Prinzip. Und Parlan ist irgendwie …" Er suchte nach dem passenden Wort. „Komisch."

„Komisch?"

„Ja", antwortete René nachdenklich. „Ich meine, abgesehen von seinen Ipsederatus-Eigenschaften. Er ist zweimal abgehauen und seine Erklärung dafür war – nett ausgedrückt – eindeutig eine Flunkerei."

„Du meinst das blutverschmierte Hemd?"

„Genau. Wieso sollte er Panik bekommen, wenn es dunkel ist und er das Blut gar nicht mehr sehen kann? Das ist sowas von unlogisch! Und seit wann läuft man davon und fällt nicht in Ohnmacht, wenn man den Anblick von Blut nicht erträgt?"

„Das ist seltsam, ich weiß. Aber wir werden es schon noch erfahren. Entweder von ihm selbst oder von Jana. Die zwei werden ihre Gründe haben, warum sie uns noch nicht einweihen."

„Noch ein Argument, warum ich mit Jana ständig streite. Sie weiß mehr, als sie sagt, und ich kann so viel Geheimniskrämerei nicht leiden", murmelte René.

Robert klopfte ihm tröstend auf die Schulter. „Erinnerst du dich noch an unser hübsches Gespräch vor der Reise durchs Viaportal?"

„Gespräch? Du meinst wohl eher Streit."

„Ich dachte vor allem an ein gewisses Versprechen."

René ächzte. „Ich soll nicht die ganze Zeit einen Grund zum Streiten suchen, ja, ja."

Robert kannte ihn gut genug, um zu wissen, dass er sich das Versprechen wieder richtig zu Herzen nehmen würde, wenn er jetzt nicht weiter nachhakte, also wechselte er das Thema.

„Und, ist das Verborgene Land so schlimm für dich, wie du es dir vorgestellt hast?"

„Abgesehen von mörderischen Dorfbewohnern, Geheimniskrämerei und tagelangem Laufen mit knurrendem Magen und blasenübersäten Füßen? Nein, eigentlich nicht. Es sieht hier immerhin noch aus wie auf der Erde."

„Wir sind hier auf der Erde."

„Du weißt, was ich meine."

Dann schwiegen sie. Das Lagerfeuer war schon ganz nah, da hielt René ihn fest und sprach eine Frage aus, die ihnen beiden ständig durch den Kopf geisterte.

„Wo Tom und Kevin wohl gerade stecken? Und Cora? Mann, sie fehlen mir wirklich, samt allen unangenehmen Begleiterscheinungen", fügte René seufzend hinzu. „Ferngesteuerte rote Autos, Mumien, Vorwand-Petersilie ..."

Robert legte ihm eine Hand auf die Schulter. „Ich mache mir ja auch Gedanken, aber ich habe leider genauso wenig Ahnung wie du, wo sie stecken. Komm, gehen wir zu Jana und Parlan."

Langsam gingen sie die letzten Meter zwischen den Bäumen hindurch.

„Na?", fragte Jana, als sie sich zu ihnen ans Feuer setzten. „Kein musizierendes Ungeheuer am Bach, nein?" Sie grinste René an. Der öffnete den Mund, um etwas zu erwidern, aber sie ließ ihn gar nicht erst zu Wort kommen, sondern wandte sich neugierig an Robert. „Dass es irgendetwas mit deinem Phönix war, haben wir gehört, aber was genau? Ich hoffe, du nimmst es mir nicht übel, dass ich Parlan erzählt habe, dass ein Phönix dich zu seinem Herrn auserkoren hat."

Robert schüttelte den Kopf, obwohl er dabei dachte, dass er selbst und René langsam auch gerne ein paar Antworten bekommen würden. Er öffnete langsam seine Hand, damit die anderen das Phönixei sehen konnten. Jana schnappte nach Luft. Parlans Blick huschte zwischen seiner Hand und seinem Gesicht hin und her. René sah verdutzt aus der Wäsche.

„Was ist das?"

„Rate mal", schlug Robert vor und starrte das Ei an, das wieder zu leuchten begann.

Aber an seiner Stelle flüsterte Jana andächtig: „Das Phönixei! Du meine Güte, jetzt schon!"

„Aha. Und wann schlüpft da was?", wollte René wissen.

Parlan musterte ihn ernst mit seinen orange gesprenkelten Augen. Seine sonst so warme Stimme klang plötzlich scharf. „So spricht man nicht von so einem edlen Geschöpf! Ein Phönix ist ein uraltes Wesen, das außerhalb der Zeit lebt und unschätzbar wertvolle Kräfte besitzt! Außerdem ist es ein unglaublich seltenes Ereignis, wenn ein Phönix schlüpft. Überhaupt ist der Anblick eines solchen Vogels eine Seltenheit, geschweige denn der eines Eis!"

René murmelte etwas Undeutliches und Robert warf dem Ipsederatus einen erstaunten Blick zu. So viel hatte ihr neuer Begleiter bisher noch nicht geredet. Der Ipsederatus wandte sich ihm zu.

„Aber was mich wundert, ist, dass du vorher keine Anzeichen gespürt hast, dass du deinem Phönix schon so nahe bist", sagte Parlan.

„Meinst du vielleicht so ein seltsames Gefühl, als ob man in einem Gedicht gelandet wäre?"

„Wie bitte?", fragten René und Jana im Chor.

„Das Gefühl war immer nur ganz kurz da. Ich dachte, es käme von der Erschöpfung. Was soll das denn jetzt?"

„Das meine ich nicht", unterbrach ihn Jana ungnädig. „Was ich meine, ist, woher du du so genau über Phönixe Bescheid weißt, Parlan. Kennst du den Herrn eines Phönix?"

„Nein, kenne ich nicht", erwiderte Parlan ungeduldig. „Offenbar gibt es ein paar Dinge, die auch du nicht über uns Ipsederati weißt." Ein seltsamer Ausdruck schlich sich in seine Augen.

Da schaltete sich René hoffnungsvoll ein. „Da wir ja gerade beim Thema wären …"

Wenn er damit bezweckt hatte, Jana und Parlan ein paar interessante Dinge aus der Nase zu ziehen, wurde er enttäuscht. Jana durchbohrte ihn förmlich mit einem ungeheuer ärgerlichen Blick und dann wurde Robert aufgefordert zu erzählen, wie er das Ei gefunden hatte. Aber niemand wusste anschließend noch etwas dazu zu sagen, außer dass es dem Ei offenbar behagte, wenn Robert es fest in seine Hände schloss. Dann hörte es auf zu leuchten und wirkte irgendwie ruhig.

Als die vier sich kurze Zeit darauf in ihre Decken wickelten und sich möglichst bequem auf den Boden legten, behielt Robert das Ei vorsichtig bei sich. Das Feuer war heruntergebrannt. René hatte es nachschüren wollen, weil er wilde Tiere in der Nähe befürchtete, aber Parlan hatte den Vorschlag verächtlich abgelehnt.

Eine Weile herrschte Schweigen.

„Ich glaube es einfach nicht", murmelte Jana. „Hat der es tatsächlich schon gefunden!"

„*Der* kann dich hören", erinnerte Robert sie.

„Ich denke ja nur laut."

René grunzte leise und Robert war sich sicher, dass er sich gerade mühevoll eine spitze Bemerkung verkniff.

Robert grinste. „Sagt mal, ist unser Wolf heute nicht aufgetaucht oder habe ich ihn heute nur nicht gesehen?"

René lachte auf. „Glaub mir, wenn ich ihn irgendwo gesehen hätte, hättest du das nicht überhört. Vielleicht war es doch nur ein Zufall, dass er zweimal aufgetaucht ist."

„Ganz sicher", sagte Jana gedehnt. Ihre Worte troffen nur so vor Ironie.

„Das Thema haben wir doch schon durchgekaut."

„Der Wolf kommt nicht, weil ich hier bin." Parlans Stimme schien in der Luft hängenzubleiben wie ein schwerer Duft.

Sie schwiegen gespannt, aber Parlan erwiderte nichts mehr. Still lag er da und sah aus, als schliefe er schon seit Stunden. Robert tauschte einen Blick mit René. Er konnte die Frage direkt spüren, die seinem Freund auf den Lippen brannte.

Er zuckte mit den Schultern und drehte sich dann so, dass er keinen der anderen mehr im Blick hatte, schaute auf das allerletzte Glimmen der Feuerstelle, das immer schwächer wurde, und versuchte, Ordnung in seinen Kopf zu bringen. Es wollte ihm nicht gelingen. Zu viel hatte er heute gesehen, gehört und erlebt. Er schloss seine Finger noch fester um das steinharte, warme Phönixei und versuchte, seine umherwirbelnden Gedanken irgendwie zu bändigen, damit er einschlafen konnte. Er war völlig erschöpft, obwohl seine Glieder fast nicht mehr schmerzten und die Blasen an seinen Füßen verschwunden waren.

Nach einer ganzen Weile, in der er es nicht geschafft hatte, zur Ruhe zu kommen, versuchte er, sich an die Melodie des Phönixgesanges zu erinnern. Er brauchte eine Weile dazu, aber dann konnte er den schönen Gesang in seinem Kopf hören. Ganz für sich diesmal, nicht so, dass andere sie auch hören konnten, sondern nur er allein. Das Lied ließ Ruhe in seinen Kopf einkehren. Mit der Melodie im Ohr und dem Phönixei in der Hand schlief Robert schließlich ein.

23. Kapitel
Die Schale bricht

Robert wurde davon wach, dass jemand an seiner Schulter rüttelte.

„Was'n?", gähnte er verschlafen und drehte sich auf die andere Seite. So gut hatte er schon lange nicht mehr geschlafen. Er war völlig entspannt, obwohl er auf dem unbequemen Boden lag.

Wieder wurde an ihm gerüttelt.

Seufzend öffnete er die Augen und blickte in Renés Gesicht. Der sah aufgeregt aus und fuchtelte mit einer Hand vor Roberts Gesicht herum.

„Rob!"

„Was ist denn?" Er gähnte ausgiebig, dann setzte er sich auf. Ein kurzer Blick zeigte ihm, dass er mit René alleine zwischen den Bäumen saß.

„Was los ist? Hör doch!"

Erst jetzt fiel Robert auf, dass er den Phönixgesang immer noch hören konnte. Allerdings war er jetzt noch viel lauter als gestern Nacht. Die Musik war nicht mehr nur in seinem Kopf. Er sah erschrocken auf seine Hände, aber er hielt das Phönixei noch immer sicher in der lockeren Faust. Unscheinbar mattschwarz lugte es zwischen seinen Fingern hervor. Es war jedoch viel wärmer als gestern.

„Ja, ich höre die Musik auch, aber ich habe keine Ahnung, was los ist. Wir sollten die anderen fragen. Wo sind Jana und Parlan denn?"

„Das weiß ich nicht. Ich bin von der Musik wach geworden und da waren sie schon weg."

„Ach, die vertreten sich bestimmt nur die Beine und kommen gleich angerannt, wenn sie die Musik hören. Laut genug ist sie ja", meinte Robert, während er seine Decke zusammenfaltete und auch die der anderen aufhob.

„Allerdings. Und sie wird immer lauter!"

Die Melodie, die tatsächlich immer weiter anschwoll, verbreitete eine angenehme Ruhe. René schien davon allerdings nervös zu werden. Fortwährend lief er zwischen den Bäumen hin und her wie ein eingesperrter Tiger und blickte sich alle paar Sekunden unbehaglich um, bis kurz darauf Janas Stimme zu ihnen drang.

„Rob? René?"

Einen Augenblick später tauchte Jana auch schon atemlos zwischen den Bäumen auf, Parlan im Schlepptau. Von der Nacht auf dem Waldboden zierten ein paar Fichtennadeln Janas hellbraunen Haarzopf.

„Ist schon was passiert? Parlan meint, dass der Phönix gleich schlüpft! Ich bin so aufgeregt! Wir sehen jeden Moment einen Phönix aus seinem Ei schlüpfen! Ich kann's gar nicht glauben! Oh, ich bin so gespannt!"

„Was habt ihr gemacht?", unterbrach René ihren Redeschwall ungnädig. Robert hatte den Verdacht, dass sein Freund an Vorwand-Petersilie denken musste. Das Etwas in seiner Brust, das nichts mit der Lynzenuhr zu tun hatte und das er schon fast wieder vergessen hatte, regte sich unbehaglich.

„Nur einen kurzen Morgenspaziergang, weil wir euch nicht wecken wollten mit unserem Gespräch", antwortete Jana.

„Gespräch? Worüber denn?", hakte René mit hochgezogenen Augenbrauen nach.

Jana öffnete schon den Mund, um etwas zu erwidern, aber Parlan war schneller.

„Sie hat mir ins Gewissen geredet, doch das ist jetzt nicht so wichtig. Wo ist das Phönixei?"

Robert musterte ihn einen Moment nachdenklich und nahm sich vor, bei der nächsten Gelegenheit einen rhetorischen Überraschungsangriff zu unternehmen, um Jana oder Parlan dieses äußerst interessante Gesprächsthema zu entlocken. Dann öffnete er seine Hand, um das Ei zu zeigen. Die Musik war inzwischen so laut geworden, dass sie über das Rauschen eines Wasserfalls hinweg zu hören gewesen wäre. Seltsamerweise konnten sich die vier trotzdem mühelos unterhalten. Gerade als alle das kleine schwarze Ei anstarrten, wurde dieses schlagartig so heiß, dass Robert es um ein Haar fallengelassen hätte. Er rollte es hektisch von einer Hand in die andere, um sich möglichst wenig daran zu verbrennen.

„Au! Autsch! Uaaahhh! Was soll denn das?! Das ist heiß, zum Henker! Autsch!"

„Leg es in die Asche des Lagerfeuers!", rief Parlan ungewohnt aufgeregt.

Robert folgte seinem Ratschlag. So hastig und so vorsichtig, wie das gleichzeitig möglich war, beförderte er das inzwischen glühend heiße Phönixei auf die Feuerstelle und pustete auf seine Hände.

„Oh Mann, oh Mann", schnaufte er, „hoffentlich bleiben mir keine Verbrennungen."

„Glaub ich nicht", murmelte Parlan, ohne auch nur einen Blick darauf zu werfen. Alle blickten wie gebannt auf das kleine, schwarze Ei, das jetzt in der kalten Asche lag.

Sekundenlang passierte nichts.

Dann loderten plötzlich Flammen auf. Zuerst dachte Robert, das glühende Ei hätte die restlichen Holzstücke in Brand gesetzt, aber dann sah er, dass das Ei selbst der Ursprung des Feuers war. Der Phönixgesang gipfelte in einer so schönen Melodie, dass sich sein Herz schmerzhaft zusammenzog, dann loderte eine gewaltige Stichflamme auf – und alles war still. So plötzlich die Flammen erschienen waren, so schnell erloschen sie auch wieder und das Ei lag einen Augenblick lang unverändert da.

Dann zerfiel es zu Asche.

Sie hielten erschrocken den Atem an.

Da sahen sie es. Etwas in dem kleinen Aschehaufen, der von dem Ei übriggeblieben war, bewegte sich. Ein winziger, von grauem Staub bedeckter Kopf erhob sich daraus. Der seltsam zierliche Raubvogelschnabel öffnete sich und der Phönix gab seine ersten Töne von sich, eine einfache, dünne und piepsige, aber unverkennbare Version der Musik, die sie alle zuvor gehört hatten. Das Köpfchen drehte sich so, dass die geschlossenen Augen auf Robert gerichtet waren.

„Hallo", sagte Robert zögerlich. Etwas Besseres fiel ihm nicht ein, erstaunt wie er war. Zum Glück hatte es den anderen die Sprache im Moment komplett verschlagen, sodass niemand einen Kommentar zu seiner geistreichen Äußerung von sich geben konnte. Der Phönix gurrte zufrieden beim Klang seiner Stimme und erhob sich aus der Asche. Nachdem er mit den Flügelstummelchen gezappelt hatte, um die Asche abzuschütteln, tapste der Vogel auf Robert zu. Die Füße trugen sein Gewicht noch nicht und jedes Mal, wenn er sich ein paar Schritte fortbewegt hatte, plumpste er auf den Bauch. Beim dritten Mal blieb er sitzen und öffnete seine Augen. Sie glänzten wie schwarze Perlen. Der Phönix blinzelte ein paarmal, gurrte seine einfache Melodie und rappelte sich wieder auf, um weiter auf Robert zuzutaumeln.

„Ach, wie süß!", flüsterte Jana.

Parlan schnaubte. „Ein Phönix ist nicht süß."

„Der da ist süß. Zumindest jetzt noch."

Robert ignorierte sie. Als der frisch geschlüpfte Phönix sich erneut aus der Asche kämpfte, streckte Robert vorsichtig eine Hand nach ihm aus. Der Vogel ruckte mit dem Kopf, blinzelte und tapste auf seine Hand. Er kuschelte sich hinein und gab zufriedene Laute von sich. Robert betrachtete ihn genau. Das Federkleid war noch unvollständig, aber es schien einmal rot-golden zu werden, so wie es bei dem Vogel aus Licht ausgesehen hatte. Einige vorwitzige Flaumfedern standen vom Kopf ab wie bei einer

Sturmfrisur. Der Phönix seinerseits besah sich den Menschen, der ihn in der Hand hielt. Offenbar fand er ganz in Ordnung, was er sah, denn nach einer ausgiebigen Begutachtung der Lage schloss er die Augen und schlief ein.

„Womit muss man den denn füttern?", fragte Robert unsicher.

„Mit nichts", antwortete Parlan.

„Nichts?", wiederholte er ungläubig.

„Na ja, er muss schon etwas fressen, aber wir müssen ihn nicht füttern. Ein Phönix muss seine Nahrung nicht suchen oder jagen." Parlan klang jetzt wieder unerschütterlich. „Er kann alles Mögliche fressen: Früchte, Blumen, Insekten, Nagetiere, Fische. Egal, wo er ist, etwas Fressbares findet er immer. Und wenn ein Phönix nicht selbst auf Nahrungssuche gehen kann, kommt das Futter eben zum Phönix." Parlan nickte, als wäre nun alles erklärt.

Robert runzelte die Stirn. „Wie bitte? Das Futter kommt zum Phönix?"

Die Mundwinkel des Ipsederatus umspielte ein Lächeln. „Das werden wir zu sehen bekommen, sobald der kleine Herr wach wird und Hunger hat. Ich will euch die Überraschung nicht verderben." Er beugte sich vor, um den schlafenden Phönix aus allernächster Nähe zu betrachten. „Das weiß nämlich noch nicht einmal Jana genauer", flüsterte er Robert so leise zu, dass diese es nicht mitbekam.

Robert musterte ihn nachdenklich. Ihm lag die Frage auf der Zunge, warum Parlan jetzt auf einmal so gesprächig war. Was der Ipsederatus in den letzten Minuten geredet hatte, war fast mehr, als er in den ganzen letzten Tagen gesprochen hatte, und es war nicht nur mehr, es war vor allem sogar verständlich. Doch Robert schwieg und gab stattdessen nur ein äußerst intelligentes „Aha" von sich. Eine Sekunde später fragte er sich, ob es nicht weniger dumm gewirkt hätte, um eine weitere Erklärung zu bitten.

Parlan wandte sich Jana und René zu. „Wir sollten aufbrechen, damit wir möglichst bald nach Mediocriter kommen. Der Rat wartet sicher schon."

Drei Augenpaare blickten ihn mehr oder weniger überrascht an.

Eine halbe Stunde später waren sie schon so weit gelaufen, dass von der großen Baumgruppe mit dem plätschernden Bach nichts mehr zu sehen war. Der Phönix schlummerte zufrieden in Roberts Hand und ließ sich nicht stören, weder vom Auf und Ab seiner Schritte, noch von dem Gespräch, das sich entwickelt hatte. Parlans Redebereitschaft hielt an und René versuchte natürlich, ihm so viel wie möglich zu entlocken.

„Wie alt bist du eigentlich?", fragte er neugierig und musterte ihn von den verschiedenfarbigen Haaren bis zu den löchrigen Schuhen.

„Fünfzehn oder sechzehn", antwortete er und zog die Nase kraus. „So genau weiß ich das nicht. Ich bin bei Leuten aufgewachsen, die mich aufgenommen haben, als ich noch klein war. An die Zeit davor kann ich mich nicht erinnern und folglich weiß ich auch nicht, wie alt ich eigentlich bin." Er zuckte mit den Schultern.

„Warum warst du bei einer fremden Familie?" René blickte ihn an, als sähe er ihn zum ersten Mal.

„René!", zischte Jana unfreundlich und diesmal konnte Robert sie sogar verstehen. René, der selbst so empfindlich war, wenn jemand in seiner Vergangenheit stochern wollte, sollte wenigstens ein bisschen umsichtiger sein bei diesem Thema, aber René ignorierte das offenkundige Missfallen der anderen und wartete gespannt auf eine Antwort.

Parlan zögerte. „Ich weiß es nicht. Wie gesagt, ich kann mich nicht erinnern. Ich war zu klein."

René runzelte die Stirn, aber bevor er etwas sagen konnte, ertönte ein melodisches Gurren. Alle sahen auf Roberts Hand, in der der kleine Phönix hockte und sich neugierig mit weit geöffneten Augen umblickte. Er gurrte noch einmal, stellte sich auf seine Beinchen, die ihn inzwischen problemlos trugen, und sperrte den Schnabel auf.

„Was macht er da?", fragte René anstelle von dem, was auch immer er hatte sagen wollen. „Hat er Hunger?"

„Offensichtlich." Jana warf ihm einen verächtlichen Blick zu, bevor sie ratlos den Phönix wieder betrachtete, der seelenruhig mit offenem Schnabel dasaß und auf irgendetwas zu warten schien. „Was sollen wir denn jetzt machen?"

Parlan lächelte gelassen. „Warten."

„Warten?" Diesmal waren Jana und René unüberhörbar der gleichen Meinung.

„Natürlich. Da, seht!"

Robert, René und Jana erhaschten gerade noch einen Blick darauf, wie eine dicke Fliege schnurstracks in den erwartungsvoll aufgesperrten Schnabel flog. Der Phönix verschluckte sie, gab ein paar zufriedene Töne von sich und nahm wieder dieselbe wartende Pose ein wie zuvor.

„Ah, jetzt verstehe ich. Das Futter kommt zum Phönix!", sagte Robert und starrte das frech dreinschauende Bündel Flaumfedern in seiner Hand an.

Der Phönix legte den Kopf schief und erwiderte den Blick mit großen, glänzenden Perlaugen und hungrig aufgesperrtem Schnabel, in den sich prompt eine weitere Fliege verirrte.

Im selben Moment rumpelte hinter ihnen ein Bauernkarren heran. Jana murmelte Robert und René noch einmal zu, dass sie das Reden ihr und Parlan überlassen sollten. Mitten auf der Straße hielt sie inne und stellte sich so hin, dass der Bauer entweder mit seinem Karren durch die Wiese fahren oder anhalten musste. Er entschied sich dafür, stehen zu bleiben. Der große Ackergaul schnaubte, als er die unvorhergesehene Pause dazu nutzte, ein paar lästige Fliegen zu verscheuchen, die dem Phönix als lebensmüdes Futter gerade recht kamen.

„Holla!", rief der Bauer ihnen zu und hob grüßend eine Hand. „Wohin des Weges und woher?"

„Wir befinden uns auf der Reise nach Mediocriter, mein Herr", antwortete ihm Jana und Robert wusste schon nach diesen wenigen Worten, warum er und René besser schwiegen, wenn sie mit Einheimischen redete. Diese Ausdrucksweise hätten sie nie im Leben überzeugend hinbekommen. „Wir sind schon lange unterwegs und erschöpft. Wenn Ihr uns wohl auf Eurem Wagen ein Stück mitfahren lassen wolltet?"

„Nun", meinte der Bauer und musterte sie einen nach dem anderen, „Was hätte ich wohl davon, dich und deine Kameraden auf ... Allmächtiger!"

Sein prüfender Blick war an Roberts Hand hängen geblieben. Der Phönix schien das zu bemerken und gab sein Lied zum Besten, das zwar noch einfach klang, aber schon ein ganzes Stück beeindruckender war als das Gurren, das er vor dem Schläfchen und der Mahlzeit hatte ertönen lassen.

„Ist das etwa ein Phönix?"

Einen Moment lang zögerte Jana, aber dann antwortete sie dem Bauer gelassen. „Ja. Dieser Phönix hat einen unter uns zu seinem Herrn auserkoren. Wenn Ihr nun so gütig wärt, uns ein Stückchen mitzunehmen?"

Aber der Bauer hörte ihr, wenn überhaupt, nur mit halbem Ohr zu. Mit scheuem Blick wandte er sich an Robert, auf dessen Hand der Vogel vor sich hin trällerte.

„Es wäre mir eine Ehre, mein Herr, wenn Ihr Euch hier neben mich auf den Bock setzen wollt!"

„Danke", erwiderte Robert unsicher, „aber ich würde mich lieber einfach mit meinen …" Er stockte und versuchte angestrengt, die umständliche Ausdrucksweise zu übernehmen. „… Gefährten auf die Ladefläche Eures Wagens setzen."

„Natürlich, natürlich." Der Bauer senkte den Kopf und Robert fragte sich, ob er ihn gerade gekränkt hatte.

Sie stiegen auf den Wagen, auf dem sich Holz, einige Früchte, ein paar Felle, die Robert absolut keinem Tier zuordnen konnte, und Wolle befanden, alles möglichst so verstaut, dass es auf der holprigen Straße nicht durcheinandergeworfen und beschädigt wurde. Vorsichtig suchten sich alle einen Platz, an dem sie keinen Schaden anrichten konnten.

„Wo fahrt Ihr denn hin? Wie weit könnt Ihr uns mitnehmen?", erkundigte sich Parlan freundlich.

„Nun, mein Ziel ist ebenfalls die Stadt der Mitte", sagte der Bauer und trieb das Pferd wieder an. Sofort ruckelte und zuckelte der Karren über die Straße und die Freunde wurden durchgeschüttelt, dass ihnen die Vorstellung daran, den restlichen Weg auch noch zu Fuß zu gehen, gar nicht mehr so unangenehm war. Nur dem jungen Phönix schien die Fahrt richtig Spaß zu machen. Er marschierte Roberts Arm hinauf und hinab, übte sein Lied, das allmählich ein wenig kunstvoller klang, und hüpfte schließlich sogar auf den seltsamen Fellen herum, wobei er mit den Flügeln schlug, als wollte er bereits versuchen zu fliegen.

Robert lachte. „Dazu bist du aber noch zu klein, Freundchen! Du hast ja sogar noch Flaum auf dem Kopf!"

Doch nur einen Herzschlag, nachdem er das ausgesprochen hatte, stutzte er. Der Phönix, der ihn aus schwarzen Perlaugen anblickte, hatte kaum mehr Flaumfedern! Robert runzelte die Stirn. Wirkte der Vogel nicht auch schon ein bisschen größer als vorhin? Und hatte er nicht schon viel mehr Federn? Parlan zupfte Robert etwas vom Pullover und hielt es ihm vor die Nase: eine leuchtend rote Flaumfeder.

„Phönixe wachsen sehr schnell", erklärte er leise. Er drückte sie ihm in die Hand. „Die bringen Glück. Zumindest demjenigen, dem du sie schenkst. Du könntest dem Bauer einen großen Gefallen damit tun." Robert sah auf die armselige Kleidung des freundlichen Bauern und die wenigen Dinge, die er auf seinem Karren geladen hatte.

„Bringen sie richtig Glück oder ist das ein Aberglaube?", erkundigte er sich.

„Wenn du jemandem eine Feder deines Phönix schenkst, verbrennt sie in einer Stichflamme. Fortan fühlt sich derjenige glücklicher als bisher und vieles, das er anpackt, gelingt ihm besser."

„Dann finde ich die Idee sehr gut."

„Ich auch", stimmte René zu.

Jana verwickelte den Bauern in ein Gespräch. Es stellte sich heraus, dass er einen kleinen Hof besaß, den er jedoch kaum halten konnte mit den kläglichen Einnahmen, die ihm Früchte, Wolle und Holz einbrachten. Von den eigenartigen Fellen sagte er nichts. Er musste eine Frau und fünf Kinder ernähren, was nicht einfach war, und es tat ihm im Herzen weh, wenn er manchmal den Hunger in den Augen seiner Familie lauern sah. Die Sorgen türmten sich über ihm auf wie Gewitterwolken und eine Besserung war nicht in Sicht.

Robert lauschte dem Gespräch, während er durchgeschüttelt wurde, dass ihm Hören und Sehen verging, und beobachtete den Phönix, der schon wieder mit geöffnetem Schnabel herumspazierte.

„Warum wartet er darauf, dass ihm etwas in den Mund fliegt, anstatt einfach die Früchte zu fressen?", fragte Robert verwundert. „Nicht, dass ich das zulassen würde, denn der Bauer ist arm genug, aber warum versucht er es gar nicht erst?"

Parlan zog eine Augenbraue hoch. „Weil er sich wahrscheinlich dasselbe denkt wie du."

„Denkt?" René fiel aus allen Wolken. „Ein Tier kann nicht denken! Jetzt reicht's! Seltsame Beeren und Früchte: von mir aus! Durchgeknallte Dörfler: solange wir es überleben, bitte! Ipsederati: wenn es sein muss! Zahme Raubtiere, Rocks, Phönixe, Munkis: ist mir egal! Aber Tiere können nicht denken!"

„René!", zischten ihn drei erschrockene Stimmen an. Erst jetzt bemerkte er, dass der Bauer ihn anstarrte, als wüchsen ihm plötzlich Hörner oder Tentakeln.

„Ups", sagte er tonlos und begriff offenbar, dass er gerade dafür gesorgt hatte, dass der Bauer ihnen keine ihrer Geschichten über ihre Herkunft mehr glauben würde.

Tatsächlich dauerte es keine halbe Minute, bis der Bauer misstrauisch nachhakte.

„Wer seid ihr?"

Er sprach so abgehackt, dass es sich anhörte, als müsse er sich zu jedem einzelnen Wort durchringen. Jana warf René einen fuchsteufelswilden Blick zu, der um ein Haar seine Augenbrauen versengt hätte. Dann wandte sie sich freundlich an den Bauern, der immer noch zu ihnen nach hinten starrte, als hätte er Angst, sie auch nur für den Bruchteil einer Sekunde aus den Augen zu lassen. Robert hatte den Eindruck, dass er sogar vermeiden wollte zu blinzeln.

„Wisst Ihr, dass Phönixfedern Glück bringen, wenn man sie als Geschenk erhält?"

Der Bauer starrte sie nur wortlos an.

„Ich möchte sie Euch als Dank dafür schenken, dass Ihr Euch unser erbarmt habt", fügte Robert hinzu. „Ich bitte Euch, nehmt sie an."

Der Phönix hüpfte flatternd auf Roberts Schulter und schenkte ihm ein herzerwärmendes Trällern.

Der Bauer blinzelte, dann streckte er die Hand aus und nahm die Feder, die Robert ihm entgegenhielt. Doch kaum hielt er sie in der Hand, leuchtete sie auf und begann, nach oben zu schweben. Direkt über seinem Kopf verbrannte sie, ohne Asche zurückzulassen. Unsicher sah der Bauer Robert einen Moment lang an, dann schmolz das Misstrauen in seinem Blick.

Da meldete sich Jana zu Wort. „Wir bedauern, dass wir Euch im Moment einiges verschweigen müssen, aber sobald wir in Mediocriter mit dem Rat gesprochen haben, könnt Ihr mehr erfahren. Wir würden Euch sogar bitten, mit vor den Rat zu treten. Dieser kann Euch alles viel besser erklären."

„Vor den Rat? Den Rat der königlichen Herrscher?" Ihm quollen fast die Augen aus dem Kopf.

„Vor ebendiesen. Also, würdet Ihr?"

„Natürlich! Es ist mir eine große Ehre!", rief er aufgeregt und trieb sein Pferd an, damit es in Trab verfiel.

„Jetzt heißt es wieder ‚große Ehre'", brummte René.

„Gerade du brauchst dich wirklich nicht beschweren. Schließlich hast du den Schlamassel angerichtet."

René wiegte den Kopf mit einem auffällig unschuldigen Gesichtsausdruck hin und her und murmelte kaum Verständliches.

„Oh doch, der Phönix hat bewusst nicht die Früchte des Bauern gegessen", bemerkte Parlan wie beiläufig und grinste amüsiert.

Robert verdrehte die Augen und streichelte den Phönix, der immer noch auf seiner Schulter saß. Ein dicker Käfer flog in seinen Schnabel.

24. Kapitel

In der Residenz

Mediocriter tauchte am Horizont als Silhouette mit Zacken und Türmen auf, die sich vom blauen Himmel abhoben wie die Zinnen eines Märchenschlosses. Tatsächlich konnte Robert, umso näher sie der Stadt kamen und umso mehr Einzelheiten er erkennen konnte, einen Turm und einige Zinnen ausmachen, die wirklich zu einer Burg oder einem Schloss gehörten. Bei diesem Anblick fiel ihm etwas siedend heiß ein.

„Hast du die Feder noch?"

Jana fasste an das Band, mit dem sie sich die Feder des Rocks um den Hals gehängt hatte, und nickte.

„Und kaputt ist sie nicht? Sie hat doch schon ganz schön was mitmachen müssen."

Jana zog eine Augenbraue in die Höhe. „Habe ich noch nicht erwähnt, dass Rockfedern nicht so leicht Schaden davontragen?"

„Rockfeder?", hakte Parlan nach.

„Könnte sein, dass du sowas mal erwähnt hast, Jana. Parlan, was ist los?"

„Was los ist?", flüsterte Parlan und sah von Robert zu René und schließlich zu Jana. „Ihr findet ein Rockfeder, findet einen Phönix, reist mit einem Wesen wie mir ... Dabei seid ihr erst auf dem Weg zum Rat der Königlichen! Ihr führt eure Mission genau genommen noch gar nicht aus!"

„*Wir* sind auf dem Weg zum Rat und *wir* kriegen einen Auftrag, schon vergessen?", knurrte ihn Jana leise an und warf einen Blick auf den Bauern, der aber im Moment vollauf damit beschäftigt war, sein Pferd anzutreiben.

Robert spitzte die Ohren. Er wunderte sich schon gar nicht mehr darüber, wie gut informiert Parlan inzwischen war, aber dass Jana ihn inzwischen schon fest für alles Weitere einzuplanen schien, war ihm neu. Das hörte sich ganz so an, als bestünde gerade eine Chance, etwas darüber herauszufinden, was Jana und Parlan heute Morgen besprochen hatten. Er fing einen vielsagenden Blick von René auf. Offensichtlich hatte der gerade denselben Gedanken. Zu ihrer Enttäuschung wechselten die beiden lediglich einen ärgerlichen Blick und Parlan fuhr unbeeindruckt fort.

„Was ich sagen will, ist: Ihr seid geradezu ein Magnet für alles Außergewöhnliche."

Da drehte sich der Bauer zu ihnen um und sie mussten ihr interessantes Gespräch einstweilen auf Eis legen.

„Wir sind fast am Stadttor. Wo wollt ihr denn genau hin? Sofort zur Residenz?"

„Bitte gleich zur Residenz."

Er erwiderte Janas Lächeln, dann wanderte sein Blick zu Robert, auf dessen Schulter immer noch der Phönix saß.

„Es wäre mir im Übrigen eine große Ehre, wenn Ihr mich bei meinem Namen nennen möchtet. Ich heiße Lahac."

„Sehr gerne, Lahac. Unsere Namen sind René, Parlan, Jana und Robert", antwortete er, während jeder sich leicht verneigte, als sein Name genannt wurde.

In diesem Moment erreichten sie das große Stadttor und passierten es ungehindert. Die Wachen hatten für die eilig Vorbeikommenden keinen zweiten Blick übrig. Wie schon in Azun wich die schlechte Feldstraße unter dem Torbogen einem Kopfsteinpflaster. Kaum befanden sie sich innerhalb der Mauern, herrschte um sie herum geschäftiges Treiben. Auch hier waren die verschiedensten Leute auf den Straßen zu sehen, vom barfüßigen Betteljungen bis zum edel gekleideten Adligen, der auf einem stolzen Ross ritt, ohne darauf zu achten, ob jemand die ausschlagenden Hufe zu spüren bekam. Die Straßen waren breiter als in Azun und es gab nicht nur eine gepflasterte Straße, sondern die ganze Stadt war anscheinend von einem gut befahrbaren Straßennetz durchzogen. Offenbar gab es hier auch eine Kanalisation, denn die Wege waren sauber. Die Hufe des Zugpferdes klapperten laut, aber das Geräusch ging im allgemeinen Lärm unter. Ein elegant gekleideter Reiter preschte an ihnen vorbei und die Leute sprangen zur Seite, um ihm Platz zu machen. Er ritt ein schneeweißes Pferd mit leuchtend rotem Geschirr und Federschmuck.

„Das war ein Bote der Königin!", raunte Jana ihnen zu. „Hoffentlich hat er keine schlechten Nachrichten."

Robert sah dem Reiter nach. „Wo kam der her?"

„Woher soll ich das wissen? In der Residenz erfahren wir es."

Die vielen schmalen Häuser, die sich aneinanderdrängten und von denen sich keine zwei glichen, wichen nach und nach größeren, imposanten Bauten, die auf entsprechenden Reichtum der Besitzer schließen ließen.

„Das zuvor", erklärte Jana, „war der äußere Teil der Stadt, die Heimat der Arbeiter und Handwerker. An der Stelle, an der wir uns jetzt befinden, stehen die Häuser der Bürger und Kaufleute. Mediocriter ist, wie die meisten großen Städte hier, so aufgebaut, dass im Zentrum die bedeutendsten und größten Gebäude angeordnet und die Häuser der Bevölkerung darum herum errichtet sind." Sie blickte einem Reiter nach, der die Leute zur Seite hechten ließ.

Robert widmete sich weiter dem Beobachten des Treibens um sie herum. Die Häuser wurden immer palastähnlicher und es gab sogar Grünflächen. Hohe Zäune umgaben die Grundstücke, die die Grenze zwischen Arm und Reich verdeutlichten. Die vielen ärmlich gekleideten Menschen passten auf dieser von pompösen Villen und Herrschaftshäusern gesäumten Straße genauso wenig ins Bild wie Lahacs Karren. Das Zugpferd weigerte sich inzwischen einfach, die schnellere Gangart beizubehalten, und trottete wieder gemütlich dahin. Lahac war ungeduldig und schimpfte vor sich hin, aber Robert und René genossen insgeheim die langsame Fahrt. Sie konnten sich gar nicht satt sehen an dem Gewusel auf der Straße.

Den Phönix schien die Stadt dagegen nicht im Mindesten zu beeindrucken. Er saß auf dem Boden des Karrens, putzte sich das mittlerweile fast vollständige tiefrote Federkleid und klaubte hin und wieder eine Fliege aus der Luft.

Nach Roberts Schätzung waren sie etwa eine Stunde unterwegs, seit sie das Stadttor passiert hatten, als vor ihnen ein Gebäude auftauchte, das prächtiger war als alle anderen. Es war eine bizarre Mischung aus einem eleganten Schloss und einer trutzigen Burg. Die Häuser links und rechts der Straße, die jetzt kerzengerade auf das Portal des Gebäudes zuführte, erweckten den Eindruck einer ungewöhnlichen Allee und wirkten daneben trotz ihrer Dekadenz plötzlich wie schäbige Hütten. Vor dem Portal befand sich ein großer Platz, auf dem mehrere Springbrunnen aus weißem Marmor Wasserfontänen gen Himmel spuckten. Jeder einzelne Brunnen war ein Kunstwerk, das den Blick mit seiner Perfektion gefangennahm.

„Das ist die Residenz des Herrschenden", verkündete Jana stolz und wies mit einer Hand auf die Zinnen und Türme. Das Gebäude war so groß, dass Robert sich keinen Überblick darüber verschaffen konnte, wie weit seine Mauern eigentlich reichten. Die Sonne brachte die weißen und gelben Mauern zum Leuchten und die kupfernen und schwarzen Dächer zum Blitzen. Er betrachtete die Residenz ehrfürchtig und schaffte es erst, den Blick davon abzuwenden, als er wieder Janas Stimme hörte.

„Lahac, könntest du bitte eine Runde um den Platz fahren, damit wir uns kurz die Brunnen ansehen können?"

„Aber natürlich! Ich betrachte sie auch immer wieder gerne."

Er trieb das Pferd an, das die Gelegenheit genutzt hatte und stehen geblieben war. Langsam zuckelten sie an dem ersten Brunnen vorbei. Die Figuren, die das Wasser in die

Höhe spuckten, stellten vier in einem Kreis stehende Menschen dar. Sie hielten sich an den Händen und standen mit dem Rücken zueinander, sodass jeder von ihnen in eine andere Himmelsrichtung blickte.

„Das sind die vier königlichen Herrscher", erklärte Jana den anderen leise. „Königin Sommer, die im Moment regiert. Das hier ist Prinz Herbst. Das ist König Winter und das Prinzessin Frühling. Bei jedem Herrscher steht eine Figur seines Wappentiers. Leider kann man die Farben der Wappen nicht sehen, aber ich glaube, es ist ohnehin nicht schwer, sie zu erraten, oder?" Sie lächelte.

Robert spähte zu den Zinnen hinauf. Auf einigen der Türme wehten sonnengelbe Fahnen. „Ich vermute einmal, Königin Sommers Farbe ist gelb?"

„Richtig."

Robert musterte die Hirschkuh, die vor der Figur der Königin stand. Bei Prinz Herbst war ein Falke so angebracht, dass man meinte, er schwebe vor ihm in der Luft. Ein zotteliger Bär, der das Maul zu einem gewaltigen Brüllen aufriss, gehörte zu König Winter und vor Prinzessin Frühling, deren Haare ihr bis zur Taille reichten, spielten zwei Hasen.

„Und König Winters Farbe ist bestimmt Weiß", meinte René.

„Ja", erwiderte Parlan. „Prinzessin Frühlings Farbe ist Grün und die von Prinz Herbst Rot."

„Parlan! Sie hätten doch ruhig ein bisschen raten können!", beschwerte sich Jana.

Robert warf noch einen Blick auf die Figuren, die eine Einheit bildeten und sich gegenseitig den Rücken deckten.

„Willst du etwa bei jedem der zehn Brunnen ewig stehen bleiben und alle Einzelheiten erklären?", fragte Parlan an Jana gewandt.

„Nein, selbstverständlich nicht." Sie musste zu ihm hochblicken, weil Parlan trotz seiner Magerkeit sogar im Sitzen größer war als sie. „Ich will schließlich heute noch den Rat aufsuchen. Aber der Brunnen der königlichen Herrscher vermittelt nun einmal einen guten Eindruck davon, wie unser Land regiert wird."

„Und was zeigen die anderen Brunnen?", erkundigte sich Robert.

Als Antwort bekamen er und René eine rasche Besichtigungstour aller Springbrunnen. Einer zeigte das Verborgene Land wie eine Landkarte. Die fünf Hauptstädte, von denen Jana erzählt hatte, waren darauf dargestellt; Mediocriter lag genau in der Mitte. Auch das Erzgebirge, in dessen Vorläufern sie bei ihrer Reise durch das Viaportal gelandet waren, konnte man sehen und René blickte entsetzt drein, als Jana ihnen zeigte, wie kurz die Strecke auf dem Brunnen aussah, die sie mühsam zu Fuß zurückgelegt hatten.

„Was ist, wenn wir an den Rand des Landes müssen? Ich meine, bei unserem Auftrag?", flüsterte er. „Da sind wir ja Monate unterwegs!"

„Jetzt übertreib doch nicht so." Jana sah sich um, ob jemand sie hören konnte. „Erstens wissen wir noch gar nicht, wo wir hinmüssen, und zweitens laufen wir ab jetzt garantiert nicht mehr zu Fuß. Hast du schon vergessen, dass wir keine Zeit zu verlieren haben?"

Robert hätte fast gefragt, wieso sie um alles in der Welt dann bisher zu Fuß unterwegs gewesen waren, abgesehen von dem Stück Weg, das sie auf Lahacs Karren mitgefahren waren. Er bemerkte gerade noch rechtzeitig, dass einige Leute nahe genug an sie herangekommen waren, um sie hören zu können, also schwieg er und verschob die Frage auf später.

Einige Brunnen zeigten die verschiedenen Völker, die im Verborgenen Land lebten. Von Elfen bis zu Tintlingen waren alle vertreten und es gab viel mehr, als Robert sich vorgestellt hatte.

Mehrere Springbrunnen zeigten Ereignisse aus der Geschichte des Landes. Bevor es auf die jetzige Weise regiert wurde, hatte es viele Kriege gegeben, die Leid und Verwüstung heraufbeschworen hatten. Später hatte es auch Bürgerkriege gegeben, denn nicht alle königlichen Herrscher waren so gut und gerecht gewesen wie die jetzigen. Von Zeit zu Zeit hatte immer wieder jemand versucht, die Macht an sich zu reißen.

Der letzte Brunnen war eine Uhr. Nicht nur eine Figur, sondern eine richtige, tickende, große Uhr, die von feinen Blütenranken aus Stein und Kupfer umgeben war. Robert starrte sie wortlos an.

René runzelte die Stirn. „Das ist aber kein Turm", murmelte er verwirrt.

Jana seufzte. „Ich sagte, nur an den wichtigsten Plätzen findet man Uhren. Tatsächlich besitzt so gut wie niemand eine eigene Uhr, mit Ausnahme der Königlichen und der Mitglieder des Rates. Die Könige von einzelnen Völkern haben zwar auch das Recht darauf, eine Uhr zu besitzen, aber die wenigsten können sich eine leisten oder eine finden, die zum Verkauf steht."

Robert schluckte und legte die Hand auf die Tasche seiner Jacke, in der zwei gewisse Säckchen steckten. Jana lächelte ihn an und nickte, während René ein unbehagliches Gesicht machte.

„Ach", sagte Parlan leise und ein wissendes Lächeln huschte über sein Gesicht.

Da meldete sich Lahac zu Wort, der von dem letzten Teil des leise geführten Gesprächs nichts mitbekommen hatte.

„Wo soll ich nun hinfahren?"

Es war mehr als offensichtlich, dass er so schnell wie möglich vor den Rat treten wollte, denn in seiner Stimme schwang nervöse Erwartung mit. Robert vermutete, dass es eine große Ehre sein musste, Eintritt zur Residenz gewährt zu bekommen.

„Zum Großen Tor bitte", meinte Jana.

„Aber natürlich."

Er kutschierte sie zu dem beeindruckenden Tor. Als der Karren schließlich direkt davorstand, wirkte es noch majestätischer. Die zwei Flügeltüren waren riesig, sogar ein Elefant hätte mühelos hindurchgehen können. Das Holz war mit Schnitzereien und kupfernen Ranken versehen. Wie das gesamte Gebäude mit seinen Türmchen und Erkern wirkte es zugleich zierlich und uneinnehmbar.

„Wie kommen wir da jetzt rein?", fragte René unsicher. „Klingel sehe ich jedenfalls keine."

„Du musst wirklich besser aufpassen, was du sagst!"
Robert senkte die Stimme. „Es ist doch klar, dass es hier keine Klingel gibt. Dazu bräuchte man Strom!"

René blies die Backen auf. „Stimmt. Entschuldigt. Aber ich sehe hier auch keine Glocke oder sowas."

Jana machte ein entnervtes Gesicht. „Du könntest mich auch einfach machen lassen und nur zugucken. Von mir aus darfst du dabei andächtig und *schweigend* staunen."

Sie kletterte von Lahacs Karren herunter und trat an die Flügeltüren. Sie umfasste ein großes kupfernes Rankenblatt und schob es nach oben. Darunter kam in einer Vertiefung, die erst jetzt erkennen ließ, wie dick das Holz des Tores wirklich war, ein Türklopfer zum Vorschein. Sie betätigte ihn und ließ dann das Blatt wieder vor die Öffnung gleiten. Es dauerte nur ein paar Augenblicke, bis inmitten all der Schnitzereien eine Luke aufging, die zuvor nicht zu sehen gewesen war, und ein Kopf nach draußen gestreckt wurde, auf dem ein glänzender Helm mit gelbem Federbuschen saß. Beim Anblick der Federn warf Robert einen schnellen Blick auf den Phönix, der inzwischen gar nicht mehr so klein war und völlig ungeniert den Schnabel aufsperrte, in den prompt ein Insekt schwirrte.

„Name und Anliegen?", verlangte der Wächter mit dröhnender Stimme, die einen durchaus einschüchtern konnte.

„Ich bin die Wächterin Jana zu Zarpat und ich bringe denjenigen, den der Rat zu sehen wünscht."

Ohne Antwort schloss der Wächter die Luke wieder.

Eine ganze Weile passierte überhaupt nichts. Eine steile Falte erschien zwischen Janas Augenbrauen. „Ich hoffe für ihn, dass er neu hier am Portal ist, sonst könnte er ziemlichen Ärger bekommen", sagte sie.

„Wieso?", fragte René erstaunt.

„Wenn er neu ist, muss er erst nachsehen, ob es eine Wächterin mit diesem Namen gibt. Wenn er uns aus irgendeinem anderen Grund warten lässt, obwohl er gehört hat, dass der Rat uns erwartet, ist das nicht unbedingt förderlich für seine Laufbahn", erklärte Parlan mit gedämpfter Stimme von hinten.

Die anderen starrten ihn verdutzt an.

„Woher weißt du so genau darüber Bescheid?", fragte Jana.

Parlan zuckte mit den Schultern. „Ich war schon einmal hier."

Sie warf ihm einen erstaunten Blick zu, dann wurden die Torflügel aufgeschoben. Das Tor öffnete sich ohne Quietschen und der Wächter trat ihnen aus dem Weg. Jeder Quadratzentimeter, der unter dem Helm von seinem roten Gesicht zu sehen war, bezeugte, wie kleinlaut er war.

„Verzeiht vielmals", bat er mit sehr viel weniger dröhnender Stimme als zuvor und verbeugte sich umständlich vor Jana. „Ich bin noch nicht lange hier in der Residenz Ihrer Majestät und musste erst Euren Namen überprüfen. Bitte verzeiht", wiederholte er mit einer weiteren Verbeugung, die seinen gelben Federbuschen auf und ab flattern ließ wie eine Signalfahne.

Robert sah aus den Augenwinkeln, dass René kaum an sich halten konnte und mühsam versuchte, ernst zu bleiben, was, wie er selbst zugeben musste, gar nicht so leicht war. Es sah einfach zu drollig aus, wie eine Wache in voller

Rüstung sich vor Jana verbeugte, deren Kleidung nach tagelangem Fußmarsch mitgenommen aussah und die einen Pferdekarren voller Gleichaltriger im Schlepptau hatte. Als der Phönix, jetzt wieder mit geschlossenem Schnabel, auf Roberts Knie flatterte, verbeugte sich der Wächter auch vor ihm und stammelte irgendetwas, was Robert zwar nicht verstand, sich aber ziemlich ehrerbietig anhörte. Das war ihm alles andere als angenehm und Parlans amüsierter Blick trug auch nicht gerade dazu bei, dass die Situation behaglicher wurde.

Glücklicherweise winkte Jana in diesem Moment Lahac, ihr zu folgen, und betrat die Residenz. Der Karren rumpelte hinter ihr durch das Tor und sie befanden sich nun in einem schmalen Hof. Über ihnen war ein Stückchen Himmel zu sehen. Die hohen Mauern um sie herum erweckten den Anschein, auf dem Grund eines tiefen Schachtes zu sitzen. Die Fenster, die in den Hof hinausführten, waren so angebracht, dass die Sonnenstrahlen von ganz oben bis zum Boden hinab reflektiert wurden. Es war also hell und der Blick nach oben lohnte sich wirklich, denn er bot ein Schauspiel aus sich kreuzenden Lichtstrahlen. Trotzdem war die Atmosphäre in dem schmalen, hohen Hof auch ein wenig bedrückend. Der Wächter überquerte das Pflaster eilfertig und öffnete ein Tor in der gegenüberliegenden Mauer. Sie gelangten auf einen großen Platz, der sich vor ihnen ausbreitete. Die Mauern ragten hier nicht einfach senkrecht vom Boden auf, sondern stiegen erst nach und nach an, indem sie zuerst Terrassen und Vorsprünge bildeten, die über Treppen und Stege verbunden waren und über die man allem Anschein nach an der Außenseite der

Gebäude von einem Stockwerk zum nächsten gelangen konnte. Das Ganze wirkte wie ein Tal zwischen stufenartig abfallenden Berghängen. Der Platz war so groß, dass sogar Grünflächen angelegt worden waren. Über weißes Pflaster und Steinstufen eilten Knechte und Mägde, die alles Mögliche die Stufen hinauf- und die Brüstungen entlangtrugen. Deutlich erkennbare Beamte mit Pergamentrollen und Schreibfedern unter dem Arm und einige sehr seltsam gekleidete Männer mit riesigen Hüten und weiten, bunten Pluderhosen mischten sich darunter.

Der Platz war wunderschön und Robert hatte es die Sprache verschlagen vor Staunen. René pfiff neben ihm leise durch die Zähne und Lahac schienen regelrecht die Augen aus dem Kopf zu fallen. Er saß so stocksteif auf seinem Kutschbock, dass das Zugpferd die Gelegenheit beim Schopf packte und stehen blieb. Jana ließ ihnen Zeit zum Staunen, während sie das Pferd am Geschirr packte und nach rechts führte, wo sich eine breite Arkade befand, an der ein klares, sauberes Rinnsal vorbeiplätscherte. Einige Nutztiere strolchten dort herum, um zu trinken. Als der Karren durch die Rinne polterte, stoben eine Handvoll Hühner gackernd auseinander.

„Das hier", sagte sie, „sind die Stallungen. Hier können wir deinen Karren lassen, während wir in die Residenz gehen." Lahac nickte, während Robert sie verwirrt anstarrte.

„Wie jetzt? Ich dachte, wir sind schon in der Residenz."

„Wir befinden uns schon innerhalb der Mauern, aber als Residenz wird dieser ganze ummauerte Stadtteil bezeichnet, der nicht nur die eigentlichen Regierungsgebäude einschließt, sondern auch die Gebäude, in denen sich zum

Beispiel die Arbeitsplätze der Beamten befinden oder die Wohnungen der Diplomaten, die Kerker und das Oberste Gericht. Ich habe aber jetzt die Regierungsgebäude selbst gemeint und –"

„Moment, Moment", unterbrach Robert sie und hob eine Hand, um ihrem Redeschwall Einhalt zu gebieten. „Das hier ist also eine Art selbstständiger Stadtteil, der für die Regierung des ganzen Landes zuständig ist. Diese Begriffserklärung habe ich soweit verstanden, aber hast du gerade Diplomaten gesagt? Welche Diplomaten denn? Ich dachte, das Verborgene Land ist genau das, was der Name sagt, nämlich *ein* Land. Diplomaten braucht man doch nur, wenn es mehrere Länder gibt, oder nicht?", fragte er mit gesenkter Stimme.

„Oder wenn es viele Völker gibt, die unterschiedlicher nicht sein könnten", half Parlan ihm auf die Sprünge.

Robert wunderte sich über den Ausdruck in Parlans Gesicht. Es wirkte wie eine Maske aus Desinteresse und Langeweile.

Ein Pferdeknecht kam plötzlich auf sie zugerannt.

„Verzeiht, wenn wir Euch habe warten lassen! Es wird mir eine Ehre sein, Euer Pferd in den Stall zu führen", keuchte der Mann, dessen Haar einzelne graue Strähnen aufwies, unter fortwährenden Verbeugungen vor Jana.

„Lasst es gut sein!", rief sie erschrocken, denn es war nicht zu übersehen, dass die Verbeugungen dem Mann Rückenschmerzen bereiteten. „Wir mussten nicht warten!"

Seine Erleichterung war dem Knecht anzusehen. Er ergriff das Geschirr des Pferdes und wartete, bis Lahac, Parlan, René und Robert vom Karren geklettert waren. Als schließlich noch der Phönix, der inzwischen schon die Größe eine Ente hatte, auf Roberts Schulter geflattert war, riss der Mann die Augen auf und wollte sich diesmal vor Robert verbeugen, aber der konnte ihn gerade noch davon abhalten. Bei Jana fand er die Ehrerbietung amüsant, aber ihm selbst waren sie ungefähr so angenehm wie eine eiskalte Dusche im Winter. Aus den Augenwinkeln konnte er Renés Grinsen deutlich erkennen, so breit war es. Er drohte ihm mit der Faust, worauf sein Grinsen allerdings nur noch breiter wurde.

„Jungs!", zischte Jana ihnen zu, als der Pferdeknecht Lahacs Karren in die Stallungen rumpeln ließ, deren Eingang unter den Arkaden lag. „Ich warne euch: Benehmt euch bloß anständig!"

„Das sagst du mir?", protestierte Robert mit einem Kopfnicken in Richtung seines noch immer äußerst amüsiert dreinblickenden Freundes. „René findet es doch unheimlich komisch, wenn die Leute auf die Knie fallen!"

Sie folgten Jana, die kopfschüttelnd auf eine breite Freitreppe aus blendend weißem Stein zusteuerte, die am einen Ende der Arkaden zur breitesten Brüstung am ersten Stock hinaufführte.

Die nächste Zeit verbrachten sie damit, über unzählige Treppen und Balkone immer weiter an den hohen Mauern hinaufzusteigen – und sich die Puste für die unvorstellbar vielen Stufen zu sparen. Die Zinnen und Türme über ihnen schienen so langsam näher zu rücken, als wüchsen sie mit jeder Treppe, die Robert hinaufstieg, gleichzeitig weiter in den Himmel hinauf. Von Zeit zu Zeit blickte Robert über das steinerne Geländer nach unten. Je weiter sie nach oben kamen, desto weiter konnte er über den riesigen Platz blicken und bald schon sah er über kleinere Gebäude wie den Stall hinweg. Die Treppen und Balkone befanden sich überall an den Wänden, auf dieser Seite des Platzes genauso wie auf der gegenüberliegenden. Es sah seltsam aus, wie die vielen Menschen an den Mauern auf und ab stiegen, mal irgendwo im Gebäude verschwanden und ein Stück weiter wieder auf irgendeinem Balkon auftauchten. Auch Jana betrachtete das Gewusel, wenn sie einen Moment verschnauften, während René sich aus schlichter, nackter Höhenangst an die Wand drückte und die Lippen zusammenpresste, als würde er sofort in die Tiefe stürzen, wenn er nur einen Blick nach unten riskierte oder auch nur ein Wort darüber verlor. Robert ignorierte seinen Freund in dieser Situation, weil er in den Jahren, in denen sie sich schon kannten, mehr als einmal die Erfahrung gemacht hatte, dass es René am liebsten war, wenn man so tat, als bemerkte man seine Höhenangst nicht. Sie war ihm peinlich, auch wenn Robert nicht nachvollziehen konnte, warum. Jeder hatte schließlich seine Schwächen. Er selbst zum Beispiel hatte ein Problem damit, ständig in Gedanken zu versinken, sich überhaupt über manche Dinge viel zu viele Gedanken zu machen und keine sich bietende Möglichkeit auszulassen, sich irgendwelche Probleme einzuhandeln. Ganz zu schweigen von dem Teil seiner Vergangenheit, dessen Erinnerungen sorgsam in einem Winkel seines Kopfes eingemauert waren und dort auch bis zum Sankt-Nimmerleins-Tag bleiben sollten. Den Gedanken an diverse Risse, die diese Mauer unter Umständen schon abbekommen hatte, verdrängte Robert sofort wieder. Nicht darüber nachzudenken, war bei Weitem die beste Methode, den Mantel des Vergessens auch weiterhin dort liegen zu lassen, wo er lag.

„Wie hoch müssen wir denn noch?", fragte er Jana, hauptsächlich, um seine Strategie beizubehalten und so schnell wie möglich auf andere Gedanken zu kommen.

„Nicht mehr so weit. Siehst du diesen verzierten Balkon da? In der Mitte dieser Wand? Den mit der prunkvollen Flügeltür?" Jana wies nach oben.

„Ja", sagte Robert, obwohl er den entsprechenden Balkon eigentlich nur von unten und somit sicher nicht von seiner Schokoladenseite sehen konnte. Allerdings fiel ihm auf, dass man über keinerlei Treppen dahin gelangen konnte. Offenbar musste man sich zu den entsprechenden Räumen im Inneren der Gebäude einen Weg suchen. Langsam erkannte Robert den praktischen Nutzen dieser ungewöhnlichen Pfade an den Außenmauern des Hofes. Man konnte genau sehen, welchen Weg man einschlagen musste, um dorthin zu gelangen, wo man hinwollte. Drinnen fehlte dieser Überblick und die vielen Gänge, die ebenfalls überall hinführten, hatten zweifellos etwas von einem gigantischen Irrgarten an sich.

„Dort beginnen die Wohnräume der Königin. Zu den Räumlichkeiten im Stockwerk darunter müssen wir. Von dort aus gelangen wir zur Königin und zum Rat."

„Zur Königin?!", rief Lahac. „Ich dachte, ich sollte mit euch nur vor den Rat! Ich bin schon für den Rat viel zu schäbig gekleidet! Oh, ich werde vor Scham im Boden versinken!" Der Bauer schlug die Hände vors Gesicht, als wollte er sich am liebsten sofort verstecken.

Jana sah ihn mitleidig an. „Ach, Lahac", sagte sie aufmunternd, „bei Prinz Herbst hättest du vielleicht ein Problem, aber gewiss nicht bei Königin Sommer. Sie kennt ihre Untertanen und sie weiß um ihre Lage. Die Weisen aus dem Rat sowieso."

Aber was sie auch sagte, Lahac glaubte ihr nicht und begann förmlich zu schaudern bei dem Gedanken daran, vor die Königin zu treten. Dabei blieb es auch den Rest ihres Aufstiegs.

Als sie schließlich im erwähnten Stockwerk durch eine Balkontür das Gebäude betraten, atmete René so erleichtert auf, als sei eine zentnerschwere Last von ihm abgefallen. Das langgezogene „Puh", das ihm dabei entwischte, veranlasste die anderen dazu, verstohlen zu lächeln. Es war nämlich ausgesprochen unpassend in dem Palast, in dem sie gelandet waren, und die beiden Wachen, die in einer geräumigen Nische neben der Tür saßen und offenbar gerade noch irgendetwas gespielt hatten, musterten ihn äußerst skeptisch. Die sonnengelben Federbuschen auf ihren Helmen wippten ausladend, wenn sie auch um einiges kleiner waren als bei der Wache am Portal der Residenz. Der eine der beiden öffnete gerade den Mund, als Jana ihm zuvorkam.

„Ich bin die Wächterin Jana zu Zarpat und es begleitet mich derjenige, den der Rat sehnlichst zu sehen wünscht", wiederholte sie ihr Sprüchlein vom Tor. Das Ergebnis war, wie schon zuvor, verblüffend. Die beiden Wächter verneigten sich so übereifrig vor ihnen, dass eine Handvoll Würfel zu Boden purzelte, die der eine irgendwo in seiner beeindruckenden glänzenden Rüstung verstaut gehabt hatte. Die beiden liefen so rot an, dass sich Robert schon zu fragen begann, ab wann das für den Kreislauf eher ungünstige Auswirkungen haben konnte, aber Jana tat so, als sähe sie die überall verstreuten Würfel nicht.

„Schon gut, schon gut, lasst das Verbeugen. Könnte wohl einer von euch den Weisen Bescheid geben? Es wäre zudem wirklich wunderbar, wenn derjenige sich sputen könnte."

Jana hatte noch nicht einmal den Mund wieder ganz geschlossen, als der eine mit einem fast schon ehrfürchtigen „Zu Befehl, Euer Ehren!" auch schon davonhastete. Der andere sammelte in Windeseile seine Würfel ein und stammelte äußerst verlegen: „Danke, Euer Ehren."

Da Jana wartete, warteten die anderen ebenfalls und nutzten die Gelegenheit, um sich umzusehen. Der Boden war, ebenso wie die Wände, aus dem allgegenwärtigen weißen Stein. Der Raum, der eigentlich schon als kleiner Saal bezeichnet werden konnte, war langgezogen und an der Seite, die zu dem Platz hinausführte, reihte sich ein hohes, schmales Spitzfenster an das andere. An den übrigen Wänden gab es viele Türen, zwischen denen Gemälde von wichtig aussehenden Leuten prangten. Von der Decke hingen Kronleuchter mit Hunderten von Kerzen, während auf dem Boden ein dicker und zweifelsohne kostbarer Teppich lag, der ein undurchschaubares Muster aus den Farben Rot, Gelb, Grün und Weiß zeigte.

„Euer Ehren!", murmelte René mit einer Mischung aus Amüsiertheit und Befremdung in der Stimme. Er stand direkt hinter Robert und seine Worte waren vermutlich auch nur für diesen gedacht. An Parlans Ipsederatus-Ohren würde er wohl nie zu denken lernen. „Euer Ehren? Jana?"

„Du solltest in Zukunft vielleicht doch ein wenig respektvoller ihr gegenüber sein, hm?", schlug Robert leise vor.

„Wehe!", fuhr Jana auf. Offenbar hatte auch sie ganz gute Ohren. „Ich warne euch, lasst den Unsinn bloß bleiben! Ich kann das Geknickse hier ja schon nicht leiden, wenn alle so tun, als sei ich etwas Besseres als sie."

„Verzeiht mir die Einmischung, aber Ihr seid eine Wächterin!", bemerkte die Wache völlig verwirrt.

„Ja und zwar rein zufällig. Also warum sollte mich das zu etwas Besserem machen?", entgegnete Jana und marschierte auf eine Tür zu, durch die gerade die andere Wache zurückkam.

„Der Rat versammelt sich bereits und erwartet Euch", schnaufte er, außer Atem von der Rennerei. „Ich führe euch in das Consiliorium."

„Das ist ein kleiner Versammlungsraum", erklärte Parlan Robert und René leise.

Da Jana, die ein paar Schritte vorausging, soeben durch die offenstehende Tür verschwand, fragte Robert neugierig: „Wie wird man eigentlich zum Wächter?"

„Oh, mein Herr!", antwortete die Wache mit einem scheuen Blick auf die offene Tür. „Der weiße Orleon erwählt die Würdigen unfehlbar."

Wieder einmal warf eine Antwort mehr Fragen auf, als dass sie etwas klärte, und Robert war fast froh, dass Jana wieder den Kopf zu ihnen hineinsteckte und ihm eine Erwiderung ersparte.

„Kommt ihr?"

Robert bedeutete der auskunftsfreudigen Wache seinen Dank und der Phönix, der immer noch bequem auf seiner Schulter saß, trällerte seine schon recht ausgefeilte Melodie, als wollte er sich ebenfalls bedanken. Da riss der Wächter die Augen auf und starrte den Phönix und Robert an, als sähe er sie in dieser Sekunde zum allererste Mal. Offenbar hatte er zuvor nicht begriffen, dass der tiefrote Vogel mit dem Hakenschnabel ein Phönix war. Robert konnte ihn gerade noch daran hindern, sich mit Verbeugungen zu entschuldigen. Als sie schließlich alle Jana und den Wachen durch unzählige prunkvolle Gänge und Zimmer folgten, spürte Robert die Blicke, die ihm René von hinten zuwarf, fast wie Nadeln, die auf ihn herabprasselten. Er zog es vor, sich lieber nicht zu seinem besten Freund umzudrehen. Der Phönix, den er sich zwischenzeitlich auf die andere Schulter gesetzt hatte, gurrte ihm ein paar einzelne Töne ins Ohr. Als sie schließlich vor einer eher einfachen Holztür stehen blieben, drehte sich Jana mit ernstem Gesicht zu ihnen um.

„Ein paar Dinge noch, bevor wird vor den Rat treten", sagte sie leise. „Man spricht die Weisen mit ‚Eure Weisheit' oder ‚Euer Hochwürden' an. Benehmt euch anständig, das heißt, unterbrecht niemanden und vergesst nicht, die Anrede zu benutzen. Wenn ich unsere Erlebnisse erzähle und etwas vergessen sollte, dürft ihr gerne ergänzen; umso genauer die Weisen alles erfahren, desto besser." Sie atmete tief durch. „Also dann."

Nach diesen eindringlichen Worten öffnete sie die Tür des Consiliorums.

25. Kapitel
Vor dem Rat

Der kleine Saal, der sich hinter der Tür befand, erinnerte Robert an den Versammlungsort des Senats im alten Rom. Vor ihnen erstreckte sich der Boden des Saales halbkreisförmig und am Rand befanden sich auf mehreren Abstufungen, wie auf einer Tribüne, mehr oder weniger bequeme Sitze und Bänke. Wie so ziemlich alles in der Residenz war auch dieser Raum aus gelbem und weißem Stein erbaut, sodass das Licht, das durch Fenster in der rund geschwungenen Wand auf der einen Seite des Saales hereinfiel, alles hell erstrahlen ließ.

Ungefähr hundert Gestalten in langen, farbigen Gewändern füllten die Bänke und bildeten einen eindrucksvollen Kontrast zur Helligkeit des Consilioriums. Die Weisen hefteten ihre Blicke auf Jana, Parlan, Lahac, René und Robert mit dem Phönix auf der Schulter. Im Zentrum des Raumes blieb Jana stehen und sah zu einem der Weisen hinauf, der genau in der Mitte der ersten Reihe auf einem erhöhten Platz saß.

Die anderen taten es Jana sofort nach, als sie sich vor den wartenden Weisen tief verbeugte, während ein gedämpftes Flüstern durch den Rat ging. Der Phönix ließ einen beruhigenden Ton in Roberts Ohr erklingen.

„Wächterin Jana zu Zarpat", begann schließlich der Älteste des Rates mit erstaunlich fester Stimme. „Wir haben dich schon sehnlichst erwartet und noch sehnlicher gehofft, dass du den Auserwählten der Lynzenuhr mit dir bringen mögest."

Sein ausdrucksstarkes, leuchtend grünes Augenpaar musterte Janas kleines Gefolge eindringlich, aber – wie Robert mit einer gewissen Erleichterung bemerkte – wohlwollend und damit ganz anders als Coras Augen, die die gleiche grüne Farbe hatten. Wieder huschte der Gedanke an Tom und Kevin durch seinen Kopf.

„Aber", fuhr der Älteste in gutmütigem Tonfall fort, „welcher ist denn nun der, den wir so ungeduldig erwartet haben? Es wird doch nicht gar der junge Würdenträger sein, den ein Phönix zu seinem Herrn auserkoren hat? So viel Glück wage ich gar nicht zu erhoffen."

Der Phönix sang eine kurze Melodie, ganz so, als wolle er seine Zugehörigkeit zu Robert bestätigen.

Auf das Gesicht des Ältesten legte sich ein strahlendes Lächeln und durch den Raum ging ein Raunen.

„Sein Name ist Robert und er ist der von der Lynzenuhr für fähig Befundene, Euer Hochwürden", antwortete Jana und gab Robert hinter ihrem Rücken ein Zeichen, es solle ein paar Schritte nach vorne treten. „Wir haben viel zu berichten, Euer Hochwürden", fuhr sie fort. „Aber lasst mich Euch zunächst unsere Begleiter vorstellen. Dies ist René, der beste Freund des Auserwählten und sein treuer Gefährte." Sie bedeutete ihm, sich zu verbeugen. „Dies ist Parlan. Er ist auf unserer Reise zu uns gestoßen und –"

„Und ich möchte Eure Weisheit bitten, mich Eurer Wächterin und dem Auserwählten bei ihrer Aufgabe zur Seite zu stellen. Ich habe nichts, das zu verlieren ich mich scheue, und ein zusätzlicher ergebener Gehilfe wird sicher von Nutzen sein. Ich bitte euch, überdenkt mein Anliegen, während die Wächterin Euch Bericht erstattet."

Einen Herzschlag lang herrschte absolute Stille im Consilium. Der Älteste und auch alle anderen Weisen musterten Parlan so eingehend, als wollten sie ihm bis in die tiefste Seele schauen. Dann nickte der Älteste leicht mit dem Kopf und wandte sich wieder Jana zu.

Die sah ein wenig verdattert aus, stellte aber auch noch Lahac vor. Daraufhin wurde der Bauer angewiesen, vor dem Consilium zu warten, bis er wieder hereingebeten würde. Dann ging man zur Berichterstattung über. Jana begann zu erzählen, wie sie bei Robert und den anderen gelandet war. Als sie es der Reihe nach erzählte, schien alles eine Kettenreaktion von Ereignissen gewesen zu sein, die Robert und René überrollt hatten wie eine gigantische Lawine: Coras Verschwinden mit Tom und Kevin, Roberts Einbruch in Graf Zurkotts Villa und sein späterer Besuch dort, die Wirkung und Bedeutung von Roberts Armbanduhr und das blaue Lynzenarmband. Es kam den beiden auf einmal wie ein Wunder vor, dass sie jetzt hier standen und nicht irgendwo auf der Strecke geblieben waren. Auch der Rest der Erzählung hatte diese beunruhigende Wirkung und es trug auch nicht zur Entspannung der Atmosphäre bei, als durch den Rat, der ansonsten in konzentriertem Schweigen zuhörte, ein zischelndes Flüstern ging, als er erfuhr, wie Lahac und vor allem Parlan zu den anderen gestoßen waren. Das Wort „Ipsederatus", das als unheilvolles Flüstern durch die Reihen der Weisen huschte, schwebte wie eine bedrohliche Wolke über ihnen. Als zur Sprache kam, wie René sich gegenüber Lahac verplappert hatte, streiften ihn tadelnde Blicke. Während Jana dagegen von Roberts Phönix berichtete, schien der ganze Rat aufzuatmen, als fiele jedem Einzelnen eine schwere Last vom Herzen. Robert war sich allerdings nicht sicher, ob auch er Grund zum Aufatmen hatte oder ob diese ominöse Last jetzt auf seinen Schultern ruhte. Schließlich kam Jana zum Ende ihres Berichts.

„Und so, Euer Ehren, möchte ich lediglich noch darum bitten, Parlans Anliegen, uns zu helfen, Eure Zustimmung zu erteilen. Auch, wenn meine Meinung unwichtig sein mag, denke ich, dass ein Ipsederatus als treuer Gefährte ein großer Vorteil bei unserer Aufgabe sein wird. Worin auch immer diese bestehen wird."

„Nun", sagte der Älteste zögernd und hielt einen Moment inne, „wir kümmern uns zunächst um den hilfsbereiten und pflichtbewussten Herrn, der Euch so freundlich geholfen hat."

Robert hatte das Gefühl, dass der Älteste eigentlich hatte sagen wollen: „Der zu viel erfahren hat, weil der beste Freund unseres Auserwählten zu viel preisgegeben hat". Er vermied es lieber, in Renés Gesicht zu sehen. Er wusste auch so, dass der erst jetzt die volle Tragweite seines Versehens begriffen hatte. René würde sich nicht so leicht wieder zu unüberlegten Sätzen hinreißen lassen.

Der Älteste gab einen Wink und eine der Wachen holte den aufgeregten Lahac herein.

Eine ganze Weile verbrachten Robert, René und Jana damit, zuzuhören, wie der Älteste, unterstützt von mehreren Weisen, denen er von Zeit zu Zeit das Wort erteilte, an Lahac gewandt ziemlich genau all das erklärte, was Robert und René schon von Jana über das Verborgene Land erfahren hatten – nur aus einem anderen Blickwinkel. Seine Ausführungen begannen bei der Tatsache, dass das Land nur ein Teil der tatsächlich existierenden Welt war, was Lahac ja schon unterwegs aufgeschnappt hatte. Nach den folgenden Erklärungen über das empfindliche Gleichgewicht der Zeit, die Zeitenuhr und die Gründe für die systematische Abschottung des Verborgenen Landes blickte Lahac jedoch dermaßen verwirrt drein, dass Robert schon zu befürchten begann, der arme Kerl könne jeden Moment umkippen. Schließlich war für ihn gerade seine Welt explosionsartig um ein Vielfaches angewachsen. Dabei erfuhr Lahac nicht einmal etwas von gestohlenen oder verschollenen Patrocluschlüsseln, größenwahnsinnigen Grafen, die die Zeit beherrschen wollten und dabei mehr oder weniger unwissentlich diese „neu entdeckte" Welt zum Stillstand brachten. Für einen Augenblick sah es zwar so aus, als wollte Lahac noch genauer nachfragen, aber er tat es nicht. Robert kam der Gedanke, dass vielleicht die Phönixfedern, die er Lahac geschenkt hatte, ihm soeben von einer falschen Entscheidung bewahrt hatten. Denn so, wie es aussah, hätte der arme Bauer kaum noch mehr Erkenntnisse über seine „kleine" Welt vertragen, wobei es ohnehin unwahrscheinlich war, dass der Rat ihm noch mehr erzählt hätte.

Parlan dagegen, der sich mit seinen Sinnen und seiner Menschenkenntnis sicher schon einen guten Teil selbst erschlossen hatte und nun wichtige Elemente für sein neues Weltbild geliefert bekommen hatte, sah aus, als würde er gleich Platzen vor Fragen, die ihm auf der Zunge brannten. Das blieb natürlich auch den Weisen des Rates nicht verborgen und viele musterten ihn, manche nachsichtig, manche aber auch regelrecht abweisend und misstrauisch. Robert fühlte sich in seinem Verdacht bestätigt, dass es mit den Ipsederati mehr auf sich hatte, als Jana und Parlan bisher verraten hatten. Hatte Jana nicht gesagt, die Furcht vor den Ipsederati beruhe auf Aberglauben und der Angst davor, die eigenen unangenehmen Geheimnisse könnten aufgedeckt werden? Robert bezweifelte stark, dass die Weisen des Rates sich davon einschüchtern lassen würden. Sie waren nämlich mit Sicherheit genau das, was ihr Name verhieß: weise. Und doch schienen sie Parlan gegenüber großes Misstrauen zu hegen. Andererseits hatte das Verborgene Land mittelalterliche Züge an sich, was nahelegte, dass Aberglaube hier nicht nur unvermeidlich war, sondern durchaus zum gesunden Menschenverstand gehörte.

Da wandte sich der Älteste wieder an Lahac. „Wie ich sehe, seid Ihr verständlicherweise ein wenig verwirrt. Wollt Ihr Euch zwischenzeitlich mit ein wenig Speise und Wein stärken? Ein Diener könnte Euch in den Speisesaal geleiten."

Zu seiner Verwirrung kam nun auch noch Verlegenheit dazu und Lahac brachte nur ein kläglisches Stammeln zustande.

Der Älteste lächelte verständnisvoll, kam zu ihnen herübergeschritten und führte Lahac zur Tür des Consilioriums, öffnete sie und gab dem Diener, der davor Stellung bezogen hatte, Anweisungen. Dann schloss er die Tür wieder und schritt in seinem langen Gewand zurück zu seinem Platz. Als er sich gesetzt hatte, herrschte Stille in dem hellen, halbkreisförmigen Raum. Er musterte Parlan mit einem unergründlichen, durchdringenden Blick und sah kurz nach links und rechts die langen Reihen der Weisen entlang.

„Wir überdenken Euer Anliegen noch, Ipsederatus Parlan. Bevor wir Euch eine Antwort geben können, müssen wir noch einige Fragen zu Eurer Reise stellen." Zustimmendes Gemurmel ging durch die Reihen und Parlan senkte den Kopf.

Der Älteste richtete seine grünen Augen auf Robert, worauf sich der Phönix stolz reckte und aufplusterte.

„Erwählter", begann der Älteste und neigte sein Haupt ein wenig.

Robert erinnerte sich an Janas Worte, bevor sie diesen Saal betreten hatten, und verbeugte sich nun, da der Weise das Wort an ihn richtete, noch einmal. Um das Gleichgewicht zu halten, schlug der Phönix mit den Flügeln.

„Erwählter, wir sind Euch zu großem Dank verpflichtet. Eure Ankunft und Eure Hilfe sind für uns ein Lichtblick in diesen düsteren Zeiten. Unser aller Untergang zieht herauf wie ein Unwetter, dessen Wolken die Sonne bereits verdunkeln. Eure Hilfe ist für uns wertvoller als alles andere auf der Welt. Da die Lynzenuhr Euch für einen guten Menschen befunden hat, wird sie Euch vielleicht in Notsituationen weiter unterstützen."

„Das tut sie bereits, Euer Ehren", erwiderte Jana. „Und nicht nur in Not, sondern bei vielen Gelegenheiten. Falls Ihr Euch während meines Berichts gewundert habt, warum er mir in wichtigen Momenten wider besseren Wissens vertraut hat: Ich habe ihn gefragt und seine Beschreibungen geben das Wirken der Lynzenuhr in genauer Weise wider!"

„Wie wunderbar! Welch ein Hoffnungsschimmer!" Der Älteste musterte Robert noch einmal von oben bis unten, bevor er fortfuhr. „Die Lynzenuhr wird Euch also vor vielen Fehlentscheidungen bewahren." In der kurzen Pause, die nun folgte, betrachtete er Jana, René und Parlan. „Und der Phönix, der Euch zu seinem Herrn auserkoren hat, ist ein Geschenk des Himmels! Hat Euch Wächterin Jana seine Fähigkeiten beschrieben?"

„Sie hat einiges erzählt", antwortete Robert. „Er hat Heilkräfte, seine Federn können sich in Feuer verwandeln und wenn man sie verschenkt, bewahren sie denjenigen vor falschen Entscheidungen. Er kann auch Botschaften übermitteln, wenn ich mich richtig erinnerte. Und vor Gefahren warnen."

Der Älteste nickte. „Ja, dies sind die Fähigkeiten, die jeder Phönix besitzt. Jedes Exemplar hat jedoch ein paar Eigenschaften, die einzigartig sind. Ihr müsst selbst herausfinden, welche der Eure hat."

Der Vogel bemerkte offensichtlich ganz genau, dass von ihm die Rede war. Er plusterte sich auf und begann zu singen. Seine wunderschöne, herzzerreißende Melodie erfüllte das Consiliorium, raumfüllend wie die Musik eines ganzen Orchesters.

Als er sein Lied beendet hatte, lächelte der Älteste. „Euer Phönix hat ein ausnehmend schönes Lied. Entfernt ähnelt es dem Lied des meinigen."

Da kam Robert ein Gedanke. Wie, hatte Jana gesagt, hieß der Weise, der selbst der Herr eines Phönix war und schon mehrere gesehen hatte, obwohl das eine Seltenheit war?

Damasus!

„Ich möchte Euch ein paar Fragen stellen", fuhr Damasus fort, „wenn Ihr erlaubt. Sie haben zwar nichts mit Eurer bevorstehenden Mission zu tun, aber wie Ihr Euch denken könnt, bin ich sehr neugierig. Auch wenn sich das für einen Weisen nicht geziemt. Bezeichnen wir es lieber als Wissensdurst in Bezug auf diese wunderbaren Geschöpfe."

Robert hatte das Gefühl, dass nicht nur Damasus, sondern auch der Rest der Weisen neugierig war, und nickte. „Fragt nur. Wenn ich kann, werde ich Euch auf alles antworten, was Ihr zu wissen wünscht." Allmählich bekam er ein Gefühl für diese umständliche Sprechweise.

„Ich danke Euch." Damasus lächelte und in seinen Augenwinkeln lag der Ausdruck eines Kindes, das ein heiß ersehntes Geschenk auspacken darf. „Wie Wächterin Jana schon berichtet hat, habt Ihr Euren Phönix zum ersten Mal auf Eurer Reise durch das Viaportal gesehen. Könnt Ihr mir diesen Moment der ersten Begegnung genauer beschreiben?"

„Nun", begann Robert nachdenklich, „Ich weiß nicht, ob man das als *Begegnung* mit meinem Phönix bezeichnen kann ..."

Robert stockte. Ihm wurde bewusst, dass er zum ersten Mal die Worte „mein Phönix" ausgesprochen hatte. Dieses Tier, von dem alle solch große Ehrfurcht hatten, das magische Kräfte hatte, das allein durch sein Lied eine Flutwelle von Empfndungen auslösen konnte und durch seine bloße Anwesenheit das Gefühl vermittelte, etwas gefunden zu haben, das man sein ganzes Leben lang verzweifelt gesucht hatte – dieses wunderbare Wesen gehörte zu ihm! Es hatte ihn als Herrn auserwählt und nun waren der Phönix und er miteinander verbunden wie Feuer und Hitze. Robert zuckte zusammen, als der Vogel ihm mit seinem scharfkantigen Schnabel sanft in den Finger kniff. Seine Gedanken konnten nur wenige Sekunden in Anspruch genommen haben, trotzdem war es sich sicher, dass in Damasus' grünen Augen Heiterkeit aufblitzte. Robert blinzelte und strich mit den Fingern über den Kopf des Phönix'. Dann beschrieb er, was er im Viaportal erlebt hatte.

„Als es vorbei war", schloss Robert, „hatte ich ein seltsames Gefühl wie ..." Robert stockte und überlegte angestrengt, wie um alles in der Welt er dieses Gefühl beschreiben sollte. In dem Moment, indem er es gespürt hatte, war ihm doch ein Vergleich eingefallen!

Zu seiner Überraschung half ihm Damasus weiter. „Als wenn Ihr etwas gefunden hättet, das Ihr Euer ganzes Leben lang gesucht habt, nicht wahr?"

Robert starrte den Ältesten an. „Ja, genau so. Ihr habt es treffend beschrieben. Hat dieses Gefühl jeder, den ein Phönix zu seinem Herrn erwählt?"

Damasus bedachte ihn mit einem gütigen Lächeln. „Ja, dieses Empfinden scheint tatsächlich dazuzugehören. Aber bitte, erzähl zu Ende."

„Wie Ihr wünscht, Eure Weisheit. Schließlich befand ich mich auf der anderen Seite des Viaportals und Wächterin Jana erklärte, was es mit all dem auf sich hatte. Auch stellte ich fest, dass ich die Nähe des Viaportals nicht mehr spüren konnte, worüber ich eigentlich gar nicht so unglücklich war. Völlig überspitzte Sinne sind ein recht unangenehmes Gefühl." Robert nickte zum Zeichen dafür, dass er alles gesagt hatte. Aus den Augenwinkeln sah er, wie Parlan ihn anstarrte.

„Äußerst interessant", sagte Damasus.

Robert fühlte sich ziemlich unbehaglich unter den Blicken der vielen unbekannten Leute.

„Euer Phönix hatte ein rot-goldenes Gefieder?", fragte der Älteste weiter.

„Im Grunde ja. Die roten Federn schienen an manchen Stellen mit Gold eingefasst zu sein."

„Interessant!", wiederholte Damasus. „Wo waren diese Stellen denn? Ihr müsst wissen, dass Euer Phönix, wenn er ausgewachsen ist, genauso aussehen wird wie dieses Geschöpf aus Licht."

Robert sah abwechselnd den Ältesten und den Vogel auf seiner Schulter an. „Das wird nicht einfach. Die Lichtgestalt war groß wie ein Schwan und sah aus wie eine Mischung aus Paradies- und Raubvogel. Mein Phönix muss anscheinend seinen Körperbau erst noch ausprägen." Der Phönix kniff ihm tadelnd in die Hand, mit der er über das seidige Gefieder strich.

„Ist doch nicht schlimm, dass du noch wachsen musst!", beruhigte Robert ihn. „Zumindest nicht für dich, Freundchen, ich muss dich schließlich herumtragen. Wie wäre es mal mit Fliegen?"

Der Vogel schien Roberts Beschwichtigungsversuch gelten zu lassen. Er musterte ihn aus seinen perlschwarzen Augen und gurrte, während er von einem Fuß auf den anderen trat, als sei er verlegen.

Damasus schmunzelte. „Euer Exemplar scheint eine gewisse Eitelkeit zu besitzen. Interessant, wirklich, sehr interessant! Aber um auf meine Frage zurückzukommen: Wo werden sich die goldenen Federn denn nun befinden?"

„Oh, verzeiht vielmals, Eure Weisheit!" In Windeseile verbeugte sich Robert vor Damasus und ließ den Phönix seinen Arm herabklettern, so dass er die entsprechenden Stellen deutlich zeigen konnte. „Hier die Schwungfedern und hier, das Gefieder an den Beinen, bevor das Federkleid aufhört." Er stupste gegen die noch rot gefärbten Stellen. „Auf den Schwanzfedern, wenn diese erst einmal schön lang sind, gibt es dann auch ein Muster aus feinen goldenen Linien." Er überlegte kurz. Wenn er sich anstrengte, konnte er sich an die genauen Einzelheiten des Lichtgeschöpfes erinnern. „Auf dem Kopf wuchsen Schopffedern mit goldenen Spitzen und auch an der Kehle war ein Fleck."

Damasus sah ihn einen Herzschlag lang an. In Raunen ging durch den Rat.

„Gold an Flügeln, Beinen, Schwanz, Kopf *und* Kehle?", fasste er zusammen und musterte Robert.

„Ja, Eure Weisheit", bestätigte er unsicher. Was um alles in der Welt war denn nun schon wieder? Der Phönix hüpfte zurück auf Roberts Schulter und reckte sich in die Höhe, so gut es ging, als wollte er sich wichtig machen.

„Nun, meiner Erfahrung nach geben markante Färbungen im Gefieder eines Phönix Hinweise auf seine Eigenschaften. Wie ich bereits erwähnt habe, haben Euer und mein Phönix ein ausnehmend schönes Lied und in Kürze auch beide eine Markierung an der Kehle. Mein Phönix besitzt gezeichnete Flügel und er kann schneller fliegen als andere. Auch sein Schnabel ist silbern. Damit kann der Vogel einfach alles durchtrennen. Ihr glaubt gar nicht, wie viele Steine ich ihn schon zu Sand habe verarbeiten sehen, als ihm der Tag zu lang wurde!" Damasus lachte herzlich und alle Anwesenden wurden für einen Moment von seiner Heiterkeit angesteckt. „Die Färbung am Kopf bedeutet vermutlich, dass er ausnehmend klug ist", fuhr er schließlich fort. „Aber ich muss gestehen, dass ich heute zum ersten Mal von Zeichnungen an Schwanz und Füßen höre. Deshalb weiß ich leider nicht, für welche Fähigkeiten das ein Hinweis sein mag." Als er schwieg, stieg der Geräuschpegel beträchtlich an. Die Weisen begannen, aufgeregt miteinander zu diskutieren.

„Eure Weisheit, ich bin Euch überaus dankbar für Eure Erklärungen, aber eine Frage hätte ich schon noch: Ihr habt gesagt, mein Phönix wäre ein ausnehmend guter Flieger. Warum fliegt er dann nicht? Seine Flügel sehen inzwischen doch schon ganz brauchbar aus."

„Verzeiht." Damasus tippte sich mit dem Zeigefinger an die Schläfe. „Eines der wichtigsten Dinge habe ich zu erwähnen vergessen. Ich fürchte, ich werde alt." Lächelnd fuhr er seinen langen, weißen Bart hinab. „Es ist so: Euer Phönix wird sich so lange nicht von Euch fortbewegen, bis er einen Namen trägt, denn der Name festigt die Verbindung. Er mag sein, wo er will, aber sobald Ihr ihn bei seinem Namen ruft, erscheint er bei Euch. Solange Ihr ihn aber nicht herbeirufen könnt, weicht er nicht von Eurer Seite. Schließlich will er Euch vor Gefahren schützen."

Robert betrachtete seinen Phönix. Er hatte nicht den Hauch eine Idee für einen passenden Namen.

„Wie nennt man denn einen Phönix, Eure Weisheit?", wandte er sich ein wenig ratlos an Damasus.

Der Älteste lächelte wissend. „Euch fällt kein Name ein, der passen könnte, nicht wahr? Aber sorgt Euch nicht, denn das ist nichts Ungewöhnliches. Ein Phönix sucht sich seinen Namen selbst aus. Sein Herr fühlt das in seinem tiefsten Herzen." Er machte eine Kunstpause. „Wir haben eine große Sammlung von Namen, die alle auf einzelne Pergamentkarten geschrieben sind." Er lächelte amüsiert, als er Roberts verwirrte Mine sah. „Oh, Ihr glaubt gar nicht, wie oft man hier eine Möglichkeit braucht, einen Namen auszuwählen, ohne dabei nach dem eigenen Geschmack zu urteilen! Mein eigener Phönix hat sich seinen Namen auch auf diese Weise ausgesucht. Wenn Ihr möchtet, könnt Ihr denselben Weg wählen."

Der Phönix trippelte aufgeregt auf Roberts Schulter hin und her und trällerte eine kurze Melodie, die im Consiliorium für ein paar Augenblicke eine herzerfrischende Fröhlichkeit verbreitete. Robert musste grinsen.

„Eure Weisheit, Ihr hört es", sagte er. „Euer freundliches Angebot ist offenbar auf Begeisterung gestoßen. Habt Dank."

Damasus nickte ihm zu, dann schritt er erneut an ihnen vorbei zur Tür des halbkreisförmigen Raumes und gab dem Diener, der wieder davorstand, die Anweisung, alles Nötige bringen zu lassen. Der Diener rannte los und Damasus schritt zu seinem Platz zurück.

„Gut", seufzte er. „Dann hat der Rat noch eine Bitte. Bis die Sammlung gebracht wird, wird es nicht allzu lange dauern, aber die Zeit wird für unser Anliegen genügen", erklärte er und blickte die Weisen zu seiner Linken und Rechten fragend an. Diese nickten.

„Könnten wir wohl das Armband vom Volke der Lynzen und die Uhr sehen, die offenbar die Sammlung des Grafen Zurkott vervollständigt? Diese beiden bedeutenden Dinge in Eurem Besitz und hier in der Residenz! Das ist ein weiterer Hoffnungsschimmer für uns."

Er wartete schweigend, während Robert die beiden in Kasimirs Samtsäckchen verhüllten Gegenstände hervorkramte, zu Damasus vortrat und sie ihm reichte. Während

Robert wieder an seinen Platz zurückkehrte, legte der Älteste die Gegenstände auf seinen Schoß, wo sie in dem Licht glitzerten, das durch die Fenster hereinfiel. Das aufgeregte Getuschel unter den Weisen schwoll immer mehr an. Als Damasus das Lynzenarmband in die Höhe hielt, reckten alle die Hälse, um einen Blick darauf zu erhaschen.

„Wir haben es wieder", flüsterte Damasus und in seiner Stimme schwang eine solche Erleichterung mit, dass man sie fast mit Händen greifen konnte. „Wir haben es tatsächlich wieder! Jemand muss Prinzessin Frühling sofort diese Nachricht mitteilen, sobald diese Sitzung vorbei ist. Ebenso die anderen Königlichen, die Lynzen und die Tintlinge." Er sah Robert gütig lächelnd an. „Die Prinzessin wird Euch auf ewig dankbar sein, Erwählter. Nur sie wird unsere Dankbarkeit übertreffen können, denn sie macht sich große Vorwürfe darüber, dass sie nicht ausreichend für die Sicherung dieses Schmuckstücks Sorge getragen hat. Königin Sommer wird das Armband verwahren, bis Prinzessin Frühling es holen lässt, doch Ihr habt die Ehre, es der Königin zu überreichen. Sie wird Euch sehen wollen", erklärte er, winkte Robert zu sich heran und drückte das Armband zusammen mit der Uhr zurück in seine Hände. Robert verbeugte sich, während sein Phönix flatterte, um dabei nicht von seiner Schulter zu fallen.

Da klopfte es an der Tür zum Consiliorium und der Diener steckte den Kopf herein „Eure Weisheit?"

„Nur immer herein damit" sagte der Älteste, während Robert die Uhr und das Lynzenarmband in die Tasche zurücksteckte. Die Tür wurde weit geöffnet und Robert staunte nicht schlecht über das, was er sah. Der Diener hatte noch einen Kollegen mitgebracht und zu zweit schleppten sie ein riesiges Buch herein und legten es vor dem Ältesten vorsichtig auf den Boden. Es war etwa einen Meter lang und einen Viertelmeter dick, der Einband bestand aus vom Alter fleckigem Leder und die Seiten schienen aus Pergament zu sein. Dann holten die beiden einen zweiten Gegenstand herein, den sie vor der Tür abgestellt hatten: eine riesige Kugel aus verschiedensten Materialien. Holz, Leder, Kupfer, Pergament und Glas bildeten eine unwahrscheinliche Konstruktion, die aus einem nicht ersichtlichen Grund zusammenhielt. Die seltsame Kugel ruhte auf einem rot gepolsterten Sockel. Die Diener stellten ihre Last neben das riesige Buch, verbeugten sich tief und verschwanden wieder durch die Tür, die sie leise hinter sich schlossen. Robert fragte sich, ob das Lauschen an Türen hier zum Volkssport zählte.

„Das ist die Sammlung der Namen", sagte Damasus. „In diesem Buch sind alle Namen aufgeschrieben. In der Kugel befinden sie sich auf kleinen Pergamentkarten." Der Älteste erhob sich von seinem Platz, schritt die Stufe hinab und trat bedächtig auf die große Kugel zu. „Aus diesen Karten wird sich Euer Phönix eine herausgreifen. Der Name darauf wird seiner sein. Allerdings denke ich, dass Ihr Euren Phönix erst dazu auffordern müsst, damit er Eure Schulter verlässt." Damit öffnete er eine große Klappe an der Oberseite der Konstruktion. Robert konnte seine Neugier nicht unterdrücken und trat einen Schritt vor, um wenigstens einen flüchtigen Blick hineinzuwerfen. Allerdings war das Innere der Kugel völlig uninteressant, einfach nur dunkel, weil die Glaselemente in seiner Oberfläche von den Karten verdeckt wurden.

Der Phönix auf seiner Schulter rutschte unruhig hin und her. Robert stupste ihn an.

„Na los, such dir einen schönen Namen aus. Aber bitte einen, den ich mir auch merken kann!"

Der Phönix bedachte ihn mit einem unergründlichen Blick aus seinen schwarzen Perlaugen. Dann verließ er seine Schulter und flog auf die Kugel zu. Er landete auf dem Rand der geöffneten Klappe und blickte hinein. Er gurrte einen einzelnen Ton und legte den Kopf schief Schließlich erhob er sich wieder in die Luft, flatterte genau über dem Loch in der Kugel auf der Stelle und fischte mit seinen Raubvogelfüßen ein Pergament heraus. Dann schoss er hoch in die Luft bis an die Decke des halbkreisförmigen Turmzimmers und stimmte sein Lied an. Es klang jetzt fast genauso schön und vollkommen wie bei Roberts Begegnung mit der Lichtgestalt. Der Phönix drehte singend eine Runde über den Köpfen der Weisen, bevor er auf seinen Herrn zuglitt und ihm die Karte mit seinem Namen vor die Füße fallen ließ. Während der Phönix Kreise über ihm zog, hob Robert das Pergament von dem weißen Steinboden auf.

Gespannt drehte Robert die Karte um, die sich in seiner Hand seltsam rau anfühlte. Ein Lächeln stahl sich auf seine Lippen, als er den Namen laut vorlas.

„Phalanx."

Sein Phönix schoss erneut in die Höhe, vollführte einen Sturzflug, den er erst so spät abbremste, dass seine Federn Roberts Haare streiften, und sang. Robert lächelte.

„Phalanx", wiederholte er leise und betrachtete seinen Phönix.
Phalanx.

26. Kapitel
Ein Todesfall

Der Älteste betrachtete Robert ein paar Augenblicke lang schweigend, während alle anderen den Phönix beobachteten, der singend einige elegante Flugkunststücke vollführte. Robert erwiderte den wohlwollenden Blick des Ältesten und fragte sich, was ihm wohl durch den Kopf ging. Die Frage stand ihm offenbar auf die Stirn geschrieben, denn Damasus' Lächeln dehnte sich zu einem Grinsen, das mehr zu einem kleinen Jungen als zu einem Weisen gepasst hätte. Er winkte Robert zu sich heran.

„Soll ich meinen Phönix rufen? Ich glaube, es würde ihnen gefallen, einander zu sehen."

Robert nickte. Er war neugierig auf Damasus' Phönix. „Warum ist Eurer noch nicht hergekommen? Hat er Phalanx nicht singen hören?"

„Oh, meine Serafina hätte gewiss sofort nachgesehen, wenn sie hier wäre. Aber sie ist vermutlich auf einem Rundflug über der Stadt und der Umgebung." Er zwinkerte. „Serafina!"

Eine Stichflamme loderte auf, genau im Zentrum des Raumes. Das helle Licht blendete, bevor die Flamme wieder erlosch und nur das zurückblieb, was sich inmitten des Feuers befunden hatte: ein leuchtend blauer Vogel. Serafina glitt auf ihren Herrn zu und landete auf seinem ausgestreckten Arm. Ihre Augen waren wie Phalanx' Augen schwarz, ansonsten gab es aber nicht viel Ähnlichkeit. Sie hatte beim Körperbau Ähnlichkeit mit einem Pfau, nur ihr Schwanz war anders gestaltet. Er bestand aus etwa einem Dutzend Federn, die sich zu einer phantastischen Lockenpracht ringelten. Silbriges Glänzen zeigte sich im Gefieder an der Kehle und an den Flügeln. Auch ihr Schnabel war silbern. Damasus strich Serafina über dem kleinen Kopf mit den großen Augen.

„Sei gegrüßt, meine Schöne." Er wies auf Phalanx, der seine engen Kreise so knapp über ihnen drehte, dass er mit seinen Klauen fast ihre Köpfe streifte. „Ich glaube, da will dich jemand kennen lernen."

Serafina sang ihrem Herrn ein paar leise Töne zu, bevor sie sich wieder in die Luft erhob. Damasus hatte recht gehabt. Ihr Lied war zwar anders als das von Phalanx, aber genauso wunderschön. Die beiden Vögel flogen in einer Spirale umeinander, so schnell, dass man nur noch ineinanderfließendes Rot und Blau sehen konnte, bis sie in einer Flamme verschwanden. Ein seltsames Gefühl beschlich

Robert. Er hatte seinen Phönix zwar erst vor Kurzem gefunden, aber der Vogel was seitdem nicht einen Meter von seiner Seite gewichen.

Damasus legte die Pergamentkarte in die Kugel zurück, schloss die Klappe und klatschte zweimal in die Hände. Das Gemurmel erstarb. „Lasst uns die Namensgebung abschließen, bevor wird zu dem kommen, wegen dem wir den Erwählten so sehnsüchtig erwartet haben."

Robert warf Jana einen fragenden Blick zu, aber sie zuckte nur mit den Schultern. René sah ziemlich durcheinander aus. Er verzog bei dem Wort „Erwählter" keine Miene. Damasus trat zu dem riesigen, ledergebundenen Buch, das die Diener zusammen mit der Kugel hereingebracht hatten. Er schlug es auf und blätterte die Seiten um. Robert konnte sehen, dass auf einigen Seiten ein riesiger Buchstabe abgebildet war. Bei „P" hielt Damasus inne. Er fuhr mit der Hand die langen Namensreihen entlang, die auf der Seite standen.

„Interessant", sagte er, als er den richtigen gefunden hatte. „Der Name Eures Phönix hat zwei Wurzeln. Seine Bedeutung kann deshalb auf zwei Arten formuliert werden. Er bedeutet sowohl Schlachtreihe als auch Brandpfeil."

Robert runzelte die Stirn. War der Name vielleicht ein Hinweis auf besondere kämpferische Fähigkeiten? Schließlich hatte Damasus nicht alle goldenen Musterungen deuten können. Tatsächlich fing er einen nachdenklichen Blick des Ältesten auf. Dann schlug dieser das riesige Buch zu und setzte sich wieder auf seinem Platz, vernehmlich seufzend.

„Dann zum nächsten Punkt: die Abstimmung über die Beteiligung von Parlan, dem Ipsederatus, an der Aufgabe, die den Erwählten und seine Begleiter erwartet." Er musterte Parlan scharf, dann ließ er seinen Blick über Jana, René und Robert wandern. „Räte, ihr habt alles gehört. Fällt Eure Entscheidung!"

Robert warf seinen Freunden einen irritierten Blick zu. Er hatte das Gefühl, irgendetwas nicht mitbekommen zu haben. Renés Gesicht drückte das gleiche aus. Jana und Parlan sahen zu Boden. Erfolglos versuchte Parlan, das Zittern seiner Hände zu verbergen.

Offensichtlich berieten sich viele der Weisen untereinander, während einige schon eine Entscheidung getroffen zu haben schienen und in sich gekehrt dasaßen und auf die Hinterköpfe derer starrten, die vor ihnen saßen. Eine Weile, die Robert schier endlos vorkam, versuchte er, sich mit dem Gedanken an Phalanx, der irgendwo mit Serafina unterwegs war, von der seltsam spannungsgeladenen Stimmung abzulenken, die nun im Consiliorium herrschte. Irgendwann erhob sich der Älteste mit raschelndem Gewand wieder von seinem Platz und wandte sich den Weisen zu.

„Räte", sagte er feierlich, „wer stimmt dafür, dass der Ipsederatus Parlan dem Erwählten, der Wächterin und deren Begleitern zur Seite gestellt wird?"

Fast alle Weisen hoben die Hand. Auch Damasus selbst. Der Älteste freute sich offensichtlich, wofür er ärgerliche Blicke von denjenigen Weisen erntete, die nicht für Parlans Begleitung gestimmt hatten. „Ich sehe, die Lynzenuhr scheint schon ihre Wirkung zu tun."

Robert war verwirrt. Was hatte die Lynzenuhr denn jetzt mit dieser Abstimmung zu tun?

Der Älteste wandte sich Parlan zu. „Ihr habt jetzt die Pflicht, den Erwählten zu begleiten und ihm und seinen Gefährten zu helfen und sie zu beschützen. Diese Aufgabe wird ab jetzt das Wichtigste sein, das es für Euch gibt."

Ein glückliches Lächeln stahl sich auf Parlans Gesicht, wie es Robert bei ihm noch kein einziges Mal gesehen hatte. Robert hätte sich für ihn gefreut, wären da nicht Damasus' letzte Worte gewesen. Sie beschworen in ihm ein Gefühl herauf, das zusammen mit der Erinnerung an Parlans Worte, er habe nichts zu verlieren, einen unguten Verdacht aufkommen ließ. Was, wenn Parlan diese Aufgabe sogar über sein eigenes Leben stellen würde?

Parlans Antwort auf Damasus' phantasieanregende Worte war untertänig. „Habt Dank, Eure Weisheit. Ihr könnt sicher seien, dass mir diese Pflicht und diese Aufgabe das Allerwichtigste sein werden." Man konnte hören, dass die Worte aus tiefstem Herzen kamen.

Damasus nickte Parlan zu, dann atmete er seufzend aus. „Da nun alles andere geklärt ist, lasst uns zu Eurer Mission und den Geschehnissen der letzten Zeit kommen. Ich fasse am besten noch einmal das Wichtigste zusammen, um auch Eurem neuen Gefährten die Situation darzulegen, auch wenn Ihr", sagte er und richtete seinen festen Blick auf Parlan, „das meiste wohl schon herausgefunden habt."

Insgeheim waren auch Robert und René ganz froh darüber, noch einmal die ganze Misere genau erklärt zu bekommen, in der das Verborgene Land und somit die ganze Welt steckte.

„Jede Existenz", begann der Älteste und lehnte sich zurück, „beruht auf einem intakten Gleichgewicht der Zeit. Oder des Zeitgefüges, wenn das für Euch logischer klingt. Ich muss zugeben, dass das alles recht verwirrend sein muss, wenn dieses Wissen noch neu für einen ist. Für dieses existenznotwendige Gleichgewicht sind zwei Dinge ausschlaggebend: zum einen das Verhältnis zwischen unserer Heimat, dem Verborgenen Land, als eine Art Pol der Langsamkeit, und dem Rest der Welt als Pol der Schnelligkeit. Vielleicht lässt sich dies mit Magnetismus vergleichen. Die unterschiedlichen Pole ziehen sich an, halten einander fest, stabilisieren sich gegenseitig. Wird das Gleichgewicht der Zeit zu sehr gestört, halten diese Pole nicht mehr zusammen und das Gefüge löst sich auf: die Zeit steht still. Da aber jede Bewegung nur in einer bestimmten Zeitspanne möglich ist, steht als verheerende Folge nicht nur die Zeit, sondern alles still. Das Leben erstarrt." Für die Dauer einiger Herzschläge schwieg Damasus. „Natürlich können wir das nicht mit absoluter Sicherheit sagen, denn die Zeit stand selbstverständlich noch nie still, aber die Folgen kleinerer Störungen im Zeitgefüge, die wir bereits erlebt haben, deuten genau darauf hin. Damit dieses Gleichgewicht bestehen kann, darf natürlich nicht an der Zeit herumgespielt werden."

Parlan zog die Augenbrauen so hoch, dass sie fast in den ungewöhnlich gefärbten Haaren verschwanden. Es war nicht schwer, sich zu denken, welche Frage ihm durch den Kopf ging. Doch die nächsten Worte des Ältesten klärten sie schon im nächsten Moment.

„Da kommen wir nun auf das Zweite zu sprechen, das für das Gleichgewicht der Zeit verantwortlich ist, nämlich die Zeitenuhr. Wir wissen nicht, wo sie herkommt und wie sie funktioniert. Wir können nicht einmal sagen, wie sie eigentlich aussieht, denn niemand, der sie gesehen hat, scheint hinterher in der Lage zu sein, sie zu beschreiben. Tatsache ist jedoch, dass sie und die Zeit selbst sich gegenseitig am Laufen halten. Die Zeitenuhr wurde mit den besten Schutzmaßnahmen umgeben. Will man diese umgehen, braucht man sieben Gegenstände, die Patrocluschlüssel, von denen jeder der vier Königlichen Herrscher und der beiden Könige des Volks der Lynzen und der Tintlinge einen verwahrt. Der siebte ist seit Langem verschollen. Will jemand die Zeit beeinflussen, muss er zuerst Macht auf die Zeitenuhr ausüben. Dazu braucht er entweder alle sieben Patrocluschlüssel oder er lenkt sie aus der Ferne mithilfe von gewöhnlichen Uhren, die eine bestimmte Kombination bilden. Letztere Möglichkeit haben wir leider erst sehr spät erfahren."

Wieder seufzte Damasus und im Consiliorium herrschte absolute Stille. Bedrücktes Schweigen hatte sich auf die hundert Weisen des Rates gelegt wie ein schwerer Mantel.

„Nun ist es so, dass offensichtlich jemand nach der Macht strebt, die Zeit beherrschen zu können, denn der Patrocluschlüssel von Prinzessin Frühling, das Lynzenarmband, wurde gestohlen. Ob demjenigen die Katastrophe, die er bei der Ausübung dieser Macht heraufbeschwören wird, gleichgültig ist oder ob er nichts von dieser Gefahr ahnt, wissen wir nicht. Jedenfalls führte eine Spur aus dem Verborgenen Land hinaus und viele Wächter machten sich auf, um Nachforschungen zu betreiben. Wächterin Jana zu Zarpat und einige andere Wächter wurden informiert, als wir von Störungen im Zeitgefüge erfuhren, die sich in der Gegend häuften, in der sie gerade verweilten. Die folgenden sich überschlagenden Ereignissen liefen auf eines hinaus: jemand saß in dieser Gegend, hatte bereits einen Patrocluschlüssel und offenbar schon eine riesige Anzahl von Uhren, mit denen er oder sie kurz davor war, die Zeitenuhr aus der Ferne zu beeinflussen. Das Volk der Lynzen schlug einen Lösungsversuch vor: Die geheimnisvolle Uhr dieses Volkes war möglicherweise in der Lage, eine solche Ansammlung potentieller Macht aufzuspüren. Vielleicht konnte man mit ihrer Hilfe den Gefahrenquell rechtzeitig finden. Habt Ihr schon von der Lynzenuhr gehört?", wandte Damasus sich an Parlan.

„Ja, Eure Weisheit."

„Wisst Ihr auch über ihre Eigenschaften Bescheid?"

„Auch das, Eure Weisheit."

„Gut. Dann kann ich mit meinen Ausführungen fortfahren. Die Lynzen versuchten, den Ort der Gefahr mithilfe dieser Uhr zu finden. Sie verschwand jedoch vor den Augen der Lynzen für eine Weile, in der sich unter ihnen große Angst ausbreitete. Sie befürchteten, nun sei auch dieses wertvolle Stück verloren. Wie wir aus dem Bericht der Wächterin Jana zu Zarpat entnehmen können, verlegte sie nicht nur ihre Kraft, sondern sogar ihre ganze Präsenz an die Quelle der Gefahr, nämlich in die Villa des Grafen Zurkott. Dort befand sich in diesem Moment der Auserwählte und wurde von der Lynzenuhr für würdig befunden, den Kampf gegen die drohende Gefahr aufzunehmen."

Parlan warf Robert einen kurzen Blick zu, der sich wünschte, dass nun nicht wieder diese Gute-Menschen-Leier aufgerollt wurde, mit der Jana und Thar schon aufgewartet waren.

„Als die Lynzenuhr wieder an ihrem alten Platz auftauchte, waren die Lynzen sehr erleichtert. Ihre Freude wuchs, als sie sahen, dass die Uhr offenbar einen Erwählten berufen hatte, wenn auch leider niemand wusste, wer das war. Da man nur wusste, dass sich der Erwählte am Ort der Gefahrenquelle befunden hatte, waren wir zunächst verwirrt und in Sorge. Immerhin musste das bedeuten, dass die Lynzenuhr jemanden erwählt hatte, der an der Gefahr mitwirkte oder sogar die Gefahrenquelle war. Dabei hatte sich die Lynzenuhr doch bis dahin nie darin geirrt, einen guten Menschen zu erkennen. Wir konnten ja nicht wissen, dass ausgerechnet zu diesem Zeitpunkt ein ungebetener Besucher am Ort der Gefahrenquelle war. Die Nachforschungen gestalteten sich schwierig. Glücklicherweise äußerte sich der Erwählte aber kurz darauf gegenüber einem Eingeweihten und besaß auch den Patrocluschlüssel noch, den er außerdem im Hause des Grafen zufällig entwendet hatte. Das war die Information, die uns wieder Hoffnung schöpfen ließ. Ein Wächter wurde instruiert und die Lynzenuhr sorgte dafür, dass der Erwählte die Anweisungen des Eingeweihten und des Wächters befolgte. Vermutlich war das unsere Rettung, denn andernfalls hätte der Patrocluschlüssel sehr leicht wieder in die Hände des Grafen fallen können."

Roberts Kopf schwirrte von den vielen Zusammenhängen, die er zwischen den merkwürdigen Ereignissen schlug, die ihm so zu denken gegeben hatten.

„Der Eingeweihte war Kasimir, nicht wahr?", frage er.

„Ganz recht", erwiderte Damasus schmunzelnd und strich sich über den grauen Bart. „Eine besonders gelungene Tarnung, finde ich. Wer würde schon wichtige Informationen bei einem schrulligen Alten vermuten?"

„Und Thar ist ein Wächter?", fragte Robert weiter.

Der Älteste nickte.

„Und immer, wenn ich mich fast für verrückt gehalten habe, weil ich seltsamen Anweisungen einfach gehorcht habe", bohrte Robert zögernd weiter, „dann hat bereits die Lynzenuhr mein Handeln gelenkt?"

„Ganz recht." Wieder nickte Damasus und fuhr fort. „Wir wollten schon Wächter Thar vom Volke der Tintlinge zu Euch schicken, als durch einen Zufall Dokumente im Archiv der Residenz gefunden wurden, die belegen, dass jemand vor nicht allzu langer Zeit das Wissen der Wächter erworben hat, ohne dass er den verpflichtenden Schwur, dieses Wissen nicht zu missbrauchen, abgelegt hat. Allerdings können wir uns nicht erklären, wie das möglich war, ohne dass es vor den Rat kam."

Ein Murmeln erhob sich unter den Weisen.

„Es ist uns leider auch nicht gelungen, festzustellen, wer sich dieses Wissen angeeignet hat, ebenso wenig wie die Gründe dafür oder Informationen über den Aufenthaltsort dieser Person. Das erste Indiz schien das Verhalten Eurer Gefährtin zu sein, die bis vor kurzem bei Euch weilte."

In der Stimme des Ältesten schwang bei diesen Worten ein Unterton mit, der kaum einzuordnen war. Die Atempause, die entstanden war, nutzte Robert für eine Zwischenfrage.

„Also gibt es im Grunde überhaupt keine Hinweise darauf, dass ausgerechnet Cora diese Person ist? Es könnte eigentlich jeder sein?"

„In der Tat", nickte Damasus langsam. „Es könnte jeder sein. Es ist jedoch auffällig, dass das Verhalten Eurer Gefährtin zu diesen Vorfällen seltsam passend ist." Damasus' Augen waren während seiner Antwort hauptsächlich auf René gerichtet. Er rückte ein wenig nach vorne, als er weitersprach. „Jedenfalls wurde aufgrund dieser Informationen der Vorschlag gemacht, keinen altbewährten und vor allem bekannten Wächter wie Thar vom Volke der Tintlinge zu Euch zu schicken, Erwählter, sondern ihn nur weiterhin in Eurer Nähe stationiert zu lassen und stattdessen Wächterin Jana zu Zarpat diese Aufgabe übernehmen zu lassen. Wir hofften, sie sei noch unbekannt. Der Eingeweihte sollte sie direkt nach ihrer Ankunft in Eurem Lande zu Euch bringen, doch die eilige Reise der Wächterin verzögerte sich und durch eine ganze Reihe unglücklicher Umstände war der Eingeweihte dann nicht in der Lage, sie zu finden. Die Sorge des Rates wuchs, doch dann erreichte uns die erlösende Nachricht, die Wächterin hätte durch reines Glück zu Euch gefunden."

So, so, dachte Robert und nahm sich vor, bei Gelegenheit eine entsprechende Bemerkung Jana gegenüber fallen zu lassen. *Sie hat also mich gefunden, das ist ja ganz was Neues ...*

„Der Rest der Ereignisse wurde bereits geschildert. Gibt es noch Fragen bis zu diesem Punkt?"

Niemand rührte sich.

„Nun gut", fuhr Damasus fort. „Dann zum wirklich unangenehmen Teil. Wie ich gerade zusammengefasst habe, lag die Gefahrenquelle in der Villa des Grafen Zurkott."

Lag?, schoss es Robert durch den Kopf.

„Die einzige Spur nach dem Diebstahl des Patrocluschlüssels von Prinzessin Frühling führte zu ihm. Oder, um genau zu sein, in den Teil der Welt, in dem er wohnte."

Wohnte? Wieder fiel Robert auf, dass Damasus in der Vergangenheit sprach.

„Die ungeheuer große Ansammlung von Uhren und der Patrocluschlüssel befanden sich bei ihm. Noch immer erreichen uns jeden Tag neue Meldungen über weitere, neu auftretende Störungen im Gleichgewicht der Zeit, was heißt, dass die Macht der Gefahr beständig zunimmt. Doch wir schöpften Hoffnung, weil wir einen bedeutenden Vorteil errungen hatten: Der Graf war in die Enge gedrängt, ohne dass er Verdacht schöpfte. Es gab anscheinend keine Komplizen, denn es konnte kein verdächtiger Kontakt beobachtet werden. Auch dieses Mädchen namens Cora hat keinen Kontakt mit ihm aufgenommen, soweit wir wissen. Wir beorderten einen Trupp besonders fähiger Wächter zur Villa des Grafen, um zu verhindern, dass er die Uhrenkombination vervollständigte. Der Erwählte, der uns den Patrocluschlüssel zurückbrachte und uns helfen konnte, die Zeitenuhr zu beschützen, war auf dem Weg zu uns. Unser Plan war gut. Wir wurden erst stutzig, als wir erfuhren, dass der Graf das Lynzenarmband schon seit dem Einsatz der Lynzenuhr nicht mehr besaß, aber gleichzeitig keine Abschwächung der Störungen gemeldet wurden, sondern stattdessen sogar eine Steigerung. Bis zum heutigen Tag wächst die Gefahr unvermindert, doch kurz vor Eurem Eintreffen erreichte uns ein Bote."

Er holte tief Luft.

Robert klopfte das Herz bis zum Hals.

„Und der Bote brachte die Nachricht, dass der Graf seit drei Tagen tot ist."

27. Kapitel

Ein Geruch

„Was?!"

Jana, Robert, René und Parlan sahen sich fassungslos an. Sie alle hatten die Bedeutung, die hinter dieser Todesmeldung steckte, sofort erkannt. In Roberts Kopf überschlugen sich die Gedanken. Was war mit den vielen Uhren passiert? Und – eine Schande, dass er erst jetzt daran dachte – mit der kleinen Tochter des Grafen?

Damasus stieß erneut einen tiefen Seufzer aus.

„Ja, der Graf ist tot, die Gefahr aber ganz offensichtlich größer als zuvor", wiederholte der Älteste und verschränkte die Hände.

Plötzlich sah er einfach nur noch niedergeschlagen aus, müde und alt. Sogar seine Stimme hatte etwas von ihrer unnachahmlichen Kraft eingebüßt.

„Und das, obwohl die Villa des Grafen abgebrannt ist, die große Uhrensammlung allem Anschein nach zerstört wurde und der Patrocluschlüssel wieder in Sicherheit ist."

Roberts Mund wurde ganz trocken. „Was ist mit der Tochter des Grafen?", fragte er leise.

„Ihr ist nichts passiert bei dem Brand, denn sie war mit ihrem Kindermädchen außer Haus. Einer unserer Wächter fand sie, als er sich einen Überblick darüber verschaffen wollte, welche Bedeutung diese Wendung der Dinge für uns hatte. Das Mädchen war ungewöhnlich gefasst. Nun befindet es sich bei einer Familie, die zu den Eingeweihten gehört. So ist sie gut versorgt und wir erfahren es schnellstmöglich, wenn sie sich an irgendetwas erinnert, das uns etwas nützt. Der größte Teil der Uhren des Grafen ist mit Sicherheit zerstört, denn in dem einen Flügel des Gebäudes sah der Wächter die Reste dieser Sammlung. Den Aussagen der dortigen Polizei zufolge ist das Feuer sogar genau in dem Raum ausgebrochen, in dem die Uhren verwahrt wurden. Offenbar wurde das Feuer gelegt. Außerdem ist der Graf nicht durch das Feuer umgekommen. Er wurde zuvor getötet."

Robert überlegte eine Weile. All die vielen Informationen, die sein Kopf in so kurzer Zeit hatte verkraften müssen, machten noch nicht recht Sinn. Wieso war das Feuer ausgerechnet in dem Saal mit den Uhren gelegt worden? Das bedeutete doch, dass die Uhren gezielt zerstört werden sollten. Wer wusste davon, außer dem Grafen und denen, die für den Rat arbeiteten? Da es immer noch Verschiebungen in der Zeit gab, waren nicht alle Uhren aus der Sammlung zerstört worden. Die für die Kombination wichtigen mussten erhalten geblieben sein. Irgendjemand musste sie an sich gebracht haben und derjenige war es sicher auch, der den Grafen getötet hatte, anders machte es keinen Sinn. Es gab jemanden, der sehr genau Bescheid wusste und nicht für den Rat arbeitete. In Roberts Kopf rückten ein paar Puzzleteile an den richtigen Platz. Allerdings war der wichtigste Teil des Bildes noch nicht gelegt. Die Puzzlestücke dazu fehlten. Robert fragte sich, ob die Lynzenuhr für diese Erkenntnis mitgearbeitet hatte, da der Rat der Weisen anscheinend noch nicht den gleichen Einfall gehabt hatte. Oder war Damasus nur noch nicht damit herausgerückt? Robert biss sich nervös auf die Lippe und sah Jana an, die ihm einen fragenden Blick zuwarf. Dann ergriff er das Wort.

„Ich hätte da vielleicht eine Idee, wie sich diese Kette von Ereignissen erklären ließe, Eure Weisheit. Doch ich muss zuvor noch eine Frage stellen: Stammte Graf Zurkott aus dem Verborgenen Land?"

Damasus musterte ihn scharf, antwortete aber sofort. „Nein, er stammte aus dem Teil der Welt, aus dem auch Ihr kommt."

„Nun, dann muss er einen Komplizen gehabt haben, der von hier kommt, denn ansonsten wäre es ihm unmöglich gewesen, genügend Informationen über die Zeitenuhr und das Verborgene Land einzuholen. Wahrscheinlichen wäre er nicht einmal auf die Idee gekommen, dass die Zeit beherrscht werden kann. Vielleicht war der Graf nur ein Handlanger für den richtigen Übeltäter, der sich irgendwo befindet, wohin bis jetzt keine Spuren führen. Vielleicht waren der Graf und seine Villa auch nur ein Ablenkungsmanöver, um den eigentlichen Feind und die eigentliche Gefahr zu verbergen. Jedenfalls befanden sich in der Villa eine ungeheure Anzahl Uhren und der gestohlene Patrocluschlüssel in einem vermeintlich sicheren Versteck. Ich entdeckte dies und nahm das Lynzenarmband an mich. Da der Graf sich wenige Tage später offenbar sehr sicher fühlte, als wir ihn sahen und sogar bis zu seiner Villa begleiteten, hatte er den Verlust wohl noch nicht bemerkt oder er sah keinen Grund, sich vor seinem Komplizen – oder Auftraggeber – zu fürchten. Für die folgenden Ereignisse habe ich mehrere Erklärungsmöglichkeiten. Der große Unbekannte könnte erfahren haben, dass das Lynzenarmband gestohlen worden war, und sich den Grafen vom Hals geschafft haben. Vielleicht gab es auch einen Machtkampf. Einer könnte geplant haben, die Macht über die Zeit alleine an sich bringen zu können. Oder der Unbekannte bemerkte, wie nahe der Graf schon daran war, die richtige Uhrenkombination zu besitzen, hat ihn aus dem Weg geräumt und nur eine kleine Anzahl Uhren an sich genommen. Nach dem Feuer kann man nicht sagen, ob und wie viele Stücke fehlen. Schließlich hatte der Graf wirklich sehr viele Uhren." Damasus' Blick wurde noch durchdringender, trotzdem sprach Robert schnell zu Ende. „Mein Gefühl sagt mir, dass Graf Zurkott nur der Handlanger eines großen Unbekannten war, der ihn ermordet hat, nachdem dieser den Verlust des Patrocluschlüssel bemerkt hatte. Da die Gefahr für das Gleichgewicht der Zeit nicht verringert worden ist, muss der Unbekannte entweder, wie gesagt, die fraglichen Uhren an sich genommen haben, oder er hat vielleicht auch eine dritte Methode entdeckt, wie er die Zeitenuhr beeinflussen kann."

Alle starrten ihn an. Robert blickte nervös von einem zum anderen.

„Das ist furchtbar", flüsterte Damasus in die Totenstille, die jetzt im Consiliorium herrschte. „Furchtbar."

Nach einigen weiteren Sekunden sah Robert wieder auf.

Der Älteste betrachtete ihn mit einem unergründlichen Ausdruck in den grünen Augen. „Dieselben Überlegungen haben wir auch schon angestellt, Erwählter. Gerade, bevor Ihr gekommen seid. Wir haben Euch zuvor nichts von unserer Theorie gesagt, da wir Euer Urteil über die Ereignisse abwarten wollten. Wir waren zuversichtlich, dass die Lynzenuhr Euch zu einer guten Einschätzung verhelfen würde. Nun, leider seid Ihr zu demselben Ergebnis gekommen wie wir." Er schloss die Augen, als könnte er das Licht nicht mehr ertragen, das das Consiliorium in Weiß und Gelb erstrahlen ließ. „Die einzige Spur, die wir hatten, ist zu Asche geworden. Der einzige, der uns hätte Antworten geben können, ist tot. Der Feind ist für uns jetzt wie ein körperloses Phantom, das sich nicht greifen lässt."

Robert tauschte ratlose Blicke mit seinen Freunden.

Parlan hatte die Stirn gerunzelt. Diesmal brach er die Stille. „Kann man nicht noch einmal die Lynzenuhr dazu einsetzen, den Ort herauszufinden, von dem die größte Gefahr jetzt ausgeht?"

Damasus' Gesicht zeigte ein niedergeschlagenes Lächeln. „Darum haben wir das Volk der Lynzen bereits gebeten. Wie Ihr wisst, ist die Verständigung zwischen zwei Personen, die Herren von Phönixen sind, ausnehmend schnell und der König der Lynzen ist Herr eines Phönix. Doch die Lynzenuhr verweist aus einem unerfindlichen

Grund weiterhin auf die zerstörte Villa des Grafen Zurkott. Vielleicht hat das damit zu tun, dass ihre Kräfte noch nie zuvor so oft in so kurzer Zeit in Anspruch genommen worden sind. Da auch uns die Möglichkeit klar geworden ist, dass der Unbekannte eine dritte Methode gefunden haben könnte, halten wir es für das Beste, Euch, Erwählter, und Eure Gefährten an den Ort zu schicken, an dem die Zeitenuhr verwahrt wird. Vielleicht lässt sich so die Katastrophe verhindern – schließlich haben wir keine Ahnung, wie diese dritte Möglichkeit aussehen könnte. Außerdem besteht die Möglichkeit, dass der Feind zwar die Zeitenuhr aus der Ferne beherrschen, aber auch sichergehen will, dass wir nicht direkt bei der Zeitenuhr dagegenwirken können, und versucht, trotzdem auch den Ort, an dem sich die Zeitenuhr befindet, unter seine Gewalt zu bringen. Alle Wächter und Eingeweihten versuchen, nützliche Informationen herauszufinden. Alles Wichtige werden wir Euch sofort mitteilen. Durch Euren Phönix geht das sogar, ohne Boten einzusetzen und Zeit zu verlieren. Jede Stunde, die wir von nun an verlieren, ist ein Schritt in die drohende Katastrophe."

Robert hätte am liebsten nachgefragt, wie denn nun Nachrichten mit einem Phönix verschickt werden können, aber die Befürchtung, sich lächerlich zu machen, ließ ihn schweigen. Jana hatte es schließlich schon gesehen, also konnte er auch sie fragen, wenn es nötig war.

„Die Zeitenuhr befindet sich im Westen unseres Landes", sprach Damasus weiter, ohne auf das verdutzte Gesicht zu achten, das Jana machte. „Ihr müsst dorthin reisen und sie bewachen. Das dürfte zugleich leichter und schwerer sein, als Ihr jetzt glaubt. Leichter, weil von Euch lediglich verhindert werden muss, dass der Ort geöffnet wird, der die Uhr verbirgt, und weil Euch mächtige Krieger zur Seite stehen werden. Schwerer, weil wir sorgfältig abwägen müssen, wem wir trauen können. Außerdem kann sich Eure Mission jederzeit ändern, wenn sich herausstellen sollte, dass der Feind doch in der Lage ist, die Zeitenuhr zu beherrschen, ohne in ihre Nähe zu kommen, und vor allem, wenn wir herausfinden, wie und wo wir eine Chance haben, ihn aufzuhalten." Damasus zögerte. „Das Schicksal jeglichen Lebens liegt in Euren Händen."

Prima, dachte Robert, *genau das wollte ich schon immer.* Leider konnte er seinen eigenen Galgenhumor jetzt nicht lustig finden. René neben ihm musste heftig schlucken. Fast unbewegt blickte dagegen Parlan in Damasus' Gesicht. Nur die Falte zwischen seinen Augenbrauen verriet, dass er angestrengt nachdachte. Zu gern hätte Robert gewusst, was ihm gerade durch den Kopf ging. Janas Stimme dagegen klang dünn und zaghaft, als sie sie erhob. Offenbar war der Mangel eines konkreten Plans ein bisschen zu viel für sie.

„Eure Weisheit, welche Krieger? Ist es wirklich ratsam, dass die Königlichen Herrscher den geheimen Ort, an dem die Zeitenuhr verwahrt wird, gerade jetzt preisgeben, wenn auch nur wenigen Helfern? Es besteht schließlich immer die Gefahr, dass dann noch jemand davon erfährt, der das nicht sollte! Denkt daran, dass jemand ohne Schwur das Wissen der Wächter erlangt hat. Wie sollen wir schnell genug in den Westen des Landes gelangen, wenn die Gefahr schon so weit fortgeschritten ist und man eigentlich nicht viel tun kann, um die Katastrophe aufzuhalten …" Sie schluchzte.

Damasus winkte Jana zu sich. Mit hängendem Kopf trat sie vor ihn und ging auf die Knie. Niemand im Rat sah ärgerlich aus, eher betroffen ob der Wahrheit, die sie ausgesprochen hatte.

Der Älteste legte eine Hand auf ihre Schulter. „Wächterin Jana zu Zarpat. Verliert den Mut nicht! Ich werde Euch Antworten geben. Ihr werdet reisen wie der Wind, denn die Königin wird Euch Orleons zur Verfügung stellen. Den Ort werdet ihr erst erfahren, kurz bevor Ihr ihn erreicht, denn es wird Euch der weiße Orleon der Königin führen. Unterwegs sucht Ihr das Volk der Tintlinge auf und bittet es um Beistand für den Fall, dass die Zeitenuhr verteidigt werden muss. Die besten Krieger des Volkes werden mit Euch ziehen und, wenn nötig, Euch und Euer Ziel bis zum Tode verteidigen. Und glaubt mir, Wächterin, es ist besser, die Zeitenuhr zu schützen für den Fall, dass der Unbekannte sich ihr nähert, als hier darauf zu warten, dass einer der Unseren in Erfahrung bringt, wo der Feind zu finden ist."

Robert verstand immer weniger. *Orleons?*

Jana nickte. Überhaupt hatten Damasus' Worte für eine Änderung der Stimmung gesorgt. Dieser Plan war das Einzige, das man tun konnte, und somit auch das Beste.

„Einen großen Stamm vom Volk der Tintlinge findet Ihr im Westen des Landes im Gebiet der Stadt Drake, die auf Eurem Weg liegt. Dort werdet Ihr die nötige kämpferische Unterstützung erhalten."

In diesem Moment betrat ein Bote in sonnengelber Uniform den Saal. Er verneigte sich ehrerbietig, überreichte Damasus eine Nachricht und verließ den Saal wieder. Damasus las die Nachricht und sah auf.

„Nun ist es so weit: Die Königin wird Euch empfangen. Also fasst Euch! Doch zwei Dinge noch. Da Ihr nun das Wissen der Wächter erlangt habt, müsst Ihr einen Vertrag unterzeichnen und damit den Schwur ablegen. Dieser besiegelt das Versprechen, zu niemandem, der nicht ebenfalls eingeweiht ist, über die Dinge zu sprechen, die Ihr hier erfahren habt. Ihr dürft nicht in diesem Land über die Länder außerhalb seiner Grenzen sprechen und nicht in jenen Ländern über das Verborgene Land. Nicht über das Geheimnis der Zeit und nicht über das Amt der Wächter."

Die drei Angesprochenen nickten.

Das war wohl das kleinste Problem, das sich ihnen stellte.

Der Weise, der rechts von Damasus saß, zog einen großen Bogen Pergament aus den Falten seines dunkelgrünen Gewandes und rollte ihn auf. Auf gleiche Weise zog er Tinte, Feder und eine kleine Schatulle hervor und begann zu schreiben.

Der Älteste sprach währenddessen ruhig weiter. „Nun frage ich euch: Seid ihr bereit für die Aufgabe, die wir euch stellen?"

Robert, René, Jana und Parlan sahen sich stumm an.

Sie nickten.

Irgendetwas zu tun, dachte Robert, *ist allemal besser, als einfach nur zuzusehen, egal, wie wenig Hoffnung auf Erfolg es auch verspricht.*

Damasus nickte ebenfalls. „Dann viel Glück, Ihr Tapferen. Verliert nie den Mut, sonst ist alles verloren."

Für einen Moment schien es, als hätten Damasus' letzten Worte eine versteckte Bedeutung. Die strahlend grünen Augen wirkten, als blickten sie in weite Ferne, vielleicht geradewegs in die Zukunft.

Da reichte der grüngewandete Weise ihm das Pergament und die in Tinte getunkte Feder. Der Älteste winkte Parlan, René und Robert zu sich und drückte ihnen nacheinander die Feder in die Hand, mit der sie ihre Unterschrift unter den Text setzten. Robert fragte sich, wo Parlan Schreiben gelernt hatte. Ob das hier im Verborgenen Land genauso ein Privileg war wie in dem Mittelalter, das er aus Geschichtsbüchern kannte?

Auf dem Pergament standen nur ein paar Zeilen, doch die Handschrift war schön, mit verschnörkelten Großbuchstaben, und strotzte nur so vor unbekannten Wörtern.

Die Unterzeichnenden
Consecratus Peregrinus Robert zu Mediocriter,
der Erwählte der Lynzenuhr,
im 78. Jahr nach dem Großen Krieg des Nordens,
zur Zeit der Großen Gefahr,
unter der Residenz der Königin Sagma zu Aestas,
dessen Gefährte, Consecratus Peregrinus René zu Mediocriter,
im selben Jahr und zur selben Zeit,
und deren Gefährte, Consecratus Ipsederatus Parlan zu Mediocriter,
im selben Jahr und zur selben Zeit,
verpflichten sich mit ihrer Unterschrift und schwören,

heute, am 28. Tage der Zeit der Herrschaft der Königin Sagma zu Aestas
im 78. Jahr nach dem Großen Krieg des Nordens,
das heute erworbene Wissen der Wächter keinem Unbefugten gegenüber zur Sprache zu bringen oder auf andere Art preiszugeben,
es sei denn zur Rettung und Bewahrung der Existenz des Gleichgewichtes der Zeit.
Sollte dieser Vertrag und Schwur seitens der Unterzeichnenden gebrochen werden,
ist es dem Rate der Vier Königlichen Herrscher vorbehalten, ihnen dieses Wissen wieder zu entziehen und ihnen ihre gerechte Strafe zukommen zu lassen.

Robert unterschrieb und wunderte sich gerade darüber, wie man jemandem Wissen wieder entziehen konnte, als sich der Weise rechts von Damasus erhob und das Dokument vorlas. Als der Weise den Text mit schnarrender Stimme verlesen hatte, setzte er hinzu, „die im Vertrag verwendeten Titel" gehörten nun zu den „vollständigen Namen der Unterzeichnenden" und seien „bei Bedarf zu nennen".

Na klar, dachte Robert. *Diese unverständlichen Wortungetüme kann man sich ja auch spielend leicht merken.*

Auch René und Parlan sahen ziemlich verwirrt aus, aber Jana war offenbar nicht mehr so niedergeschlagen wie noch kurz zuvor.

Kaum hatte der Weise seine Mitteilung heruntergeleiert, nahm er etwas Pulver aus der kleinen Schatulle und streute es auf das Dokument. Das Pergament schimmerte plötzlich auf und absorbierte das Pulver. Der Weise ließ sich wieder auf seinem Platz nieder und begann, den Vertrag zusammenzurollen. René starrte ihn an, als hätte sich das Grün seines Gewandes plötzlich in ein grellrosa Blümchenmuster verwandelt.

Damasus bemerkte Renés Gesichtsausdruck. „Dieses Pulver ist die Absicherung des Rates, dass Ihr das Wissen wieder verliert, falls Ihr in Zukunft den Schwur brecht und das Wissen ausplaudert." Er sah sie der Reihe nach ernst an und ließ seinen Blick zuletzt auf René ruhen. „Es ist eine Mischung, die hauptsächlich aus Phönixfederasche und Vergessenspulver besteht. Habt Ihr von der Wirkung des Vergessenspulver schon gehört?"

Robert und René erinnerten sich an den Laden in Azun und nickten langsam.

„Nun, die Phönixfederasche bindet dessen Wirkung, solange der Schwur gehalten wird. Wenn ihn aber jemand bricht, tritt die Wirkung des Vergessenspulvers ein. Da ein Phönix ein Wesen außerhalb der Zeit ist, wird durch die Asche seiner Federn das Vergessen außerdem viel weiter in die Vergangenheit des Schwurbrechers ausgedehnt, als es das Pulver sonst bewirken könnte." Damasus schwieg einen Moment, damit Robert, René und Parlan diese Information verarbeiten konnten. „Ein Versehen wie das Weitergeben von Informationen an Lahac", setzte er dann hinzu, „ist keine Lappalie, wie Ihr inzwischen sicher begriffen habt. Und wenn ein solcher Fehltritt von nun an noch einmal vorkommt, wird das nicht ohne Folgen bleiben."

René schluckte hörbar. „Es wird nicht wieder vorkommen."

Auch Robert war bei Damasus' Worten mulmig geworden. Nur Parlan schien davon völlig unberührt.

„Es gibt ein Gegenmittel, das das Vergessen abschwächt", fuhr der Älteste fort, als er Roberts Miene sah. „Aber seine Herstellung ist ein Geheimnis des Rates und kann das Vergessen nicht vollständig rückgängig machen. Ich bin mir allerdings sicher, dass Ihr unser Geheimnis gut bewahrt. Nun denn." Damasus erhob sich von seinem Platz. „Die Zeit ist gekommen. Die Königin empfängt Euch und wir sollten sie nicht unnötig warten lassen."

Der gesamte Rat nickte ihnen zu und die Gruppe verbeugte sich, nach Janas Vorbild, ehrerbietig. Dann schritt der Älteste zur Tür des Consilioriums. Sie folgten ihm, jeder in seine eigenen Gedanken vertieft.

Erstaunt begriff Robert, dass der Älteste sie persönlich zur Königin führte. Er hatte erwartet, dass dazu wieder eine Wache oder ein Diener Anweisungen erhalten würde.

Eine ganze Weile ginge es durch prunkvolle Gänge und über Treppen, die in der Tat einem Königsschloss Ehre machten. Diesmal befanden diese sich im Inneren des Gebäudes und klebten nicht wie überdimensionale Schwalbennester an den Außenmauern. Robert erinnerte sich an die Balkone und Fenster der Königin, die Jana ihnen von draußen gezeigt hatte. Von außen hatte dorthin kein Weg geführt. Die Ausstattung der Gänge und Räume, durch die sie kamen, schien langsam noch kostbarer zu werden, als sie es ohnehin schon war, und schließlich standen sie vor einer gewaltigen Flügeltür, größer als jedes Kathedralentor. Die in das glänzende Holz eingearbeiteten Schnitzereien zeigten viele Szenen, mit denen Robert nichts anfangen konnte, aber er vermutete, dass es sich um historische Ereignisse des Verborgenen Landes handelte, denn in einem der Bilder erkannte er eine Krönungszeremonie, wie es sie auch bei den Brunnen vor der Residenz gegeben hatte. In der Mitte prangte ein riesiges Wappen, auf dem sich ein Hase, eine Hirschkuh, ein Falke und ein weißer Bär den Hintergrund aus Gelb, Rot, Weiß und Grün teilten. Das Wappen wurde von zwei schneeweißen Panthern mit Flügeln umrahmt, was den Anschein erweckte, als hielten diese Wache.

Mehr konnte Robert nicht erkennen, denn schon wurden die Flügeltüren von innen geöffnet. Der Wächter, der dahinter zum Vorschein kam, trug eine bläulich schimmernde Rüstung. Aus einem schmalen Schlitz des mit gelben Federn geschmückten Helms blickten Augen hervor, die sie scharf musterten.

„Seid gegrüßt, Eure Weisheit." Seine Stimme klang metallisch und hart. „Ich dachte, Ihre Majestät erwartet Euch in Begleitung *zweier* Angekündigter."

„Oh, Livius, habt Dank für Eure gewissenhafte Aufmerksamkeit, doch die Wächterin und der Erwählter haben zusätzliche Hilfe mitgebracht." Damasus stellte sie der Reihe nach mit ihren brandneuen Titeln vor. Robert schaffte es dabei allerdings wieder nicht, sie sich zu merken.

Wie war seiner?

Consecratus Pere-irgendwas Robert zu Mediocriter?

Wie die Stadt, in der sie sich gerade befanden? Das konnte ja noch lustig werden!

Die Wache jedoch schien einiges mit diesen schier unaussprechlichen Wörtern anfangen zu können, denn vor

Ehrfurcht schrumpfte sie trotz ihrer Rüstung ein Stück, als sie eine Verbeugung andeutete.

Beim Vorbeigehen sagte Damasus: „Ach ja, Livius, wenn in Bälde ein gewisser Lahac hereingeführt wird, hat das seine Richtigkeit. Er befindet sich im Moment noch vor dem Rat."

„Sehr wohl, Eure Weisheit." Dann schloss er hinter ihnen das riesige Tor.

„Ist Lahac vor dem Rat? Was wird ihm denn noch erzählt?", fragte Robert, der vor Aufregung und den vielen Neuigkeiten fast nicht mehr an den freundlichen Bauern gedacht hatte.

„Bei Weitem nicht so viel wie Euch und Euren Gefährten, Erwählter." Mit flottem Schritt ging der Älteste einen Gang entlang, in dem es nur so vor Gold und Kristall glitzerte. „Er erfährt nur so viel, dass er einen groben Einblick in den Sinn und die Aufgabe unseres Landes bekommt. Natürlich wollen wir möglichst vermeiden, dass er von den schrecklichen Problemen hört. Deshalb haben wir ihn auch von Euch getrennt. Vielleicht kann er später die Aufgaben eines Eingeweihten übernehmen. Wir machen ihm das Angebot."

Sie durchschritten eine Tür aus dunklem Holz und gelangten in einen kleinen Saal, dessen eine Wand von fünf hohen, spitzen Fenstern eingenommen wurde, die fast bis an die Decke reichten und einen wunderschönen Ausblick über die Dächer der Stadt boten. Auf vielen Giebeln wehten gelbe Fahnen und das, was vom Dach der Residenz selbst zu sehen war, blitzte kupfern und silbrig. Der weiße Marmorboden des Saales wurde in der Mitte von einem tiefroten Teppich bedeckt und an den Wänden waren neben großen kunstvollen Kaminen Gemälde zu sehen, die die Königlichen Herrscher mit ihren Wappentieren zeigten. Beim zweiten Hinsehen fiel Robert auf, dass Prinzessin Frühling darauf das blaue Lynzenarmband am Handgelenk trug. Dunkelrote Sessel waren um einen weißen Marmortisch gruppiert. Ansonsten war der Saal leer.

„Das", erklärte Damasus, „ist das Vorzimmer zum Thronsaal. Ihre Majestät wird euch dort empfangen." Mit diesen Worten schritt er auf eine Tür zu, die sich neben einem der Kamine befand.

Vorzimmer, dachte Robert, *Das hier ist das Vorzimmer? Wie groß ist dann um alles in der Welt erst der Thronsaal?*

Wie eine Kükenschar der Glucke liefen sie Damasus hinterher auf eine prunkvoll verzierte Tür zu, die prompt aufschwang. Einen Augenblick sah Damasus verwundert drein, dann verbeugte er sich ehrfürchtig.

Vor ihnen stand Königin Sommer.

Sogar Robert hatte sie erkannt, bevor er sich ebenso verbeugte wie der Älteste, obwohl er sie noch nie zuvor gesehen hatte. Sie trug ihre Wappenfarbe Gelb, allerdings in einem gedeckteren Ton. Ihr Kleid reichte bis zum Boden und besaß eine Schleppe. Die Königin war eine schöne Frau. In ihr dunkelbraunes Haar, dessen Locken sie teilweise hochgesteckt trug, waren gelbe und weiße Blumen eingeflochten. Sie trug keine Krone, wie Robert es erwartet hatte, sondern ein unscheinbares Diadem.

„Seid gegrüßt, Eure Majestät."

„Oh, mein lieber Damasus!" Die Stimme der Königin klang angenehm und freundlich. Man konnte die Wärme darin förmlich auf der Haut spüren. „Wie oft soll ich Euch noch bitten, diese Verbeugungen zu unterlassen? Eines Tages werdet Ihr Euch dabei noch Schaden zufügen." Sie trat eilig zu ihm und half ihm dabei, sich aufzurichten. „Wollt Ihr es mir nicht endlich versprechen?"

„Nein, meine Königin, es ziemt sich nun einmal nicht, Euch diese Ehre nicht zu erweisen."

„Ach, die Ehre, die Ehre! Stets sehe ich zuerst die Hinterköpfe der Leute, die mit mir sprechen wollen, wenn ich doch am liebsten die Gesichter sehen möchte! Da erkennt man sogleich Absicht und Gesinnung des Gegenübers." Da wandte sich die Königin ihm und seinen Freunden zu. „Erhebt Euch! Auf Euch ruhen alle Hoffnungen und Ihr verbeugt Euch vor mir, die ich überhaupt nichts zu tun vermag." Einem nach dem anderen sah sie ihnen aufmerksam ins Gesicht.

„Lasst mich Euch die Anwesenden vorstellen", erwiderte Damasus. „Dies ist Jana zu Zarpat, Wächterin und –"

„Spart Euch doch bitte diese langen, formalen Titel und umständlichen Erklärungen, Damasus. Ich habe bereits erfahren, dass diese Wächterin den Erwählten aufgesucht hat, auch wenn die Weisen sich im Allgemeinen gerne geheimnisvoll geben." Sie blickte ihn mit einem leicht gequälten Ausdruck an.

Damasus seufzte. „Wie Ihr wünscht, meine Königin. Jana hat also den Erwählten namens Robert", sagte er und wies auf Robert, der unter dem neugierigen Blick der Königin gar nicht wusste, wohin er sich drehen und wenden sollte, „gefunden und davon überzeugt, uns zu helfen. Sein Gefährte René wird sie begleiten und unterstützen. Und dies ist Parlan, ein Angehöriger des Volkes der Ipsederati, den unsere Wächterin, der Erwählte und sein Gefährte unterwegs angetroffen und mit dem sie sich angefreundet haben. Auch er wird sie begleiten und für ihren Schutz sorgen."

„Oh, tatsächlich?" Über das Gesicht der Königin huschte ein etwas befremdeter Ausdruck, der sich aber schnell in ein freundliches Lächeln verwandelte. Ihre Stimme klang sanft und sie sah ihn aufmerksam an. „Wem stehe ich gegenüber?"

Robert zermarterte sich das Hirn, was das nun wieder zu bedeuten hatte.

„Dem Sohn der Nacht, meine Königin."

Aus Parlans Antwort wurde Robert auch nicht schlau. Zwei Punkte mehr auf der Liste der Dinge, die er in allernächster Zeit herausfinden wollte.

Damasus beendete das Gespräch, indem er der Königin kurz erklärte, was im Consilorium besprochen und beschlossen worden war. Dann wandte sich die Königin an Robert.

„Mein Dank ist grenzenlos, Erwählter. Mit Eurer Hilfe gibt es vielleicht noch eine Möglichkeit, uns alle zu retten. Ich finde gar nicht die Worte, um meine Bewunderung, meine Hoffnung und meinen Dank auszusprechen. Es ist beschämend. Verzeiht mir."

Robert war völlig überfordert. Eine Königin bat ihn um Verzeihung? Er klappte nur den Mund auf und wieder zu, brachte aber kein Wort heraus.

Königin Sommer lächelte ihn mit einer Mischung aus Erleichterung und Wohlwollen an und fuhr fort. „Es ist mir eine große Ehre, Euch kennenzulernen, Erwählter. Ich wünsche Euch für Eure Mission Glück und Erfolg." Ein Schatten huschte durch ihre warmen braunen Augen. „Und verliert niemals den Mut."

„Danke, Eure Majestät." Endlich fand Robert passende Worte. „Wir werden unser Bestes geben und mit allem, was wir vermögen, für den Erfolg unseres Auftrags kämpfen." Täuschte er sich, oder klang er schon wie Parlan? Wo nahm er mit einem Mal diese Sicherheit her? „Aber nun möchte ich Euch noch etwas geben." Er zog das Lynzenarmband hervor und reichte es ihr.

Die Herrscherin strahlte ihn an. „Welch ein Glück!" Sie hielt das Armband ins Licht, das durch die hohen Fenster fiel.

Dann musterte sie ihn milde. „Nun, jedenfalls geht Ihr die Sache mit dem notwendigen Ernst an."

Robert überschlug alle Informationen im Kopf, die sie zu ihrem Auftrag bekommen hatten. Wenn sie es nicht schafften, würde alles stillstehen und alles existierende Leben auf der Erde erstarren. Wie sollte man solch eine Aufgabe angehen, wenn nicht mit Ernst?

„Ich lasse den Patrocluschlüssel sofort zu Prinzessin Ambrosia schicken. Sie wird euch mit unerschöpflichem Dank überhäufen."

Inzwischen hatte Jana die Feder des Rock hervorgeholt und von der Schnur befreit. Die schwarz-silberne Feder war trotz aller Ereignisse so unversehrt, als sei sie aus Stahl.

„Eure Majestät, dies wollen wir Euch als Geschenk überreichen. Es hätte sich natürlich eigentlich ganz zu Anfang geziemt, aber …"

„Ich danke Euch!" Königin Sommer ließ Jana gar nicht erst irgendwelche Entschuldigungen stammeln. „Die Feder eines Rock! Und was für ein ausnehmend schönes Exemplar! Wo habt Ihr sie gefunden?"

„Im Vorland des Erzgebirges", antwortete Jana wahrheitsgemäß. Robert fragte sich, ob sich eine Königin tatsächlich so über eine Feder freuen konnte, aber das Lächeln, das über Damasus' Gesicht huschte, ließ ihn solcherlei Zweifel vergessen.

„Ich dachte eigentlich, diese schönen Tiere leben nur im nördlichen Teil des Landes." Sie betrachtete erstaunt die Feder, an der sich das hereinfallende Licht brach.

„Ihr vergesst, dass diese Tiere auch sehr gefährlich sind und man nicht weiß, ob die alten Geschichten wahr sind", merkte der Älteste nachdenklich an.

Sie seufzte. „Ach, Damasus, habt doch ein Einsehen mit Eurer Königin. Auch wenn Ihr als Weiser selbstverständlich recht habt." Dann wandte sie sich wieder an Robert. „Ich bitte Euch nochmals: Verliert niemals den Mut und rettet, was zu retten ist."

„Wir werden uns bemühen, Eure Majestät." Ein flaues Gefühl machte sich in Roberts Magen breit.

Da öffnete sich die Tür, die nach draußen auf den Gang führte, und der Diener, der vor dem Consilionum gestanden hatte, trat mit Lahac im Schlepptau ein.

„Verzeiht, Eure Majestät!", rief der Diener zutiefst erschrocken, als er sah, dass sich die Königin hier befand und nicht, wie er es wohl erwartet hatte, im Thronsaal. Er verbeugte sich so tief, dass seine Nase um ein Haar den weißen Marmorboden berührt hätte. Lahac tat es ihm gleich. Der

Anblick hatte etwas Erheiterndes an sich und Robert musste sich ein Grinsen verkneifen.

„Du konntest ja nicht wissen, dass ich mich hier befinde.", beruhigte Königin Sommer den Diener.

Zögernd richteten sich die beiden auf und Damasus winkte den freundlichen Bauern zu sich.

„Dies, meine Königin, ist Lahac, mit dem man gerade im Consiliorium gesprochen hat. Er war sehr hilfsbereit gegenüber dem Erwählten und seinen Gefährten. Nach altem Brauch solltet nun auch Ihr mit ihm sprechen."

„Ach Damasus, lasst es doch gut sein. Ich bin mit den Bräuchen und Formalitäten unseres Landes sehr gut vertraut."

Jetzt konnte Robert nicht mehr anders, als zu grinsen.

„Ihr seid also Lahac", wandte sich die Königin an den Bauern. Der arme Kerl war so nervös, dass seine Knie unaufhörlich schlotterten, während er eine Verbeugung an die andere reihte wie Perlen an eine Kette.

„Jawohl, Eure gnädigste Majestät!", stammelte er umständlich und sank dabei fast zu Boden.

„Gut. Als Erstes wünsche ich, dass Ihr Euch erhebt. Man kann ja gar nicht hinsehen, ohne dabei Rückenschmerzen zu bekommen."

Sofort stand Lahac so aufrecht da, als hätte er einen Besen verschluckt. „Jawohl, Eure gnädigste Majestät!"

„Ich freue mich, Euch zu sehen. Solch hilfsbereiten Menschen wie Euch brauchen wir. Menschen, die Wissen bewahren können. Also haltet Euch an den Vertrag."

„Jawohl, Eure gnädigste Majestät!"

„Ausgezeichnet. Dann nehmt dies zum Zeichen meines Vertrauens und dies als Lohn für Eure Mühe." Die Königin zog eine der gelben Blumen aus ihrer Frisur und ein kleines Säckchen aus einer Tasche ihres Rocks. Lahac nahm die beiden Dinge zittrig entgegen, befestigte die Blume an seinem ärmlichen Hemd wie einen Orden und behielt den Beutel, in dem offenbar Münzen steckten, fest in der Hand.

„Habt Dank, Eure gnädigste Majestät!"

„So lebt denn wohl und hütet Euer Wissen gut."

„Jawohl, Eure gnädigste Majestät!" Lahac verbeugte sich noch einmal tief, dann folgte er dem Diener langsam wieder hinaus. Auf dem Weg zur Tür schaute er neugierig zu Robert und den anderen hinüber. Robert winkte dem liebenswürdigen Kerl zu. Befangen grüßte er zurück, dann war er verschwunden. Robert wünschte ihm alles Glück der Welt.

„Auch von Euch werde ich mich bald verabschieden müssen", holte Königin Sommers Stimme Robert aus seinen Gedanken. „Im Rat hat man es Euch schon gesagt, dass Ihr mit Orleons reisen werdet, um möglichst schnell an den Ort zu kommen, an dem die Zeitenuhr verborgen ist. Ich möchte Euch nun selbst zu den Orleons begleiten und sie Euch zeigen. Dann werdet Ihr Euch reisefertig machen und bald aufbrechen."

„Ja, Eure Majestät, das werden sie", sagte Damasus. „Aber wollt Ihr Euch wirklich persönlich in die area cogita begeben?"

„Ja."

„Wie Ihr wünscht, Eure Majestät", brummte der Älteste unzufrieden.

Robert war verwirrt und ein Blick auf die anderen zeigte ihm, dass es ihnen nicht anders ging. Er selbst hatte wenigstens zwei Dinge begriffen: Erstens, dass die anstrengende Reise ohne Pause einfach weitergehen würde – mit Orleons. Und zweitens, dass zumindest eine seiner Fragen bald beantwortet werden würde: Was um alles in der Welt war ein Orleon?!

Nach einer halben Ewigkeit, der sie schweigend Königin Sommer und Damasus durch prunkvolle Gänge, ausladende Treppen und riesige Türen gefolgt waren, gelangten sie in einen Saal, der etwas Seltsames an sich hatte. Was das war, konnte Robert nicht sofort identifizieren. Er sah sich um. Hier war keine Pracht zu bewundern. Der Boden bestand aus gewöhnlichem Stein, genauso wie die Wände. Die Fenster waren viel kleiner und zudem vergittert, aber das war es nicht, was Robert störte. Es gab keine Teppiche und kein Mobiliar, abgesehen von einer groben, hölzernen Bank. Darauf setzte sich Königin Sommer, nachdem sie an die einzige weitere Tür geklopft hatte, die massiv und zweckmäßig aussah, ohne Verzierungen und Bemalung. Als Damasus zu dieser hinübersah, war sein Blick nicht so gelassen wie sonst.

Als er von draußen ein Mark erschütterndes Geräusch hörte, überlief ihn ein Schaudern. Das Geräusch wiederholte sich. Es war ein langgezogenes Brüllen.

Nun war Robert klar, was er an diesem Raum so seltsam fand. Es war nichts Sichtbares, sondern ein Geruch.

Es roch nach Raubtieren.

28. Kapitel

Ein Geschenk für den Stolz

Robert tauschte einen erschrockenen Blick mit René. Der hatte die Augen so weit aufgerissen vor offensichtlichem Horror, dass Robert sich ernsthafte Sorgen um seinen besten Freund machte. Warum sollte die Königin sie ausgerechnet zu irgendwelchen Raubtieren führen? Was hatte das mit ihrer bevorstehenden Reise zu tun? Oder sollten etwa …?

Da ging die massive Tür auf und ein Mann mittleren Alters trat ein, der dunkle Lederkleidung und eine Peitsche am Gürtel trug. Er schloss sorgfältig die Tür hinter sich.

„Eure Majestät, welch Ehre!"

„Schon gut, Wärter Dion. Ich komme, um diesen ehrenwerten Helden die Orleons zu zeigen, mit denen sie reisen werden. Euch wurde diesbezüglich eine Nachricht überbracht, nehme ich an."

„Ja, Eure Majestät."

„Wärter?", zischte René Robert ins Ohr. „Wärter?!"

„Reiß dich zusammen", flüsterte Robert zurück, während sich in seinem Kopf die Gedanken überschlugen. Auch ihm war alles andere als wohl zumute. Parlan sah nicht sehr überrascht aus, genau wie Jana. Er warf ihr einen ärgerlichen Blick zu. Sie hätte sie wirklich vorwarnen können.

Doch ihre Antwort bestand lediglich aus einem entschuldigen Nicken in Renés Richtung. Das sollte wohl so viel heißen wie „Wenn ich etwas gesagt hätte, hätte er sich geweigert, mitzukommen."

Robert zog es vor, ihr nicht zu antworten. „Denk nach", flüsterte er stattdessen René zu. „Wir sollen der Königin helfen, also können diese Orleons nicht gefährlich sein, oder?"

René sagte nichts. Er starrte nur die Tür nach draußen an, zu der der Wärter jetzt wieder getreten war.

Königin Sommer erhob sich von der Bank und Robert und die anderen taten es ihr nach. Schließlich zog der Wärter die Tür auf und ließ, eine Verbeugung andeutend, zuerst die Königin und dann die anderen hindurchgehen, bevor er ihnen als Letzter folgte. Robert musste seinen besten Freund vorwärtsschieben.

Wieder standen sie in einem riesigen Hof, der allerdings nicht viel mit denen gemeinsam hatte, die sie in der Residenz schon gesehen hatten. Ein Blick nach oben zeigte, dass eine Dachkonstruktion aus Gitterwerk von gigantischen Ausmaßen den Hof überspannte. Die Mauern hatten hier keine Fenster und der Hof sah vielmehr aus wie ein Stück Dschungel. Das wirre Grün von Tausenden von

Pflanzen leuchtete ihnen entgegen wie ein Meer aus Smaragden. Hier und da prangten ein paar rote, gelbe und andere knallbunte Blüten zwischen all den grünen Blättern. Sogar Vogelgezwitscher ertönte aus dem Pflanzengewirr.

Robert wusste nicht, womit er gerechnet hatte, aber damit nicht. Das war ganz offensichtlich auch bei den anderen der Fall, denn auch diese sahen sich ungläubig um. Erst beim zweiten Hinsehen bemerkte Robert, dass sie sich in einem stabilen Gittergang befanden, der von der Tür ein Stück die Wand entlangführte und dann zwischen dem Grün verschwand. Der Wärter lief ihnen jetzt voraus und führte sie diesen Gang entlang, während er begann, ihnen alles zu erklären.

„Das hier ist die area cogita, hier halten sich die Orleons der Residenz auf. Wie Ihr seht, benötigen sie viel Platz. Ich bin einer der Wärter. Dion mein Name."

Er nickte ihnen freundlich und ein wenig ehrerbietig zu, allerdings bei Weitem nicht so ehrfurchtsvoll wie alle anderen, denen sie bisher vorgestellt worden waren. Robert genoss es, wieder ein bisschen normaler behandelt zu werden.

„Wir Wärter sind für die Pflege und die Versorgung der Orleons verantwortlich, aber das erklärt ja bereits der Name, nicht wahr?"

Der Gang machte einen Knick und führte nun geradewegs in dunkles, schattiges Grün hinein.

„Da bald Fütterungszeit ist, werden sich die Orleons an der Südseite der area cogita aufhalten, wo sich die Futterplätze befinden. Dort können wir sie betrachten. Hier in der Residenz wird das größte Rudel von Orleons im ganzen

Land gehalten: einundvierzig Tiere. Darunter sind die zwei weißen Orleons."

Dion klang so begeistert und stolz, als hätte er gerade erklärt, die gesamte Residenz alleine aufgebaut zu haben.

„Vor drei Jahren hatten wir sogar Nachwuchs, zwar bei den beigefarbenen Tieren, aber es ist dennoch eine Seltenheit. Wie Ihr sicher wisst, werden Orleons sehr alt und Nachwuchs gibt es nur in einer so begrenzten Zahl, dass stets insgesamt nur etwa hundert Exemplare existieren."

Vernünftigerweise fragte Robert nicht nach, ob der Wärter etwas von der Welt außerhalb des Verborgenen Landes wusste. Vermutlich war das sowieso egal, denn von Orleons hatte Robert zu Hause noch nie etwas gehört.

Plötzlich tauchte über ihnen mit einem leisen, aber bedrohlichen metallischen Geräusch etwas Großes auf. Der Schatten, den dieses Etwas auf sie warf, ließ alle außer Dion zusammenfahren. Robert starrte nach oben. Aus dem Dickicht um sie herum war ein Tier auf das Gitter des Ganges gesprungen, hockte nun aufmerksam dort und starrte fast genauso verblüfft zurück, wie Robert hinaufstarrte. Es war ein riesiger Panther, geflügelt wie Pegasus. Das samtige Fell und die Federn, mit denen die eng angelegten Flügel bedeckt waren, hatten einen schönen, hellbeigen Farbton und schimmerten wie teure Seide. Die bernsteinfarbenen Katzenaugen glühten förmlich und Robert musste sich zusammenreißen, um den Blick nicht abzuwenden. In dem Moment, in dem er dem Orleon in die Augen gesehen hatte, hatte die Lynzenuhr ihn wissen lassen, dass das Tier sich zuerst abwenden musste. In Wirklichkeit mochte dieser Blickkontakt nicht länger als ein paar Sekunden gedauert haben, aber Robert kam es wie eine Ewigkeit vor, bis das riesige Raubtier blinzelte und den bohrenden Blick abwandte.

Robert rieb sich unauffällige über die Schläfen. Ob jemand etwas bemerkt hatte? Dann konnte ihm vielleicht auch jemand sagen, was genau das gerade gewesen war. Der Wärter hatte offenbar nichts mitbekommen, denn er fuhr unbeirrt in bester Museumsführermanier fort.

„Ah, seht, einer unserer beigen Orleons! Genauer gesagt eine Kätzin mit Namen Laetitia."

Als sie ihren Namen hörte, peitschte die Orleon-Kätzin mit dem Schwanz und verlagerte ihr Gewicht auf die andere Seite.

„Sie ist ein prächtiges Tier und noch sehr jung, erst sechsundzwanzig Jahre. Ihr Körperbau wäre jedes weißen Orleons würdig. Schade, dass sie nur ein beiges Tier ist."

Als ob sie die leise mitschwingende Abwertung in Dions Worten gehört hätte, machte Laetitia mit einem grollenden Fauchen einen Satz, sodass sie genau über dem Wärter auf dem Gitter landete. René sog erschrocken die Luft ein, als ihre Krallen die Gitterstäbe metallisch klirren ließen.

„Ja, ja, Laetitia, ist schon gut", sagte Dion zu ihr, als spreche zu einem liebenswerten Kleinkind. Dabei hatte sie eine ansehnliche Größe, etwa vergleichbar mit der eines Ponys, und wie groß sie war, wenn sie erst einmal ihre Flügel ausgebreitet hatte, wollte Robert sich in diesem Zusammenhang lieber nicht vorstellen. Laetitia riss das Maul auf und zeigte ihre beeindruckenden Zähne.

„Verzeiht, wenn ich mich einmische, aber ich fürchte, Ihr habt sie gerade ernsthaft in ihrem Stolz verletzt", sagte Robert und sah zu dem seltsamen Tier hinauf, das ihn irgendwie faszinierte. Laetitia schloss das Maul und drehte ihm den Kopf zu. Sie raschelte mit den Flügeln, als wollte sie ihre Zustimmung kundtun.

„Oh ja, der berühmt-berüchtigte Stolz eines Orleons. Das habt Ihr gut erkannt. Diese Tiere wissen ganz genau, wann ihr Stolz verletzt wird." Dions Stimme klang belustigt.

Laetitia stieß ein langgezogenes Brüllen aus und wetzte ihre Krallen am Gitter.

„Dieses Gitter ist stabil genug, dass es ein Tier nicht kaputt kriegt, oder?", fragte René leise. Nackte Angst vor dem Raubtier mischte sich in seiner Stimme. Laetitia beäugte René, wobei ihre Schwanzspitze nervös hin und her zuckte.

„Keine Sorge, uns kann nichts passieren, solange wir hier drin sind. Laetitia, meine Hübsche, nun benimm dich bitte!", sagte Dion so schmeichelnd, dass jene sich beruhigte.

Laetitia stieß ein leises Geräusch aus, eine merkwürdige Mischung aus Fauchen und Maunzen. Robert lächelte Laetitia an. Er konnte gar nicht anders, obwohl er keine Ahnung hatte, warum. Die Orleon-Kätzin legte den Kopf schief und blickte ihn an, während ihr Schwanz hin- und herzuckte, als stünde er unter Strom.

Dion führte sie weiter, während Laetitia sie über ihren Köpfen auf dem Gitter verfolgte. Nach einer Weile traten sie durch eine vergitterte Tür hinaus in einen Bereich des dschungelartigen Hofes, in dem sich die geräumigen „Käfige" der Orleons befanden. Jeder einzelne hätte problemlos als Elefantenhaus verwendet werden können. Es waren stabile und trotzdem prunkvolle Gebilde, die ihr Inneres abschirmten, ohne das Licht auszusperren. Sie wirkten mehr wie Rückzugsorte für die Tiere als wirkliche Käfige. Von hinter diesen Gebäuden schallten Geräusche herüber, die Robert einen Schauer über den Rücken jagten.

„Wenn die Orleons satt sind", wandte sich Dion an Robert, René, Jana und Parlan, „muss jeder von euch einen dazu bringen, ihn zu akzeptieren, damit ihr sie gefahrlos als Reittier nutzen könnt. Hat ein Orleons seinen Reiter erst einmal akzeptiert, gehorchen sie ihm und sind ihm treu ergeben. Dann werden sie euch nichts tun, sondern euch im Gegenteil sogar beschützen."

„Und wie sollen wir das anstellen?", fragte René zittrig.

„Nun, wie ihr schon gesehen habt, sind Orleons sehr stolze Tiere. Sie spüren genau, ob man ihnen Respekt entgegenbringt, und sie sind ausnehmend eitel, also sollte man ihnen ausreichend schmeicheln. Ob man von einem Orleon akzeptiert wird, erkennt man, wenn er sich streicheln lässt. Das ist das eindeutige Zeichen. Ihr müsst Blickkontakt aufbauen und ihnen schmeicheln und sie loben. Wenn ihr bei einem Orleon eine Chance habt, akzeptiert zu werden, wird er näherkommen. Sobald er so nah ist, dass ihr ihn berühren könnt, legt die Hand auf seine Nase. Bis dahin dürft ihr den Blickkontakt nicht abbrechen. Habt ihr es so weit geschafft, könnt ihr ihn streicheln. Krault sie dann am besten an den Ohren, das mögen sie."

„Und was ist, wenn wir den Blickkontakt abbrechen?", wollte René ängstlich wissen.

„Dann sind ich und meine Kollegen, die gerade die Fütterung überwachen, zur Stelle", versuchte Dion ihn zu beruhigen.

René blickte in Richtung der schaurigen Fressgeräusche und wirkte kein bisschen zuversichtlicher.

Kurz darauf kam hinter den Käfigen ein weiterer Wächter hervor. Er grüßte sie schon aus der Entfernung mit einem zackigen Handzeichen, das Dion erwiderte.

„Die Fütterung ist fast vorbei", verkündete der zweite Wächter, als er sie erreichte. „Die neugierigsten Tiere werden sicher gleich herüberkommen."

Er hatte kaum ausgeredet, als ein weißer Orleon neben dem äußersten Käfig auftauchte. Er schritt langsam und elegant auf sie zu und ließ sie dabei nicht aus den Augen.

„Phoebe!", rief Königin Sommer erfreut und ging der Raubkatze entgegen. Der weiße Orleon strich sofort um sie herum, rieb den Kopf an ihrer Schuler und gab ein tiefes, grollendes Geräusch von sich. Robert erschauderte, bis er begriff, was das für ein Geräusch war: die riesige Raubkatze schnurrte.

„Phoebe", erläuterte Dion. „ist einer der weißen Orleons, die den Königlichen Herrschern vorbehalten sind. Sie ist sogar das persönliche Reittier Ihrer Majestät Königin Sommer. Sie wird euch den Weg weisen."

Robert und René beobachteten staunend, wie Phoebe sich begeistert von Königin Sommer kraulen ließ, als wäre sie eine zu groß geratene Hauskatze. Schließlich folgte sie ihrer Reiterin auf dem Fuße, als diese lächelnd wieder zu den Wartenden herüber kam.

Dion wandte sich direkt an Königin Sommer und Damasus. „Eure Majestät, Eure Weisheit, Ihr müsst ihr nun zu verstehen geben, was sie zu tun hat. Ich bitte euch bloß: Bleibt in Sichtweite. Heute Morgen waren ein paar der jüngeren Tiere etwas aufmüpfig gegen die Rangordnung des Rudels und ich möchte auf keinen Fall etwas riskieren."

„Natürlich", stimmte Königin Sommer zu. „Wir nehmen sie mit in ihren Käfig, dort sind wir für uns und können sie vorbereiten."

Königin Sommer und Damasus nickten ihnen zu und gingen zum größten aller Käfige, den sie gemeinsam betraten, dicht gefolgt von Phoebe Die hohen smaragdgrünen Pflanzen, die am Eingang wuchsen, gerieten ins Schwanken, als der weiße Orleon sie mit den Flügeln streifte.

Im selben Moment trat ein dritter Wärter hinter den Käfigen hervor und kam zu ihnen herüber.

„Die Fütterung ist vorbei", informierte er sie. „Du kannst anfangen, Dion."

„Nun zu euch", wandte sich Dion in geschäftsmäßigem Ton an Robert, René, Jana und Parlan. „Ich habe eine Auswahl an besonders zuverlässigen und gutmütigen Tieren getroffen, mit denen ich es als Erstes probieren will. Ich werde sie gleich rufen, dann werden wir sehen, ob dann schon jeder ein Reittier gefunden hat. Wissen noch alle, was sie tun müssen?"

„Blickkontakt suchen und halten", zählte Robert auf, „den Orleon näherkommen lassen, ihm schmeicheln, die Hand auf seine Nase legen, streicheln."

Die andere nickten, René allerdings mit ziemlich blassem Gesicht.

„Gut, dann vielleicht als erstes die Wächterin." Dion winkte Jana ein paar Schritte nach vorne. „Versuchen wir es als erstes mit Paarl. Sie ist ein besonders sanftes Tier."

Er wandte sich dem grünen Dickicht zu.

„Paarl!"

Fast lautlos trat ein dunkelbrauner Orleon aus dem Pflanzengewirr heraus. Er musste dort gelauert und sie beobachtet haben, ohne dass sie ihn bemerkt hatten. Unbehaglich sah Robert sich um. Wie nah waren diese Raubtiere ihnen?

„Lass sie einfach zu dir kommen", wies Dion Jana an. „Schau ihr in die Augen und bleib einfach stehen. Ja, genau so. Schmeichel ihr ein bisschen."

„Hm, bis du aber ein schönes Tier, Paarl", stammelte Jana unsicher. „So schönes braunes, glänzendes Fell …"

Paarl blieb stehen, noch einige Meter von Jana entfernt.

„Du bist bestimmt auch sehr schlau, nicht wahr? Schlauer als die anderen, ja?"

Paarl blieb an Ort und Stelle und starrte sie unverwandt an. Jana begann zu schwitzen.

„Das wird nichts", brach Dion den Versuch ab. „Blickkontakt weiter halten und rückwärts von ihr entfernen. Probieren wir es mit einem deiner Freunde, sie ist mehr an Männer gewöhnt. Versuch du es." Er deutete auf René, der noch blasser wurde.

„Ich?" Renés Stimme klang höher als gewöhnlich.

„Ja, du. Tritt drei oder vier Schritte vor und schau Paarl in die Augen, bis sie dich anstatt Jana ansieht. Dann machst du weiter wie besprochen."

René zitterte, als er drei langsame Schritte nach vorwärts machte. Es dauerte nur Sekunden, bis Paarl den Blick von der erleichterten Jana abwandte und stattdessen René fixierte.

„Äh, Jana hatte schon recht, als sie sagte, dass du ein schönes Tier bist", sagte René so schmeichelnd, wie er es zustande brachte, und streckte eine Hand aus. „Schokoladenbraun ist sogar meine Lieblingsfarbe, musst du wiss-Aaaahhhh!"

René stieß einen erschrockenen Schrei aus, als Paarl mit einem einzigen großen Satz zu ihm sprang und die Nase an seiner Hand rieb.

„Sehr gut!", freute sich Dion. „Das war Liebe auf den ersten Blick! Nun kraul ihr die Ohren, geh mit ihr zu den Käfigen rüber und streichele sie dort ausgiebig."

René starrte ungläubig auf die riesige geflügelte Raubkatze, die sich begeistert von ihm die Ohren kraulen ließ. Die Anspannung fiel sichtlich von ihm ab, als er Dions Anweisung befolgte und sich mit Paarl in Richtung der Käfige entfernte.

„Dann versuch du es als nächstes." Dion wies auf Parlan, der mit entschlossenem Gesichtsausdruck vortrat. „Laetitia habt ihr ja schon kennengelernt. Mit ihr möchte ich es als nächstes versuchen. Sie ist nicht so sanft wie Paarl, aber sehr zuverlässig und kann ein kleines Rudel gut zusammenhalten. Das ist eine unschätzbare Eigenschaft, wenn man mit mehreren Orleons unterwegs ist. Laetitia!"

Mehrere Sekunden beobachteten alle gespannt die Umgebung, aber nichts passierte.

„Laetita", rief Dion nochmals, „meine Schöne, zier dich nicht. Hier warten Komplimente auf dich!"

Während alle das Pflanzendickicht beobachteten, schoss plötzlich etwas über ihre Köpfe hinweg. Laetitia landete etwa zehn Meter vor ihnen, die riesigen Schwingen zu voller Pracht ausgebreitet, und faltete sie zusammen, bevor sie sich langsam umwandte und sie aus bernsteinfarbenen Augen anfunkelte.

Parlan lockte sie mit Schmeicheleien und Komplimenten, was sie langsam nähertreten ließ. Als sie Parlans Hand fast berührte, änderte sie ihr Verhalten jedoch plötzlich.

Sie legte die Ohren an und fauchte.

„Zurück, ganz langsam. Augenkontakt halten!" Die Wärter stürzten vorwärts und postierten sich vor Parlan. „Nun schnell. Tritt hinter die anderen zurück."

Das ließ sich Parlan nicht zweimal sagen. Er wich hastig zurück. Doch Laetitias Blick folgte ihm unablässig und sie machte Anstalten, die Wärter zu umrunden, die die Peitschen aus ihren Gürteln gezogen hatten und sich ihr beharrlich in den Weg stellten.

In dieser Sekunde loderte vor Robert aus dem Nichts eine Stichflamme auf und Phalanx erschien, der sich sofort auf Roberts Schulter setzte und merklich beunruhigt mit den Flügeln raschelte. Die Orleon-Kätzin erschrak vor dem plötzlichen Feuer und gab ein ohrenbetäubendes Brüllen von sich. Ihre Augen waren vor Angst und Zorn geweitet und als die Flamme erlosch, fiel ihr Blick direkt auf Robert. Dion ließ seine Peitsche knallen, aber das beeindruckte sie nicht mehr. Sie setzte fauchend zum Sprung an, ignorierte die Peitschen, die die Wärter umherwirbeln ließen, hob ab und landete direkt vor Robert. Im Sprung hatte sie jedoch eine der Peitschen gestreift, sodass sie sich kurz von ihm abwandte.

Robert war vor Angst wie festgefroren. Sein Herz raste, als Phalanx zu singen begann. Die Orleon-Kätzin wandte sich Robert geduckt und mit angelegten Ohren zu, wobei sie ihn zornig taxierte. Er schaffte es nicht, zurückzuweichen, sondern konnte nur zurückstarren. Ihm brach der Schweiß aus. Hinter sich hörte er Jana, René und Parlan entsetzt aufkeuchen.

„Blickkontakt halten!", rief einer der Wärter, als sie um die Raubkatze herumliefen, aber sie stand zu dicht vor Robert, als dass sie sich zwischen ihn und die Raubkatze drängen konnten.

„L-Laetitia", fing Robert an zu stammeln und betete stumm, dass die Wärter sie zurücktreiben würden. Direkt neben ihm knallte eine Peitsche „D-Du bist w-wirklich sehr schön. Und außergewöhnlich. U-Und schlau." Aus den Augenwinkeln sah er, dass einer der Wärter Jana und Parlan zurückdrängte, weg von ihm und der gefährlichen Raubkatze.

Laetitia kam nicht näher.

„D-Du bewegst dich so elegant. Würdevoll. K-Königlich."

„Weiter so, Junge!", hörte er Dions Stimme neben sich.

Robert fielen keine passenden Adjektive mehr ein. Was konnte er noch sagen?

„Ja, königlich!", wiederholte er, während die Wärter neben ihm die Peitschen im Anschlag hielten, um auf jede aggressive Vorwärtsbewegung Laetitias sofort zu reagieren. „Wie eine Königin. Du solltest die wertvollsten Geschenke bekommen." Ein Geistesblitz durchzuckte ihn. „Möchtest du ein Geschenk?"

Langsam und vorsichtig schob er die Hand in das Gefieder des Phönix', ohne den Blickkontakt abzubrechen. Er ertastete eine einzelne Feder und zog vorsichtig daran. Phalanx plusterte sich kurz auf, hielt aber ansonsten still und sang sein Lied weiter.

Mit zitternder Hand hielt Robert Laetitia die Feder entgegen. Ihr Blick veränderte sich. Eine Spur Neugier mischte sich darunter. Robert wusste nicht, ob der Phönixgesang sie beruhigte oder ob ein Geschenk ihrem Stolz ausreichend schmeichelte, aber er schöpfte ein wenig Hoffnung. Aus den Augenwinkeln sah er, wie die Wärter die Peitschen einholten, aber sie angespannt in Bereitschaft hielten.

Laetitia machte einen Schritt auf Robert zu. Jener hätte am liebsten die Augen zugekniffen, doch er traute sich nicht, den Blickkontakt zu unterbrechen. Er hielt den Atem an, als das riesige Tier nur noch auf Armeslänge von ihm entfernt war. Dann schnappte Laetitia nach seiner Hand. Er schrie erschrocken auf und wartete auf den Schmerz.

Doch er kam nicht.

Robert realisierte, dass Laetitia ihm nur präzise die Feder aus der Hand geschnappt und verschluckt hatte.

Hastig zog Robert seine Hand zurück und wartete entsetzt darauf, was nun passieren würde. Was, wenn die Feder in Laetitias Inneren in Flammen aufging? Robert trat einen Schritt rückwärts, aber seine Beine wollten ihn kaum tragen und er stolperte beinahe.

Die Wärter hielten angespannt die Luft an, die Peitschen bereit zum Schlag. In der Stille, die plötzlich herrschte, klang das entsetzte Schluchzen, das Jana in einiger Entfernung hinter Robert ausstieß, merkwürdig laut.

Nichts geschah. Nach einigen Sekunden, die Robert wie eine Ewigkeit vorkam, stand der Orleon immer noch da wie zuvor, doch sein Blick wurde mild.

Robert nahm all seinen Mut zusammen und streckte die Hand aus.

Laetitia drückte ihre Nase dagegen.

Nach diesem Zwischenfall blieben alle angespannt. Jana und René stürzten auf Robert zu und umarmten ihn erleichtert, während Parlan sich Vorwürfe machte und zerknirscht zu Boden sah, bis Robert verstand, was mit ihm los war und ihn beruhigte. Schließlich war der Vorfall nicht seine Schuld gewesen, sondern ein Unfall, den Phalanx' Auftauchen erst hatte eskalieren lassen. Königin Sommer und Damasus kamen mit Phoebe im Schlepptau beunruhigt aus dem Käfig, um die Ursache des Lärms in Erfahrung zu bringen. Das Ganze war sehr schnell gegangen, obwohl es Robert wie eine Ewigkeit vorgekommen war, und in dem gut abgeschotteten Käfig hatten sie erst mitbekommen, dass etwas nicht stimmte, als alles schon fast vorbei war. Die Königin und der Weise erbleichten, als sie hörten, was genau geschehen war.

„Wenn Ihr wollt", sagte Königin Sommer, „gehört Laetitia nun Euch. Durch die Phönixfeder seid Ihr miteinander verbunden, da ist das nur angebracht."

Robert wusste nicht, wie er darauf reagieren sollte.

„Oh. Äh, danke", stammelte er, fast genau so verängstigt wie zuvor im Angesicht des wütenden Orleons. Was sollte er mit einer riesigen geflügelten Raubkatze anfangen, wenn sie ihre Mission erfüllt hatten? Er beschloss, dass er jetzt dringendere Probleme hatte.

Nachdem Laetitia Robert nun akzeptierte, mussten er und Parlan sich nach Dions Anweisung vor den Augen der Orleon-Kätzin ausgiebig die Hände schütteln und auf die Schultern klopfen. Das sollte ihr zeigen, dass Parlan zu ihrem neuen Herrn gehörte. Schließlich hatten sie sie auch tasächlich so weit, dass sie Parlan halbwegs akzeptierte. Reiten sollte trotzdem Robert auf ihr. Die Wärter wussten nicht, warum Laetitia so ungewohnt unfreundlich auf Parlan reagiert hatte, und beratschlagten, welches Tier sie stattdessen für Parlan aussuchen sollten. Sie entschieden sich nach einer Diskussion für eines der rangniedrigsten Tiere: den mit Jaguarflecken geschmückten Zefir. Sie setzten darauf, dass Zefir sich an Paarl und Laetitia orientierte, die sich nun frei von aggressivem Verhalten in Parlans Nähe aufhielten. Der Plan ging auf.

„Meine Nerven", seufzte René erleichtert, als diese Hürde geschafft war. „Jetzt nur noch Jana."

Jana aber war inzwischen so verunsichert, dass partout kein Orleon auf sie zugehen wollte. Schließlich überließ ihr Damasus für die Reise sein eigenes Reittier. Jana und Damasus vollführten dasselbe Tänzchen mit Händeschütteln und Schulterklopfen, bis der pechschwarze Vespasian sich von Jana streicheln ließ.

Nun, da auch das geschafft war, gehorchten ihre Orleons ihnen soweit, dass die Tiere auch die jeweils anderen Reiter als Teil der Gruppe annahmen und bei sich duldeten. Vor allem Parlan atmete erleichtert auf, als Dion das Gruppenverhalten der Reittiere für in Ordnung erklärte. Sogar an den Phönix waren die Orleons jetzt schnell zu gewöhnen. Nachdem Laetitia dessen Feder gefressen hatte, zeigte sie keine Furcht mehr vor ihm und seinem Feuer. Phoebe und Vespasian waren durch den Umgang mit Damasus an das plötzliche Auftauchen eines Phönix gewöhnt und Zefir als rangniedrigstes Tier des Rudels übernahm das Verhalten der anderen nach anfänglicher Unsicherheit. Robert fiel ein zentnerschwerer Stein vom Herzen.

Renè, Jana und Parlan sahen inzwischen genauso erschöpft aus, wie Robert sich fühlte. Die Hälfte von Janas hellbraunem Haar war aus ihrem Zopf gerutscht und umrahmte wirr ihr Gesicht. Parlans vielfarbiges Haar war völlig zerzaust und staubig.

Doch Dion entließ sie noch nicht. „Dann fehlt eigentlich nur noch das Satteltraining", sagte er, als die beiden anderen Wärter die ausgewählten Orleons in ihre jeweiligen Käfige führten, um sie für die Reise vorzubereiten.

„Satteltraining? Lernen wir jetzt noch das Reiten auf den Orleons?", fragte René, dessen Augen vor Müdigkeit schon klein wurden.

„Fliegen", berichtigte ihn Damasus schmunzelnd.

„Fliegen?!" Renés Augen wurden vor Schreck wieder groß.

„Nun ja, Orleons sind vor allem deshalb das schnellste Fortbewegungsmittel, weil sie mit hoher Geschwindigkeit und mit wenig Pausen große Strecken im Flug zurücklegen können." Damasus beobachtete eingehend Renés Gesicht, das jegliche Farbe verloren hatte. „Gibt es damit ein Problem, von dem mir nichts mitgeteilt wurde?"

„Nein", presste René heraus, der wie immer nicht zugeben wollte, dass er Höhenangst hatte.

Damasus musterte ihn noch einen Augenblick, der Anflug eines Schmunzelns stahl sich auf sein Gesicht. Dann bedeutet er Dion, fortzufahren.

„Das Satteltraining hat noch gar nichts mit dem Fliegen zu tun", erklärte der Wärter in sachlichem Ton. „Das Fliegen selbst kann man nicht wirklich erlernen, man muss es erleben. Anfänger müssen sich an das Gefühl erst gewöhnen, aber die Orleons fliegen selbstständig, sobald sie wissen, wohin sie müssen. In eurem Fall wird euch ohnehin Phoebe den Weg weisen. Umso länger ihr auf euren Reittieren sitzt, umso mehr Zusammenspiel wird sich zwischen Reiter und Orleon ergeben, aber das können wir nicht vorab üben."

Dion führte die ganze Gruppe mit knirschenden Schritten an den riesigen Käfigen vorbei zu einem kleinen, schlichten Gebäude, das ganz am Ende der Reihe stand.

„Der Sattel", fuhr er fort, „sorgt außerdem dafür, dass man als Reiter nicht abstürzt und – was ganz wichtig ist – den Orleon nicht in seiner Flugbewegung beeinträchtigt. Damit man mit der Konstruktion des Sattels zurechtkommt, ist ein Sattaltraining notwendig."

Dion betrat zusammen mit Robert, René, Jana und Parlan das kleine Gebäude, während Königin Sommer mit Damasus draußen stehen blieb, um sich weiter über den Vorfall mit Laetitia zu unterhalten.

An den Wänden hingen Werkzeuge und Gerätschaften, die offenbar für die Pflege der Anlage benötigt wurden. Im Raum standen viele Halterungen, auf denen große Sättel befestigt waren. Wenn Robert nicht gewusst hätte, dass es Sättel sein mussten, hätte er sie gar nicht für solche gehalten.

„Der Sattel ist im Grunde ganz einfach aufgebaut", sagte Dion, als sie sich um einen versammelt hatten, den Dion vorbereitet hatte. „Es gibt den Sitz, verschiedene Gurte und die Satteltaschen. Das Ausschlaggebende ist, richtig mit den Gurten umzugehen. Der Sitz", sagte er und deutete auf einen festen Bogen mit flachem Giebel aus Leder, dessen Seiten links und rechts der Halterung weit hinabreichten, „wird mit dem Haltegurt am Orleon festgeschnallt, genau so, wie das auch bei Pferdesätteln gemacht wird."

Dion ließ sie alle der Reihe nach den Gurt unter der Halterung ein paar Mal festziehen und wieder lösen. Alle schafften es auf Anhieb.

„Die Satteltaschen können mit diesen Schlaufen hier an diesen Lederknäufen hinten am Sattel befestigt werden. So!"

Er führte es ihnen vor und ließ es jeden einmal nachmachen. Auch das war nicht schwer.

„Nun zu den Gurten, die den Reiter im Sattel halten. Es gibt Bein- und Rumpfgurte. Die Beingurte halten die Füße des Reiters flach am Sattel, damit die Flugbewegung des Orleons nicht eingeschränkt wird, während die Rumpfgurte dafür sorgen, dass der Reiter nicht aus dem Sattel fallen kann, ganz egal, welches Manöver der Orleon fliegt."

René unterdrückte ein Würgen. In diesem Moment begriff Robert erst richtig, dass sie tatsächlich auf dem Rücken der riesigen Raubkatzen fliegen würden, durch nichts weiter verbunden als ein dünnes Stück Leder. Sein Herzschlag beschleunigte sich.

Dion nahm einige breite Lederriemen, die hinter dem Sattel an der Halterung hingen, und setzte sich auf den Sattel.

„Das hier ist ein Beingurt. Wie ihr seht, ist daran eine Schlaufe befestigt. Diese muss nach unten hängen, damit ihr euren Fuß hineinstellen könnt. Der eigentliche Riemen dient ausschließlich dazu, euer Bein flach am Sattel zu halten. Die Enden des Gurtes werden vorne und hinten am Sattel befestigt, an den Knäufen, die ihr hier unten seht. Das Festzurren funktioniert wie bei den Satteltaschen, ist also nicht schwer. Wichtig dabei ist, dass sie fest sitzen, aber nicht einschneiden. Deshalb gibt es, wie ihr hier seht, jewails mehrere Knäufe, damit man immer eine passende Einstellung findet. Im Notfall kann man also auch Gurte für einen zweiten Reiter anbringen, auch wenn der Sattel nur für einen gedacht ist."

Dann zeigte er ihnen den letzten Gurt, der aussah wie ein sehr breiter Gürtel mit mehreren Verschlüssen sowie zwei Riemen, die daran befetigt waren.

„Der wichtigste Teil des Sattels."

„Der Rumpfgurt, der den Reiter in jedem Fall im Sattel hält", sagte René.

„Ganz recht. Ihr legt ihn an wie einen Gürtel, dabei müssen die beiden Riemen links und rechts von euch positioniert sein. Diese werden nach demselben Prinzip wie alle Gurte am Sattel befestigt, und zwar an den Knäufen hier am oberen Ende des Sattels. Auch davon gibt es mehrere, damit immer eine geeignete Einstellung möglich ist."

Dion führte auch diesen letzten Schritt vor.

„Wie ihr seht, bin ich so noch immer beweglich." Er beugte sich vor und zurück und dehte sich so weit, dass er die Satteltasche öffnen konnte. „Aber versucht mal, mich aus dem Sattel zu holen. Ihr werdet sehen, dass ihr es nicht schafft. Ich sitze so fest im Sattel, dass ich sogar kopfüber fliegen könnte, ohne herauszufallen."

Tatsächlich schafften sie es mit vereintem Ziehen und Zerren nicht, ihn auch nur zur Seite rutschen zu lassen. Das stärkte ihr Vertrauen in die Konstruktion beträchtlich. Sogar in Renés Gesicht kehrte ein wenig Farbe zurück.

Nachdem Dion sich in einem Tempo wieder abgeschnallt hatte, das verriet, dass er diese Bewegungen schon im Schlaf beherrschte, ließ er Robert, René, Jana und Parlan das An- und Abgurten mehrmals wiederholen. Nachdem sie das Prinzip verinnerlicht hatten, ging es ihnen leicht von der Hand. Am schnellsten hatte es René gelernt. Schon beim ersten Versuch hatte er sich so bombensicher am Sattel festgegurtet, dass Dion ihn anerkennend lobte.

„Zum Schluss nur noch zwei Dinge", beendete Dion die Trainingseinheit. „Ihr habt nun verstanden, dass funktionstüchtige Gurte lebensnotwenig sind. Die Riemen sind äußerst beständig, trotzdem sollte man auf Reisen immer eine großzügige Anzahl Ersatzgurte mitführen. Orleons sind seltene Tiere, somit wissen nur wenige Lederwerker, wie dieses Sattelzeug anzufertigen ist. Wir werden euch also jeweils einen ganzen Satz Gurte extra in die Satteltaschen packen." Dann musterte er sie der Reihe nach eindringlich. „Die Orleons versorgen sich selbst mit Nahrung. Doch damit sie in den Flugpausen auf die Jagd gehen können, müsst ihr ihnen dazu die Sättel abnehmen. Das Sattelzeug schränkt sie beim Jagen ein. Und versucht niemals, einem Orleon seine Beute wegzunehmen! Aber das versteht sich ja von selbst, hoffe ich." Dion schmunzelte, als er die entsetzten Mienen sah, die seine Schüler bei der bloßen Vorstellung machten.

Auf dem Rückweg hinaus aus der area cogita hörte Robert seinen besten Freund leise vor sich hin murmeln. Als er am Gittertor direkt neben René zum Stehen kam, verstand er auch, welchen Satz dieser wie ein beruhigendes Mantra wiederholte.

„Ich muss mit geschlossenen Augen fliegen. Ich muss mit geschlossenen Augen fliegen …"

29. Kapitel

Verrücktes Gepäck

Kurz darauf standen Robert, René, Parlan und Jana zusammen mit Damasus und Königin Sommer wieder in dem schmucklosen Raum mit der großen Holzbank, von dem aus sie in die area cogita gelangt waren. Alle waren erschöpft und die Königin sank auf die Bank, als trügen ihre Füße sie keinen einzigen Schritt weiter. Zuerst blieben die anderen stehen, aber sie wies sie an, sich neben sie zu setzen. Da jeder schwieg und sich seine eigenen Gedanken machte, ließ auch Robert sich die jüngsten Ereignisse noch einmal durch den Kopf gehen.

Laetitia würde nicht nur sein Reittier sein, sie gehörte ihm nun sogar. Roberts Magen verkrampfte sich, wenn er an diese Worte dachte. Es war zwar eine beeindruckende Vorstellung, ein solch phantastisches Tier zu besitzen, aber den Gedanken daran, dass Laetitia und die anderen Orleons nun ständig bei ihnen sein würden, fand er doch noch beunruhigend.

René machte ein besonders mitleiderregendes Gesicht, während Robert gegen den Drang ankämpfen musste, Jana in die Arme zu nehmen. Was war eigentlich los mit ihm? Sie hatte wieder so niedergeschlagen ausgesehen wie im Consiliorium, als offensichtlich geworden war, dass die Mission auf reinem Glück aufgebaut war.

Offenbar war nicht nur Robert mit seinen Gedanken zu einem Abschluss gekommen, denn Damasus' Stimme durchbrach in diesem Moment die Stille.

„Lasst mich einen Vorschlag machen: Da diese Unternehmung doch recht anstrengend war, fände ich es, mit Verlaub, meine Königin, angebracht, sich frisch zu machen und zu speisen. Ein anschließendes Ruhen würde ich euch, Erwählter und Gefährten, ebenfalls raten, denn eure Reise wird beginnen, sobald sich die Dunkelheit über das Land gesenkt hat und ihr unbeobachtet abreisen könnt."

„Ihr habt natürlich recht, Damasus. Verzeiht meine Gedankenlosigkeit, Erwählter", wandte sich die Königin an Robert. „Wir werden im Königlichen Speisezimmer tafeln. Ein Diener wird euch zeigen, wo Ihr euch erfrischen könnt, und euch dann den Weg zur Tafel weisen." Damit erhob sie sich.

Der Weg durch die prunkvollen Räume und Gänge zurück kam Robert noch weiter vor als der Hinweg und als sie endlich den Flur erreicht hatten, der zum Thronsaal führte, fühlte er sich, als hätte er eine Bergtour hinter sich. Die Strapazen der bisherigen Reise machten sich langsam auch bei ihm bemerkbar, auch wenn er seit dem Auftauchen des Phönix' keine Blasen an den Füßen mehr hatte. Wie erschöpft musste da erst Renè sein! Die Königin gab einem Diener Anweisungen und bald darauf tauchte ein ganzer Schwarm Bediensteter auf, die sich eifrig verbeugten und Robert, René, Jana und Parlan noch ein paar Gänge weiter durch die Residenz geleiteten Robert wurde von einem alten Diener mit freundlichem, runzligem Gesicht in ein Zimmer verfrachtet, das kleinere Ausmaße hatte als alles, was er bisher gesehen hatte. Der Prunk jedoch schlug ihm auch hier entgegen. Es war eine Art Gästezimmer mit Himmelbett, das samtene Vorhänge und seidene Bettwäsche hatte, Deckenmalerei und mit vergoldeter Waschschlüssel.

Er nahm einen bereitliegenden Kamm, um seine Haare wieder zu entknoten, wusch sich und zog sich andere Kleidung an. Diese war nach tagelangem Rucksackaufenthalt zwar ziemlich verknittert, aber auf jeden Fall besser als die schmutzigen Sachen, die er jetzt noch trug. Robert schauderte, als er daran dachte, dass er so vor dem Rat und der Königin erschienen war. Andererseits hatten die anderen ja genauso ausgesehen.

Er warf einen Blick auf das einladende, majestätische Bett, das schöne Träume versprach, und trat seufzend wieder auf den Gang. Der alte Diener lächelte ihn zahnlos an und führte ihn in den Raum, den Königin Sommer als Speisezimmer bezeichnet hatte.

Beim Anblick des phantastischen Saales blieb Robert die Luft weg. Der Parkettboden war kunstvoll verarbeitet, die hohen Fenster, die auf der einen Seite einen Ausblick über die Dächer der Stadt boten, waren an den Rändern mit zierlichen Glasmalereien versehen und die blütenweißen Wände waren mit den verschiedensten Dingen geschmückt. Gemälde, Teppiche und Vogelkäfige mit winzigen, flatternden Sängern fingen Roberts Blicke ein.

Königin Sommer und Damasus saßen bereits an der langen Tafel.

„Seid gegrüßt, Erwählter", sagte die Königin und deutete auf den Platz zu ihrer rechten, gegenüber von Damasus. „Setzt Euch."

„Habt Dank, Eure Majestät."

Er fühlte sich äußerst unwohl, in seiner zerknitterten Kleidung an der Tafel von Königin Sommer im Verborgenen Land, einem Ort, von dessen Existenz er eine Woche zuvor noch nicht einmal etwas geahnt hatte. Die anderen kamen nach und nach herein und setzten sich. Eine befangene Stille breitete sich aus, bevor Damasus das Wort ergriff.

„Euer Eingreifen in der area cogita hat einige Folgen, müsst Ihr wissen. Unsere Hoffnung wurde bestärkt, dass Ihr es schaffen könnt, die Mission zu erfüllen."

Er machte eine wirkungsvolle Pause, dann schmunzelte er.

„Außerdem hat Königin Sommer nun einen solchen Respekt vor Euch, dass sie Euch sogar an der Tafel zu ihrer Rechten sitzend wünscht. Sonst ist das eigentlich der Platz des Ältesten."

„Oh, Damasus, Ihr seid unmöglich!" Sie funkelte ihn ärgerlich an. „Ihr stellt Eure Königin bloß!"

Noch einmal gingen sie den Plan durch: im Dunkeln abreisen, sich vom weißen Orleon führen lassen, die Tintlinge in der Nähe von Drake um Hilfe bitten, Hoffen auf ein Ereignis, das ihnen anschließend weiterhalf, Ende.

Vom Rest des Gesprächs bekam Robert nur mit, dass es keine wichtigen Informationen enthielt. Das ungewöhnliche Essen, das nun aufgetragen wurde, schmeckte viel zu gut, um auf Nebensächlichkeiten zu achten.

Später kroch Robert tief unter die seidene Decke des Bettes. Er war so satt wie schon seit Langem nicht mehr. Die seltsamen Gerichte, meist mit irgendwelchen unbekannten, kuriosen Früchten, hatten nicht nur Robert geschmeckt. Auch René hatte, nach anfänglichem Zögern und vorsichtigem Probieren, kräftig zugelangt.

In dem weichen Bett bemerkte Robert erst, wie müde und erschöpft er tatsächlich war. Damasus hatte ganz recht gehabt mit seinem Vorschlag, sie sollten sich bis zum Abend ausruhen. Roberts Gedanken glitten zu Phalanx. Was der Phönix wohl gerade trieb? Ob er sich inzwischen schon wieder verändert hatte? Die Neugier ließ ihn nicht mehr los.

„Phalanx!", rief er leise.

Kein Phönix erschien.

Mit ein paar Sekunden Verzögerung glomm lediglich eine kleine Flamme in der Luft auf und eine von Phalanx' goldenen Federn schwebte auf die seidene Decke herab. Robert nahm sie vorsichtig zwischen die Finger, doch die schmale Feder fing nicht Feuer. Er wusste sich keinen Reim darauf zu machen. Verständnislos musterte er die Feder, dann legte er sie auf den Rand der Waschschüssel.

Tom, Kevin und Cora schlichen sich noch in seine Gedanken, dann war er auch schon eingeschlafen.

Tock-tock.

Robert wurde wach, weil etwas gegen seine Stirn klopfte.

Tock-tock-tock.

Widerwillig brummend versuchte Robert, das Klopfen zu ignorieren. Er wollte in seinem weichen Bett liegenbleiben und –

Er riss die Augen auf.

Das hier war nicht sein weiches Bett. Er befand sich im Verborgenen Land und in einem weichen Bett hatte er davor schon so lange nicht mehr geschlafen. Zuletzt war das gewesen, bevor dieser schreckliche …

Nein, nein, nein!

Robert schüttelte vehement den Kopf. Solche Gedanken waren verboten! Er wollte sich nicht erinnern! War die schützende Mauer in seinem Gedächtnis etwa eingestürzt?

Da hörte Robert leise Musik, die sein schmerzhaft rasendes Herz beruhigte. Er bemerkte, dass er zwar die Augen vor Schreck schon weit aufgerissen hatte, aber noch gar nichts um sich herum wahrgenommen hatte.

Phalanx saß behaglich am Fußende des Bettes und sah ihn mit schief gelegtem Kopf an.

„Oh, verzeiht vielmals, Erwählter, es lag nicht in meiner Absicht, Euch zu erschrecken!", sagte jemand mit quäkiger Stimme.

Robert zuckte zusammen. Im ersten Moment dachte er, Phalanx hätte zu ihm gesprochen, aber dann realisierte er, dass der Sprecher sich irgendwo neben ihm befinden musste, nicht am Fußende seines Bettes, wo der Phönix saß. Er sah sich um, konnte aber niemanden entdecken.

„Aber nein", sprach die Stimme weiter, „der Erwählte erschrickt doch nicht vor einem wie mir, oder? Oh, versprecht, Erwählter, Ihr werdet Euch nicht beschweren, nicht wahr? Ich bitte Euch! – Aber nein, Pock, das ist der Erwählte! Wie kannst du es nur wagen, ihn auch nur anzusprechen?! – Nein, Pock, alter Kobold, fragen kann man alles. – Ach, Pock, halt die Klappe, du bist nur ein dummer alter Kobold, und ich bin viel klüger als du! – Nein, Pock, da täuschst du dich aber gewaltig, du bist doch derjenige, der uns immer in Schwierigkeiten bringt!"

Obwohl Robert sich bereits gründlich umgeschaut hatte, entdeckte er erst jetzt denjenigen, der da plapperte. Die durchdringende Stimme rührte von einem Wesen her, das auf der Kommode neben dem Himmelbett stand, halb verdeckt von einer goldenen Schale. Es war klein, in etwa so groß wie ein Gartenzwerg, hatte strubbeliges Haar, das in alle Richtungen abstand, und eine lange Nase, die aus einem frechen, verschlagen dreinblickenden, bartlosen Gesicht herausragte. Die seltsamen Kleider, die es trug, wirkten zu klein und Finger und Zehen merkwürdig kindlich. Der kleine Kerl schien hauptsächlich mit sich selbst zu reden, auch wenn er manchmal Robert ansprach.

Verdutzt beobachtete er das Wesen, das munter mit sich selbst weiterdiskutierte.

„Was? Pock, du bist ein Narr! Als ob ich uns Schwierigkeiten machen würde! – Nein, Pock, ich bin kein Narr, ich habe nur ein gutes Gedächtnis! – Du närrischer Lügner!"

Robert fragte sich, ob alle Kobolde zu Schizophrenie neigten. Dieses Exemplar litt jedenfalls ganz offensichtlich daran. Es war lustig zu beobachten, wie der Kobold immer, wenn er die „Perspektive" wechselte, Haltung und Mimik veränderte: vom beleidigten, jähzornigen Streitlustigen zum geduldigen Gesprächspartner und zurück. Dabei hatte er Robert allem Anschein nach inzwischen ganz vergessen.

Robert warf einen Blick auf Phalanx, der immer noch gemütlich auf dem Bett saß.

„Guten Abend, sagte er daraufhin.

Die Wirkung war verblüffend. Der kleine Kerl fuhr zusammen, als hätte man ihm einen Eimer eiskalten Wassers über den Kopf geschüttet.

„Guten Abend, Sir."

„Weshalb seid Ihr hier?"

„Oh, ich soll Euch wecken, Erwählter!" Wieder veränderte er seine Mimik. „Nein, Erwählter, ich soll Euch bitten, Euch zum Abendmahl zu begeben. – Nein, ich, Pock!"

„Wie spät …? Ich meine: Wann wird es denn dunkel?"

„Bald, Sir. Die Zeit wird reichen, Euch zu stärken und die Satteltaschen zu packen."

Robert wunderte sich, dass der Kobold so gut Bescheid wusste. „Aha", sagte er nur und schlüpfte in seine Jeans, wobei er sich fragte, wie um alles in der Welt er schon wieder ein solches Menü wie vor dem Nickerchen verdrücken sollte.

„Erwählter?" Pock druckste herum, als würde ihm etwas geradezu seelische Qualen bereiten. „Ihr beschwert Euch nicht über Pock, nicht wahr? Weil ich Euch so unsanft geweckt habe, Sir?"

„Nein, natürlich nicht." Er erklärte dem Kobold nicht, dass er eigentlich durch eine drohende Erinnerung in Panik geraten war. „Zeigt Ihr mir bitte den Weg?" Er hatte keine Ahnung, wie den kleinen Kerl ansprechen sollte, also blieb er bei dem „Ihr", das hier eine grundsätzliche Höflichkeitsform zu sein schien.

Ganz offensichtlich wurden Kobolde jedoch normalerweise nicht so angeredet, denn auf Pocks Gesicht breitete sich ein verschlagenes Grinsen aus. „Hehe, natürlich, Erwählter."

„Danke." Während Robert das Oberteil in den Hosenbund stopfte und Phalanx auf seine Schulter flattern ließ, beobachtete er den grinsenden Kobold. Dabei fiel ihm auf, dass die Feder, die Phalanx ihm vor dem Einschlafen geschickt hatte, nicht mehr bei der Waschschüssel lag, wo er sie hingelegt hatte. Als er sie auch in der Nähe nirgends entdecken konnte, runzelte er die Stirn und bedachte Pock mit einem nachdenklichen Blick. Dann folgte er dem Kobold, der in einem hohen Bogen von der Kommode heruntersprang und damit Robert einen neuen Schrecken einjagte. Es sah nämlich aus, als müsse Pock sich dabei die Beine brechen. Aber ihm fehlte nicht das Geringste und die vielen prunkvollen Gänge entlang bewegte er sich hüpfend und springend wie ein Gummiball fort.

Schließlich betraten sie den Speisesaal, den Robert bereits kannte. Wieder war die lange Tafel gedeckt und die anderen, die allesamt müde und zerknittert wirkten, saßen schon bei Königin Sommer und Damasus.

„Guten Abend, Erwählter." Königin Sommer erhob sich und wies auf den wieder freien Platz zu ihrer Rechten. „Setzt Euch."

„Danke, Eure Majestät", erwiderte Robert mit einer angedeuteten Verbeugung, während ihm Pock mit einem gewaltigen Satz auf die phönixfreie Schulter hüpfte.

„Wer ist das Mädchen?", zischte er ihm ins Ohr. Robert verrenkte sich fast das Genick, um seinen ausgestreckten Zeigefinger zu sehen.

„Das ist Jana."

„Jana. Jana. Jana." Der Kobold murmelte den Namen vor sich hin, als kostete er ein gestohlenes Bonbon. Robert begann daran zu zweifeln, dass es eine gute Idee gewesen war, ihm die Antwort zu geben.

„Pock!" Die Königin fiel aus allen Wolken. „Was fällt dir ein! Du sollst dich benehmen!"

„Benehmen, benehmen …", maulte er.

„Ja, benehmen. Und Hauskobolde zeigen sich nicht!"

„Zeigen sich nicht …"

„Du weißt, dass du nur hier lebst, ohne zu arbeiten, weil du ohnehin nie auffindbar bist, wenn es eine Aufgabe für dich gäbe, und ich Mitleid mit dir habe. Aber dann benimm dich wenigstens angemessen!"

Pock senkte den Kopf, aber er machte nicht den Eindruck, als gingen ihm die Worte der Königin sonderlich nahe.

Phalanx ließ sich auf der hohen Lehne des Stuhles nieder und beäugte interessiert das reichhaltige Angebot an Früchten auf der Tafel. Den Kobold musste sich Robert eigenhändig von der Schulter pflücken. Kurzerhand setzte er ihn auf dem Parkettboden ab, doch er kletterte am Stuhlbein wieder hinauf und hangelte sich umständlich auf die Tischplatte. Robert hegte den Verdacht, dass der Kobold sich dabei viel weniger anstrengen musste, als er vorgab.

„Ich habe noch nie einen Kobold gesehen", sagte Jana erstaunt, die Robert gegenübersaß.

Robert blickte sie verwundert an. „Wie das?"

„Weil sie selten sind und sich nicht jedem zeigen. Es gibt da irgendwelche Koboldgesetze, die ich aber nicht kenne."

In diesem Moment geschahen mehrere Dinge fast gleichzeitig.

Parlan wollte offensichtlich irgendetwas sagen, genauso Damasus und die Königin, doch bevor sie dazu kamen, rutschte Pock, der auf dem Rand einer Schale entlangbalanciert war, ab, kugelte zum Tafelrand, versuchte sich irgendwo festzuhalten, riss dabei Janas Silberbesteck mit, das klirrend auf dem Boden landete, und rollte schließlich kläglich schreiend geradewegs über die Tischkante. Phalanx gab einen merkwürdigen Ton von sich. Jana erwischte den Kobold gerade noch, bevor er auf dem Boden aufklatschte wie eine überreife Frucht. Kopfüber baumelte er von ihrer Hand herab, immer noch wie am Spieß kreischend, und hielt sich die Hände vor die Augen.

René lachte. „Kobold, du fällst gar nicht mehr, falls du das noch nicht bemerkt hast."

Pock verstummte und blinzelte zwischen seinen Fingern hindurch. Seine Retterin setzte ihn neben ihrem Teller ab. Doch er umklammerte zwei ihrer Finger, als wolle er sie nie mehr loslassen.

„Ihr habt mir das Leben gerettet!", quietschte er in einer Tonlage, die garantiert auch schalldichte Wände durchdrungen hätte. „Ich danke Euch, ich danke Euch zutiefst!"

„Nein, Pock, lass das!", fuhr Damasus ihn nicht gerade freundlich an. „Schluss mit den Spielchen. Sie hat dir nicht das Leben gerettet, das weißt du und das wissen wir. Auf der Reise, die der Erwählte und seinen Gefährten antreten, hast du nichts verloren."

„Doch, sie hat mich gerettet!"

„Höchstens vor ein paar blauen Flecken."

„Sie hat mir das Leben gerettet!"

„Als ob einem Kobold so ein Sturz etwas ausmachen würde. Du bleibst hier."

„Das Leben hat sie mir gerettet, das Leben, das Leben, das Leben!"

Robert erhaschte verwirrte Blicke von den anderen. Offenbar waren Kobolde ein Thema, von dem nicht nur er und René keine Ahnung hatten. Er fand es allerdings seltsam, dass die Lynzenuhr ihm noch keinen Hinweis gegeben hatte, was er von Pock nun halten sollte. Nun ja, dieses Problem war wohl eher eines der kleinsten, die sie zurzeit hatten. Sobald es dunkel war, würden sie schließlich nichts mehr mit dem kleinen Kerl zu tun haben.

„Das kommt nicht in Frage, Pock!", schimpfte Damasus den schadenfroh grinsenden Kobold weiter aus, warum auch immer er so verärgert war.

„Oh doch!", hielt er triumphierend quäkend dagegen, noch fester an Janas Finger geklammert. „Das hübsche

Mädchen hat mir das Leben gerettet und nach Koboldgesetz ist es jetzt für mich verantwortlich. Ich bleibe ab jetzt bei dem schönen Mädchen!"

Einen Moment lang war es, mit Ausnahme von Pocks Kichern, totenstill.

„Was?" Janas Stimme war pure Ungläubigkeit.

Königin Sommer seufzte und Damasus sagte überhaupt nichts. Er starrte den Kobold nur ärgerlich an.

„Was?", wiederholte Jana und versuchte ihre Finger zu befreien.

„Tja, jetzt muss er wohl mit. Das wird unpraktisch. Man kann einen Kobold zu nichts zwingen." Damasus zupfte an seinem Bart.

Auf Janas Gesicht mischten sich Erheiterung und Ablehnung. „Gibt es etwas, das wir über Kobolde wissen müssen?" Eine düstere Vorahnung war ihr auf die Stirn geschrieben.

Damasus seufzte. „Wir wissen nichts über Kobolde, was uns den Umgang mit ihnen erleichtern würde. Sie haben ihre eigenen Gesetze, an die sie mit ihrem Leben gebunden sind, haben aber die Freiheit, vieles so auszulegen, wie es ihnen gerade passt. Das habt Ihr ja gerade selbst erleben dürfen."

Pock grinste so breit, dass es Robert nicht gewundert hätte, wenn sich seine Mundwinkel am Hinterkopf getroffen hätten.

Das Essen war eine seltsame Angelegenheit. Meist herrschte bis auf das Gekicher des Kobolds Stille und die

Speisen, die eigentlich genauso gut waren wie zuvor, wollten nicht so recht schmecken. Beides hatte denselben Grund: Pocks Eigensinn hatte an ihrem Plan herumgepfuscht und insbesondere Damasus' Laune spürbar gedämpft. Die daraus folgenden düsteren Ahnungen ließen die Hoffnung sinken und den Appetit vergehen. Außerdem wussten Jana, Robert, René und sogar Parlan nicht, was sie mit Pock anfangen sollten. Ratlos warfen sie sich dann und wann Blicke zu.

Schließlich, als alle nur noch auf winzigen hellblauen Beeren herumkauten, nur damit sie etwas zu tun hatten, ging die Sonne unter. Die Königin hob die Tafel auf.

Für Robert fühlte es sich an wie eine Verurteilung. Als er von seinem Stuhl aufstand, überfiel ihn die Nervosität wie ein Gespenst, das seit Urzeiten auf sein nächstes Opfer gewartet hatte. Ein verstohlener Blick zeigte ihm, dass es den anderen nicht besser ging.

Schweigend folgten sie Damasus und der Königin aus dem Speisesaal hinaus. Vor der Tür standen Diener und hielten knielange Umhänge aus dickem Lodenstoff bereit, in die sie Robert, René, Jana und Parlan halfen. Einen Moment blickten sich die Freunde an, wie sie dastanden – Parlan und Jana nun ganz in in ein dunkles Grau gekleidet, Robert und René in ein dunkles Braun, wobei die Schließen das Wappen der Vier Königlichen Herrscher darstellten – und Robert fragte sich, warum sie jetzt im Sommer in Winterkleidung gesteckt wurden. Er begann bereits zu schwitzen. Königin Sommer und Damasus hielten sich keine Sekunde länger auf, als nötig gewesen war, um die vier in die Umhänge schlüpfen zu lassen. Sofort ging es weiter durch die Residenz. Vor den hohen Fenstern sah Robert die Sonne untergehen. Die glänzenden Dächer der Residenz spiegelten das rote Licht wider, während es in den Gassen der Stadt schon dunkel war. Phalanx glitt über ihnen durch die Luft, lautlos und so ruhig, dass sie ihn darum beneideten. Pock hopste fröhlich auf Gummiballart mit Riesensätzen neben Jana her und konnte den Antritt der Reise ganz offensichtlich kaum erwarten. Dabei summte er zufrieden vor sich hin, wobei sich Töne hineinmischten, als wollte er pfeifen, brächte es aber nicht zustande. Robert hoffte, dass er das auch nie lernen würde. Ein plappernder schizophrener Kobold war für seine Nerven bereits mehr als genug.

Viel zu schnell gelangten sie zu einem weiteren großen Innenhof und viel zu schnell erreichten sie über Treppen und Balkone an den Wänden den gepflasterten Boden des Hofes. Phalanx nutzte die Gelegenheit für ein paar raumgreifende Flugkunststücke, bevor er sich wieder seinem Herrn anschloss. Dann führte Damasus sie um eine Ecke und Roberts Nervosität wuchs sich zu Übelkeit aus, als er die reisefertigen Orleons sah, die dort für sie bereitgehalten wurden.

Die großen Tiere trugen die Sättel, die mit mehreren großen Satteltaschen aufgerüstet waren, in die alles Nötige gepackt worden war: Ihre wenigen Habseligkeiten, die sie mitgebracht hatten, Unmengen an Proviant, die Ersatzgurte, Umhänge, Ersatzkleidung und Mäntel nach der Tracht des Verborgenen Landes und allerhand Nützliches, das Damasus noch hatte verstauen lassen. Der weiße Orleon der Königin trug selbstverständlich keinen Sattel und zerrte wild an der Leine, mit der ihn mehrere Wächter festhielten. Phoebe schien ganz versessen darauf zu sein, endlich zum Himmel aufzusteigen, der dort, wo der rote Schein bereits verblasst war, die ersten Sterne aufblitzen ließ.

Langsam traten Robert, René, Jana und Parlan auf die Orleons zu. Wenn sie sich in die Sättel schwangen, würde ihre Mission erst richtig beginnen. Plötzlich schien ein unglaubliches Gewicht auf Roberts Schultern zu lasten.

Vielleicht war das die letzte Reise seines Lebens – und die letzte Reise seiner Freunde.

Ein sehr reales Gewicht machte sich plötzlich auf seiner Schulter bemerkbar. Phalanx rieb seinen schönen Kopf an der Wange seines Herrn. Roberts Angst ließ ein wenig nach.

„Erwählter", sagte Königin Sommer neben ihm. „Viel Glück. Gebt Euer Bestes, dann werdet Ihr Erfolg haben. Davon bin ich überzeugt." Mehr sagte sie nicht, legte nur ihre Hand auf seine freie Schulter und sah ihn stumm an. Er konnte sehen, dass auch sie Angst hatte. Angst um ihr Land und die ganze Welt.

Damasus schwieg ganz und nickte ihm nur zu. Dann führte er ihn wortlos zu Laetitia. Die beigefarbene Orleon-Kätzin peitschte mit dem Schwanz und zog an der dicken Leine, mit der sie noch festgehalten wurde.

„Hallo, meine Schöne", sagte Robert zu ihr. Er blieb besser besonders höflich. „Schön, dass du mitkommst."

Der Älteste half ihm in den Sattel und beim Befestigen der Gurte. Laetitia tänzelte unter ihm und er klammerte sich am Sattel fest, so gut es ging, obwohl er ja wusste, dass der Rumpfgurt ihn in jedem Fall vor einem Sturz bewahren würde. Auf dem Rücken des Orleons war es ein ganz anderes Gefühl, in diesem Sattel zu sitzen, nur von Lederriemen gehalten, unter sich ein riesiges Wesen, das vor Kraft und Energie strotzte. Robert wurde mulmig zumute und er fragte sich, wie es wohl René erging.

„Gebt gut Acht", sagte Damasus doch noch leise, bevor er wieder zurücktrat.

Inzwischen saßen auch Jana, René und Parlan mithilfe der Wärter sicher auf ihren Orleons, wobei René wundersamerweise gar keine so große Angst mehr vor seiner dunkelbraunen Paarl hatte.

Plötzlich ertönte Pocks durchdringender Stimme so laut, dass alle zusammenschraken. Der Anblick der Orleons hatte ihn zwischenzeitlich verstummen lassen, aber diese Ehrfurcht hatte er schon wieder überwunden.

„Ich komme auch mit!", rief er. „Nein, Pock, ich komme mit! – Nein, ich, aber von mir aus auch wir beide. – Pock, ich glaube, wir sind uns ausnahmsweise einmal einig. – Ja, glaube ich auch. – Wir wollen mit! Wir kommen mit! Hebt Pock hoch!"

Die Königin und Damasus seufzten und die Wärter grinsten sich an. Offensichtlich kannten sie den Kobold bereits gut. Einer von ihnen hob den auf und ab hüpfenden Pock hoch.

„Wo willst du denn hin? Zurück in die Residenz mit dir!"

„Das Koboldgesetz, das Koboldgesetz!", quietschte Pock. „Ich komme mit dem hübschen Mädchen mit!"

„Leider hat er recht", sagte Damasus grimmig.

Der Wärter runzelte die Stirn und stopfte Pock kurzerhand in Janas Satteltasche. Zu Roberts Verwunderung protestierte dieser nicht über die wenig behutsame Behandlung. Als der Kobold vorsichtig aus der Satteltasche lugte und zufrieden grinste, beschlich Robert der Verdacht, dass es keine gute Idee war, verrücktes Gepäck zu haben.

Da hob Damasus die Hand. „Valete!"

Leise wiederholte die Königin das Wort.

„Valete!", antworteten Jana und Parlan zögernd und hoben die Hände in gleicher Weise.

Trotz ihrer Nervosität verstanden Robert und René sofort, dass es sich um eine Abschiedsformel handelte.

„Valete. Auf Wiedersehen", sagte erst René, dann Robert. Die Königin schenkte ihnen ein sanftes Lächeln, der Älteste sah Robert forschend in die Augen.

Da ließen die Wärter die Orleons frei. Zuerst die weiße Phoebe, die in der hereingebrochenen Dunkelheit zu leuchten schien und sich mit einem fauchenden Laut und einem ehrfurchtgebietenden Satz in die Luft erhob, dann die anderen, die ihr mit atemraubender Geschwindigkeit folgten. Als Laetitia sich aufschwang, konnte Robert die gewaltige Kraft unter dem Leder des Sattels spüren. Der Ruck, mit dem sie sich vom Boden erhob, schleuderte ihn nach hinten und er konnte fühlte, wie der Rumpfgurt ihn im Sattel hielt. Phalanx verließ Roberts Schulter und stieg selbst in die Luft. Robert spürte die Muskeln der Raubkatze arbeiten, als sie mit kräftigen Flügelschlägen schnell an Höhe gewann. Die Schwingen streiften ihn fast und er konnte nun nachvollziehen, warum die Beine der Reiter stets eng am Sattel anliegen mussten. Er klammerte sich mit flatterndem Magen an den Sattel und wünschte sich, er hätte zuvor weniger gegessen. Die Blicke, die er auf die anderen erhaschte, zeigte ihm, dass es ihnen nicht anders erging. Von René schallte ein gequältes Stöhnen zu ihm herüber.

Schließlich ging Laetitia in eine waagrechte Haltung über und das flaue Gefühl in Roberts Magen verging. Er lockerte zögernd seinen Klammergriff, mit dem er sich am Sattel festhielt, und setzte sich aufrecht hin. Die Orleons flogen im Kreis, offenbar orientierte sich Phoebe zunächst. Auch René atmete hörbar auf. Er hatte zwar die Augen geschlossen, wirkte aber gefasst, als Robert nach ihm Ausschau hielt.

Robert riskierte einen Blick in die Tiefe. Als er sich zur Seite neigte, spürte er, wie ihn Rumpf- und Beingurte sicher im Sattel hielten, und er fühlte sich zumindest ein wenig sicherer. Weit unter ihm konnte er die Königin und den Weisen bereits nur noch als kleine Punkte ausmachen.

Dann scherte Phoebe aus dem Kreis der fliegenden Orleons aus und flog zielstrebig in die Richtung, die Robert für Westen hielt. Die Orleons folgten ihr. Sie flogen so schnell, dass Robert der Wind in den Ohren rauschte, und es war kalt hier oben, sodass Robert schon jetzt um den warmen Umhang froh war.

Als er einige Herzschläge später noch einmal nach unten blickte, waren die Lichter der Residenz unter ihm bereits verschwunden.

Robert fragte sich schaudernd, ob es ihnen gelingen würde, die Zeituhr zu finden und zu beschützen. Jedenfalls würden sie ihr Bestes geben, weil das alles war, das sie tun konnten. Sie mussten nur so zuversichtlich sein wie Königin Sommer.

Gebt Euer Bestes, dann werdet Ihr Erfolg haben.

Die Erinnerung an die Worte der Königin stimmte ihn hoffnungsvoller.

Laetitia glitt jetzt mit ruhigen Bewegungen durch die Luft, ganz in ihrem Element, voller Leben und Freude an dem Flug durch die Weite der Nacht, bereit, ihre geballte Kraft dafür aufzuwenden. Das Gefühl übertrug sich auf ihren Reiter und schwoll in ihm an, bis es reine Hoffnung und Zuversicht war. Robert sah, dass es den anderen genauso erging, denn ihre Gesichter spiegelten sein eigenes Empfinden wider. Sogar René lächelte zaghaft und flog mit offenen Augen weiter.

Robert betrachtete den überwältigenden Nachthimmel voller ihm unbekannter Sternbilder, dann das phantastische Wesen, das ihn trug und vor dem er jetzt keine Furcht mehr spürte, und zuletzt den leuchtend roten Phönix, der in der Dunkelheit leicht zu glühen schien. Er betrachtete seine Freunde, die mit wehenden Umhängen mit ihm durch die Nacht flogen, und er wusste, dass er alles tun würde, um diese Welt und seine Freunde vor allem Übel zu bewahren.

Er würde die Zeitenuhr finden und beschützen, selbst wenn es das Letzte war, was er tat.

Ende des ersten Bandes

Dank

Begeisterte Leseratten wissen, dass ein Autor meist sehr vielen Leuten seinen Dank ausspricht. Ich selbst lese Danksagungen immer mit, um nicht nur den Autor, sondern auch diejenigen zu würdigen, die es ermöglicht haben, dass ein Buch erschienen ist. Ohne die Unterstützung, die mir von verschiedenen Seiten zuteilwurde, gäbe es all die Charaktere nicht, die in diesem Buch ins Leben gerufen wurden und die ich ins Herz geschlossen habe. Ich kann versichern, dass die Figuren, die sich ein Autor anfangs ausdenkt, wirklich sehr schnell eigensinnig werden und der Handlung ihre ganz individuellen Stempel aufdrücken. Darum möchten sich die Figuren gemeinsam mit mir bei einigen Leuten bedanken.

Mein besonderer Dank gilt meiner besten Freundin und Lektorin Christine, die nicht nur seit der Schulzeit die Begeisterung für das Schreiben mit mir teilt, sondern mich auch immer genau dann angespornt hat, wenn mein Manuskript wieder einmal im Schreibtisch verschwunden war und Staub anzusetzen begann. Danke, Chrissy, dass du die beste Lektorin bist. Königin Sommer lässt ausrichten, dass sie sich freut, an Kompetenz dazugewonnen zu haben. Sogar Cora ist insgeheim froh darüber, dass ihr Jähzorn inzwischen weniger extrem ist – auch wenn sie es natürlich nicht zugibt. Und Dion dankt dir herzlichst dafür, dass er ein sehr fähiger Orleon-Wärter werden durfte. Pock lässt dir zum Phantastikpreis gratulieren. Ich bin mir nicht sicher, wie er davon erfahren hat. Vielleicht solltest du ab jetzt besonders gut auf deine wohlverdiente Trophäe achtgeben!

Außerdem danke ich meinem Lieblingsmensch, der sich nicht beschwert, wenn ich ihn, völlig vertieft ins Manuskript, links liegen lasse und erst um vier Uhr morgens bemerke, dass er schon längst zu Bett gegangen ist. Danke, Basti, dass du immer für mich da bist, dass du mich mit leckerem Essen verwöhnst und deine Geduld schier unendlich ist. Danke für alles, was du für mich bist und für mich tust. Laetitia lässt dich grüßen und sie dankt dir, dass sie nun Zeit für einen bühnenhaften Auftritt hat.

Ich danke Gisa für das wunderbare Cover. Du hast genau verstanden, was ich dir beschrieben habe, und das alles in ein Bild gepackt. Du bist die Beste! Damasus und die Weisen des Rates danken dir dafür, dass du mit diesem Cover die Aufmerksamkeit der Leser auf das Verborgene Land lenkst. Sie hoffen sehr, dass alle, die nun Bescheid wissen, ab jetzt ebenfalls auf das Gleichgewicht der Zeit achten.

Danke an meine Familie. Ihr habt mich von klein auf unterstützt bei meinen Geschichten, die immer länger und abenteuerlicher wurden. Ihr habt sie sogar dann seitenweise aufbewahrt, wenn ich sie nicht mehr sehen wollte.

Im Nachhinein war ich doch jedes Mal froh, wenn die alten Geschichten irgendwann wieder aufgetaucht sind. Danke, dass ihr euch immer dafür interessiert habt, egal, ob es „Das kleine Eichhörnchen" in der Grundschule war oder später eine völlig abstruse Detektivgeschichte, deren Hauptperson mir mit ihrer Un-Logik und gruseligen Funden heute Schauer über den Rücken laufen lässt.

Ich danke meinen Freunden, die mich mit ihrer Neugier für meine „Geschichte" immer wieder angespornt haben. Insbesondere danke ich allen, die sich als Testleser zur Verfügung gestellt haben und so zu den vielen kleinen Verbesserungen beigetragen haben, die ein Autor in seiner geradezu sprichwörtlichen Betriebsblindheit am Ende einfach nicht mehr alleine hinbekommt. Insbesondere René lässt grüßen. Er ist sehr erleichtert, nun einigermaßen zeitig zu begreifen, dass die Reise aus der EU hinausführt. Etwas zerknirscht gibt er außerdem zu, dass er Lahac gegenüber wirklich besser die Klappe hätte halten sollen. Robert dagegen fällt ein Stein vom Herzen, dass er jetzt weniger oft der „Dieb" ist.

Und was natürlich auf keinen Fall fehlen darf: Vielen, vielen Dank an alle, die dieses Buch lesen. Erst wenn jemand die Geschichte liest, werden die Figuren lebendig, deshalb lässt jeden von euch seine Lieblingsfigur ganz persönlich grüßen!

Zu allerletzt eine Bitte: Wenn Ihnen dieses Buch gefallen hat, können Sie mir mit einer Bewertung oder Rezension auf Amazon sehr weiterhelfen. Besonders freut es mich, wenn Sie darin auch erwähnen, wer Ihre Lieblingsfigur ist. Vielen Dank!

Printed in Poland
by Amazon Fulfillment
Poland Sp. z o.o., Wrocław